영화, 사람을 홀리다

국립중앙도서관 출판시도서목록(CIP)

영화, 사람을 홀리다 / 지은이: 장세진. -- 전주
: Book Manager, 2013
     p. ;   cm

ISBN   978-89-6036-159-1 03810 : ₩18000

영화 평론[映畫評論]

688.09-KDC5
791.4309-DDC21   CIP2013015211

영화, 사람을 홀리다

초판 1쇄 인쇄   2013년 8월 19일
초판 1쇄 발행   2013년 8월 26일

지은이   장 세 진
펴 낸 이   김 서 종
펴 낸 곳   도서출판 *Book Manager*
             전주시 완산구 중화산동 2가 736-5
출판등록   제 95-3호
전   화   063-226-4321
팩   스   063-226-4330
전자우편   102030@hanmail.net

값 18,000원
ISBN 978-89-6036-159-1   03810

영화, 사람을 홀리다

장세진 지음

도서출판 *Book Manager*

한국영화 전성시대 또 하나의 볼거리

문학평론집과 산문집 등 이런저런 저서(편저 포함)를 합치면 39번째 책인 '영화, 사람을 홀리다'를 세상에 내놓는다. 영화 이야기로만 국한하면 9번째 장세진 지음의 책이다. '흥행영화 째려보기'를 펴낸 것이 2011년 5월의 일이니 2년 4개월 만이다.

'흥행영화 째려보기' 이후 거의 개점휴업 상태에 있던 저자를 극장으로 불러낸 건 월간지 '한울문학'이다. 정확히 말하면 '한울문학' 정희수 주간으로부터 원고 청탁을 받은 것. 응당 원고를 쓰기 위해 영화 보기에 돌입했다. 보고 쓰는 일에 속도가 붙은 것은 지난 2월말 '동해 예술인장학금(창작지원금)' 수혜자로 선정되면서부터다.

영화계에도 예년에 없던 일들이 벌어졌다. 2~3개월 사이에 연달아 '천만클럽' 영화 두 편이 탄생했다. 베니스국제영화제 황금사자상 수상 소식이 전해지기도 했다. 급기야 2012년 한국영화 관객 1억 명 시대를 맞게 되기에 이르렀다.

한국영화의 그런 호황은 올해에도 이어지고 있다. '아이언맨3'의 공습으로 5월 한국영화 점유율이 곤두박질쳐 위기감을 갖게 했지만, 7월 2일 문화체육관광부가 발표한 '상반기(1~6월) 한국영화 결산자료'가 그걸 말해준다. 우선 상반기 한국영화 관객 수는 5555만 명으로 역대 최다 기록이다.

한국영화 점유율은 56. 4%다. 2009년 같은 기간에 44. 6%, 2010년 43. 5%, 2011년 48. 0%였던 한국영화 점유율은 관객 1억 명을 돌파한 2012년 53. 4%, 2013년 상반기 56. 4%로 상승했다. 이 같은 추세라면 올해 한국영화 관객 수는 '1억 명 신화'의 재현이 확실해 보인다. 또 일부 신문의 예상대로 외화까지를 망라한 전체 관객 수는 2억 명을 돌파할 것 같다.

이렇듯 한국영화의 좋은 시절에 책을 내게 돼 저자로선 다른 어떤 때보다도 흐뭇하다. 책의 제목을 '영화, 사람을 홀리다'라고 한 것도 그래서다. 한국영화 전성시대 또 하나의 볼거리라고나 할까, 뭐 그런 기분이다. 이런저런 분석과 진단이 나오고 있지만, 지금은 사람들이 영화에 거의 '미친' 수준인 영상문화시대인 셈이다. 이 책의 역할이랄까 의미에 대해서도 기대감을 가져본다.

책은 5부로 나누었다. 제1부는 월간 한울문학 2012년 4월호부터 2013년 8월호까지에 연재되었던 글들이다. 청탁원고이다 보니 지금까지 저자가 펴낸 영화에세이집에 실린 것보다 다소 긴 글이라는 생각이 든다. 대신 2~5부의 글들은 200자 원고지 10장 안팎의 비교적 짧은 글들이다. 제2부는 230만 명 이상 관객을 동원한 영화들이다. 제3부는 화제작 내지 빼면 서운해 할 영화들이다.

제4부는 흥행여부와 상관없이 리뷰한 할리우드 블록버스터들이다.

앞에서 잠깐 말했듯 일부 영화를 빼곤 할리우드 블록버스터의 위력이 예전만 못한 한국영화 전성시대임을 새삼 실감할 수 있다. 제5부는 일종의 부록쯤으로 생각해 줬으면 한다. 1부와 5부의 글들은 이미 발표한 것들이다. 2~4부 글들은 두어 달 집중적으로 쓴 것들이라 쓴 날짜 등 출처를 따로 밝히지 않았다. 1부를 빼곤 2~4부의 글들은 개봉 순서대로 실었다. 5부의 글 역시 TV 방송이 빠른 것부터 앞에 오게 했다.

이 글들은, 굳이 말하면 영화평이지만 다른 이의 그것들과 차별화되어 있다. 영화나 감독 또는 배우에 대한 이런저런 이야기 후 본론으로 들어가 실제 비평하는 식이다. 따라서 무슨 학문적 분석이나 기기학적 접근보다 고등학생만 되어도 누구나 쉽게 읽을 수 있도록 하는데 방점을 두었다. '영화, 사람을 홀리다'의 특장(特長)이라 할만하다.

본문에 쓰인 제목들은 작은따옴표(' ')로 통일했다. 단 일부 인용문 등에서 홀꺽쇠표(< >)로 표시한 것은 굳이 고치지 않고 그대로 두었다. 외국 배우나 감독 이름, 그리고 지명 등이 매체마다 서로 다른 경우 그중 더 많이 사용된 표기를 따랐다. 가령 '퍼시픽 림'의 롤리 역 배우 이름이 '찰리 헌냄'과 '찰리 허넘'으로 각각 다른데, 저자가 본 5개 신문 중 3개에 표기된 '찰리 헌냄'으로 쓰는 식이다. 또 '베네치아국제영화제'를 '베니스국제영화제'로 쓰는 식이다. 본문 속에 수록된 관련 사진은 각종 신문과 극장의 전단지, 또 해당 영화 홈페이지 등을 활용했음도 밝혀둔다. 본문에 나오는 관객 수는 대부분 영화진흥위원회 통합전산 망 집계에 따랐다.

셈해 보니 '영화, 사람을 홀리다'에는 102편의 영화와 13편의 TV드 라마 리뷰, 그리고 2편의 방송에세이가 실려 있다. 2011년 하반기부터 2013년 여름 대목까지 개봉된 영화들을 대상으로 했지만, 특별히 그렇 지 않은 작품도 몇 편 있다. 소설이 아니므로 처음부터 끝까지 다 읽을 필요는 없을 것이다. 그저 '내가 본 영화에 대해 어떻게 써놨지' 하는 궁금증으로 책을 열었으면 한다. 이제 공은 독자에게로 넘어 갔다.

끝으로 한국영화 전성시대에 나름 유익하게 다가갈 것이 틀림없는 이 책 '영화, 사람을 홀리다'를 세상과 만나게 해준 도서출판 북매니저 김서종 사장과 직원 여러분에게 고마움 전한다. 창작지원금을 후원한 주식회사 동해금속(화장 서동해)과 전북예총(회장 선기현)에도 감사드 린다. 컴퓨터 작업을 틈틈이 해준 은녕·아라·효정 등 '녹원신문' 학생 기자들과 지영이 노고도 만만치 않았음을 밝혀둔다.

2013년 한여름
지은이 장 세 진

■ 저자의 말

1. 한국영화 관객 1억 명 시대

2. 우리도 대세

3. 19금 또는 화제작

4. 예전만 못한 할리우드 블록버스터

1. 한국영화 관객 1억 명 시대

원작소설 영화의 사회적 힘, '도가니'

지난 해 5월 '흥행영화 째려보기'(신아출판사)를 상재한 이후 오랜만에 원고 청탁을 받았다. 필자는 비평을 전제로 영화보기에 들어간다. 그러니까 잠깐 쉬고 있던 중 원고 청탁을 받은 것이다. 그렇다고 완전 영화와 시멘트 담을 쌓고 지내는 것은 아니다. 개봉 영화 등 영화계 소식은 꼼꼼히 스크랩 해놓는 걸 잊지 않는 일과를 보내고 있다.

조선일보(2011. 12. 27)에 따르면 지난 한 해 국내외 상영 영화는 582편이다. 연인원 1억 5638만여 명(2011. 12. 26 기준)이 극장을 찾았다. 거기엔 이른바 대박 영화도 있었고, 개봉되자마자 급히 사라져간 작품 또한 많았다. 또 거기엔 10대 여고생들부터 6, 70대 노년층도 있었다. 소설 등 문학에 비해 온 국민의 관심을 받고 있는 장르가 영화임이 새삼 확인된 셈이라고나 할까.

내친김에 잠깐 영화판부터 살펴보는 것도 유익할 듯하다. 지난 해 한국영화 점유율은 51. 9%였다. 1위 자리는 779만 명의 '트렌스 포머3'에 내줬지만, 서울신문(2012. 1. 20)에 따르면 747만 명으로 흥행영화 2위를 차지한 '최종병기 활'을 비롯 '써니'(736만 명), '완득이'(530만 명), '조선 명탐정: 각시투구꽃의 비밀'(478만 명), '도가니'(466만 명) 등이 선전해서 얻은 결과이다.

당연히 한국영화 점유율 이야기는 상당한 의미가 있다. 51.9% 기록이 4년 만에 이루어진 50%대 복귀라 그렇다. 곽영진 문화체육관광부 1차관은 "50%대를 회복한 것은 한국영화산업이 그 동안의 침체기를 벗어나는 청신호"라 말했지만, 그러나 100억 원 이상 쏟아부은 소위 대작영화_ '퀵', '7광구', '고지전' 등은 흥행 실패였다. 특히 한국영화사상 최고로 많은 제작비(순제작비만 280억 원)를 투입한 '마이웨이'의 흥행 참패는 또 다른 과제를 안긴 셈이 됐다.

어쨌든 2011년 한국영화는 뚜렷한 특징을 드러냈다. 원작소설을 각색한 영화의 대박행진도 그중 하나이다. 공지영 장편소설 '도가니'와 김려령 청소년소설 '완득이'가 그것이다. 관객동원에서 '완득이'가 '도가니'보다 앞서지만, 각각 15세 관람가, 청소년관람불가 영화인 점을 감안하면 사정이 달라진다. 10대 학생들 관람이 봉쇄된 '도가니'가 원작소설 영화의 힘을 유감없이 보여준 것이다.

일단 '도가니'는 원작소설의 후광에 빚진 영화라 할 수 있다. 2009년 6월 29일, 인터넷 포털 '다음'에 6개월여 연재한 후 출간된 소설 '도가니'는 영화로 만들어지기 전 이미 50만 부쯤 팔린 베스트셀러이다. 그리고 영화 대박에 힘입어 다시 각광을 받았다. 세계일보(2011. 12. 31)에 따르면 2011년까지 누적 판매 부수는 80만 부이다. 문학 분야에서 신경숙 신드롬이 확실하게 일었지만, 영화까지 아우르면 가히 2011년은 '도가니'의 해였다 해도 크게 시비할 사람은 없을 터이다.

널리 알려진 대로 '도가니'(감독 황동혁)는 광주 인화학교에서 실제 있었던 청각장애학생 성폭행사건을 다룬 영화이다. 아마 소설을 이미 읽은 관객이라면 원작과 다른 영화 내용에 다소 의아스러워했을 법하다. 주인공 강인호(공유)와 서유진(정유미) 관계(소설에서 둘은 대학 동기로 나온다.)라든가 딸을 어머니가 키워주는 홀아비로 둔갑시킨 강인호 등이 낯설게 느껴질 수 있어서다.

물론 그것은 나무랄 일이 아니다. 크게 잘못된 것도 아니다. 하나의 소설작품이 발표되면 작가만의 것이 아니듯 소설과 영화를 똑같게 할 필요는 없기 때문이다. 문제는 영화로서만 '도가니'를 본 관객들을 충족시킬 수 있느냐에 있다. 원작소설보다 흡입력이 다소 떨어지긴 하지만, 영화 '도가니' 역시 괜찮아 보인다. 오히려 시각적 영상이 드라마틱 극대화에 기여하고 있어 영화의 사회적 힘을 느끼게 한다.

시각적 영상이라고? 그렇다. 인쇄매체 소설이 할 수 없는 영화만의 특장(特長)은 청각장애 학생들에 대한 성추행 및 성폭력 실상을 보다 리얼하게 담아내는 데 유용하게 쓰인다. 연두·유리·민수 들의 법정 증언도 그중 하나이다. 연두의 교장 이강석(장광) 지목하기라든가 특히 결말에서 민수의 박보현(김민상) 칼로 찌르기(이것도 소설엔 없는 내용이다.) 등에선 어쩔 수 없이 콧등 시큰해지는 성선을 경험하게 된다.

그 경험은, 그러나 단순한 동정심 따위에서 비롯된 것이 아니다. 그런 경험은 강인호와 서유진 등 '우리 편' 때문 하게 된다. 아니다. '우리 편'의 진실 밝히기를 가로막고 있는 것들_ 교육청, 경찰, 동창회, 교회, 마침내 법원이 한통속되어 유린하고 있는 사회정의 때문이라 해야 옳다. 경찰의 물대포를 맞아가며 민수의 죽음을 알리는 강인호와, 그 와중에 연행되어 가는 서유진을 보면서 느끼는 것은 다름아닌 공분(公憤)이다.

그렇듯 영화는 강인호와 서유진이 사회라는 거대 괴물과의 진검 승부에서 패배한 것처럼 보이게 한다. 영화의 많은 부분을 할애한 재판에서 교장 이강석, 행정실장 이강복, 박보현 교사 등 가해자들이 집행유예를 선고받고 풀려나서다. 그들의 룸살롱에서의 잔치와, 강인호·서유진의 헤어짐 대비, 시위와 물대포, 그리고 그런 광경을 팔짱낀 채 구경하는 일반시민 등의 장면도 패배를 인정하라는 앵글처럼 보인다.

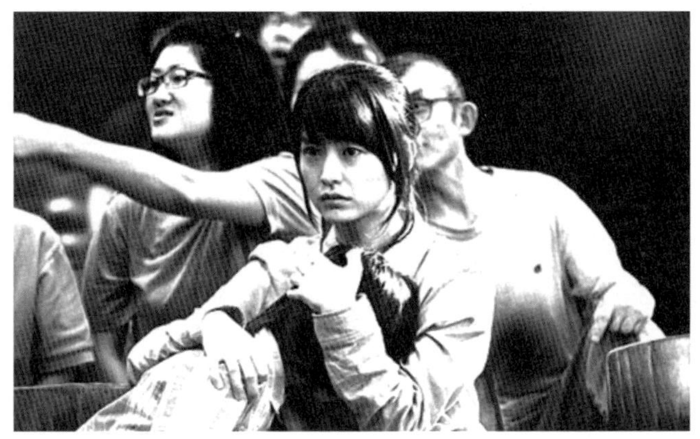

　과연 강인호·서유진은 저들에게 진 것일까? 물론 진 것이 아니다. 연두·유리가 "우리도 똑같이 소중한 사람이라는 걸 알게 되었"기 때문이다. 원작과 다르게 민수를 복수하게 해 박보현과 함께 죽는 걸로 처리했지만, 청각장애이면서 성폭행까지 당한 연두·유리의 그런 인식을 놓치지 않는 등 '의도의 오류'를 범하지 않은 탄탄한 연출력이 돋보이는 이유이다.

　관객의 공분과 '장애인도 똑같은 인간'이란 깨달음은 마침내 영화의 사회적 힘을 유감없이 발휘한다. 실제로 광주 인화학교 성폭행사건 재수사, 학교 폐쇄, 13세 미만 아동대상 성범죄 양형기준 대폭강화, 장애인대상 성범죄 양형기준 신설에 이어 일명 '도가니법'이 국회 본회의를 통과한 것이다. 도가니법은 성범죄자의 사회복지법인 근무제한, 정부의 사회복지시설 영업정지·폐쇄 등의 내용을 담고 있다. 모두 '도가니'의 사회적 파장을 보여주는 것들이라 할 수 있다.

개인적으로 기쁜 것은 뜨거운 관객 반응이다. 일반적으로 대중일반은 영화라는 오락을 통해 골치 아프거나 심각함에 빠지려 하지 않는다. 유쾌·통쾌하거나 그냥 시간죽이기, 그것도 아니면 사교용 정도로 영화를 생각하는 버릇이 있다. 국적을 가리지 않는 할리우드 블록버스터나 한국 코미디영화들이 관객동원 면에서 강세인 것도 그런 이유에서다. '도가니'는, 이를테면 치열한 사회현실의 불편한 진실이라는 또 다른 하나의 흥행지표를 갖게해준 영화인 셈이다.

그렇다고 '도가니'에 대해 전혀 불만이 없냐면 그렇지는 않다. 우선 '안개'와 '고요'라는 소설에서의 주요 장치가 영화로 옮겨오면서 너무 미약해진 점이다. 초반과 결말 부분에서 장애학생들의 온갖 고통이 암시된 안개장면이 있긴 하지만, 소설에서처럼 긴밀하기보다 사건과 따로 놀고 있어 그런지도 모르겠다. '고요'는 강인호와 서유진이 겪는 좌절과 분노를 상징하고 자애학원에 드리워진 온갖 악행의 그림자를 걷어 내는 열쇠인데, 영화에선 아예 그게 없다.

다음 말도 아니고 해내기 어려운 수화 연기를 무난하게 소화해낸 아역 배우들의 연기에도 불구하고 소설의 15세라는 나이에 비해 너무 작은 애들이 아닌가 하는 아쉬움이 있다. 혹 더 어리게 하여 공분의 극대화 내지 선정성 배제를 노린 것인가? 대학 동기인 강인호와 서유진을 생판 처음 만난 사이로 각색한 건 아무래도 좋다. 그런데 그럴 듯한 사건 진전도 없이 갑자기 강인호가 서유진을 반말로 대하고 있어 어리둥절하게 만든다. 좀 아쉬운 이유이다.

〈월간 한울문학, 2012년 4월호〉

팩션의 승리, '최종병기 활'

문학잡지에 실리는 것이어서 원작소설 영화가 안성맞춤이란 생각을 했다. 지난 글에서 '도가니'를 다룬 것도 그런 까닭이다. 내심 '완득이'를 두 번째 영화로 계획하고 있었지만, 그러나 불발로 그치고 말았다. 김려령 원작소설을 각색한 '완득이'가 530만 명 동원한 기세로 지금도 하늘 찌르는 인기를 누리고 있어서다. 여러 날에 걸쳐 서너 군데 대여점을 다녔지만 DVD를 구할 수 없었던 것.

꿩 대신 닭이라고 해야 하나, 차선책으로 생각한 영화가 바로 '최종병기 활'(감독 김한민)이다. 2011년 8월 10일 개봉한 '최종병기 활'은 747만 관객을 극장으로 불러들여 2011 한국영화 흥행 1위로 '등극'한 영화이다. 문학이 그렇듯 영화 역시 '명작'은 오래 가는 법이다. 특히 영화의 경우 대박을 터뜨리면 DVD 출시 후 한동안 그 열기가 수그러들지 않는 특징이 있다.

사실 '최종병기 활'은 지난 여름대작 중 가장 늦게 개봉된 영화이다. '7광구'·'고지전'·'퀵' 등 100억 원 이상을 쏟아부은 대작의 위세에 눌려 개봉 날짜를 정하지 못하는 등 기를 펴지 못했다. 이변은 뚜껑을 열면서 시작됐다. 예컨대 개봉 8일 만에 200만 관객을 돌파함으로써 2006년 '왕의 남자'가 세웠던 9일 만이라는 최단 기간 기록을 깼다. 당연히 '7광구'·'고지전'·'퀵'은 '최종병기 활'의 적수가 되지 못했다.

90억 원을 들인 '최종병기 활'이 500만 관객을 돌파한 것은 개봉 26일 만의 일이다. '퀵'과 '고지전'이 겨우 300만 명을 간신히 넘기거나 못 미쳤고, '7광구'가 손익분기점조차 넘기지 못한 223만 명의 초라한 성적으로 체면을 구길 즈음 '최종병기 활'은 그야말로 파죽지세였다. 그 기세는 추석 대목으로까지 이어졌다. 개봉 35일 만에 600만 명을 동원한 '써니'보다 흥행속도가 빠르더니, 결국 일을 내버린 것이다.

'최종병기 활'의 2011 한국영화 최고 흥행작 기록은 남다른 의미가 있다. 일단 '극락도 살인사건'(2007)과 '핸드폰'(2009)을 연출했으니 신인은 아니지만, 김한민 감독이 무명이었기 때문이다. 무명 감독의 흥행 대박이라? 그쯤 되면 언론이 가만둘리 없다. 활을 소재로 한 이유에 대해 김감독은 "활도 잘 쏘고 각종 국제대회에 나가면 항상 금메달을 따는 한국에서 왜 활을 주제로 한 영화가 나오지 않는지 의아했다"(서울신문, 2011. 8. 23)고 말한다.

김감독의 그 의아스러움은, 이를테면 유니크한 소재를 견인한 원동력인 셈이다. 사극 등 활과 화살이 등장하는 영화들이 있어 왔지만, 그것에 방점을 찍어 천착한 작품은 '최종병기 활'이 거의 처음이다. 말할 나위 없이 대박영화의 제1의적 요건이라 할 참신한 소재이다. 그러고 보면 관객들은 재미있고 괜찮은 영화를 귀신같이 알아보는 신기한 재주가 있다.

금방 '재미있고 괜찮은 영화'라고 했는데, '최종병기 활'은 결코 재미

난 영화는 아니다. 영화는 저 '삼전도의 비극'이라는, 치욕의 역사로 남
게된 병자호란을 시대배경으로 한다. 무능한 조선 조정은 '오랑캐'인 청
에 무릎을 꿇고 항복한다.

죽어나는 건 백성이다. 50만 명이 청에 끌려갔다는 사실(史實)에 기초
한 듯 보이지만, 오라비 남이(박해일)의 자인(문채원) 구출작전은 픽션으
로 보인다. 또 조선 조정의 포로 송환 노력이 없었던 건 팩트이지만, 자인
과 남편 서군(김무열)의 귀환은 허구이다. 이른바 팩션이다.

팩션의 승리는, 그러나 단순히 그 자체만으로 이루어지는 것은 아니
다. 가장 중요한 문제는 어떻게 빚어내느냐이다. 그 빚어냄이 같은 역사
를 소재로 하더라도 하늘과 땅의 차이가 나는 영화가 되게 하는 열쇠라
할 수 있다. 우선 긴박감 넘치는 첫 화면이 관객의 시선을 끈다. 인조반
정의 한 단면을 묘사한 쫓고 쫓기는 위기감과 사나운 개까지 풀어 사실
감을 더하는 등 서두의 중요성을 잘 아는 감독의 역량은 시종 균형을
잃지 않는다.

기생집에서의 검무, 숲속 추격신, 절벽 뛰어넘기와 기어오르기 등이
빠른 카메라 워크로 숨 가쁘게 펼쳐지는 등 2시간 남짓한 상영시간이
전혀 지루하지 않다. "감정을 드러내는 대목에서는 TV드라마처럼 늘
어지는 부분이 있어 아쉽다"(세계일보, 2011. 8. 5)는 신문 리뷰가 있지
만, 그렇지 않다. 자인과 남이, 자인의 혼례 등 감정을 드러내는 대목
역시 빠른 속도감의 화면 전개를 다소 완충시키는 순기능적 장치들로
읽힌다.

어쨌든 그런 빚어냄은 국내 최초로 사용되었다는 고속카메라 '팬텀
플렉스' 덕분이다. 3D영화처럼 다가오는 활시위가 당겨져 휙 날아가는
화살이라든가 원빈 주연의 '아저씨'(2010)에서 보던 추격신 장면들이 그

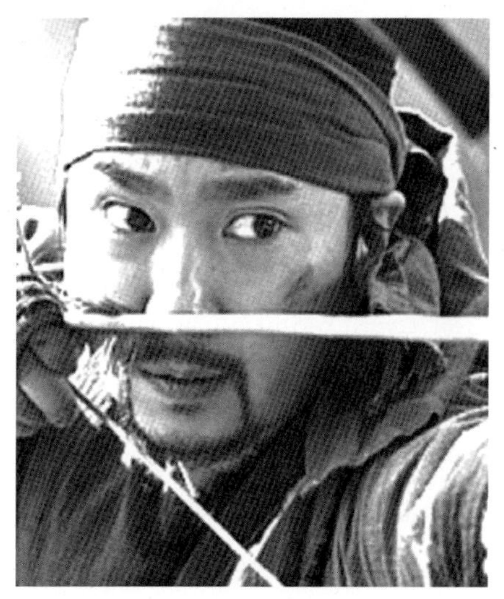

렇다. 가히 '추격영화(chase film)'라 할만하다. 김감독은 앞의 서울신문 인터뷰에서 "촬영감독의 역작이다"며 공을 돌리기도 했지만, 한국영화 기술의 진일보함을 확인할 수 있게 한다. 또 하나의 남다른 이유이다. 보는 즐거움이 아연 배가되는 이유이기도 하다.

앞에서 재미난 영화는 아니라고 말했는데, 이 대목만 보면 틀린 지적이다. 또한 재미 없으면 관객이 들지 않는 속성과도 거리가 있는 얘기다. 그렇다면 도대체 뭐란 말인가? 답은 치욕의 역사를 재미삼지 말자는 것이다. 그런 점에서 '최종병기 활'은 민족적일 수밖에 없는 영화이다. 문화에 있어 국수주의자가 되어도 좋다는 필자의 편견이라 해도 어쩔 수 없다.

물론 관객, 특히 흥행성적을 주도하는 10, 20대 젊은 층은 영화에서 민족을 애써 외면하려 한다. 골치 아프다는 것이다. 마구 때리고 부수는, 그리하여 남는 것이나 건질 게 거의 없는 할리우드 블록버스터들이 오랜 세월 질긴 생명력을 유지하는 것도 그와 무관치 않아 보인다. 그럼에도 '최종병기 활'을 앞에서 살펴본 대로 재미난 영화로만 보는 것은 명백한 오류다.

압축된 전쟁 상황은 감독의 의도인 듯싶은데, 오히려 그것이 더 상흔을 남긴다. 가령 아군과 접전 없이 무혈입성하다시피하는 자인의 결혼식장 난입과 마을 백성들 나포 장면 등이 그렇다. 전쟁이 기본적으로 끔찍한 상황이긴 하지만, 그것이 더욱 잔인하고 치사하게 보이는 것은 군인간 전투가 아니어서다. 이를테면 전쟁상황 압축에도 불구하고 그 처절함은 오히려 극대화되어 있는 셈이다.

"너희 왕처럼 기어와봐라" 따위 대사가 주는 치욕의 역사 환기도 눈여겨 볼 필요가 있다. 이런 메시지를 놓친 채 숲속 추격신, 절벽 뛰어 건너기 같은 기술적 현란함의 재미에만 빠져드는 건 영화에 대한 예의가 아니라 생각한다. 민족적일 수밖에 없다고 한 것은, 그러나 애국 따위와는 관련이 없다. 남이의 자인 구출이 나라 구하기와 아무 관련없이 오로지 피붙이에 대한 원초적 끌림 때문이니 말이다.

아쉬운 점은 따로 있다. 초반부 쥬신타(류승룡)의 공격을 받은 남이가 살아 돌아오는데, 그 과정이 너무 엉성하거나 싱겁다. 쥬신타가 죽은 것으로 생각한 만큼 그것에 필적할 살아남는 과정의 절실함이 구체적으로 그려져야 했다. 위기에 처한 남이를 별안간 호랑이가 나타나 구해주는 것도 긴박감이란 전반적 균제미를 단번에 깨뜨려 황당하기까지 한 대목이다.

자인의 오라비(남이)에 대한 반말투 대사 역시 고개를 갸우뚱하게 만든다. 역적으로 몰린 무반의 명문가 자녀들이기에 그렇다. '어서 어서'라는 우리말 대사가 자막으로 뜬 것이나 "한양 집에 가서 근사하게 꼬슬(꽃을→꼬츨) 심고" 따위 틀린 발음도 옥에 티랄까 매끄럽지 못해 아쉽다. 그럴망정 명대사 하나 기억해두자. "바람은 계산하는 것이 아니라 극복하는 것"이다. 자신도 죽지만, 최후의 승부에서 쥬신타를 쓰러뜨린 남이가 한 말이다.

〈월간 한울문학, 2012년 5월호〉

새로움 퇴색한 제13회전주국제영화제

5월 4일 폐막한 제13회전주국제영화제에선 9일 동안 42개 국 184편 (장편 137, 단편 47편)의 영화가 상영되었다. 영화 상영뿐 아니라 '게스트 큐레이터', '시네 토크' 등 감독 및 전문가와의 대화, '청소년특별전'이라든가 '베짱이 사운드 관객파티' 같은 이런저런 야외 이벤트도 마련되어 축제의 의미를 더했다.

보도에 따르면 유료관객은 6만 7천여 명으로 예년과 비슷한 수준이다. 그래서일까. 영화의 거리는 인파로 북적였다. 젊은이들뿐 아니라 중·장년층 관객들도 어렵지 않게 만날 수 있었다. 영화 역시 매진을 비롯, 예매율 내지 객석 점유율이 제법 높았던 것으로 알려졌다. 실제로 현장에서 표를 사려 한 'MB의 추억'의 경우 매진되어 영화를 볼 수 없기도 했다.

영화외적 면에서 예년과 달랐던 점은 영화제 기간 동안 하루도 비가 오지 않은 점이다. 유난히 잦았던 봄비를 피해 갈 수 있었던 것은 제13회전주국제영화제가 누린 행운이라 할만하다. 그러고 보면 예년과 같은 유료관객 6만 7천여 명이 대박은 아니다. 영 새롭게 차린 밥상을 그리 맛있게 먹은 건 아닌 셈이라고나 할까.

지난 해보다 상영작 수가 다소 줄어들었는데, 전체 프로그램은 6개 섹션으로 나눠 진행되었다. 'JIFF프로젝트'·'경쟁부문'·'시네마스케이프'·'시네마페스트'·'영화보다 낯선'·'포커스' 등이다. 그중 경쟁부문은 국제경쟁·한국경쟁·한국단편경쟁으로 나눠졌다. 눈에 띄는 변화는 한국경쟁에 40분 이상의 중편영화(이전엔 60분 이상의 장편영화)도 포함시킨 점이다. 시네마스케이프의 '한국영화 쇼케이스' 상영작 4편이 미개봉 신작들로 바뀐 것도 마찬가지다.

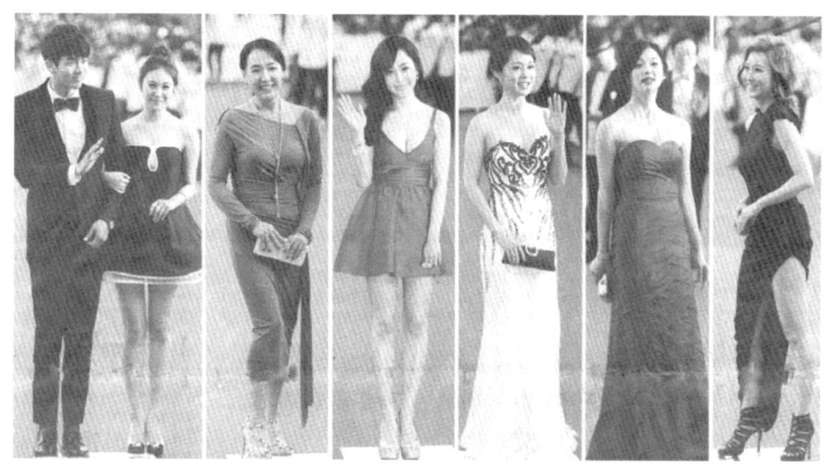

▲레드카펫을 밟은 배우들(전북도민일보, 2012. 4. 27)

또 하나 기억해둘 변화는 JIFF프로젝트 섹션인 '디지털 삼인삼색'의 변신이다. 전주국제영화제의 간판프로그램이라 할 '디지털 삼인삼색'은 그 동안 30분 내외의 단편영화였다. 그것이 각각 70분(잉량 감독의 '아직 할 말이 남았지만', 라야 마틴의 '그레이트 시네마파티')과 40분(비묵티 자야순다라 감독의 '마지막 순간의 빛')짜리 중·장편영화로 바뀐 것. 뭐니뭐니해도 가장 큰 변화는 '폐막작 미리 알기'라 할 수 있다. 한국단

편경쟁 수상작을 폐막작으로 상영했던 종전 방식에서 벗어난 것이다. 변화된 방식의 첫 폐막작은 ‘심플 라이프’(홍콩 허안화 감독)이다. 또 하나는 일부 영화의 3회 상영이다. 기존 2회 상영에서 3회로 늘린 것인데, ‘MB의 추억’을 비롯한 ‘한국영화 쇼케이스’ 4편, ‘디지털 삼인삼색’, ‘키홀’, ‘나나’, ‘이이불이(二而不二)’, ‘시네마스케이프’의 ‘로컬시네마 전주’ 등이다.

총론은 그쯤하고 이제 각론으로 들어가 보자. 선택의 문제일 수도 있겠지만, 결론부터 말한다면 제13회전주국제영화제가 덜 새롭거나 본전을 생각나게 했다는 것이다. 애써 챙겨본 ‘몬도 마닐라’(필리핀, 카븐 드라 크루스 감독), ‘헤드샷’(태국, 펜엑 라타나루앙 감독), ‘지옥화’(한국, 이상우 감독), ‘관용의 집’(프랑스, 베르트랑 보넬로 감독)이 그것이다.

사실 이 영화들은 전주국제영화제의 최대 장점이라 할 새로움(색다름이라 해도 좋다.)이 물씬 묻어날 것 같은 기대감을 갖게 했다. 요컨대 과거 ‘로망스’(1회), ‘죽어도 좋아’·‘이쿠’(2회), ‘개 같은 나날’(3회), ‘켄파크’(4회) 들처럼 새로움의 극치인 ‘변태영화’를 오랜만에 만나는 설렘을 갖게 했던 것이다.

그러나 그런 새로움은 없어 보인다. ‘몬도 마닐라’와 ‘헤드샷’은 ‘불면의 밤- 두 번째 밤’ 상영작이라 기대감을 고조시켰지만, 그게 아니다. 왜 그런 영화들이 무릇 관객들을 잠도 못자게 했는지 의아스러울 정도로 싱겁거나 평범한 영화들이다. 먼저 ‘몬도 마닐라’를 잠깐 살펴보자.

‘몬도 마닐라’는 필리핀이 안고 있는 가난의 문제를 그려낸다. 일종의 다큐멘터리로 묘파의 강도가 센 편이다. 특히 ‘빌어먹을 이 나라 정부’ 등 위정자들이 들으면 언짢아 할 내용들이 가득하다. 토니를 중심으로 펼쳐지는 10대 청소년들의 마약, 자위행위, 관음증, 폭행, 강도 등 온갖 악행들도 마찬가지다. 집세 문제로 ‘우중 혈투’도 마다하지 않는 토니

엄마 마리아와 집주인 등 빈민의 모습도 예외가 아니다.

하드보일드 스타일로 끝까지 갔더라면 주제의식은 건졌을 텐데 그것도 아니다. 결말부에서 영화는 갑자기 한국의 새마을운동으로 돌변해버린다. 중간 중간 삽입한 경쾌한 템포의 음악이 수상쩍었는데, 그예 희망의 합창곡으로 변해버린 것이다. 가난이 아니라 가난해방이 주제라면 영화의 전체적 흐름과 관련, 너무 생뚱맞다.

마리아의 섹스와 게이 자살 장면의 교차편집이라든가 여자끼리, 그것도 브래지어와 팬티 차림의 아주 어색한 '이층집' 묘사도 경쾌한 음악에 맞춘 단체 춤사위로 인한 주제의식 호도만큼이나 안 어울려 보인다. 탄탄한 구성과 그럴 듯한 서사성을 확보하고 있다는 점에서 '헤드샷'은 '몬도 마닐라'보다 한 수 위로 보인다.

'헤드샷'은 형사 툴이 킬러로 변신하는 과정을 통해 추악한 권력의 음모 등 이면을 폭로하는 고발영화다. 물고 물리는 복수의 잔혹성이 총성 소리와 함께 가슴을 섬뜩하게 한다. 그것은 '헤드샷'을 드라마틱하게 볼 수 있게 하는 힘이다. '촛농 고문'이 새롭다면 새로워 보인다. 그 와중에 "원래는 물소 타요?"라든가 "당신은 거꾸로 보여도 예뻐!" 따위 유머 감각 등이 태국영화의 현주소를 가늠케 해준다.

'지옥화'는 'MB의 추억' 관람 실패로 유일하게 챙겨본 한국영화이다. '지옥화'가 처음은 아니다. '지옥화'는 신상옥 감독이 1950년대의 전쟁 상황을 리얼하게 그려낸 영화이기도 하다. 제3회(2002년). 전주국제영화제에서 '한국영화회고전' 섹션으로 이미 상영한 바 있다. 물론 이상우 감독 '지옥화'는 영 다른 영화이다. 불교에서 말하는 인과응보에 관한 이야기지만, 한국영화 경쟁작으론 좀 부족해 보인다.

일단 인간의 본성인 식욕과 색욕을 적절히 조화시킨 파계승 지월 캐릭터는 신뢰를 준다. 근데 왜 그러는지 당위성이 와닿지 않는다. 새삼스런 말이지만, 독립영화가 살 길은 리얼리티와 디테일이다. 거기서 튼실한 구성과 그로 인한 이미지나 스토리 전달은 필수다.

그런데 '지옥화'에는 섹스라는 상황은 여실한데, 왜 그러는지는 구체적으로 와닿지 않는다. 왜 중이 되었는지도 그렇다. 성폭행하다 살해한 여자의 유해를 전하러 가서 그 쌍둥이 언니와 또 섹스에 빠진다. 결국 살해된다. 그게 인과응보인가?

그것, 그러니까 현재와 과거 시점이 화면상으로 명백히 구분되지 않은 것도 아쉬운 점이다. 아버지의 친딸 성폭행, 아들의 존속살인, 또 다른 성폭행과 살인, 승려의 여신도 간통, 어머니의 치매, 광기어린 종교행위, 살인한 여자 언니와 섹스교감 등 온갖 사회악을 통해 어떤 묵직하고 진지함을 보여주려한 듯한데, 유감스럽게도 소화불량 내지 약물과다 복용쯤으로 다가올 뿐이다. 잠깐 성기노출에다가 배우들 수고가 컸을 벽, 책상 등지에서의 잦은 섹스신에도 불구하고 그리 길지 않은 상영시간 99분이 지루하게 느껴지는 것은 그래서다.

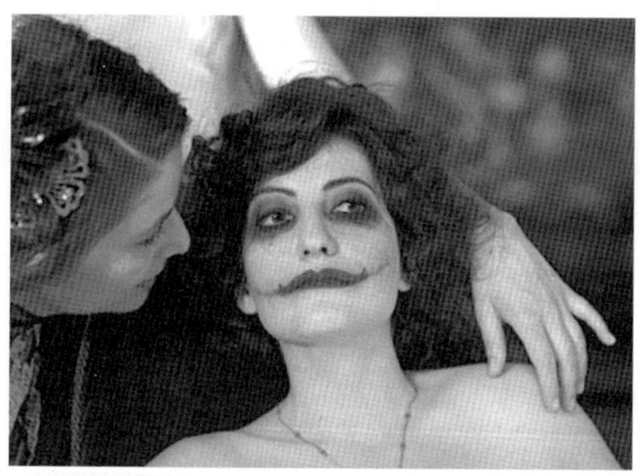

▲'관용의 집'의 한 장면

지루하기로 따지자면 '관용의 집'이 압권이다. 애써 밝히자면 선택의 오류를 절감하게된 '관용의 집'은 한 마디로 창녀들 이야기다. 때는 1899~1900년, 장소는 프랑스다. 배경음악이 분위기를 한껏 살리고, 여자 음모라든가 성기가 완전 노출된 전라(全裸) 등 국제영화제 상영작다운 모습이 새롭긴 하지만, 거기까지다. 프랑스 영화비평지 '카이에 뒤 시네마'가 지난 해 세계영화 베스트 10중 8위로 꼽은 영화라니 놀라울 따름이다.

'관용의 집'은 19세기 말 창녀들의 일상을 다룬다. 대부분 빚 때문 창녀가 되었고 지금과 마찬가지로 아무리 노력해도 한 번 발을 들이게 되면 쉽게 빠져나올 수 없다. 고객들은 변태 등 천태만상이다. 뭔가 자본주의의 잔혹한 실상 같은 게, 하다못해 창녀들의 말할 수 없는 삶의 무게라도 와닿아야 하는데 그게 없다. 매독에 걸린 창녀가 죽는다. 입이 찢어진 상처 부위로 인해 정상 영업을 할 수 없는 창녀가 부르주아 연희에 불려가 희롱의 대상이 되지만, 그것들조차 그런 느낌으로 다가오지 않는다.

결론은 다시 총론이다. 여느 해에 비해 홍보는 뒤지지 않아 보인다. 지방지는 말할 것도 없고 필자가 구독하는 중앙일간지 8개 신문에서 관련 기사를 볼 수 있어서다. 다만 개막작 게스트는 '올드 보이'로 채워졌다는 아쉬움이 남는다. 백상예술대상 시상식과 겹쳤다곤 하지만, 개막식 레드카펫을 밟은 배우들이 지금 잘 나가는 스타들은 아니지 않은가?

그럴망정 이 글을 읽는 독자들에게, 아니 모든 문학하는 이들에게 전주국제영화제 체험하기를 권하고 싶다. 그 의미가 퇴색해가는 느낌일망정 전주국제영화제는 여전히 새로움과 다름의 영화잔치 한마당이니까.

〈월간 한울문학, 2012년 6월호〉

소설 속 은교 죽인 영화 '은교'

박범신 장편소설 '은교'가 영화로 개봉되었다. 지난 4월 26일의 일이다. 개봉 15일 만에 전국 110만 관객을 동원하는 등 대박까지는 아니더라도 비교적 큰 반향을 일으킨 바 있다. 아마 '스타작가'라는 원작자의 영향도 컸을 것이다. 그도 그럴 것이 '은교'(감독 정지우)는 개봉 무렵 일간신문들이 앞다퉈 논산으로 낙향한 박범신 근황과 함께 영화 리뷰를 일제히 싣기도 했다.

필자가 오랜만에 극장에서 영화를 본 것은, 그러나 그 때문이 아니다. '은교'가 마침 제13회전주국제영화제 기간에 상영된 때문이라 해야 옳다. 국제 영화제 상영작과 연결시켜 '은교'를 본 것은 맙소사! 09시 시작 1회 상영작이었다. 조조할인에 카드할인까지 중·고생 단체관람비 정도로 극장 영화를 보다니 횡재가 따로 없었다.

09시 상영영화를 본 것은 필자로선 생애 최초의 일이다. 이를테면 역사적인 일인 셈이다. 엉뚱하게도 필자 혼자, 그 드넓은 극장에서 영화를 보게 되나 하는 기우는 상영시각이 임박하면서 깨지고 말았다. 16명이 앞서거니 뒤서거니 들어왔던 것. 놀라운 것은 16명의 면면이다. 40대로 보이는 아줌마 2명을 빼놓곤 전부 20대 초·중반 젊은이들이었다.

그들이 영화의 관객층을 주도하는 세대이긴 하지만, '은교'의 경우 다소 의아스러울 수밖에 없었다. 젊은이들로선 영화를 통해 딱히 건질만한 핵심 명제 같은 것이 '은교'에는 없기 때문이다. 물론 오전 9시라곤 하지만, 고작 14명 젊은 관객을 두고 너무 지나친 의미 부여가 아닐까 하는 생각이 없는 건 아니다. 과연 그들은 '은교'에서 무엇을 보려 한 것일까?

앞에서 말했듯 '은교'는 화제작이다. "30대 배우 박해일의 백발노인 변신, 신인 여배우 김고은에 대한 꽁꽁 숨긴 신비주의 홍보전략, 박범신 작가의 동명소설인 원작…"(동아일보, 2012. 4. 24) 등이 관심거리였다. 나아가 여배우 파격노출 및 적나라한 섹스신이라든가 '해피엔드'(1999)로 강렬한 인상을 남긴 정지우 감독의 신작 등도 화제였지만, 결론부터 말하자면 '별로' 내지 '아니다'가 될 것 같다.

이미 소설을 통해 알려진 대로 '은교'는 70세(소설에선 69세) 국민시인 이적요(박해일)와 17세 여고생 은교(김고은), 그리고 그 둘 사이에 끼어 있는 소설가 서지우(김무열) 3명의 애증을 다룬 영화이다. 영화에선 늙음과 젊음, 사랑과 섹스, 문학과 사이비문학 등이 그리 숨 가쁘지 않게 교차한다. 오히려 2시간 남짓한 상영시간이 약간 지루하게 느껴질 정도이다.

그것은 일단 영화가 원작소설보다 못하다는 의미의 다른 말이다. 사실 소설 '은교'는 참 독한 연애소설이면서 연애소설만은 아닌 작품으로 읽힌다. 70세 노인, 그것도 국민시인이라 추앙받는 노인이 17세 여고생을 사랑하는 해괴한 일이 호기심을 자극하지만, 결코 욕정이나 섹스 따위 세속적 사랑놀음이 파격적으로 그려지는 건 아니기 때문이다.

소설에서도 '꿈, 호텔 캘리포니아' 꼭지를 통해 은교와의 섹스가 판타지로 펼쳐지지만, 이적요는 은교에 대한 욕망을 절제한다. 자신도 모르게 은교를 보거나 대하며 페니스가 일어설 때 이적요는 은교를 "건너편 벽까지 밀려나 머리를 부딪힐 정도"로 밀쳐낸다. 거기서 늙음은 그냥 자연일 뿐이다.

그런데 세상이 그렇게 보질 않는다. 예컨대 서지우가 사주한 노랑머리 청년으로부터 "당신, 지금 썩은 관처럼 보여"라는 무지막지한 말을 듣는 식이다. 이적요로선 평생 처음 겪는 모멸감이다. 그로 인해 짐짓 은교를 멀리 하기도 하지만, 그녀와 함께 한 카페 등에서 입장을 거부 당하곤 한다. 이적요는 그런 세상에 대해 저항한다. 은교와의 끈을 끊게 하는 그 늙음에 절규한다.

물론, 노상 하는 말이지만 영화가 원작소설과 같을 필요는 없다. 원작자 박범신 역시 "불만을 이야기하자면 밤새워 이야기해야 하지만, 영화는 영화로서 보아야 옳아"(서울신문, 2012. 4. 21)라는 입장을 밝힌 바 있다. "원작의 주제를 이만큼 알뜰하게 재해석한 경우는 많지 않았어. 감독과 출연진에게 고맙지" 하면서도 "그렇다고 만족스러웠다는 것은 아니야"(앞의 서울신문)라고 말하기도 했다.

영화가 원작소설과 같을 필요는 없더라도 응당 문제는 남는다. '은교'의 경우 소설 속 은교를 죽여버린 영화가 되어버린 점이 그것이다. 제목과 달리 은교가 객체로 놓인 소설의 약점을 극복한 것은 좋다. 소설에서 은교는 원조교제나 하는 그냥 평범하거나 영악한 여고생일 뿐이다. 가령 서지우와의 '이층집'에서 "아이 참, 영어 단어 암기해요. 내일 영어 시험 본다구요!"라며 짜증내는 걸 예로 들 수 있다.

그런데 영화에선 180도 달라진 모습이다. 이적요가 창문을 통해 훔쳐보는 서지우와의 이층집에서 은교는 묻는다. "여고생이 왜 남자와 섹스하는 줄 아냐?"고. 서지우의 즉답이 없자 은교는 스스로 "외로워서"라고 대답한다. 결국 여고생이 외로워서 남자와 섹스를 한다는 것이다. 더 놀랄 일은 원작에 없는 이런 영화 대목을 원작자가 맘에 들어 했다는 사실이다.

원작자가 맘에 들어 했다니 할 말이 없어야 할까? 그건 아니다. 은교라는, 참 독한 연애소설이면서 연애소설만은 아닌 소설 속 캐릭터의 너무 심한 왜곡이기 때문이다. 은교의 그런 태도는 서지우, 상대적으로 국민시인에다가 욕망 자제로 일관해온 이적요와 콘트라스트되는 서지우라는 캐릭터와 충돌을 일으키기도 한다. 요컨대 남녀간 섹스에 대한 당위성보다 원조교제를 할 수밖에 없는 은교라야 이적요의 그것들이 사랑일 수 있다는 얘기이다.

서지우의 "더러운 스캔들" 운운에 불같이 화를 낸 거라든가 은교와 오붓이 하는 데이트에 매우 만족해하는 것, 서지우를 죽일 생각으로 한 핸들조작 등 일련의 상황이나 액션이 이적요의 사랑행각으로 귀일하고 있다. 그런데 그 대상인 은교는 외로워서 섹스를 나누는 여고생이라니, 너무 생뚱맞지 않은가? 그런 은교라면 차라리 이적요와 그리되어야 영화내적 리얼리티를 살릴 수 있었을 것이다.

그리고 보면 성기 및 체모 노출과 격렬한 이층집이 꼭 필요했는지도 의문이다. 이적요의 홀랑 벗은 모습은 '늙음'의 표상으로 설득력이 생기지만, 은교의 격렬한 이층집은 생뚱맞다. 17세 여고생이 엑스타시에 전율하는, 마치 '애마부인' 같은 몸짓을 하고 있어서다. 설사 그걸 지켜보는 이적요의 '늙음'을 자극하기 위한 의도였을지라도, 그건 아니지 싶다.

또 다른 아쉬움은 그만 놓쳐버린 주옥 같은 대사들이다. 요컨대 "사랑에는 나이가 없다"(파스칼), "연애가 주는 최대의 행복은 사랑하는 여자의 손을 처음 쥐는 것이다"(스탕달)같이 이적요의 은교에 대한 사랑을 어필시키는 소설 속 대사를 전혀 살려내지 못한 것이다. '이상문학상'에다가 출판사 겸 잡지이름 '문학동네'가 여러 차례 간접선전된 것도 다소 의아스럽다.

영화가 사회적 의무를 다할 책임은 없지만, 그리고 청소년관람불가 영화라곤 하지만 은교의 나이나 신분 때문인지 '은교'에 대한 여고생들의 관심이 커서 하는 말이기도 하다. 은교는 외로워서 남자와 이층집을 짓는 애마부인 캐릭터가 아니어야 했다. 가난 때문 어쩔 수 없이, 그러니까 오르가즘과는 하등 상관없이 오히려 섹스에 고통스러워하는 은교여야 했다.

마치 청년처럼 들리는 목소리를 빼고 30대 박해일의 70대 노인 연기는 300대 1의 경쟁을 뚫고 발탁된 김고은보다 한 수 위다. 특히 첫부분 은교에게 한눈에 반한 노인 박해일의 표정 연기는 일품이다. 김고은의 경우 자연산 얼굴의 풋풋하고 싱그러운 이미지가 돋보이긴 하지만, 글쎄 빈약한 가슴이나 별로 뇌쇄적이지 못한 표정 등이 이적요를 바위틈 지나 청춘을 다시 찾은 뱀 같은 열정의 노인으로 만들었을지는 의문이다.

부록으로 시는 어떤가?

이적요를 위하여

이적요는 69 또는 70살의
국민시인이다 어느날
17살 은교가 잠자는 모습을
처음 본 후로 사랑에는 나이가 없다는
파스칼의 말을 아는지 모르는지
지독한 사랑의 늪에 빠져든다
이적요는 송장이란 소릴 들을망정
은교와의 데이트만으로도 숫총각처럼
마음이 달뜬다
안마시술소에서와 달리 가운뎃다리가 서곤 하는
희귀한 경험에 어쩔 줄 몰라하면서도
이적요는 다만 꿈속에서
은교와 사랑을 나누고
그만 죽어버린다
영화에선 살아 남지만
이적요에게 은교는 없다
사랑이라는 욕망을 우정 절제하는
이적요의 사랑은? 사랑이다
외로워서라며 애마부인 같은 몸짓으로
서지우와 '이층집' 짓는
17살 여고생 은교를 사랑한 이적요
때로 사랑은 그런 것이다.

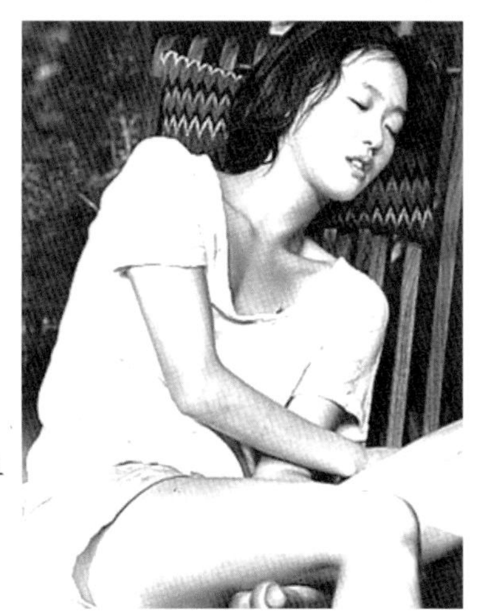

〈월간 한울문학, 2012년 7월호〉

너무 착한 청소년영화, '완득이'

지난 달 이 지면을 통해 만나본 영화 '은교'는 이른바 '스크린셀러'이다. 영화 관객은 134만 명 동원에 그치고 말았지만, 개봉 후 원작소설은 2010년 출간 당시의 7만 부 가량보다 두 배 가까이 많은 13만 부가 팔려나갔다. 영화의 흥행으로 원작소설이 제2의 전성기를 맞고 있는 스크린셀러의 전형적 모습이라 할만하다.

'도가니'(공지영), '완득이'(김려령)도 빼놓을 수 없는 스크린셀러들이다. '도가니'는 이 지면 첫 영화로 만나보았고, 이제 '완득이' 차례다. 사실은 지금 대박 행진중인 '내 아내의 모든 것', '후궁: 제왕의 첩'과 여름 성수기용 할리우드 블록버스터 '어메이징 스파이더맨'이나 한국 최초의 '감염재난 공포영화'라 할 '연가시' 같은 영화들을 다 뿌리친, 나름 고뇌 깊은 선택이라 할 수 있다.

기실 '2012 상반기(1~6월) 한국영화는 선전했다. 세계일보(2012. 7. 6)가 보도한 영화진흥위원회 집계에 따르면 상반기 전체 누적 관객 수는 지난 해 같은 기간보다 1437만 명 늘었다. 한국영화만 따져 보면 지난 해 3281만 명에서 올해는 4417만 명으로 증가했다. 연간 극장관객 1억 명을 넘긴 2006년 이후 전체 관객 수, 한국영화 관객 수 모두 최고치다.

한국영화의 선전은 '흥행순위 10'을 봐도 알 수 있다. 706만 명을 동원한 '어벤져스'에 1위 자리를 내주긴 했지만, 2위부터 무려 7편이 '흥행순위 10'에 들어 있다. '범죄와의 전쟁: 나쁜 놈들 전성시대'(468만 명), '내 아내의 모든 것'(435만 명), '건축학개론'(410만 명), '댄싱 퀸'(400만 명), '부러진 화살'(341만 명), '화차'(242만 명), '후궁: 제왕의 첩'(241만 명) 등이다.

7, 8위는 할리우드 블록버스터 '맨 인 블랙3'(337만 명)과 '미션임파서블: 고스트 프로토콜'(251만 명)이 각각 차지했다. '내 아내의 모든 것', '후궁: 제왕의 첩' 들처럼 하반기에도 계속 상영 중인 영화가 있어 '흥행순위 10'의 순위는 바뀔 공산이 크다. 최대 관심사는 과연 '내 아내의 모든 것'이 500만 고지를 넘겨 흥행순위 2위에 오르느냐이다.

그러나 이번에 만나볼 영화는 역시 '완득이'다. 2011년 10월 20일 개봉한 '완득이' 선택에는 또 다른 이유가 있다. 지난 5월호에서 밝힌 대로 전국 관객 530만 명을 동원한 기세가 DVD 출시 후에도 등등해 불발로 그쳤던 아쉬움을 만회해야 하기 때문이다. 그럴망정 '완득이'를 만나려는 더 중요한 이유는 원작소설에 대한 깊은 인상 때문이라 해야 옳다.

바꿔 말하면 원작소설이 영화로 어떻게 빚어졌느냐, 과연 그 이름값을 해냈느냐 따져보겠다는 의미이다. 소설 '완득이'는 2007년 제1회창비 청소년문학상 수상작이다. 2008년 3월 단행본 발행 후 50만 부(한겨레, 2011. 9. 20)가 팔렸고, 2011년 새학기부터 국어교과서(창비)에 실리기도 했다. 영화 '완득이'(감독 이한)는 한 달 만에 400만 명 동원 등 2011 흥행 4위작이 됐다. 참으로 대단한 시대의 아이콘인 셈이다.

우선 '완득이'는 담백·깔끔한 청소년소설이다. 심지어 이런 소설을 왜 묵혀두다 이제야 읽었나 하는 후회가 생길 정도였다. '완득이'는 고1(영화에선 고2) 도완득의 인생유전 이야기다. 담임 똥주(이동주), 난쟁이 아버지(도정복), 베트남인(영화에선 필리핀인) 어머니, 배치고사 1등 정윤하와 이런저런 관계를 맺고 있다. 다문화가정, 외국인 노동자 문제 등 상당히 무겁거나 진지한 사회현상들이 깔려 있지만, 그것들이 독자의 마음을 짓누르진 않는다.

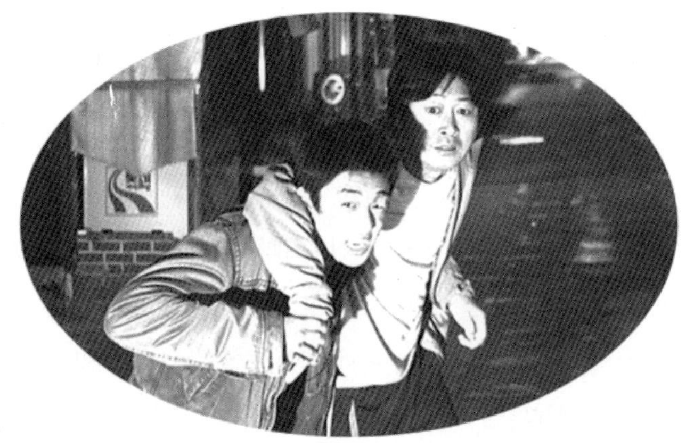

일단 영화 '완득이'도 그런 원작에 충실해 보인다. 이한 감독은 "원작이 표현한 사회 소수자에 대한 따뜻한 마음을 놓치지 않으려 했다"며 "영화의 '좋은 마음'이 관객을 즐겁게 해준 것 같다"(경향신문, 2011. 12. 5)고 말한 바 있다. 리뷰 또한 대체적으로 호의적이다. 가령 김영찬 교수는 "지금 한국 사회에 팽배한 분노, 좌절, 허탈함의 감정을 넘어서는 화해와 위로와 희망이라는 따뜻한 감성의 메시지가 담겨 있다"(경향신문, 2011. 12. 17)고 말했다.

또 영화평론가 강유정은 "'완득이' 속에는 갈등이나 충돌이 거의 등장하지 않습니다. 인간이 가진 선한 의지를 끝까지 믿고 있는 듯 '완득이'는 우리가 바라는 화해로운 세상을 그려냅니다. 그리고 바로 이 선한 의지가 관객들의 지지를 받고 있습니다"(한국교직원신문, 2011. 12. 12)라며 흥행대박의 원인을 나름 진단하고 있다. 그들의 주장처럼 베스트셀러 원작소설에 영화의 흥행대박까지 '완득이'엔 정말 아무런 흠도 없는 것일까?

물론 대답은 '그렇지 않다'이다. 가장 큰 아쉬움은 너무 착한 청소년영화라는 점이다. 원작에선 선인화(善人化) 일색 캐릭터의 약점을 간결한 문장, 참신한 표현, 돋보이는 유머 감각 등으로 착실히 극복하고 있다. 단숨에 읽고난 후 너무 착한, 그래서 청소년소설일 수밖에 없구나 하는 생각이 들었다면 영화에선 그리 길지 않은 상영시간 107분이 되게 지루하게 느껴질 정도로 재미가 없다.

특히 소설 전편의 분위기를 좌우하는 장치인 유머 감각을 최대한 살리지 못한 것이 재미없는 영화의 주범이 아닐까 한다. "만득아"라고 부르는 관장(안길강)에게 핫산이 "완득인데요"한다든가 동주(김윤석)의 "똥 쌀 때 컴퓨터 들고 가나?", 그리고 신발가게에서 값을 치르고 완득이(유아인)가 나갔는데 어머니(이자스민)가 주인에게 거스름돈 달라는 대목 정도에서 유머가 반짝일 뿐이어서 하는 말이다.

물론 담임 동주의 튀는 언행이라든가 옆집 아저씨(김상호)의 수시로 터져나오는 "씨불놈" 소리, 민구삼촌(김영재)의 좀 모자란 모습 등이 기본적으로 웃음을 자아내긴 한다. 하지만 그것은 엄밀히 따져 캐릭터 설정의 문제이다. 그 중 똥주 캐릭터는 압권이다. 똥주는 현실세계에 그런 교사가 존재할지 의구심이 생길 만큼 유니크한 캐릭터임에 틀림없다.

원작에 없는 옆집 여자 이호정(박효주) 설정은 하지않는 것이 나을 뻔했다. 그녀의 직업이 무협소설가여서 '없는 자들'이라는 주요 인물과 동류항을 이루긴 하지만, 완벽하게 유니크한 캐릭터 동주의 이미지를 분산시키거나 산만하게 하고 있다는 점에서다. 이호정 방 엿보기와 키스, 다문화센터 개소식에서의 수작 등이 그렇다. 게다가 이호정은 "삐쳤어요?"라고 해야 할 대사를 "삐졌어요?"라고 말해 옥에 티를 남기기도 한다.

비약이 심하거나 유기적으로 이어지지 않는 장면 전환도 아쉬운 부분이다. 예컨대 동주가 윤하(강별)에게 "여자들이 뭘 좋아하지?" 물은 후 그것과 전혀 상관없는 장면으로 바뀌는 식이다. 또 완득이가 친구의 라면 먹으러 가자는 말에 동의하고 교실을 나섰는데, 이어진 화면은 어머니와 시장에서 닭을 사고 있다. 그런 미숙한 편집도 재미없음에 한몫했다는 생각을 떨굴 수 없게 한다.

혹 영화만 본 관객이라면 다를지 모르지만, 뭐니뭐니해도 '완득이'의 최대 약점은 악인의 반동인물이 없다는 점이다. 화해·위로·희망 등이 많은 이들의 희망사항이긴 하지만, 시대현실의 비극적 상황을 마냥 좋은 쪽으로 덮어버리는 것이 문학이나 영화가 할 짓은 아니다. 그것은 자칫 미화 내지 '호도'일 수 있기 때문이다. 보통 반동인물 콘트라스트를 통해 주동인물이나 주제의식의 극대화가 이루어진다는 점에서도 '완득이'는 너무 착한 청소년영화이다.

사족 하나. 모든 분야 역주행이라는 평가를 받는 이명박정부에서의 치열한 사회현실을 잠시나마 잊게해준 '따뜻한 위로'의 영화였을지라도 '완득이'의 최대 수혜자는 이자스민(완득이 엄마역)이 아닐까 한다. 개인적으론 '그까짓' 국회의원이라 생각할망정 '완득이'의 대박 덕분으로 스스로는 꿈도 꿔본 적이 없을 집권여당의 국회의원이 되었으니 말이다.

〈월간 한울문학, 2012년 8월호〉

여름 대목 극장가의 최강자, '도둑들'

이 달의 영화는 무엇으로 하지, 나름 고민이 컸다. 지난 달 이 지면에서 이미 예고했듯 '내 아내의 모든 것', '후궁: 제왕의 첩', '연가시' 등 '어메이징 스파이더맨'이나 '다크나이트 라이즈' 같은 할리우드 블록버스터는 논외로 하더라도 무섭게 기세를 올린 우리 영화들이 여름 대목 극장가에 즐비했기 때문이다. 나름 고민은, 그러나 '도둑들'에 의해 싱겁게 끝나버렸다.

아다시피 여름은 영화의 최대 성수기다. 절정은 피서 인파가 극에 달하는 7월말이지만, 이른 경우 그 문은 5월에 열리기도 한다. 올해 역시 '맨 인 블랙3'이 5월 24일 가장 먼저 상륙한 바 있다. 그후 '프로메테우스'(6월 6일), '어메이징 스파이더맨'(6월 28일), '다크나이트 라이즈'(7월 19일), '토탈리콜'(8월 15일) 등이 연달아 여름 대목 극장가를 달구었다.

그런 와중에 '연가시'는 잘 나가던 '어메이징 스파이더맨'을 주저 앉혔다. 개봉(7월 5일) 25일 만에 441만 명을 동원한 '연가시'는, 그러나 개봉 18일 만에 607만 명을 동원한 '다크나이트 라이즈'에 의해 주춤해지고 말았다. 파죽지세일 것 같던 '다크나이트 라이즈' 역시 6일 늦게 선보인 '도둑들'의 기세에 주눅드는 형국이 이어졌다. '도둑들'은 개봉(7월 25일) 19일 만인 8월 12일 현재 923만 명 넘게 동원한 것으로 집계됐다. 마침 런던 올림픽 열기가 후끈한 때라 그런 어떤 영화와도 견줄 바 없게 되기도 했다.

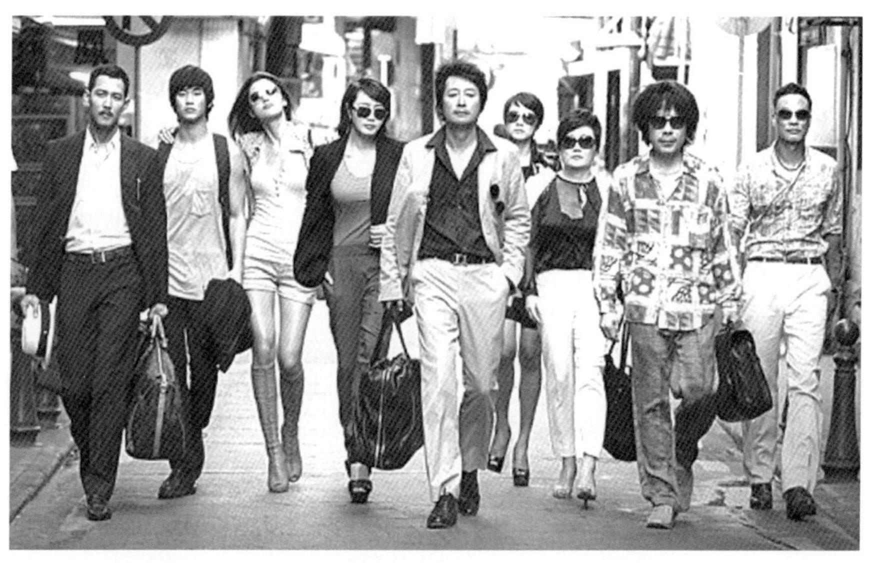

그것만으로도 상반기에 '706만 명을 동원한 '어벤져스'를 앞지른, 올 개봉영화중 최고의 성적이다. 그쯤 되고 보니 언론이 가만둘리 없다. 중앙일간지들은 앞다퉈 '도둑들'의 1000만 관객 돌파를 기정사실화하고 있다. 1000만 이상 관객 동원 한국영화는 '괴물'(1301만 명, 2006년), '왕의 남자'(1230만 명, 2005년), '태극기 휘날리며'(1174만 명, 2004년), '해운대'(1132만 명, 2009년), '실미도'(1108만 명, 2003년) 등이다. 그리고 1330만 명으로 최다 관객 1위인 '아바타'(2009년)가 있다.

일각에선 1000만 돌파를 넘어 최다 관객의 흥행 기록을 새로 쓸지에 관심을 보이기도 한다. 가령 개봉 첫날 동원한 43만 명이 한국영화사상 최다 오프닝 기록이라는 점에서 그렇다. 역대 최고의 주말 박스오피스 신기록, 올해 개봉한 국내·외 영화 흥행 1위 등도 마찬가지다. 어쨌든 독자들이 이 글을 읽을 때쯤엔 1000만 명 돌파 영화로 우뚝 서있을 게 분명해 보이는 '도둑들'이다.

그렇다면 '도둑들'은 어떤 영화인가? 일단 '도둑들'은 최동훈 감독의 4번째 영화이다. 최동훈은 2004년 데뷔작인 '범죄의 재구성' 245만 명, 2006년 '타짜' 684만 명, 2009년 '전우치'에서 613만 명을 각각 동원한 흥행감독이다. '도둑들'의 경우 순제작비 110억 원, 마케팅비 30억 원 등 140억 원이 투입되었고, 그 손익분기점이 450만 명이니 대단한 흥행 몰이라 할 수 있다.

영화 내용은 단순하다. 국내·외 도둑들이 모여 최대의 다이아몬드인 '태양의 눈물'을 훔쳐내는 이야기다. 그에 반해 스토리는 제법 꼬여 있다. 훔쳐서 나눠 갖고 하는 따위가 아니다. 애증을 바탕으로 얽혀 있다. 꼬리를 무는 배신도 그 연장선에 있다. 급조된 것인데도 씹던껌(김해숙)과 첸(런다화)의 '중년 사랑'만이 비장미를 더해주고 있다.

비장미라고? 그렇다. "저 안한지 10년 넘었어요"라고 고백하는 씹던껌이기에 첸과의 중년 사랑은 돌발적이지 않다. '이층집' 등 구체적 묘사 없는(아마 15세관람가로 하기 위해 그랬을 것이다.) 박진감 결여가 아쉽지만, 탈출하다 같이 죽는 장면은 자못 비장스럽기까지 하다. 따지고 보면 흉악무도한 범죄자인데, 그들에게도 그런 인간미가 있음을 깨우치게 하는 것이야말로 최감독의 능력이 아닐까 한다.

그에 비하면 마카오박(김윤석), 팹시(김혜수), 뽀빠이(이정재)의 3각

관계는 좀 진부해 보인다. 범행시 키스 따위 애정행각을 발랄한 감수성으로 생각했을지 몰라도 "책임지라"는 팹시의 신파조 대사 등 순정은 아연 맥을 빠지게 한다. 잠파노(김수현)의 예니콜(전지현)에 대한 수작도 귀여워 보이긴 할망정 다소 생뚱맞게 다가온다.

놀라운 것은 그들의 사랑이 결코 장난이 아니라는 점이다. 마카오박은 탈출 도중 바다에 빠져 죽을 뻔한 팹시를 구해준다. 잠파노 역시 예니콜을 위기에서 벗어나게 하고 기꺼이 죽는다. 씹던껌과 첸은 아예 정사(情死)한다. 그런 멜로가 서스펜스 액션영화의 속도감에 완급 조절의 기능은 할지라도 문제는 남는다. 범죄자일 수밖에 없는 도둑들 미화가 그것이다.

물론 영화가 사회적 책임까지 져야 할 필요는 없다. '다크나이트 라이즈'를 흉내낸 총기사건이 실제로 미국에서 발생했을지라도 그 범죄가 영화의 책임일 수 없긴 하다. 그렇더라도 감독의 말처럼 1급 오락영화로서의 설정과 캐릭터가 멜로에 치중하거나 연연해하는 것은 좀 아니지 싶다. 그런 불만을 잠재우는 일 또한 감독의 역량일 것이다.

많이 안 알려진 내용이지만 '도둑들'의 제작사 케이퍼필름 안수현 대표는 최동훈 감독의 부인이다. 이를테면 부부합작의 영화 '도둑들'인 셈인데, 그들의 흥행 대박 분석이 흥미롭다. 먼저 최감독은 '다양한 캐릭터의 매력', 안수현 대표는 '재미'를 흥행 비결로 꼽았다. 아닌게 아니라 다양한 캐릭터를 초호화 캐스팅으로 적절하게 배치하여 안겨주는 재미가 적지 않다.

그러나 재미가 감독의 말처럼 "한 영화가 만들어져서 세월을 견디고 오래 살아남아 나중에 또 볼 수 있게 되길 바라죠. 그게 재미예요"(한겨레, 2012. 8. 9) 같은 의미는 아니다. 재미는 그냥 재미일 뿐이다. 사람들

기억에 오래 남는 항구성(恒久性)은 재미를 추구한 오락영화와 어울리지 않는다. 극단적 예로 할리우드 오락대작이 '명화'인 적이 있는가?

재미, 그 연장선에서 와이어 액션의 총격전이나 전지현의 고층건물 줄타기 신도 지적될 수 있다. 아파트 창문 사이를 오가는 마카오박과 웨이홍 일당의 꽤 긴 박진감 넘치는 총격전은 한국영화의 업그레이드된 기술력을 유감없이 보여준다. 영화를 재미있게 볼 수 있는 이유중 하나이다. 관람료가 아깝지 않은 이유이기도 할 터.

유머 감각과 비판적 메시지들도 기억해 둘만하다. 예컨대 "머리만 벗겨지면 다 전두환야", "차에서 나오지마요. 아주 잘했어요"(뽀빠이를 들이받은 자동차에 앤드류 역의 오달수가 한 말), 강아지를 위협하여 마카오박 소재를 캐는 과정, 호텔 지배인의 잠파노에 대한 동성애적 추파 등 유머 장치는 기억하기 힘들 정도로 여기저기서 번득인다.

전혀 지루하지 않게 흘러가는 135분 동안 그것을 눈치챈 관객들이 얼마나 있을지 모르겠지만, 촌철살인의 사회 비판적 메시지들도 오락영화치곤 넘쳐나는 편이다. 가령 "법이란 게 원래 느리지 않나", "한국 놈들은 입만 열면 거짓말이잖아", "성형, 한국년들은 다 한다던데" 따위가 그것이다. 이런 촌철살인적 씹기는 '타짜', '전우치' 등 전작에서도 보던 것으로 감독의 역량이라 할만하다.

앞에서 다양한 캐릭터를 말했는데, 그것이 감독만의 능력이 아님은 물론이다. 6명의 한국 배우들만 살펴봐도 그들의 연기는 다양한 캐릭터를 잘 소화, 자연스레 영화에 녹아들게 하고 있다. 그 중 예니콜 역의 전지현이 보여준 변신 캐릭터는 특기할만하다. 지금까지 그가 연기해 낸 어떤 캐릭터를 떠올릴 수 없을 정도로 '망가진' 전지현을 보는 것도 이 영화의 재미 중 하나다.

재미와 상관없이 한두 가지 걸리는 것도 있다. 가령 물 속에 빠진 팹시를 마카오박이 구했는데, 조우는 뽀빠이와 하고 있는 대목이다. 편집과정에서 누락된 듯한데, 이야기 전개가 매끄럽지 않아 아쉽게 느껴진다. 보스인 첸이 죽었다고 하지만, 앤드류가 아무런 인과관계 없이 부산까지 건너와 뽀빠이, 팹시 들과 같이 활약하는 것도 아쉬운 부분이다. 키스 공략과 위기를 벗어나게 해주는 등 멜로의 중심축에 선 잠파노 죽음에 예니콜이 어떤 감정의 회상도 하지 않는 것 역시 마찬가지다.

필자가 1992년 처음 펴낸 영화평론집 제목은 '우리영화 좀 봅시다'였다. 할리우드 블록버스터 상륙으로 벼룩이 간 같은 이 땅의 돈이 바다 너머로 마구 건너가는 현실을 안타까워하는 뜻이 담긴 제목이었다. 필자는 영화평론가이면서도 한동안 한국영화만을 보았다. 8권의 영화평론집 중 4권이 한국영화만을 대상으로 한 것이기도 하다. '해운대' 이후 3년 만에, 그것도 런던 올림픽 열기와 상관없이 다시 1000만 관객 영화를 만나게 될 거라 생각하니 절로 떠오르는 옛날 일이다. 그야말로 격세지감이다.

〈월간 한울문학, 2012년 9월호〉

조폭영화의 화려한 진화, '범죄와의 전쟁'

2012년 8월 서울 한복판에서 칼부림의 '묻지마' 살인사건이 벌어졌다. 전남 나주에선 집에서 자고 있는 7살 여자 어린이를 이불째 납치해 성폭행한 사건이 발생했다. 잇따른 잔혹 범죄에 경찰이 방범 비상령을 선포하는 등 범죄와의 전쟁을 치를 태세지만, 한국영화는 바야흐로 전성시대를 맞은 여름이었다.

지난 달에 만나본 '도둑들'은 1284만 명(9월 10일 기준)을 동원, 역대 한국영화 흥행 1위작 '괴물'(1301만 9740명)을 앞지를 기세다. 1월부터 8월말까지 한국영화 시장 점유율은, 서울신문(2012. 9. 4)에 따르면 56. 7%다. 지난 해 51. 9%보다 상승한 수치다. 8월 한 달의 한국영화 시장 점유율은 70. 2%에 달했다.

물론 '도둑들'만으로 시장 점유율이 올라간 것은 아니다. '도둑들'에 이어 많은 영화들이 400만 명대 대박 행진을 했거나 하고 있다. 9월 2일 현재 영화진흥위원회 집계에 따르면 '범죄와의 전쟁: 나쁜 놈들 전성시대'(470만 명, 5천 명 이상은 반올림. 이하 같음), '내 아내의 모든 것'(460만 명), '바람과 함께 사라지다'(460만 명), '연가시'(452만 명), '건축학개론'(411만 명), '댄싱 퀸'(404만 명) 등이다. 그 아래로 '부러진 화살'(343만 명), '후궁: 제왕의 첩'(264만 명), '화차'(244만 명)가 8, 9, 10 순위를 잇고 있다.

그리고 8월 22일 개봉한 '이웃사람'이 9월 10일 현재 230만여 명을 동원하는 등 선전하고 있다. 8월 29일 선보인 '공모자들' 역시 개봉 첫 주말 박스오피스 정상에 오르는 등 예사롭지 않은 출발을 보였다. '이웃사람'과 '공모자들'의 공통점은 각각 연쇄살인, 장기밀매의 범죄를 다룬 영화라는 점이다. 이미 범죄를 다룬 '도둑들'과 '범죄와의 전쟁: 나쁜 놈들 전성시대'가 흥행 1, 2위 영화로 등극한 바 있어 의미 있는 결과로 읽힌다.

단, '범죄와의 전쟁: 나쁜 놈들 전성시대'의 흥행 2위는 유동적이다. '바람과 함께 사라지다'가 전국 250여 개 스크린에서 계속 상영되고 있기 때문이다. 아니나다를까 '바람과 함께 사라지다'는 9월 10일 현재 483만 명을 기록, 2위로 올라섰다. 그럴망정 '바람과 함께 사라지다'의 등급이 12세 관람가 가족용 영화인 점을 감안하면 단순 비교는 좀 곤란하지 싶다.

어쨌거나 한국영화의 1~8월 시장 점유율을 56. 7%까지 끌어올린 흥행영화들을 보면 다양한 장르가 골고루 섞였음을 알 수 있다. 범죄물('도둑들', '범죄와의 전쟁: 나쁜 놈들 전성시대'), 로맨틱 코미디('내 아내의 모든 것'), 코미디('바람과 함께 사라지다'), 재난공포('연가시'), 멜로('건축학개론'), 드라마·코미디('댄싱 퀸'), 법정물('부러진 화살') 등이다.

이제 인기몰이하며 지금 상영 중인 영화들을 제치고 한물 간, 그러나 한동안 당당히 올해 한국영화 흥행 2위를 차지한 '범죄와의 전쟁'(이하에서도 줄여 표기함)을 굳이 만나려는 이유가 드러난 셈이다. 끊임없이 잔혹한 온갖 범죄가 벌어지는 사회현실이다. 과연 '범죄와의 전쟁'은 우리에게 어떤 의미로 다가오는지, 또 관객들은 왜 이 영화에 열광한 것인지 흥미롭지 않은가?

범죄물이되 '범죄와의 전쟁'(감독 윤종빈)은, 사실 조폭영화라 할 수 있다. '범죄와의 전쟁'은, 그러나 2001년 대박으로 조폭영화의 유행을 몰고 온 '친구'류의 깡패 이야기가 아니다. 굳이 수식하면 조폭영화의 화려한 진화, '범죄와의 전쟁'이다.

1990년 노태우 대통령의 범죄와의 전쟁 선포로 불어 닥친 대대적인 깡패 검거 과정 한가운데에 최익현(최민식)이 있다. 그런데 최익현은 오리지널 깡패가 아니다. 건달도 민간인도 아닌 '반달'이다. 필로폰 밀매차 만난 조폭 보스 최형배(하정우)가 문중 손자뻘이라 그리된 것이다.

이를테면 무늬뿐인 조폭이거나 호가호위의 조폭 보스인 셈이다. '친구'·'두사부일체'·'투사부일체'·'조폭마누라'·'신라의 달밤'·'가문의 영광'·'가문의 위기' 같은 어떤 조폭 내지 깡패영화에서도 볼 수 없던 캐릭터요, 설정이다.

사실 2005년 '용서받지 못한 자'로 데뷔한 윤종빈 감독의 영화는 파격적 소재를 다루고 있다. 군대 이야기를 다룬 데뷔작도 그렇지만, 2008년 연출한 '비스트 보이즈' 역시 호스트(남자 접대부) 세계였다. 문제는 그런 영화들이 일반 대중의 관심을 끌지 못한 데 있다. 파격적 소재만큼 감독의 의도를 제대로 빚어내지 못해 생긴 결과이다.

그런 문제는, 그러나 세 번째 영화 '범죄와의 전쟁'에서 완전히 불식된다. 우선 그 살벌한 조폭세계에 뛰어든 반달 최익현을 압박하는 1980년대라는 시대상황 때문이다. 전두환의 5공은 태어나선 안될 사생아 정권이었다. 그만큼 내건 정의사회 구현이라는 슬로건과 관계없이 온갖

'빽'이 횡행하는 시대였다.

세관 공무원이었던 최익현의 권고사직으로 꼬이기 시작한 인생도 비리가 주범이다. 최익현의 독백처럼 "나만 받아 처먹은 게 아닌데도" 혼자만 공무원을 그만두었기에 반달로의 변신은 하나도 생뚱맞지 않다. 반달로서 벌이는 위세와 비정, 청탁과 아부, 심지어 최형배를 배신한 것까지도 그리 악행으로 보이지 않는다.

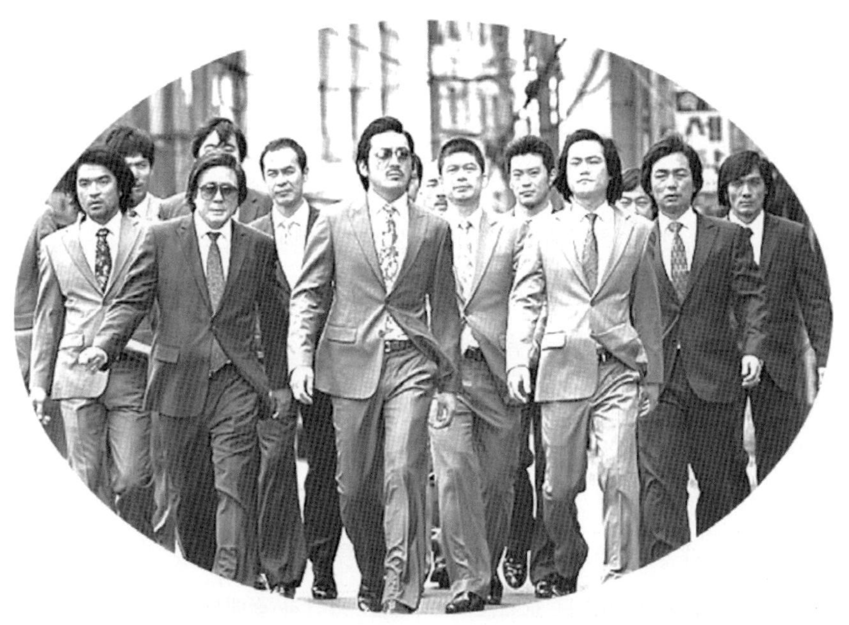

필로폰의 일본 수출을 애국심으로 미화하는 깜짝 모멘트는 오히려 귀엽다. "맨 처음 발령날 때 5백, 부서 옮길 때 또 5백" 따위 비리를 까발리는데, 그것은 80년대만의 현상이 아니다. 온갖 비리의 현재화라는 점에서 '값진' 악행이라 할 수 있다. 무엇보다도 살아남기 위해선 무엇이든 해야 한다는 명제가 제법 무겁게 다가온다.

실제로 최익현은 살아남는다. 살아남을 뿐 아니라 검사가 된 아들 결혼식까지 치른다. 살아남은 최익현이 '나쁜 놈'인 건 사실이지만, 이론적으로 그럴 뿐이다. 그보다 더 나쁜 놈들을 확실히 보여주고 있어서다. 경찰, 검찰, 청와대까지 그들의 권력 놀음이 조폭의 폭력과 다르지 않음을 알 수 있어서다.

그러고 보면 '나쁜 놈들 전성시대'의 '나쁜 놈들'엔 조폭뿐 아니라 검사도 넣어야 맞을 것 같다. 조검사(곽도원)가 수감된 최익현을 몽둥이로 패거나 식당의 화장실에서 발로 짓이기며 "내가 조폭이라고 하면 너는 조폭인 거야" 내뱉는 데서 '나쁜 놈들 전성시대'의 중의적 의미가 읽힌다.

그래서일까. 영화는 시종 하드보일드(hard boiled)적이다. 하드보일드는 1930년을 전후하여 미국문학에 등장한 새로운 사실주의 수법이지만, 대개 '비정·냉혹'의 뜻으로 사용되는 용어이다. 언뜻 홍콩 느와르를 떠올리게도 한다.

곳곳에서 그런 느낌이 섬찟하게 와 닿는다. 예컨대 갑작스런 최익현의 조계장(김종구) 폭행하기, 여사장(김혜은)과의 머리채 잡고 싸우기, 최형배의 김판호(조진웅), 김서방(마동석)과 박창우(김성균), 최형배의 최익현 작살내기 등이 그렇다.

그런 살벌하고 섬뜩한 분위기를 누그러뜨리는 것이 유머 코드다. 공무원에서 조폭으로 신분 강등되는 최익현이라는 캐릭터 자체가 이미 강렬한 풍자다. 경찰서에 잡혀온 최익현이 반말하는 형사를 들이받으며 "강서장 데리고 오라"고 허세 부리는 것은 웃음과 함께 어디서 많이 본 낯익은 풍경이다.

필로폰 밀매차 만난 최형배에게 족보 따지는 것, 그로 인해 부하에게 얻어맞자 촌수 아래인 형배 아버지를 찾아가 기어코 큰 절 받는 장면,

뇌물로 주는 금두꺼비에 대해 "의리 있게 생겼네"라는 너스레 등 옆구리 터질 만큼의 유머 장치가 영화를 더욱 감칠맛나게 한다.

무엇보다도 이 영화의 매력은 1980년대를 비굴하게 살아온 최익현을 통해 2012년 지금 우리의 모습을 환기하고 있다는 점이다. 최익현 같은 캐릭터가 1980년대에만 존재하는 구시대적 인물이 아니란 점, 각종 청탁과 압력, 소위 '빽'도 어김없이 통하는 2012년 사회란 점을 '범죄와의 전쟁'은 보여주고 있다. 이전의 조폭영화와 격이 다른 진화된 모습인 것이다.

주연 최민식, 하정우를 비롯한 조연 배우들(조진웅·마동석·김성균)의 박진감 넘치는 연기도 기억해둘만하다. 특히 최익현이라는 시대의 희생양 같은 캐릭터를 의심의 여지없이 해낸 최민식 연기는 압권이다. 캐릭터의 균제미랄까, 일련의 조폭영화들이 거의 전 인물의 희화화로 미간을 찌뿌리게 한 오류를 말끔히 불식하고 있다. 윤감독의 다음 작품을 기대해도 좋을 듯하다.

그렇다고 아쉬움이 전혀 없는 건 아니다. 전작 '비스트 보이즈'보다 풀어내는 솜씨가 많이 좋아지긴 했지만, 현재와 과거를 오가는 장면 전환이 다소 난삽해 보인다. 그 무렵 장발이 유행이었다곤 하나 공무원 최익현 역의 최민식 헤어스타일은 좀 아니지 싶다.

호헌철폐 시위가 치열하게 벌어지고 있다. 그 틈바구니에서 최형배가 피신해 들어간 파출소는 딴세상이다. 밖으로 나오는 순간 칼에 찔리는데 파출소 안팎 풍경이 그렇듯 한산할 수 있는지, 의아스럽다. 즉사할 정도의 난도질을 당한 최형배가 어떤 부상조차 없이 거뜬히 살아난 것도 아쉽긴 마찬가지다.

〈월간 한울문학, 2012년 10월호〉

장하다, 김기덕 감독과 '피에타'

9월 9일 지구촌 건너편에서 낭보가 날아들었다. 정오 뉴스에서 '피에타'(감독 김기덕)의 제69회베니스국제영화제 황금사자상(최우수작품상) 수상 소식이 전해진 것. 세계 3대 영화제(칸·베를린·베니스국제영화제)에서 최고상을 수상한 건 김기덕 감독의 '피에타'가 한국영화사상 처음이다.

여기서 잠깐 스포츠서울(2012. 9. 10)에 기대 세계 3대 영화제 수상 내역을 살펴보자. 우선 베니스국제영화제다. 1987년 강수연 여우주연상(임권택 '씨받이'), 2002년 이창동 감독상·문소리 신인여우상('오아시스'), 2004년 김기덕 감독상('빈집'), 2008년 예술공헌상(전수일 '검은 땅의 소녀와') 등이다.

다음 베를린국제영화제다. 1961년 특별은곰상(강대진 '마부'), 1994년 알프레드바우어상(장선우 '화엄경'), 2004년 김기덕 감독상('사마리아'), 2007년 알프레드바우어상(박찬욱 '싸이보그지만 괜찮아'), 2011년 단편부문 은곰상(박찬욱·박찬경 '파란만장') 등이다.

마지막으로 칸국제영화제다. 2002년 임권택 감독상('취화선'), 2004
년 심사위원대상(박찬욱 '올드보이'), 2007년 전도연 여우주연상(이창
동 '밀양'), 2009년 심사위원상(박찬욱 '박쥐'), 2010년 주목할만한 시선
상(홍상수 '하하하')·각본상(이창동 '시'), 2011년 주목할만한 시선상
(김기덕 '아리랑'), 2011년 비평가주간 카날플뤼스상(신수원 '서클라
인') 등이다.

수상 내역에서 보듯 1961년 '마부'를 필두로 세계 3대 영화제에서 한
국영화가 이런저런 상을 받았음을 알 수 있다. 세계 3대 영화제를 통틀
어 이번 '피에타'의 최고상 수상이 유일한 것임도 알 수 있다. 김기덕
감독의 '피에타'가 받은 베니스국제영화제 황금사자상이 한국의 영화
역사를 새로 쓴 것이다.

흥미로운 것은 김기덕 감독의 세계 3대 영화제의 '석권'이다. 2004
년 베를린국제영화제 감독상을 받은 이래 가장 많은 수상이다. 동시
에 세계 3대 영화제에서 감독상, 주목할만한 시선상에 이어 황금사자
상까지 김기덕은 세계 3대 영화제 최다 수상 감독이라는 기록도 갖게
되었다. 세계 3대 영화제 수상이 전부는 아니지만, 장한 일임엔 틀림
없어 보인다.

'피에타'의 베니스국제영화제 황금사자상 수상 소식을 접하면서 확
'필'이 온 것은, 그러나 서둘러 영화를 봐야겠다는 조급함이었다. 수상
소식 전인 9월 6일 국내 극장에서 개봉한 '피에타'가 교차상영 신세를
면치 못하고 있었기 때문이다. 실제로 필자가 사는 이곳 전주에서 '피에
타'는 맘껏, 어느 때고 골라볼 수 있는 영화가 아니었다.

그도 그럴 것이 김기덕 감독의 영화들은 유럽에서의 수상과 달리 대
박은커녕 흥행과 남이었다. 그가 연출한 18편중 '나쁜 남자'(2001)의 70

만 명이 최고 성적인 것으로 알려졌다. 하긴 '섬'(2000)은 제1회전주국제영화제 상영에서 표가 매진되기도 했다. 그래봐야 일반 개봉까지 합친 전체 관객 수는 3만 5천여 명이지만.

그 무렵, 그러니까 1996년 '악어'를 시작으로 '야생동물 보호구역', '파란 대문'에 이어 4번째 영화 '섬'이 개봉(2000년 5월 13일)되었을 때 김기덕 감독은 독설을 퍼부어댔다. "4편을 만들도록 내 영화엔 관심조차 없는 평론가들은 직무유기하는 것"이라고.

평론집을 8권이나 내느라 죽자사자 영화를 봐온 필자 역시, 고백하자면 18편의 김기덕 영화중 애써 챙겨본 것은 4편뿐이다. '섬'·'나쁜 남자'·'사마리아'(2004), 그리고 '피에타'가 그것이다. '피에타' 수상 소식에 전 언론이 호들갑을 떨어댄 것처럼이나 필자 또한 이전 태도를 싹 바꿔 서둘러 '피에타'를 본 셈이라 할까!

그것은 개봉 3주 만에 이미 800만 명을 동원한 '광해, 왕이 된 남자' 등 추석 대목 영화들을 제친 이유이기도 하다. 김기덕 감독에 따르면 '피에타'는 "기회를 얻지 못하는 작은 영화에 상영 기회가 주어지기를 진심으로 희망"하기 때문 추석 연휴인 10월 3일까지만 상영했다.

손익계산서를 보면 9월 30일 57만 명을 돌파했으니 대박인 셈이다. 마케팅비까지 포함한 '피에타' 제작비는 2억 원, 손익분기점이 25만 명이니까 말이다. 국제영화제 수상 덕을 본 최초의 김기덕 영화라해도 무방할 듯하다.

그런데, 김기덕 감독의 의도적 상영중지조차 끝까지 영화계 이단아로서의 행보라면 필자만의 억측일까? 소설이 출판되면 작가만의 것이 아니다. 영화도 마찬가지다. 이미 '내 것'이 아니다. 관객이 없으면 모를까, 내 것이 아닌데 그렇듯 인위적으로 영화상영을 그만두는 건 썩 온

당해 보이지 않는다. '그딴 짓'은 관객을 불편하게 한다.

관객을 불편하게 하는 것은 베니스국제영화제 황금사자상에 빛나는 '피에타'도 예외가 아니다. 그의 전작들에 비해 많이 완화되었다는 얘기들을 하고 있지만, '섬'·'나쁜 남자'·'사마리아' 들과 비교해보면 오십 보 백 보다. 그만큼 '피에타'는 '김기덕식' 아니면 '김기덕표' 영화이다.

'피에타'는 한 마디로 '사람 만들기 프로젝트'라고나 할까, 사채업자 하수인 강도(이정진)가 어느 날 엄마라며 나타난 미선(조민수)으로 인해 인간다워지는 이야기다. 인간다워진다고? 그렇다. 강도는 송곳으로 이마를 찔러도 피 한 방울 나지 않을 냉혈한이다. 영세상인들에게 빌려준 돈을 못받게 되자 보험금으로 받기 위해 팔이나 다리를 잘라내는 걸 예사로 한다.

바로 김기덕식이다. 주제의식이나 그것을 구현하기 위한 탈리얼리즘적 표현기교, 독특하면서도 애잔한 정감이 생기는 등장인물의 성격창조 등이 그렇다. 거기에 "시발년아" 욕하고, 귀싸대기친 것도 모자라 엄마인지 확인한다며 "자궁 속으로 다시 들어갈게" 따위 위악적 묘사가 영락없이 김기덕표 그대로다.

따지고 보면 자신이 버려 악인이 된 아들을 사람답게 만들려는 엄마의 죽음도 그렇다. 굳이 아들이 보는 앞에서 스스로 추락사하니 말이다. 엄마의 의도대로 사람이 된 강도가 피해자 아내의 차에 매달려 죽어가는 속죄행위도 마찬가지다.

그런 극단적 영상이 강렬한 인상을 남긴다. 거기에 "니는 돈 때문 죽지마라"라든가 "겁나니까" 섹스를 하고, 4만 원 생겼다며 환희작약하는 모습 등 "돈은 모든 것의 시작이자 끝"이라는 주제의식 구현에 한몫하고 있음을 인정하게 된다.

'피에타'의 또 하나 미덕은 시종일관 의식을 떠나지 못하는 긴장감이다. 진지하거나 심각하거나 하다못해 골치아픈 걸 싫어하는 대중일반의 취향에 치여 상업영화로서의 성공이 유보되어온 김기덕 영화지만, 사실 필자로선 그런 흐름은 불만스럽다. 영화를 보러온 게 맞을텐데, 무릇 관객들이 팝콘 먹기 따위로 정작 관람을 방해하는 행위에서 느끼던 불만과 같은 것이다.

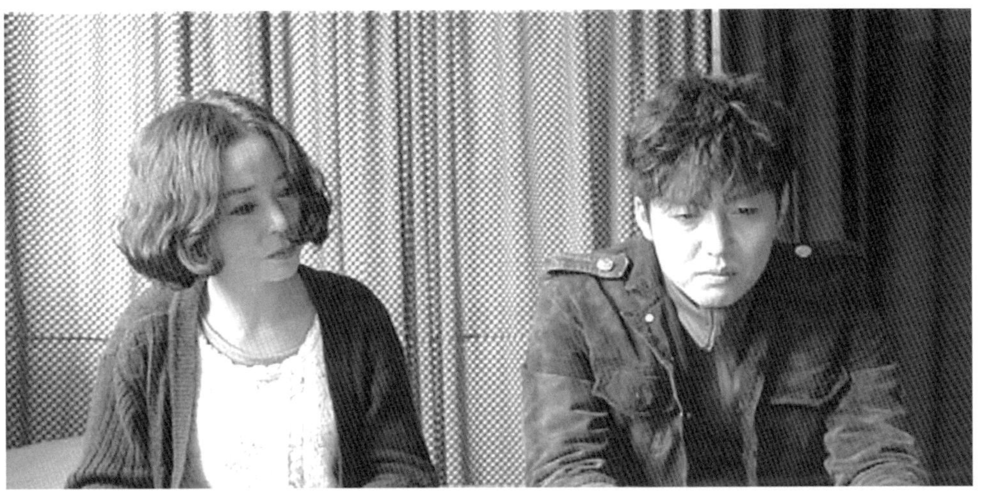

'도둑들' 같은 오락영화가 한국영화 최다관객 동원 1위에 오른 현실을 부인할 수야 없다. 그렇더라도 '피에타' 같은 '예술영화'도 베니스국제영화제 황금사자상 수상과 상관없이 폭넓게 상영되는 극장 인프라였으면 한다. 또 일정량 성공을 거둬 작지만, 뭔가 건질 게 있는 영화들이 상업영화와 상생하는 그런 풍토가 되었으면 하는 생각을 '피에타'는 갖게 한다.

물론 '피에타'가 완벽한 영화냐면 그렇지는 않다. 전체적으로 어떤 흐름인지는 알겠는데, 디테일 면에선 좀 아쉽게 느껴진다. 우선 매끄럽지 못한 스토리라인이다. 예컨대 "죽이고 싶은 사람 있냐?" 해놓고 전혀 엉뚱한 내용으로 장면이 전환되고 있다. "옷은 어딨냐?" 해놓고 이어진 나무 심기 장면전환도 그런 경우다.

결정적인 아쉬움은 따로 있다. 엄마가 스웨터를 들고 가서 우는 대목이다. 상구를 부르는데, 그가 또 다른 아들인지 남편(강도의 아빠)인지 명확하지 않다. 그리고 그들과 강도의 인과관계, 엄마의 그런 행위에 대한 구체적 당위성 결여가 아쉽다.

알고 보면 상구는 강도에게 당한 피해자중 한 사람이다. 미선은 상구의 엄마다. 그러니까 미선이 아들의 복수를 위해 거짓 강도 엄마가 된 것이다. 문제는 영화를 본 관객중 과연 얼마나 그걸 다 알게 되었느냐하는 데 있다.

또 "자궁 속으로 다시 들어갈게"에서도 실제인지 시늉만 낸 것인지 그럴 듯한 박진감은 느껴지지 않는다. 낚시 바늘이 걸린 자궁 묘사가 너무 피상적이었던 2000년작 '섬'에서 한 치 앞도 나아가지 못한 것이라 할 수 있다. 그 외 배경음악이 너무 깔리지 않는 것도 아쉽다.

그것들이 어쩜 빈약한 제작비 때문이라면 얼마나 서글프고 씁쓸한 일이겠는가? 그러고도 베니스국제영화제 황금사자상을 수상했으니 김기덕 감독과 '피에타'가 장한 또 다른 이유이다. 사족 하나! 신문 등 언론 표기가 '베니스'와 '베네치아'로 나눠져 있는데, 여기선 '베니스'로 표기했다.

〈월간 한울문학, 2012년 11월호〉

세 편의 추석 대목 특선영화
-'써니', '조선 명탐정: 각시투구꽃의 비밀', '7광구'

　설날이 다가오는 터라 좀 뜬금없어 보일지 몰라도 이번엔 추석 대목 특선영화 이야기를 해볼까 한다. 그것도 극장가가 아니라 안방극장 이야기다. 지난 추석 명절에 지상파 3사에서 내보낸 특선영화는 모두 19편이다. '대박영화, 안방극장에 펼쳐진다', '안방극장도 흥행작 릴레이' 같은 신문기사 제목에서 보듯 흥행영화가 즐비했다.

　그 영화들을 다 볼 수는 없는 노릇이고, 그만큼 어떤 영화를 볼지 고민은 비단 필자만의 것이 아니리라. 사실 필자는 TV 영화를 거의 보지 않는다. 시간 맞추는 공을 들여야 하고, 집필 계획이 서야 비로소 영화를 보거나 소설도 읽는 필자의 스타일 때문이다. 또 다른 중요한 이유는 청소년 관람불가의 경우 원작영화가 '훼손'되어 제대로 감상을 할 수 없게 되어서다.

　그럼에도 극장 상영과 같은 영화 3편을 보았다. '써니'·'조선 명탐정: 각시투구꽃의 비밀'·'7광구'가 그것이다. '최종병기 활'·'도가니'·'완득이'·'조선 명탐정: 각시투구꽃의 비밀'·'퀵'·'7광구'·'마이웨이'. 이미 짐작했겠지만, 2011년 개봉된 흥행영화 내지 대작영화들이다. 779만 명의 '트랜스 포머3'에 1위 자리를 내주긴 했지만, '최종병기 활' 은 747만 명을 동원, 2011 한국영화 최다 흥행작이다.

흥행 2위는 앞의 영화들에 일부러 포함시키지 않은 '써니'(감독 강형 철)이다. 100억 이상의 대작들('마이웨이'의 경우 300억 원)이 200~ 300만 명 동원으로 실패한 것과 달리 60억 원(순제작비 40억 원과 마케 팅비 20억 원)을 들인 '써니'는 736만 명을 극장으로 불러 들여 확실한 흥행 성공작이 되었다.

그보다 한참 아래인 '도가니'와 '완득이'를 이미 자세히 만나본 것과 달리 '써니'는 내 관심권 밖에 있었다. 영화평론가가 맞지만, 필자의 경 우 집필과 병행하는 관람을 고수하고 있기 때문이다. '써니'가 관심권 안으로 들어온 것은, 엉뚱하게도 SBS TV의 추석 대목 특선영화로 전 파를 타고나서이다.

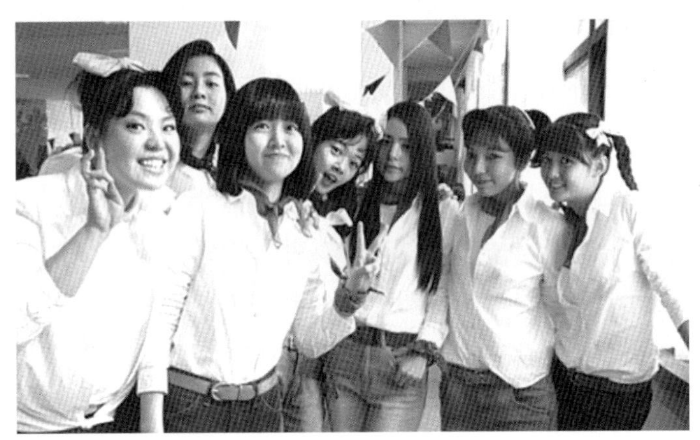

▲'써니'의 한 장면

이유야 어쨌든 '써니'는 참 대단한 영화이다. 정확히 말하면 '써니'를 연출한 강형철 감독 이야기다. 당시 34세였던 강 감독은 2008년 12월

3일 개봉한 데뷔작 ‘과속스캔들’로 830만 관객을 동원, 일약 스타감독으로 떠올랐다. 3년 만에 선보인 두 번째 영화 ‘써니’는 736만 명. 가히 한국영화 역사를 새로 썼다 해도 시비할 사람이 없게 된 것이다.

흥미로운 것은 그의 이력이다. 강감독은 모 대학 경영학과에 입학했다가 그만두고 용인대학교 영상영화학과에 편입했다. 딱히 내세울만한 조연출 경력도 없다. 이른바 명문대학 영화학과 출신의 ‘영화계 주류’도 아니다. 2006년 영화제작사에 들어가 자신이 쓴 시나리오로 ‘과속스캔들’을 연출, 오늘에 이르고 있다.

강감독은 조선일보(2011. 7. 25)와의 전화 인터뷰에서 “관객은 왜 강감독 영화를 찾을까”라는 질문에 이렇게 대답한다. “흥행코드나 비결을 알고 있는 것도 아니고, 흥행을 염두에 두고 영화를 만든 것도 아니다. 내가 좋아하고 내가 보고 싶은 영화를 만들려고 했다. 내가 상업영화 감독이고, 취향이 대중과 크게 다르지 않다보니 흥행할 수 있었던 것 같다”가 그것이다.

인터뷰 내용을 100% 믿기는 어렵다. 상업영화 감독이 흥행을 염두에 두지 않고 영화를 연출한다는 건 술 취한 사람이 안취했다고 하는 ‘거짓말’과 같기 때문이다. 뭐, 그걸 따지자는 것이 이 글의 목적은 아니니 이쯤 해두자. 분명한 것은 그의 두 번째 영화 ‘써니’가 흥행대박 작품이란 사실이다.

‘써니’는 한 마디로 2011년 현재 평범한 가정주부 나미(유호정)의 여고시절 회상기다. 25년 전쯤, 그러니까 1987년 경 나미는 전라도 벌교에서 서울 진덕여고로 전학 온 ‘촌년’이다. 보스 춘화(강소라·진희경)의 배려로 그리 어렵지 않게 서클 ‘써니’의 일원이 된다. 마침 멤버가 7명이라 ‘7공주파’인 셈이다.

그러나 그들이 '본격 깡패'는 아니다. 그냥 건들건들대는 여자애들끼리의 소소한 대결일 뿐이다. 그런 애들 충돌이 아연 활기를 띠는 것은 대하소설적 분위기 때문이다. '호헌철폐' 따위 시대상과 써니의 활동이 따로 놀지 않는다는 뜻이다.

'써니'는, 이를테면 치열한 사회현실에도 달밤이 어쩌고 따위 자연예찬이나 늘어놓는 수필의 길을 포기하고 선택한 참여시 같은 영화인 셈이다. 운동권 대학생 오빠로 인한 문제투성이 나미 집, 계모를 둔 부잣집 딸 정수지(민효린), 본드 흡입으로 서클에서 배척된 상미(천우희)의 '면도날 액션' 등도 그런 느낌을 갖게 한다.

10대 소녀들의 소녀답지 않은 좌충우돌 언저리에 간간이 끼워 넣은 시대풍자도 좋은 느낌으로 다가온다. 예컨대 "조선 년들은 꼭 막판에 서방 편들어"라든가 "복수지, 복수! 정의사회 구현" 운운하며 제 딸을 괴롭힌 또래 애들을 패대는 것이 그렇다.

그렇다고 마냥 OK만은 아니다. 평범하거나 지루한 서두도 그렇지만, 중간 중간 나미의 현재 모습과 과거 장면이 겹쳐 오히려 관람을 방해하는 건 흠이다. 시위 참가 후 귀가한 나미의 오빠 이야기가 현재로까지 이어지는 등 이야기 전개도 부자연스럽다.

결정적인 흠은 따로 있다. 무겁고 진지한 것들을 가볍게 풀어내는 강 감독 역량이라는 지적도 있지만, 그건 아니지 싶다. 시위 대학생들과 진압 전경들의 충돌 현장에서 써니와 '소녀시대'가 맞붙고 있는 걸 두고 하는 말이다. 그렇게 되면 시대의식 없이 코미디만 남는다. '써니'는 코미디영화란 말인가?

수지와 대학생 오빠 한준호(김시후)의 때아닌 키스신도 명백한 '오버'다. 수지가 평범한 여고생은 아니지만, 그냥 입맞춤(뽀뽀)이 아니라 입을 벌려 키스까지 하고 있으니 말이다. 애초 15세 관람가 영화에도 맞지 않는 연출로 보인다. 그 외 "써니가 해체할 수 있겠어" 따위 비문법적 대사의 오류도 아쉽게 느껴진다.

김석윤 감독의 '조선 명탐정: 각시투구꽃의 비밀'(이하 '조선 명탐정')은 2011 한국영화 흥행 4위(478만 명)작품이다. '최종병기 활'·'써니'·'완득이' 다음이다. '도가니'가 그 뒤를 잇고 있다. 지난 해 선보인 설 대목 영화중 최다 관객동원 흥행작이기도 하다. '조선 명탐정' 흥행성공은 하나의 명쾌한 지표를 보여주고 있다. 사극의 강세가 그것이다.

물론 사극이라해서 다 그런 것은 아니다. 2005년 1230만 명을 동원한 '왕의 남자' 감독 이준익의 신작 '평양성'은 171만 명의 초라한 성적이었으니까 말이다. 사극의 강세는 올해도 계속되고 있다. '바람과 함께 사라지다'에 이어 '광해, 왕이 된 남자'가 1173만 명(11월 11일

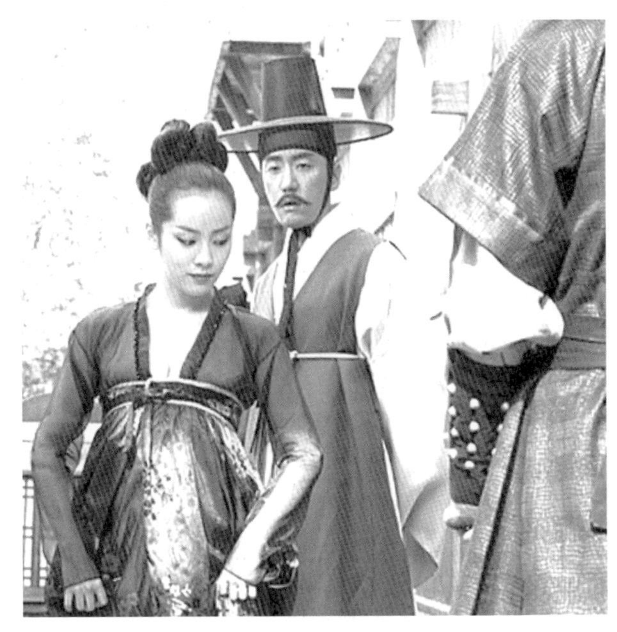

▲'조선 명탐정: 각시투구꽃의 비밀'의 한 장면

기준)을 웃돌게 동원한 가운데 상영중이기 때문이다.

'조선 명탐정'은 퓨전 사극이다. 다른 말로 하면 역사를 비튼 영화라는 뜻이다. 역사는 원래 딱딱하고 지루한 것이다. 비틀어대야 비로소

대중일반의 관심을 끌 수 있다. TV드라마와 달리 영화에 정통 사극이 없는 것은 대략 그런 이유에서다.

게다가 '조선 명탐정'은 추리극 형식을 띠고 있어 코미디와 절묘한 조화를 이룬다. "핵심 기술을 청나라에 팔아 먹은 놈이 있어" 같은, 현대에도 공감되는 사회적 메시지가 던지는 주제의식도 쏠쏠하다. 벼슬 이름이기도 한 탐정(김명민)이 공납 비리를 캐나간다는 설정 역시 관객의 호기심을 자극했을 법하다.

그렇듯 대중은 새로운 걸 희구한다. 그 점에서 김명민의 캐릭터 변신은 흥행성공의 일등 공신이라 할만하다. 콤비가 되어 활약을 펼치는 서필 역 오달수의 코믹 모드야 익히 봐온 것이지만, 그리하여 친근하면서도 식상한 반면 '불멸의 이순신' 이후 처음 도전한 김명민의 코믹 연기는 천변만화하는 배우가 어떠해야 하는지를 잘 보여주고 있다.

'7광구'(감독 김지훈)는 130억 대작이지만, 그 수식이 무색할 만큼 손익 분기점조차 안 되는 223만 명 동원에 그친 영화다. 이미 '괴물'에 놀라고 환호한 터라 '7광구'의 괴물 따위는 시시했을지도 모른다. 거의 전 인물의 희화화, 긴장감 해체하는 잦은 연애질, 겨우 총 두 자루로 거대 괴물을 상대하는 안이함, 사투를 벌이고난 후에도 너무 뽀얀한 하지원(해준 역) 얼굴 등만이 기억에 남아 있을 정도이다.

앞에서 '써니'의 강형철 감독 이야길 했지만, 그리고 보면 영원한 흥행감독은 없지 싶다. '7광구'가 2007년 731만 명을 동원한 '화려한 휴가'의 김지훈 감독 신작이라 그렇다. 2009년 1131만 명을 동원한 '해운대'의 윤제균 감독 제작이라는 점 역시 그렇다. '아바타' 이후 한국 최초로 선보인 '3D 블록버스터'라는 점에서도 '7광구'의 흥행참패는 안타까움을 안겨준다.

〈월간 한울문학, 2012년 12월호〉

한국영화 관객 1억 명, 그러나 우울한 '광해, 왕이 된 남자'

상투적 표현으로 다사다난했던 한 해. 특히 2012년 영화계가 그랬다. 김기덕 감독의 '피에타'가 베니스국제영화제 황금사자상(최우수작품상)을 수상했는가하면 여름 대목에서 최동훈 감독의 '도둑들'이 1천 만 관객(영화진흥위원회 최종집계는 1298만 명)을 동원했다. 그것도 놀랄 만한 일인데, '피에타' 수상 이후 추창민 감독의 '광해, 왕이 된 남자'가 1천만 영화로 등극했다. 2~3개월 사이에 연달아 1천만 영화가 2편이나 '탄생'한 것.

결론은 11월 20일 한국영화 관객 1억 명 돌파 시대로 이어졌다. 한국 영화사를 새로 쓰게 된 것이다. 12월 6일 문화체육관광부와 영화진흥위원회는 서울 대한극장에서 '한국영화 관객 1억 명 돌파기념 관객초청' 행사를 열기도 했다. 그만큼 한국영화 관객 1억 명의 의미는 각별하다. 일단 역대 최고 전성기였던 2006년의 9791만 관객을 넘어선 수치이기 때문이다. 2002년 한국영화 관객 5082만 명에 비하면 10년 만에 2배가량 늘어난 수치이기도 하다. 관객 수만으로 보면 더 바랄 게 없는 한국영화의 전성시대인 셈이다.

사실 그런 조짐은 여기저기서 예고됐다. 연초 사회성 짙은 '부러진 화살'이 300만 명을 훌쩍 넘긴 건 일종의 신호탄이었다. '댄싱 퀸'(409만 명)·'범죄와의 전쟁: 나쁜 놈들 전성시대'(468만 명)·'건축학개론'(410만 명)·'내 아내의 모든 것'(458만 명)·'연가시'(451만 명)·'바람과 함께 사라지다'(491만 명)가 앞서거니 뒤서거니 개봉되어 각각 400만 명 넘는 관객을 동원했다. 1천만 명 이상의 '도둑들'·'광해, 왕이 된 남자', 그리고 비수기 11월에 600만 명을 넘기며 상영 중인 '늑대소년'까지 400만 명을 넘긴 한국영화는 9편이나 된다.

조선일보(2012. 11. 20)에 기대 한국영화 점유율을 살펴보면 11월 18일 현재 59%를 기록하고 있다. 2006년 '괴물' 등으로 63. 8%까지 치솟았던 점유율에 비하면 낮지만, 2007~2010년에 50%를 밑돌다가 2011년 회복한 51. 8%보다는 높은 수치이다. 2, 8월엔 무려 70%대까지 한국영화의 점유율이 치솟기도 했다.

놀라운 건 한국영화 관객 1억 명 돌파가 '어벤져스'(707만 명)·'다크나이트 라이즈'(639만 명)·'어메이징 스파이더맨'(485만 명) 같은 할리우드 블록버스터 관람과 상관없이 이루어진 점이다. 영화관람은, 이를테면 상대적이기보다 일방적으로 열려있는 활동의 문화향유인 셈이다. 김보연 영진위 영화정책센터장에 의하면 "올해 한국인 1명당 연평균 영화관람 횟수는 3. 12회로 미국·프랑스·오스트레일리아에 이어 세계 4위"이다.

그러나 빛이 있으면 그늘이 있는 법인가? 한국영화 관객 1억 명 시대가 마냥 기뻐할 일만은 아니라는 그늘이 '가혹하게' 존재하고 있어서다. 단적인 예로 '피에타'를 들 수 있다. '피에타'를 구체적으로 만나본 '한울문학' 2012년 11월호에서 이미 말했듯 '피에타'는 '줄 선' 관객에도 불구하고 김기덕 감독 스스로 조기 종영한 바 있다. "기회를 얻지 못하는 작은 영화에 상영기회가 주어지기를 진심으로 희망"했기 때문이다. 참고로 '피에타'의 최종 관객 수는 60만 명이다.

그러나 김기덕 감독의 그런 바람은 그냥 희망사항으로 끝나고 말았다. 11월 8일 개봉한 '터치'의 민병훈 감독이 3일 만에 조기 종영을 선언했기 때문이다. 경향신문(2012. 11. 19)에 따르면 소규모 회사인 팝엔터테인먼트가 배급한 '터치'는 8일간 95개관에서 1541회(하루 평균 92회) 상영됐다. 12월 2일 현재 651만 명을 넘어서며 대박 행진중인 '늑대소년'의 하루 평균 상영횟수 3518회의 5% 수준에 불과하다.

내친김에 민병훈 감독의 절규를 들어보자. 민감독은 "다양한 영화를 볼 수 있게 하는 게 복합상영관의 원래 목적인데 16개 상영관 중 12개에서 대기업이 유통하는 블록버스터 한 편을 틀고 나머지 영화들이 4개관을 두고 경쟁하는 실태는 말이 안 된다"고 주장한다. 백 번 맞는 말이다. "억울하면 출세하라" 따위 우스개로 어영구영 넘어갈 일이 아니다.

그것은 김기덕이나 민병훈 감독만의 딱한 사연이 아니다. 관객들로선 다양한 영화들을 볼 권리가 침해당하는 일이기 때문이다. 상생이 시대의 화두가 되어 정부나 지자체가 나서 대형마트의 강제휴무 등 독과점을 규제하고 있는 이때다. 유독 영화판에서만 대기업의 독과점 문제를 소 닭 보듯 하는 것은 옳지 않다. 요컨대 '작은 영화'들이 오로지 작품으로 공정한 승부를 펼칠 수 있게 그 터전은 마련되어야 한다는 것이다.

한국영화 관객 1억 명 시대에 또 하나의 1천 만 영화 '광해, 왕이 된 남자'를 만나는 기분이 우울한 것은 그래서다. 9월 13일 개봉한 '광해,

왕이 된 남자'(이하 '광해')는 1232만 명(경향신문, 2012. 12. 12)을 넘어서며 '왕의 남자'(1230만 명)를 따돌리고 역대 한국영화 흥행 2위작으로 올라섰다. 계속 상영중이어서 1위 '괴물'(1301만 명)도 제칠지, 관심거리다.

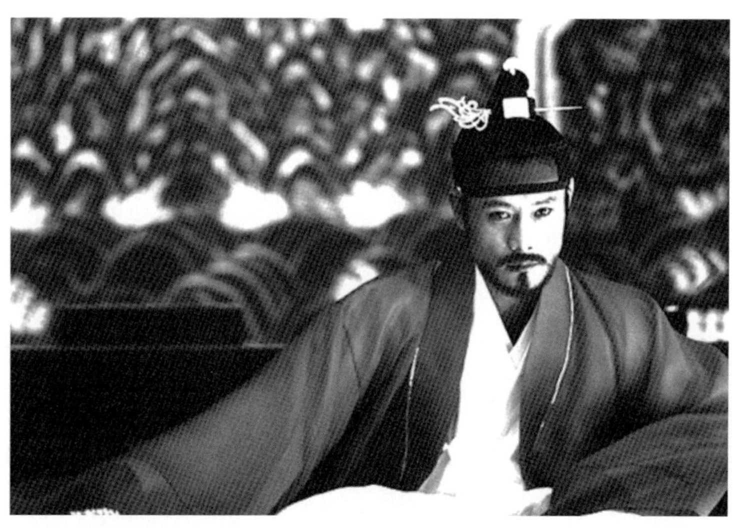

'도둑들'과의 관객 수 경쟁도 흥미롭다. 배급사(쇼박스)에 따르면 '도둑들'의 경우 자체집계 기준 1303만 명을 모아(한겨레, 2012. 11. 1 참조) '괴물'의 기록을 깼다. 관객이 있으면 계속 상영되어야 맞지만, '피에타'나 '터치'를 생각해보면 그런 1천만 영화에 대한 우울한 기분은 사라지지 않는다. '광해'의 경우 개봉 7주차부터 평일 좌석점유율은 11~13%에 머물렀다. 그런데도 CJ계열인 CGV가 200개관 넘게 지탱해주며 전국 400~500개관에서 상영, 그런 성적을 거둔 셈이 됐다.

사실 '광해'는 개봉 때부터 논란이 됐다. 예정일보다 6일 앞당겨 개봉해서다. 광해 역 이병헌의 할리우드 영화 촬영에 따른 출국 일정을 이유로 들었지만, 제작사 겸 배급사 CJ가 아니고선 엄두도 낼 수 없는 일이다. 이래저래 죽어나는 건 '작은 영화'들임을 방증시킨 '광해'의 앞당겨진 개봉인 셈이다. 그러고 보면 극장 못지않게 관객들도 '작은 영화' 죽이기에 나서고 있는 셈이라 할까!

자, 그러면 '광해'는 어떤 영화인가? 많은 리뷰 중에서 눈길을 끄는 것은 영화평론가 정재형의 '한국영화, 호황인가 위기의 시작인가'(조선일보, 2012. 11. 29)이다. 그는 "'광해, 왕이 된 남자'는 올해 아니면 흥행할 수 없는 작품"이라 단언한다. 올해 2012년은 무슨 해인가? 제18대 대통령선거가 있는 해이다. 요컨대 대통령 선거를 앞두고 새로운 지도자상을 바라는 대중의 욕구가 관람 발길로 이어졌다는 것이다.

일단 하나의 흐름으로 자리 잡은 역사 비틀기가 관심을 유발한다. 연산군과 함께 조선시대 폭군으로 기록된 임금 광해군이란 일반 인식과 상당한 거리를 두고 있어서다. 특히 대역, 일개 양반도 아니고 임금의 대역이라니! 항상 새로운 걸 추구하는 대중의 욕구에 맞아떨어진 셈이지만, 그러나 그게 다는 아니다. 무엇보다도 '광해'는 재미 있다. '광해'는 하선의 광해군 놀음이 역사적 사실인지 아닌지 따져 볼 짬조차 주지 않는다.

사극에 처음 도전한 이병헌의 1인 2역 연기도 한몫한다. 거기에 가짜 광해 하선의 임금 노릇은 진짜 광해군보다 한 수 위다. 가령 호패법 알아가는 과정이라든가 가진 이가 세금을 더 내는 건 당연하다는 인식이 그렇다. 또 "이 나라가 누구 나라요? 부끄러운 줄 아시오" 같은 일침이라든가 "내 백성이 열 갑절, 백 갑절 더 중하오" 하는 다짐은 고단한 일상현실과 맞물려 뭉클한 정서를 피어오르게도 한다.

중전(한효주)을 위한 임금으로서의 결단 등 인간적 관계의 전개 역시 기본적이면서도 여린 감성을 자극했을 법하다. 군주가 아닌 그냥 지

아비로서 아내를 보살피는 것이나 기미나인 사월이(심은경)에 대한 온정 등은 가짜 임금이라 가능한 일이지만, 그런 디테일이 팩션의 강점을 극대화하고 있는 것이라 해도 무방할 듯하다.

'광해'의 재미적 요소에는 곳곳에 장치된 유머도 빼놓을 수 없다. 질탕하게 웃기려는 천박성을 자제한 고품격 유머라 할까. "웃기옵니다" 하면서 웃지 않는 중전의 모습은 그중 압권이라 할만하다. 하선이 두건 쓰고 기둥에 부딪치는 게 좀 통속적인 것 말고 허균(류승룡)이라든가 도부장(김인권)과 충돌하면서 빚어내는 유머들이 그렇다. 임금의 대변 묘사 등은 처음 보는 것이라 새롭다.

옥에 티라면 대사의 오류다. 예컨대 사월이는 임금에게 "소인의 아버지" 운운하는데, 팩션이라해서 그런 것까지 면죄부가 주어지는 건 아니다. "쇤네 애비" 아니더라도 "소인 애비"라고는 해야 맞을 것 같다. 애써 하나 더 들자면 '어보'의 손잡이 모양이 거북이여야 하는데, 용으로 된 점이다. 아무리 팩션일망정 그런 것까지 상상에 맡겨지는 건 아닐 것이다.

〈월간 한울문학, 2013년 1월호〉

다시 보고 싶은 영화 1위, '건축학개론'

사실은 어떤 영화를 보고 쓸지 여간 고민스러운 것이 아니다. 새 영화들이 연달아 개봉하는데다가 '대박' 작품이나 이런저런 이유로 언론의 집중조명을 받는 것들도 있기 때문이다. 이번만 해도 재난영화 '타워'를 생각하다가 지난 해 한국영화 관객 1억 명 시대로 빛이 가려진 707만 4867명의 '어벤져스', 639만 6528명의 '다크나이트 라이즈' 등 할리우드 블록버스터를 떠올리기도 했다.

결국 필자의 고민 속에 거의 없던 '건축학개론'(감독 이용주)을 만나게 되었다. '다시 보고 싶은 영화 1위'의 작품이어서다. 한겨레(2012. 12. 19)신문은 '2012문화현장-영화'편에서 설문조사 내용을 보도했다. 국내 17개 영화홍보사(영화수입·독립영화 배급사 포함) 직원 49명을 상대로 한 설문조사이다. 이들은 "국내외 개봉작을 홍보하고, 배우들의 언론 인터뷰를 진행하며 영화계를 가까운 거리에서 지켜본 영화인들"이다.

그런 조사에서 '건축학개론'은 '다시 보고 싶은 올해의 영화' 1위로 뽑혔다. 응답자들은 "건축과 첫사랑을 결합한 소재의 독특함", "이루지 못한 첫사랑의 상처를 위로해준 웰 메이드 영화", "90년대를 떠올리게 하는 감성과 음악이 어우러져 여운이 길게 남은 작품"이라며 '건축학개론'을 극찬했다. 그것이 100% 정답은 아닐지라도 '건축학개론'을 구체적으로 만나볼 이유는 될 것 같다.

이미 한국영화 관객 1억 명 시대를 얘기했는데, 거기서도 '건축학개론'의 의미는 결코 작지 않다. 영화계의 전통적 비수기라 할 3월(22일 개봉), 4월을 관통하며 411만 1085명이라는 흥행 대박을 일궈냈기 때문이다. 그래봤자 워낙 '센 놈'들이 많아 흥행영화 톱10에도 들지 못했지만, 한국 멜로영화 최다 관객 313만 명을 기록한 '우리들의 행복한 시간'을 뛰어 넘었다. 역사를 새로 쓴 것이다. 물론 확장판까지 700만 명을 넘긴 '늑대소년'(2012. 10. 31 개봉)의 출현 전까지 그렇다는 얘기다.

참고로 '2012 흥행 톱10' 영화는 다음과 같다. 2012년 12월 24일 현재 영화진흥위원회 공식집계를 기준으로 한 조선일보(2012. 12. 25) 보도에 따랐다. '도둑들'(1298만 3182명), '광해, 왕이 된 남자'(1229만 7002명), '어벤져스'(707만 510명), '늑대소년'(665만 3005명), '다크나이트 라이즈'(639만 6528명), '바람과 함께 사라지다'(490만 9937명), '어메이징 스파이더맨'(485만 3123명), '범죄와의 전쟁: 나쁜 놈들 전성시대'(469만 4595명), '내 아내의 모든 것'(459만 8821명), '연가시'(451만 5833명) 등이다.

411만 1085명의 '건축학개론'은 흥행 11위쯤 된다. 한국영화만을 대상으로 하면 흥행 톱10에 거뜬히 포함되겠는데, 그것과 무관하게 흥미로운 것이 있다. 2012 상반기(1~6월)영화 흥행 2위를 기록했던 '범죄와의 전쟁: 나쁜 놈들 전성시대'가 1년 결산에선 8위로 곤두박질쳤다는 점이다. 흥행성적이 영화보기 척도의 전부일 수는 없더라도 반성이 생긴다. 흥행 톱10중 7편이나 아직 만나지 못하고 있어서다.

하긴 필자는 이 연재를 시작하면서 나름 원칙을 정한 바 있다. 문학잡지에 실리는 영화이야기이니만큼 원작소설 각색영화를 우선적으로 한 점이 그것이다. '도가니' · '완득이' · '은교'가 그렇지만, 그러나 거기까지였다. 원작 소설 각색영화가 그리 많지 않은 원천적 한계에 직면해서다. 그만큼 어떤 영화를 보고 쓸지 고민스럽다는 얘기가 길어진 셈이다. 한국영화 관객 1억 명 시대 등 '변수'도 한몫했다면 필자의 엄살일까.

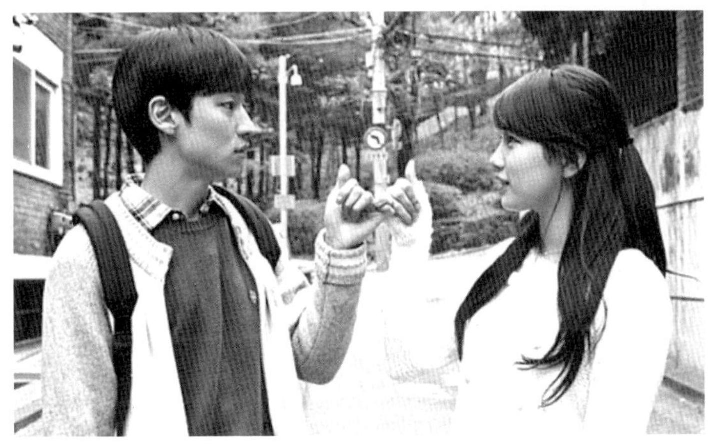

그래도 한 가지 더 짚고 넘어갈 게 있다. 앞에서도 잠깐 말했듯 '건축학개론'이 멜로영화의 '승리'를 일궈냈다는 사실이다. 멜로영화는 1970년대부터 오랫동안 호황을 누리다 2000년대 들어 주춤해졌다. 특히 2000년대 중반부터 번번이 흥행에 실패했다. 2006년 '우리들의 행복한 시간'이 313만 명을 동원했지만, 이후 이렇다 할 흥행작은 없었다.

‘건축학개론’ 제작사 명필름의 심재명 대표는 “과거 신파나 최루성 위주의 멜로영화가 흥행력이 떨어지자 영화계도 다른 활로를 모색해야 했다. 또 재벌이 등장하거나 막장 코드가 있는 TV 멜로드라마와도 차별화를 하려다 보니 현실적인 공감대에 더 주력하게 됐다”(조선일보, 2013. 1. 9)고 말한다. 그러니까 ‘건축학개론’이 그런 시도를 했고, 결국 흥행성공과 함께 멜로영화의 역사를 새로 쓰게 됐다는 것이다.

봉준호 감독의 조감독으로 일하다 2009년 ‘불신지옥’을 처음 연출한 이용주 감독의 두 번째 작품 ‘건축학개론’은 1996년 대학 1학년이던 이승민(이제훈)과 양서연(수지)이 15년쯤 후 다시 만나 당시를 회상하는 영화이다. 서로 사랑했으면서도 방식과 절차를 잘 몰라 아무 일도 없었던 것처럼 되어버린 첫사랑 이야기가 그것이다. 독일 시인 하인리히 하이네가 쓴 시 ‘두 사람은 진심으로’가 떠오르는 것은 사랑만 했지 그누구도 먼저 고백을 하지 못했기 때문이다.

15년 후 이혼녀가 된 서연(한가인)이 건축사 승민(엄태웅)을 찾아간 것은 그래서다. 서로의 운명이 갈린지 한참 지난 후에 벌어진 일이라 결말은 ‘그때 나, 너 좋아했어’라는 확인일 수밖에 없다. 십 수 년후 확인만으로도 만족해하는 그것! 바로 첫사랑이다. 과연 첫사랑이 결혼으로 골인한 커플은 어느정도나 될까? ‘건축학개론’이 관객에게 던지는 화두이다.

관객, 그것도 30~40대가 많은 걸로 봐선 첫사랑이 결혼으로 이어진 커플은 그리 많지 않아 보인다. 그래서일까? 밋밋하고 싱거운 시작이지만, 그런 사랑을 못해본 것에 대한 부러움이나 동경이 영화를 보고 싶은 욕구로 이어진 것. 급기야 속상해하고, 가슴을 쥐어뜯기도 했음직하다. 연인·부부들이 손잡고 극장에 갔다가 각자 추억에 잠겨 잡은 손을 풀고 나오기도 했다나 어쨌다나.

인스턴트 사랑으로 육욕적이거나 삭막해진 관객의 가슴을 쥐어뜯게 할 만큼 그것은 당연히 첫사랑에 빠진 심리나 표정, 그리고 행동을 섬세하게 표현해낸 연출력과 배우들의 연기 덕분이라 해야 옳다. 가령 버스 정류장. 잠든 듯한 서연에게 뽀뽀한 승민이 그녀가 눈을 떠 "나 오줌 마려워"라고 말하자 놀라는 표정이 그렇다. 죄 없는 택시기사나 엄마에게 화 내는 승민의 액션도 마찬가지다.

혹 남자 관객 일부가 '재수 없다'고 했을지도 모르겠는데, 서연보다 승민의 첫사랑으로 인한 눈물에 방점을 찍은 것 역시 꽤 그럴 듯해 보인다. 여자로 인한 남자의 눈물은 여자의 그것과 다른 비장미가 있음을 놓치지 않은 것이라고나 할까. '개포동'을 북한 미사일 이름 '대포동'과 연관시킨 것이라든가 "고백이야? 참 오래도 걸렸네!" 같은 유머 감각은 다소 밋밋하거나 지루함을 희석시켜주는 효과로 작용한다.

그러나 서연은 프랑스어 '코케트'라는 인상을 풍긴다. 만족을 줄 생각은 없으면서 남자에게 잘해주는 여자. 또는 "요염하여 성적(性的)으로 남자를 호리는 매력"의 여인 코케트! 가령 서클 선배의 차에 동승하여 그와 주고 받는 대화 따위가 그런 느낌을 준다. 여자의 속성이 원래 그렇긴 하지만, 더 이해 안 되는 건 승민의 태도다.

몰라서 그런 걸로 몰아갔는데, 그건 아니지 싶다. 남자의 질투는 알고, 모름의 문제가 아니다. 아무리 '할아버지하고 동급'인 선배일망정 서연이 술에 취했다는 점에서 일단 그렇다. 술 취한 서연을 선배가 부축해 그녀의 집으로 들어가는데, 애먼 택시기사에게만 화풀이(결국 얻어 맞지만)할 일은 아니지 않은가? 적어도 현실에선 그렇다. 이를테면 불발로 끝나도 싼 첫사랑 캐릭터인 셈이다.

하긴 거기서 멱살잡이하고 다음 액션이 이어졌다면 급격히 '시리고 아픈' 첫사랑의 품격이 떨어졌을지도 모를 일이다. 그래도 서연의 그때나 15년후 행적은 아귀가 맞지 않는다. 구질구질해지는 걸 경계해서 그런 것일까, 술 취한 밤 선배와 있었던 일(또는 아무 일도 없었을)에 대해선 끝내 밝히지 않고 있으니까!

제주도에서 술 먹다 느닷없이 "아, 시벌 좆같네" 따위 괴성을 질러대는 서연의 모습도 좀 뜬금없어 보인다. 정황상 이혼한데다가 아빠는 입원해있고 등 삶이 고단한데 따른 괴로움의 표출인 듯싶지만, 개연성을 담보할 구체적 리얼리티가 없어서다. 과거와 현재가 비교적 매끄럽게 교차되어 보기 편한 영화임에도 불구하고 "밥먹자 해놓고, 남자가 순대국도 못 먹냐" 하며 화분에 꽃 심는 장면이 이어진 것은 좀 그렇다.

아, 하나 더. 6수로 대학에 들어가 79학번이 된 필자는 여학생들로부터 '형'이라 불리웠는데, 90년대는 선배 남학생들을 '오빠'라 불렀나? 그리고 승민의 친구 납뜩이(조정석)가 "미적분을 가르키고 있는"이라 말하는데, 재수생이라 '가르치고'라 해야 맞는 표현을 잘못 말한 것인가? 또 승민이 이미 취직해있는데, 15년 전 화풀이삼아 발로 찬 대문을 수리하거나 새로 달지 않은 채 주요 장치로 활용한 것도 좀 억지스러워 보인다.

〈월간 한울문학, 2013년 2월호〉

잘 나간 할리우드 블록버스터 2편
-'어벤져스', '다크나이트 라이즈'

이미 지난 달 일종의 예고편을 내보낸 바 있다. 할리우드 블록버스터 이야기다. 관객 1억 명을 넘기는 한국영화 전성기라 별 주목을 받지 못했지만, 그래도 할리우드 블록버스터의 위세는 여전하다. 문화면에서 지독한 국수주의자인 필자일망정 인정할 건 인정해야 한다. 전주국제영화제 이야길 하면서 잠깐 외화를 살펴본 것 빼고 할리우드 블록버스터를 논의의 대상으로 삼은 것은 딱 1년 만에 이번이 처음이다.

그러고 보면 격세지감이다. 1992년 필자가 처음 펴낸 영화평론집은 '우리영화 좀 봅시다'였다. 우리 모두 다 같이 영화를 보자는 것이 아니다. 제발, 한국영화 좀 보자는 뜻이었다. 책 제목을 그렇게 할 정도로 한국영화는 할리우드 블록버스터에 치여 맥을 못출 때였다. 평론가이면서도 필자가 펴낸 8권의 영화평론집중 4권이 한국영화만을 대상으로 한 것이었다.

말할 나위 없이 벼룩이 간 같은 돈들이 바다 건너 미국으로 마구마구 건너가기 때문이었다. 돈이 돈을 버는 천민자본주의의 악순환이야 지금이라해서 예외일리 없지만, 이제 "우리영화 좀 보자"고 외치지 않아도 될 시대인 건 분명해 보인다. 대한민국처럼 자국 영화 점유율이 그렇게 높은 나라 역시 전 세계적으로 그리 많지 않음을 감안하면 한국영화의 성장은 감격스러울 정도다.

그런데 이상하다. 한국영화의 성장이 그렇듯 감격스러운 것과 무관하게 할리우드 블록버스터 역시 건재하니 말이다. '2012 흥행 톱10'에는 '어벤져스'(707만 510명), '다크나이트 라이즈'(639만 6528명), '어메이징 스파이더맨'(485만 3123명) 등 3편이 들어 있다. 이외 '맨 인 블랙3', '프로메테우스', '혹성탈출: 진화의 시작', '토탈리콜' 등이 지난 해 이 땅에 상륙한 할리우드 블록버스터다.

2011년 상륙한 '트랜스 포머3'의 779만, '미션임파서블: 고스트 프로토콜'의 751만 명에 비하면 다소 약해진 위세지만, '도둑들', '광해, 왕이 된 남자'처럼 1천만 명 넘는 한국영화를 2편이나 배출한 상황을 감안할 때 결코 무시할 수 없는 수치다. 물론 그 영화들의 천문학적 제작비를 따져보면 국내 관객 7백 만이나 6백 만 명은 한국영화처럼 흥행대박이 아닐 수도 있다. 이제 본격적으로 할리우드 블록버스터 흥행 1, 2위작을 만나보자.

'어벤져스'(감독 조스 웨던)는 2012년 4월 26일 개봉했다. 제13회 전주국제영화제 개막일이었고, '은교'가 개봉한 날이기도 했다. 전주국제영화제에 맞춰 '맞춤관람'을 하던 중에도 '은교'는 챙겨보았지만, 그때 '어벤져스'는 필자에겐 남이었다. 세계에서 가장 빠른 개봉이었을망정 강 건너 불구경일 뿐인 영화였다. 문화적 국수주의자가 아니었다면 그 기세로 보아선 진즉 만나야 할 잘 나간 할리우드 블록버스터였던 것이다.

우선 '어벤져스'는 슈퍼 영웅 총출동이라는 점에서 눈길을 끈다. 아이언맨(로버트 다우니 주니어), 헐크(마크 러펄로), 토르(크리스 헴스워스), 캡틴 아메리카(크리스 에번스)가 그들이다. 이들은 각각 '아이언맨', '인크레더블 헐크', '토르: 천둥의 신', '퍼스트 어벤져'의 주인공들이다. 배트맨이나 슈퍼맨이 없는 것은 그들이 마블 코믹스가 만들어낸 캐릭터들이기 때문이다.

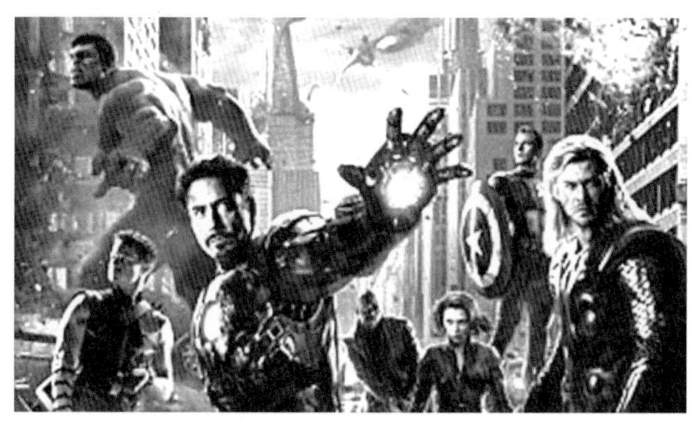

▲'어벤져스'의 한 장면

아시다시피 많은 수의 할리우드 블록버스터 주인공들은 만화 속 캐릭터다. 미국의 양대 만화 출판사는 DC코믹스와 마블 코믹스다. 1938년 처음 등장한 '수퍼맨'을 비롯 '배트맨'은 DC코믹스 작품이다. 그때만해도 이류였던 마블 코믹스가 DC코믹스와 더불어 양대 산맥이 되기 시작한 건 1960년대 초반이다. '헐크', '스파이더맨' 등이 연속 대박을 터뜨린 것.

1963년 마블 코믹스 만화의 한 캐릭터였던 아이언맨이 영화로 만들어진 것은, 그러나 2008년이다. 2008년 4월 30일 국내 개봉된 '아이언맨'은 같은 해 상륙한 '인디아나 존스4', '미이라3: 황제의 무덤', '배트맨 6: 다크나이트', '인크레더블 헐크', '007 퀀텀 오브 솔러스' 들을 제치고 최고의 흥행성적을 기록했다. 이를테면 '아이언맨'의 성공이 '어벤져스'를 만들어낸 셈이다. 다름 아닌 지구를 구하기 위해서다.

아니나다를까 로키(토르의 이복동생)는 '치타우리' 종족과 손잡고 에너지원 '큐브'를 탈취, 지구 정복에 나선다. 국제평화유지기구 '실드'의 퓨리 국장은 슈퍼 영웅들을 불러 모아 맞선다. 바야흐로 누가 더 세고, 멋진지 레이스가 시작된 것이다. 신무기라 할 것도 없는 수트, 맨손, 망치, 야광 스틱 등이 쉴 새 없이 부딪친다. 하늘에서의 수트 조립 등 최첨단 디지털 시대의 영화이면서 다분히 '구식 영웅'들을 보는 건 아이러니다.

상영시간 142분이 지루하진 않지만, 그렇다고 스트레스가 말끔히 해소되는 것도 아니다. 여러 할리우드 블록버스터처럼 이런저런 의문이 남아서다. 가령 퓨리 국장의 경우를 보자. 미국에선 상부의 명령을 어기고 핵공격 하려는 제트기를 공격, 폭파시켜도 괜찮은가? 아무리 때리고 부수는 오락 대작이라지만, 너무 개념 없는 '할리우드 블록버스터식'이다.

그보다 결정적인 건 따로 있다. 도시와 인명을 파괴하는 괴물체에 조준사격의 핵공격이 이뤄져야 하는 게 아닌가? 그런데도 핵공격은 도시를 향하고, 아이언맨이 그것을 나꿔채 괴물체 원격조정처를 폭파시킨다. 아무리 슈퍼 영웅들의 활약상이 초점이라해도 너무 어이없는 짓이라 아니 할 수 없다. 그 와중에도 여전한 농담 따먹기라든가 "한물간 구닥다리" 따위 오류도 눈에 띈다. '구닥다리'는 '구년묵이'로 해야 맞다.

'다크나이트 라이즈'(감독 크리스토퍼 놀란)는 2012년 7월 19일 개봉했다. 시리즈 완결편인데, 잠깐 살펴볼 것이 있다. 바로 족보다. '배트맨'은 1939년 미국의 DC코믹스 만화로 첫 선을 보였다. 영화로 제작한 건 1989년이다. 팀 버튼 감독이 당시 B급 코미디 배우였던 마이클 키튼을 내세운 영화 '배트맨'은 미국에서만 2억 5천만 달러를 벌어들였다.

이후 팀 버튼의 '배트맨 리턴즈'(1992), 조엘 슈마허 감독에 의해 '배트맨 포에버'(1995), '배트맨 & 로빈'(1997)이 만들어졌다. 혹평과 함께 3, 4편 흥행성적이 부진해서였을까. '배트맨' 시리즈 5편이 돌아오는 데는 8년이 걸렸다. 2005년 개봉한 '배트맨 비긴즈'가 그것이다. '메멘토'나 '인썸니아' 등 블록버스터와는 거리가 멀었던 크리스토퍼 놀란 감독에 의해서였다.

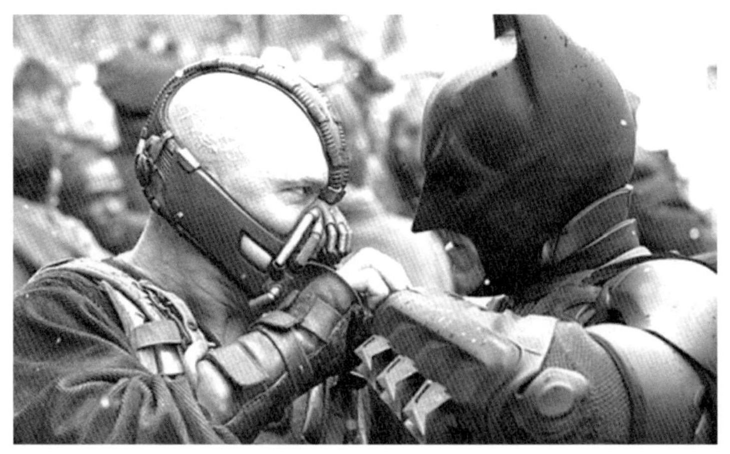

▲'다크나이트 라이즈'의 한 장면

'다크나이트 라이즈'를 시리즈 완결편이라고 하는 것은 크리스토퍼 놀란 감독이 연출하기 시작한 '배트맨 비긴즈'가 '배트맨6: 다크나이트'(2008)를 거쳐 3부작으로 완성되었다는 의미이다. 글쎄, 더 울궈낼 이야기가 없어 '종결'했는지 알 수 없지만, 영화에서 배트맨 브루스 웨인(크리스천 베일)은 죽는다. 하긴 상상조차 안 되는 것 등 못할 일이 없는 할리우드 블록버스터라면 주인공이 죽었다고 완전히 끝난 것이라 속단할 수 없을지도 모른다.

시리즈물이라 적어도 5, 6편을 봤어야 '다크나이트 라이즈'의 서사가 이해될 수 있다. 전편으로부터 8년이 지난 고담시는 평온하다. 웨인은 은둔 생활 중이다. 그것도 잠시, 이내 악당이 나타난다. 베인(톰 하디)이다. 베인은 평화로운 고담시를 '해방구'로 만들려 한다. "악당의 무리를 따르는 세력은 혁명군중을 연상시킨다"는 느낌도 있지만, 베인에 의해 고담시는 잠시 1950년대 초 인공 치하의 이 땅을 떠올리게 한다.

정해진 수순대로 드디어 배트맨이 나선다. 이번에도 배트맨은 결코 슈퍼 영웅이 아니다. 절박한 위기상황의 극대화를 위한 것인지 몰라도 배트맨은 단 한 사람만 빠져나온 지하 동굴에 갇혀 있다. 자신의 지문 절도범 카일(앤 해서웨이)을 다그쳐 베인의 소굴로 쳐들어가 그리되었다. 베인과 1대 1로 붙어 패한, 아주 나약한 모습인 것이다. 절체절명의 위기감도 없는데, 자청한 꼴이어서 그 작위성이 거역스럽다.

초반 비행기 액션이라든가 관중이 운집한 미식축구장 테러, 빌딩 숲 사이를 자유자재로 나는 '더 배트'나 바퀴가 회전과 함께 새로 태어나는 오토바이 등 볼거리에 비해 1대 1 육박전 따위 원시적 싸움은 '블록버스터 맞아?' 하는 의문을 남긴다. 3D나 CG보다 전통 방식을 선호하는 감독이라지만 고딩이들의 여학생을 두고 벌이는 대결도 아니고, 그건 좀 아니지 싶다. 162분이라는 긴 상영시간이라든가 하인 알프레드와의 시도 때도 없는 대화들도 갓 쓰고 구두 신은 꼴이다.

미란다 데이트(마리옹 코티아르)가 베인의 배후 인물로 보스였다는 반전은 좀 뜬금없어 보인다. 그녀와의 베드신 역시 사족으로 보인다. '구년묵이'를 '구닥다리'로 번역한 거라든가, 문장호응이 어색한 대사, 오토바이 이동 중 노트북 사용, 이른바 입체적 인물형인 카일의 성격 변화에 따른 리얼리티 결여, 입원 중이던 고든청장(게리 올드먼)이 다 낫지도 않은 채 나와 맹활약하는 따위는 쓴 웃음을 짓게 한다.

〈월간 한울문학, 2013년 3월호〉

또 하나의 천만클럽 영화, '7번방의 선물'

2013년 2월 23일은 한국영화사에 한 획을 그은 날이다. 1월 23일 개봉한 '7번방의 선물'(감독 이환경)이 32일 만에 1000만 관객을 돌파한 날이기 때문이다. 지난 해 '도둑들'보다 10일 느리지만, '광해, 왕이 된 남자'와 견주면 6일이나 앞선 1000만 명 돌파 기록이다.

이로써 '7번방의 선물'은 한국영화사상 여덟 번째로 '천만클럽'에 든 영화가 되었다. 참고로 천만클럽 영화들을 한국일보(2013. 2. 25)에 기대 정리해보면 다음과 같다. 2006년 '괴물'(1301만 명), 2012년 '도둑들'(1298만 명), 2012년 '광해, 왕이 된 남자'(1231만 명), 2005년 '왕의 남자'(1230만 명), 2009년 '해운대'(1145만 명), 2004년 '태극기 휘날리며'(1117만 명), 2003년 '실미도'(1108만 명), 2013년 '7번방의 선물'(1002만 명) 등이다.

물론 이 순위는 유동적이다. 1000만 명 돌파 영화 '7번방의 선물'이 높은 예매율을 기록하며 계속 상영되고 있어서다. 당장 '7번방의 선물'은 3월 11일 현재 1221만 명을 돌파, 5위로 올라섰다. 일단 지난 해 '도

둑들'과 '광해, 왕이 된 남자'에 이어 불과 수 개월만의 천만클럽 영화
탄생이 놀랍다. 셈해보면 겨우 7개월 만에 무려 3편의 1000만 영화가
탄생한 아주 기이한 일이 벌어진 셈이다.

순위 변동과 상관없이 수익 면에선 '7번방의 선물'이 최고이다. '7번
방의 선물' 제작비는 58억 원(순제작비는 35억 원)으로 알려졌다. 8편
의 천만 클럽 영화중 6편은 100억 원 내외이거나 그 이상 투입된 '대작'
이다. '왕의 남자'만 61억 원(순제작비 41억 원)이다. 1000만 명 돌파때
기준 매출액은 총 718억 원을 웃돈다. 제작사와 배급사에 돌아가는 몫
은 각각 300억 원 이상이다. 엄청난 대박이다.

내친김에 배급사 이야기도 하고 넘어가는 게 유익할 듯하다. 지금 한
국영화의 판을 크게 흔들고 있는 뉴(NEW)가 2008년 9월 설립된 신생
배급사이기 때문이다. 뉴는 양대 배급사라 할 CJ E&M(CGV)이나 롯
데엔터테인먼트(롯데시네마)처럼 멀티플렉스 극장을 갖고 있지 않다.
CJ E&M(옛 CJ엔터테인먼트)의 경우 창립 9년 만에 첫 천만 영화 '해
운대'가 나왔다. 롯데엔터테인먼트는 아직 천만 영화가 없다.

이를테면 대기업 계열의 양대 배급사보다 자본력이 약하고 극장도
없는 뉴가 5년 만에 터뜨린 천만 영화여서 하나의 사건인 셈이다. 뉴가
배급, 흥행성공한 영화는 '7번방의 선물'외에도 2012년 '바람과 함께 사
라지다'(490만 명), '내 아내의 모든 것'(459만 명), '부러진 화살'(345만
명)과 2010년 '헬로우 고스트'(301만 명) 등이 있다. 아, 김기덕 감독의
베니스국제영화제 황금사자상 수상작 '피에타'도 뉴가 배급했다.

어쨌든 그런 기이한 일은 1월의 한국영화 관객 수에서도 확인된다.
한국일보(2013. 2. 13)에 따르면 1월 관객 수는 1199만 명이다. 2012년
1월에 비해 45. 5%나 증가한 수치다. '7번방의 선물'외에도 '타워' · '박

수건달'·'베를린'이 선전한 결과다. 1월 58. 9%였던 한국영화 점유율은 2월 들어 '기하급수적으로' 늘어났다. 무려 82. 9%에 달한다.

두 편의 천만 영화가 나온 지난 해 국민 1인당 영화관을 찾은 횟수는 3. 8회다. 세계적으로 가장 많이 영화를 본다는 미국의 3. 8~3. 9회와 비슷한 수준이다. 평균이 그렇다는 얘기이다. 서울의 경우 1인당 영화관 관람 횟수는 5. 5회에 이르는 것으로 조사되었다. 아직 속단하기 이르지만, '7번방의 선물'·'베를린'·'신세계' 등 올해 역시 만만치 않을 것으로 보인다.

영화진흥위원회 김수현 연구원은 "이 정도면 거의 영화에 미친 수준이다. 2011년 한국의 1인당 영화관람 횟수는 3. 1회였다. 10년 후에나 3. 5회에 이를 것으로 내다봤는데 예상치 못한 결과"(한국일보, 2013. 2. 13)라며 놀라워했다. 지난 해 58. 9%처럼 자국영화의 점유율이 절반을 넘는 나라는 전세계적으로 한국과 인도의 90%(2010년 기준), 일본 54. 9% 정도이다.

흥미로운 것은 40대 '아줌마'의 등장이다. 경향신문(2013. 1. 25)은 "1000만 관객 뒤엔 40대 주부들"이란 제하 기사에서 "40대가 극장으로 몰리고 있다"고 보도하고 있다. 지난 해 집계 결과 전체 관객중 40대 관객의 비율은 25. 8%다. 사상 처음으로 20. 1%인 20대보다 앞선, 놀라운 결과인 것이다.

이어진 기사에 따르면 2002년 3. 4%에 불과하던 40대 관객 비율은 매년 꾸준히 늘어났다. 그 결과 10년 사이 7. 6배나 증가했다. 40대 관객의 대부분은 여성이다. 실제로 필자는 극장에서 어렵지 않게 40대로 보이는 아줌마들을 만나곤 한다. 특히 조조라든가 청소년관람불가 영화를 볼 때 그렇다. '7번방의 선물'의 경우 유독 평일 낮 시간대 좌석 점유율이 높은 것도 그와 무관치 않아 보인다.

그쯤 해두고 본격적으로 '7번방의 선물'을 만나보자. '7번방의 선물'은 과연 어떤 영화인가? 필자가 '7번방의 선물'을 본 것은 또 하나의 천만클럽 영화가 되고 나서다. 바꿔 말하면 구체적으로 만나볼 명분이 생긴 후 영화를 비로소 봤다는 이야기다. 다른 지면에서 말한 바 있듯 개인적으로 코미디를 싫어해서 그런 것이다.

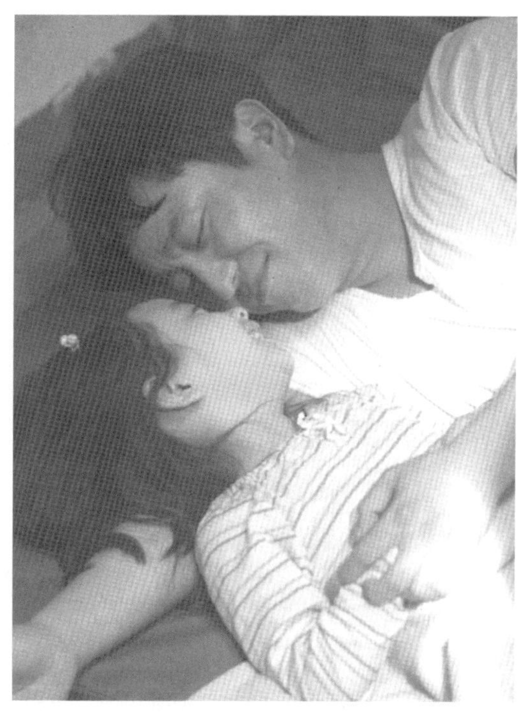

그렇다. '7번방의 선물'은 말도 안 되는 내용의 코미디 영화다. 좀 모자란 용구(류승룡)가 아동살인범으로 감옥생활을 한다. 딸을 간절히 만나고자 하는 용구를 위해 방장 양호(오달수) 이하 동료들이 예승(갈소원)일 감방으로 데려온다. 나중엔 사연을 알게 된 보안과장 민환(정진영)이 나서 예승일 용구와 있게 한다.

일단 기상천외한 소재는 관심을 끌만하다. 그리고 그것이 말도 안 되는 코미디인 걸 잊어버리게 할 만큼 내용 전개가 재밌다. 크게 거역스럽지 않은 코믹 모드가 옆구리 터지게 웃긴다. 그러다 어느새 좀 모자란 용구의 물정 모르는 예승에 대한 부정(父情)이 눈물샘을 자극한다.

'7번방의 선물'의 가장 큰 미덕은 캐릭터 환골탈태이다. 저능아까지를 코미디 대상으로 삼았다는 비판도 감수해야겠지만(왜냐하면 현실에선 그 같은 일이 존재하지 않으니까), 고정된 이미지- 비장애인들에게 이용이나 무시당하는 용구라는 캐릭터를 180도 다른 모습으로 재창조해냈기 때문이다.

껄껄대며 영화를 본 관객들이 얼마나 눈치챘을지 의문이지만, "사람이 지나치게 정직"한데다가 비장애인들이 모두 외면하는, 화재시 119 구조대원 같은 용구의 모습은 시사점을 준다. 세태에 대한 비판적 메시지가 그것이다. 그 점은 무죄인 용구가 억울하게 그냥 죽어간 데서도 깊은 울림을 남긴다.

특히 용구가 동료 죄수들을 가리키며 "다 나쁜 사람이야"할 때의 모자람이나 그게 박진감으로 와닿게 하는 류승룡 연기는 압권이다. '최종병기 활', '내 아내의 모든 것', '광해, 왕이 된 남자' 등에서 볼 수 없던 류승룡의 이미지 변신이라 할만하다. '배우의 연기란 저렇듯 천변만화할 수 있는 것이구나' 하는 확신을 주기에 모자람이 없다.

비단 류승룡뿐만이 아니다. 코믹 모드로 획일화되어 있긴 하지만, 오달수를 비롯 김정태, 박원상과 아역 갈소원 등 파열음 내는 배우를 찾아볼 수 없다. 출연 배우들이 혼연일체로 영화에 녹아 있는 게 당연한 일이긴 하지만, 가수라 해서 모두 노래를 잘하는 것은 아니다. 관객이 영화에 빨려드는데 배우들 몫도 만만치 않다는 얘기다.

2004년 '그놈은 멋있었다'로 데뷔, '각설탕'과 '챔프' 등을 연출한 이환경 감독은 '7번방의 선물' 흥행 요인을 힐링 효과에서 찾는다. "힘든 경제상황과 정신적으로 힘든 시기에는 사람들이 울고 웃고 싶은 욕구가 있다. 이런 타이밍에 '7번방의 선물'이 자연스럽게 틈새를 파고든 것 같다"(스포츠서울, 2013. 2. 25)가 그것이다.

그럴망정 필자로선 의문이나 불만이 많다. 가장 거슬리는 건 배우들 헤어스타일이다. 교도소에서 일까지 하는 걸 보면 그들은 기결수다. 기결수는 죄가 확정된 죄수로서 빡빡머리다. 필자가 서대문형무소에 수감되었던 1970년대 중반엔 아직 확정판결을 받지 않은 미결수조차 빡빡머리였다. 안경도 압수당했다.

용구가 누명을 쓰고 사형까지 당하게 된 죽은 어린 아이 신분도 의문이다. 경찰청장의 딸로 나오는데, 그렇게 어릴 수도 있나. 혹 조강지처와 사별하고 새 장가를 든 후처가 낳은 딸인가? 비 쏟아지는 날 현장검증도 그런데, 예승이까지 나와 있다. 그 예승인 교도소에서 만난 용구에게 "말도 안하고 어디 갔었냐?"고 묻는다. 참 기가 찰 노릇이다.

용구가 수감된 교도소는 과장 시스템인지도 의문이다. 극중 불필요 하면 그럴 수도 있지만, 벌어지는 사건 자체가 과장 선에서 처리될 사안이 아니어서다. 간수 역시 2교대 근무를 하고 있는데, 밤낮없이 같은 얼굴이다. 제작비가 딸려 그런 것인지도 모를 일이다.

영화외적 이야기도 있다. 천만클럽 영화여서 그런지 초등학생(15세 관람가 영화이니 사실은 입장불가다.) 관객도 꽤 있었다. 그런데 화장실을 가려는지, 재미가 없어 그러는지 영화 보는 내내 이동이 잦았다. 초등학생 보호자가 아닌 어른들까지 이동이 잦아 그만큼 영화에 빠져들기는 방해를 받은 셈이다.

〈월간 한울문학, 2013년 4월호〉

3845만 명과 '베를린', 그리고 '신세계'

　3845만 명! 2013년 1분기(1~3월) 한국영화를 본 관객 수다. 천만클럽 영화를 2편이나 배출했던 지난 해 최고 기록이었던 3분기(7~9월)의 3722만 명을 넘어선 수치다. 한국일보(2013. 4. 5)에 따르면 지난 해 1분기 1346만 명보다 1346만 명이 늘어 53. 9%가 증가한 수치이기도 하다.

　1분기 흥행 순위 10에는 한국영화가 7편이나 들어 있다. 관객 점유율은 69. 4%를 기록했다. 지난 해 한국영화 관객 1억 명의 열기가 계속되고 있는 형국이다. 3845만 명은 영유아를 뺀 국민 전체가 1~3월 중 1편의 한국영화를 봤다는 의미이기 때문이다. 그야말로 한국영화의 전성시대이다.

　그 중심에 '7번방의 선물'·'베를린'·'타워'·'신세계'·'박수건달'·'파파로티'·'연애의 온도'가 있다. '7번방의 선물'은 이미 지난 호에서 만나보았다. '타워'는 '신세계'보다 앞에 있지만, 지난 해 개봉작(12월 25일)이니 다음으로 미루고 여기선 '베를린'과 '신세계'를 만나보자.

'베를린'_ 한국형 블록버스터의 귀환

'베를린'(감독 류승완)은 716만 5537명(4월 9일 통합전산망 기준)을 동원했다. 원래 개봉일은 1월 31일(목)로 보도됐는데, 29일 화요일로 앞당겼다. 조선일보(2013. 2. 5)에 따르면 "관객 요청이 많아 30일에 개봉한다"고 한 뒤 그보다 하루를 앞당겨 29일 오후 5시쯤부터 '전야(前夜) 개봉'이라는 이름으로 극장상영을 시작한 것이다.

지난 해 천만 영화가 된 '광해, 왕이 된 남자'가 원래 개봉 예정일을 앞당겨 상영한 바 있다. 좀 나쁘게 말하면 남의 눈에 피눈물 나게 하며 일군 성공인 셈이다. 큰 영화들이 개봉을 앞당기면 그만큼 작은 영화들이 빨리 간판을 내리게 되고, 관객들은 볼 기회를 원천봉쇄당하게 되기 때문이다.

대형 배급사들의 위세는 그것만이 아니다. 꽤 시끌벅적하거나 혼잡스럽게 영화를 봐야겠구나 하는 필자의 우려와 달리 극장 안은 텅 비다시피 했기 때문이다. 무슨 말이냐 하면 객석이 절반도 채워지지 않는 '베를린'인데, 작은 영화처럼 간판을 내리지 않는 또 다른 위세라는 것이다.

어쨌든 '베를린'은 지난 해 천만 영화 '도둑들'처럼 부부 합작품이다. 제작사 외유내강의 강혜정 대표가 류승완 감독의 부인인 것. 2005년 설립한 외유내강은 '짝패'(2006), '다찌마와리'(2008), '부당거래'(2010) 등을 제작했다. 그리고 2013년 마침내 '부당거래'의 272만 2996명을 훨씬 뛰어넘는 '베를린'을 만들어 낸 것이다.

140억여 원의 총 제작비가 투입된 '베를린'의 손익분기점은, 류 감독이 밝힌 바에 의하면 450만 명이다. 그런 '베를린'의 흥행성공은 또 다른 의미가 있다. 이른바 한국형 블록버스터의 흥행성공이어서다. 130억 원이 투입된 한국형 재난블록버스터 '타워'가 518만 732명을 동원한 직후의 흥행성공이어서다.

'베를린'은 북한 첩보원 표종성(하정우)이 아내 련정화(전지현)를 살려내려는 이야기다. 거기에 국정원 요원 정진수(한석규)가 '꼽사리'끼듯 개입하여 한판 격돌한다. 미국 CIA와 이스라엘 모사드, 아랍 테러리스트들까지 서로 얽히고 설키지만, 그리 복잡한 구조는 아니다.

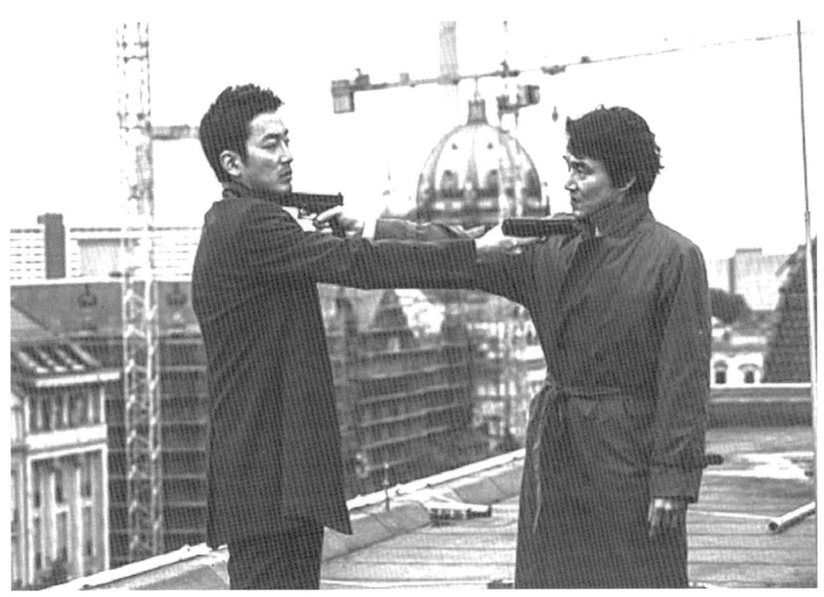

▲'베를린'의 한 장면

액션영화를 표방한 만큼 우선 그 이름값은 한다. 예컨대 "고개만 돌리면 총알은 빗나간다"고 말한 순간 펼쳐진 표종성과 정진수의 격돌, 철사줄에 감겨 유리 파편과 함께 떨어지는 액션, 냉장고 열어 꺼낸 캔과 권총을 쏘지 않고 개머리판으로 내려치는 장면 등이 그렇다. 달리는 지하철 피하기는 보너스쯤 되어 보인다.

의아스러운 것은 애들 장난 수준의 총질이다. 누구에게 쏴대는 것인지 다소 헷갈리는 총질도 그렇지만, 왜 한 방에 끝내지 못하고 계속 난사하며 헛방인지 궁금하다. 영웅 칭호를 받는 표종성은 말할 것도 없고 정진수만 해도 사격 솜씨로 사단장 포상 휴가까지 받은 실력 아닌가?

할리우드 블록버스터를 본 뜬 듯한 '맨몸 액션'도 좀 불만스럽다. 엄청난 파괴력의 현란한 총질 후 꼭 1대 1 육박전으로 붙는 것 말이다. 한 방에 가게 하면 너무 싱겁다고 생각한건가, 아님 1대 1 육박전이 있어야 액션영화의 감칠맛이라 여기는 것인가?

무엇보다도 아쉬운 점은 따로 있다. 결국 북한 내부의 권력투쟁 또는 건강하지 못한 체제를 비판하고 있는 점이 그것이다. 남한의 내부 갈등 묘사가 그 희석을 위한 장치로 보이긴 하지만, 변종의 반공영화라는 생각이 쉽게 떨쳐지지 않는 이유이다. 그 점은 정진수의 활동 목적이 불분명한(상부의 지원요청 묵살 등에서 보는) 데서도 읽을 수 있다.

한편 연기 변신은 류승범이 돋보인다. '부당거래'의 검사를 전혀 생각나지 않게 하는 다른 캐릭터다. 전지현 역시 '도둑들'에서 보던 모습은 떠오르지 않는다. 하정우는 '황해', '범죄와의 전쟁: 나쁜놈들 전성시대' 때보다 시나리오상 캐릭터가 원래 그래서인지 다소 선명치 못한 느낌이다. 한석규는 왜 연신 욕설을 해대며 투덜거리는지, 그럴만한 구체적 전달이 없다.

'신세계'_ 여전히 인기 짱 깡패영화

'7번방의 선물' 예매율을 잠시나마 2위로 끌어내린 것은 2월 21일 개봉한 '신세계'다. '신세계'는 2월 21일 오후 영화예매 사이트 맥스무비에서 31. 42%의 점유율로 예매율 정상을 차지했다. 실제 관람에서도 4월

9일 현재 463만 9115명(통합전산망 역대 박스오피스)을 동원하는 새로운 '강자'로 떠올랐다. 같은 날 '라스트 스탠드', '분노의 윤리학'이 개봉되었지만, 상대가 되지 못했다.

'신세계'는 특히 '라스트 스탠드' 흥행실패와 비교, 많은 시사점을 준다. 그 점을 예단한 것일까, 신문마다 '신세계'의 세 주인공 인터뷰를 싣고 있다. 최민식(경향신문, 2013. 2. 13, 한겨레, 2013. 2. 18), 황정민(서울신문, 2013. 2. 19), 이정재(조선일보, 2013. 2. 22)의 인터뷰다. 모두 흥행성공이 예고되기 전이다.

'신세계'의 순제작비는 48억 원이다. '라스트 스탠드'의 10분지 1수준이다. 손익분기점은 230만 명이다. 48억 원의 '신세계'와 489억 원의 '라스트 스탠드'는 도대체 무슨 차이가 있는 걸까. 거기서 한국관객의 취향을 읽어낼 수는 없는 걸까?

당연히 읽어낼 수 있다. 깡패영화 선호의 그 취향 말이다. 한때 깡패영화가 대세였던 시절로 갈 필요도 없다. 1년 전 '범죄와의 전쟁: 나쁜 놈들 전성시대'가 471만 9872명을 극장으로 불러모아 깡패영화의 건재함을 확인시켜주었으니까.

'신세계'는 '악마를 보았다'와 '부당거래'의 시나리오 작가 박훈정 감독이 '혈투'(2010)에 이어 두 번째로 연출한 영화이다. '신세계' 연출은, 앞의 경향신문에 따르면 최민식의 공이 크다. '악마를 보았다'에서 그의 시나리오에 빠져든 최민식은 '혈투'의 흥행 실패로 주저앉게 된 박훈정 감독이 안타까웠다. 황정민과 이정재에게 대본을 보내 함께 하자고 했다. 이른바 멀티 캐스팅의 '신세계'가 된 내력이다.

'신세계'는 최대 폭력조직인 골드문에 강과장(최민식)의 '신세계 프로젝트'로 위장 잠입한 이자성(이정재)이 서열 3위 정청(황정민) 측근으로 있다 회장이 되는 이야기다. 어디까지나 픽션임을 밝히고 있지만, '수컷' 냄새 물씬 풍기는 액션 느와르임을 직방 알 수 있다.

그런 영화가 처음은 아니지만, 우선 경찰의 폭력조직 위장 취업은 좀 끔찍하거나 섬뜩하다. 특히 정청에 의해 저질러지는, 또 다른 잠입 경찰 살해장면이 그렇다. 액션으로 한다면 주차장이나 '엘리베이터 액션'이 기억에 남는다. 그즈음 어떤 결과일지 궁금해지는데, 이자성은 자신의 신분을 알고 있는 강과장과 국장을 죽이고 골드문 회장이 된다.

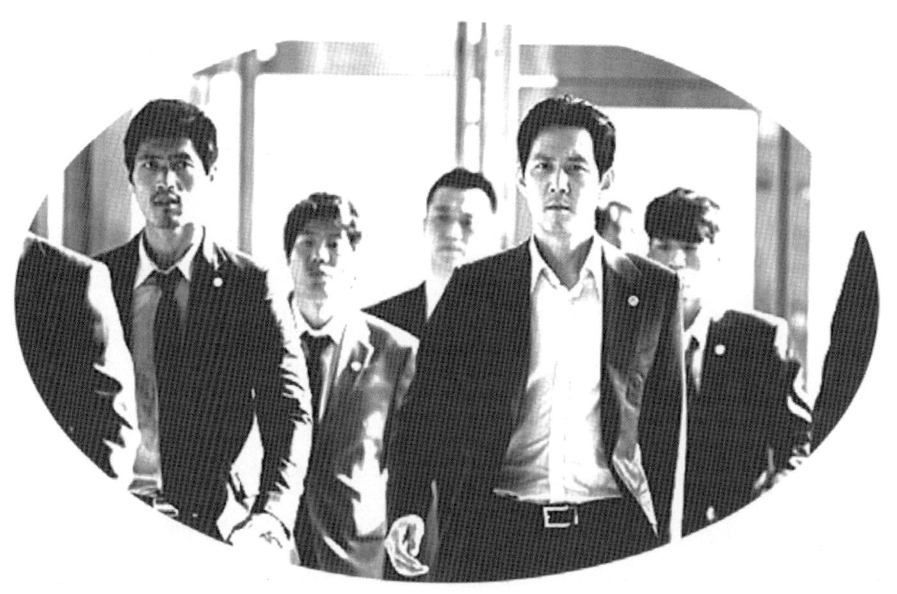

▲'신세계'의 한 장면

그런 결말은 속편 예고용인가? 설사 그렇더라도, 또 아무리 픽션이라 하더라도 오싹하는 전율을 안겨준다. 공익을 위한 경찰의 임무수행보 다 사적(私的) 우정에 무게 중심을 둔 결말이기 때문이다. 좀 뜬금없긴 하지만, 정청과 이자성은 6년 전 여수에서 동네 선배와 후배 사이였던 것이다.

그런 결말은 아연 교훈적 메시지를 던진다. 비록 범죄조직 관리를 위한 프로젝트였더라도 위장취업 같은 꼼수가 국가기관이 쓸 계책은 아니라는 것이다. 오리지널 느와르를 표방했을망정 뭔가 씁쓰름한 기분이 드는 건 그런 교훈적 메시지를 전혀 생각해내지 못할 때다.

사실상 이정재가 주인공이지만 영화에서의 존재감은 황정민이 단연 압권이다. 배우들 연기력을 떠나 캐릭터의 문제일 듯싶다. "눈깔을 버라이어티하게 굴리더라", "귓구녕에 공그리쳤냐", "떡도 존나게 쳤을거여" 등의 '명대사'가 모두 황정민 몫으로 그려지니까.

황정민은 인상적인 연기를 남기기도 했다. 가령 엘리베이터 안에서 피투성이가 된 채 적들에게 손짓하며 "이리와, 이리와!" 하는 장면이 그렇다. 황정민은 초반부 공항에서 슬리퍼 신고 입국하는 장면(본인의 아이디어로 이루어진 신이다.) 등 시종 어둡고 음산한 영화 분위기에 생기와 활력을 불어 넣기도 했다.

그러나 '신세계'는 사람을 홀리긴 할망정 결코 좋은 영화는 아니다. 뭔가 가슴에 확 와닿게 하는 것이 없어서다. 무조건 총질해대는 걸 아무 생각없이 보는 오락영화라면 더 말할 것이 없는데, 꼭 그것만은 아니다. '신세계'의 주제는 과연 무엇일까? 판단은 관객 또는 독자의 몫이다.

<한울문학, 2013년 5월호>

사회고발 영화 2편, '공정사회', '노리개'

성폭행사건이 어제 오늘의 일은 아니지만, 요즘 부쩍 심해졌다. 대한민국 남성들 바지 지퍼가 모두 열려있는 것처럼 보일 정도이다. 성폭행 유형도 가지가지다. 어린애들만 대상으로 하는 '소아성애증', 직위를 이용한 여직원 성폭행 등이 그것이다. 언제쯤 성폭행 없는 세상에서 살 수 있을지, 그런 날이 과연 오기는 할까?

장애 여학생들 성폭행사건을 다룬 '도가니'(2011) 이후에도 주목할만한 영화들이 만들어진 건 그런 사회상을 반영한다. 지난 해 '이웃사람'이 243만 4269명이라는 적지 않은 관객을 동원한 것도 그것과 무관치 않아 보인다. 화제작 '도가니'는 466만 2829명을 동원한 바 있다.

'공정사회'– 반공정사회에 대한 아줌마의 분노

그러나 4월 18일 개봉한 '공정사회'(감독 이지승)가 그런 부담을 가질 필요는 없을 것 같다. 지난 해 부산국제영화제에서 첫선을 보인 '공정사회'는 단돈 5000만 원으로 찍은 사실상 독립영화이기 때문이다. 독립영화가 전국의 멀티플렉스에서 상영 기회를 잡은 것만으로도 대접은 받은 셈이다. 하긴 필자는 조기 종영을 우려해 관람을 서둘러야 했다.

흥미로운 것은 '이웃사람'의 김휘에 이어 '공정사회'의 이지승 감독이 신인이란 사실이다. 성폭행사건이라는 사회현실을 고발하는데 앞장선 신인감독의 패기가 자랑스럽고 대견하다. 이 글을 쓴 이후 더 지켜볼 일이지만, 관객동원의 흥행과 관계없이 '공정사회'가 자랑스런 일은 또 있다.

부산국제영화제의 감독조합상(여자배우상)을 비롯 이런저런 국제영화제에서의 수상 소식이 들려오고 있어서다. 미국 어바인국제영화제 여우주연상, 미국 애선스국제영화제 장편극영화 부문 1등상 등이 그것이다. 특히 아줌마 역을 연기한 장영남의 국제영화제 여우주연상 수상은, 비록 많이 알려지지 않은 소규모일지라도 남다른 의미가 있어 보인다.

2003년 벌어진 실화를 바탕으로 한 '공정사회'는 10살짜리 딸의 성폭행범을 엄마(장영남)가 직접 나서 잡는 이야기다. 그냥 잡는 이야기가 아니다. 잡아서 치과 간호사라는 주특기를 살려 '치과의사 살인사건'이 되게 한다. 일견 끔찍스럽고 현실감이 떨어져 보이지만, 관객이 얻을 대리만족 내지 카타르시스는 확실하다.

응당 그런 전개에는 '비공정사회' 내지 '반공정사회'에 대한 분노가 포효한다. 별거중인 남편(치과의사)과 절차나 격무 따지며 느슨하게 대처하는 공권력(경찰) 등 '법은 멀고 주먹이 가까운' 일상현실을 질타한다. 영화는 우리 사는 세상이 어쩌다 이런 사회가 되어버렸는지 반문한다.

형사 1명당 40~50건 처리 같은 통계자료를 인용, 균제미 갖추려는 노력은 가상하지만, 흥신소를 통한 범인 납치로 비롯된 복수가 통쾌하게 느껴지는 것도 그런 이유에서다. 물론 법치주의 국가에서 그런 식의 복수가 정당성을 갖기 어렵다는 점을 인지하고 있으면서도 정서는 그렇다.

　그런 점에서 "엄마 말 안들어 이런 일 생겼다"며 미안해 하는 딸의 모습은 좀 뜬금없어 보인다. 딸(연주)의 고통을 상쇄할 요량으로 범인 살해까지 하는 것치고, 연주의 캐릭터가 너무 평범하다. 연주가 아무런 저항 없이 범인을 따라간 것도 좀 아니지 싶다.

　또 다른 불만은 잦은 반복 장면이다. 영화의 통상적 전개방식이 아니어서 그런지 반복학습 효과보다 산만한 느낌이 더 강하다. 새로워 보이

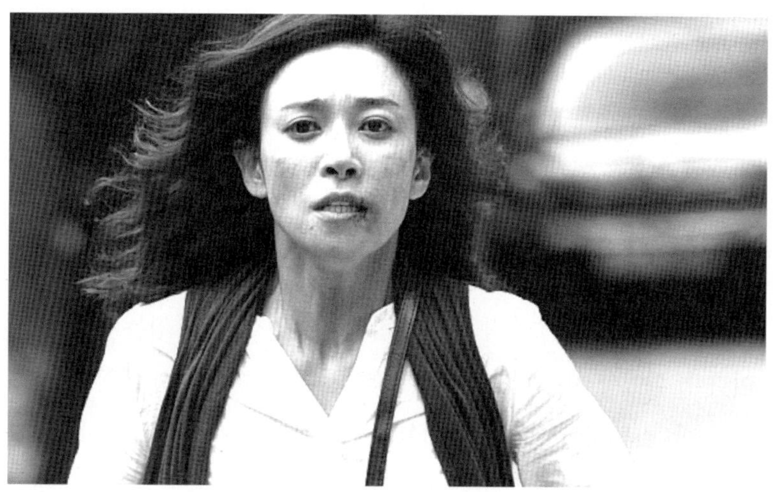

▲'공정사회'의 한 장면

긴 하지만 영화 집중에 편한 방식은 아니다. 그 점을 적시하면서도 긍정적 평가를 하는 평론가도 있긴 하지만, 기자의 대사에 "빛에(비세→비제) 시달리는지" 따위 발음 오류가 거슬리기도 한다.

　끝으로 배우 장영남 얘기 하나 더 하자. 장영남은 이 영화를 통해 주연배우가 따로 없음을 실감케하는 저력도 과시하고 있다. 최근 6개월 사이 '이웃사람', '늑대소년'에 이어 드라마 '마의'까지, 그야말로 늦깎이 주연배우 장영남의 활약이 종횡무진이다.

'노리개'- 민주주의에 대한 절대 지지

필자가 4월 18일 개봉한 '노리개'(감독 최승호) 기사를 맨처음 접한 것은 2월 21일 한겨레 신문을 통해서였다. 무려 개봉 두 달 전 리뷰를 전한 한겨레의 '정성'이 일단 대단해 보인다. 통상 할리우드 블록버스터들의 상륙 소식이나 한국형 대작영화의 라인업이 수개월 전 기사화되곤 하는 현실과 달라서다.

그 대단함은 기사를 읽은 후 곧 '역시 한겨레'라는 생각으로 이어진다. 벌써 4년 전, 2009년 3월 7일 "기획사로부터 술 접대와 잠자리를 강요받고 폭행당했다"는 문건을 남기고 자살한 탤런트 장자연 사건을 모티브로 한 영화가 '노리개'이기 때문이다.

공공연한 비밀이 된 연예인 성상납 현실을 영화가 건드렸다는 점에서 '노리개'의 의미는 클 수밖에 없다. 일종의 '고양이 목에 방울 달기'의 어려움을 스스로 떠안은 격이니 그럴만하다. "영화투자사, 연기자 소속사들이 이 작품 참여를 줄줄이 거절했다"고 하는데, 그와 무관치 않아 보인다.

감독이 신인이라는 점에서 '이웃사람'이나 '공정사회'와 같지만 영화 내용으로 보자면 '노리개'가 한 수 위다. 사회현실에 만연하다시피한 성폭행사건은 '적'이랄 게 없지만, 연예인 성상납의 경우 그렇지 않다. '상영금지가처분' 소송 등 여기저기 영화의 용기를 꺾으려 하는 적들이 널브러져 있어서다.

아직 그런 소식은 들리지 않는다. "외부의 압력 때문에 극장에 걸 수나 있겠느냐"는 투자사들의 '알아서 긴' 행태도 멀티플렉스 개봉으로 불식시켰다. 문제는 관객 반응이다. 개봉 첫 주말 박스오피스에 따르면 278개관에서 8만 337명을 모아 4위에 올랐지만, 필자가 영화를 본 어느 멀티플렉스 극장의 2회차 관객은 10명이었다.

순제작비가 6억 원으로 알려진 만큼, 손익분기점은 훌쩍 뛰어넘을 것으로 낙관되긴 한다. 사회고발 '노리개'로 사실상 장편영화를 처음 연출한 신인 감독의 패기가 꺾이는 것은 한국영화 발전을 위해 바람직한 일이 아니다. 교통비 정도만 받고 출연한 배우들에게도 경의를 표한다.

'노리개'는 '부러진 화살'처럼 법정영화의 형태를 띠고 있다. 소위 '노예계약'에 따른 고통의 무게로 말미암아 미모의 신인급 여배우 정지희(민지현)가 자살했다. 기획사 대표 차정혁(황태광)이 폭행을 행사하며 강요한 성상납 대상에는 한국신문사 사주 현성봉(기주봉)도 들어 있다.

한 여배우의 죽음을 불러온 성상납 사건이지만, 그들은 재판에서 집행유예 처분을 받는다. 그나마 현성봉은 무혐의 처분이다. 국민의 법감정과 괴리가 큰 그런 판결은 '도가니'에서처럼 공분(公憤)을 불러일으킨다. PBS 기자 이장호(마동석)와 여검사 김미현(이승연)이 공분 해소의 선봉장 역할을 한다.

세상엔 '나쁜 놈'들 천지지만, 영화에선 이기자와 김검사외에도 정의의 팬들이 많다. 결정적 증언을 한 정지희 선배 고다령(이도아), 로드 매니저(지훈) 등이 그들이다. 정의의 팬들과 함께 '노리개'가 거둔 수확은 이기자의 "어떤 식으로든 세상은 변한다"는 신념이 던지는 메시지다.

"닭의 모가지를 비틀어도 새벽은 온다"는 YS의 유명한 명언처럼 진실이 가려져선 안된다는 건 결국 민주주의에 대한 절대 지지로 봐야 한다. 사회고발의 '노리개'가 상업성에 함몰하지 않고 주제의식에서만큼은 격조 높은 예술영화의 품격을 유지한 점이 가상하다.

요컨대 "개나 소나 다 떠드는 세상"인데, 왜 진실을 감추려 하느냐는 것이다. "햇볕이 들지 않는 곳엔 곰팡이만 필 뿐"이니까 그런 세상은 이제 그만 굿바이하자는 것이다. 그 지점에서 "사람들 시선에 신경쓸 때예요"나 "물러서지 않겠다"는 김검사의 결연한 의지는 콧등을 시큰하게 하는 힘이 있다.

전반적으로 손색 없지만, 아쉬운 점도 있다. 검찰에 비해 법원에 대한 비판 강도가 제법 세지만, 무슨 경범죄도 아니고 배석 판사 없이 재판장 혼자 재판을 진행하는가라

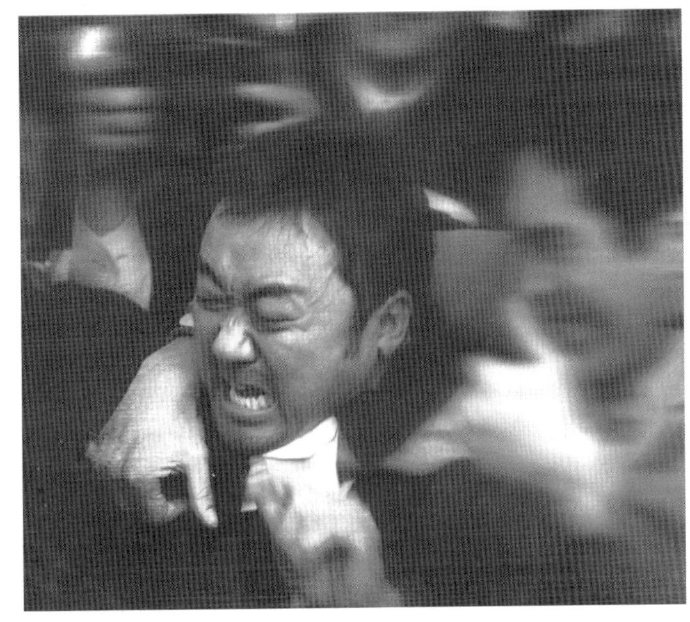

▲'노리개'의 한 장면

는 의문이 남는다. 재판장의 '검사님' 호칭도 꽤 낯설어 보인다.

앞에서도 잠깐 말했듯 '공정사회'와 '노리개'를 신인감독의 연출 작품으로 만났다는 것은 의미있는 일이다. '부러진 화살'·'남영동 1985'·'천안함 프로젝트'(제작)의 정지영 감독같이 노장의 사회성 영화도 있지만, 이른바 중견감독들이 흥행위주의 상업영화에 몰두할 때 일궈낸 성과이기 때문이다. 이제 남은 일은 일반대중의 두 영화에 대한 지지와 성원이다.

〈한울문학, 2013년 6월호〉

한국영화 휴지기, '아이언맨3'과 '몽타주'

바야흐로 할리우드 블록버스터의 계절이다. 4월 11일 '오블리비언'이 포문을 열었지만, 그러나 별로였다. '아주 쎈 놈'은 4월 25일 개봉한 '아이언맨3'이었다. '분노의 질주: 더 맥시멈'·'스타트렉 다크니스'·'애프터 어스'가 5월 개봉했지만, 흐름으로 보아 '아이언맨3'을 앞지르긴커녕 따라잡지 못할 것 같다.

6월 개봉작 '백악관 최후의 날'·'맨 오브 스틸'·'월드 워Z'나 7월 선보일 '퍼시픽 림'·'더 울버린' 등 어떤 미국영화 내지 할리우드 블록버스터도 '아이언맨3'의 적수가 되지 못할 것 같다. 그 점은 '7번방의 선물'·'베를린'·'신세계' 등 연초 기세등등했던 작품들의 뒤를 이은 한국영화들도 마찬가지다.

한국일보(2013. 5. 21)에 따르면 '아이언맨3'이 개봉한 4월 25일 이전까지 한국영화 점유율은 67. 1%였다. 반면 미국영화 점유율은 27. 9%에 불과했다. 그러던 것이 '아이언맨3' 개봉 이후 5월 세 번째 주말까지 미국 72. 9%, 한국 22. 4%로 영화 점유율이 완전 역전됐다.

"내가 아니면 누가 할리우드 블록버스터와 맞붙겠냐"며 전의를 불태운 강우석 감독의 '전설의 주먹'에 이어 5월 개봉한 '전국노래자랑'·'고령화가족'·'미나 문방구'·'몽타주'가 선전한 셈이 되었다. 6월 5일 개봉한 '은밀하게 위대하게'가 83. 3%의 높은 예매율, 개봉 5일 만에 349만 명을 넘기는 등 반전을 노리고 있는 형국이다.

연합뉴스(전북일보, 2012. 6. 3)에 따르면 지난 5월 한국영화 점유율은 30. 5%에 머물렀다. 5월 16일 개봉한 '몽타주'가 나름 선전하면서 얻은 5월 한 달간 점유율이다. 이런 수치는 2009년 12월 12일 이후 3년 5개월 만에 기록된 최저치이다. 2012년 40% 밑으로 내려간 적이 한번도 없었던 통계와 대조적인 '기현상'이다. 이를테면 한국영화 휴지기인 셈이다.

'아이언맨3' - 왕대박 할리우드 블록버스터

먼저 짚고 넘어갈 게 있다. 멀티플렉스가 '작은 영화' 죽이기나 스크린 독과점 따위 단점만 있는 건 아니라는 점이다. 평일 조조프로일망정 예매율 88%가 넘는 관심 속에 4월 25일 개봉한 '아이언맨3'을 혼잡스럽지 않게 볼 수 있어서 꺼낸 서두이다.

3년 만에 '아이언맨'이 돌아왔다. 그것도 미국보다 1주일 이상 빠르게 세계 최초로 한국에서 개봉되었다. 바로 '아이언맨3'(감독 셰인 블록)이다. '아이언맨3'은 6월 13일 기준 899만 7806명을 극장으로 불러들였다. '아바타'에 이어 왕대박 할리우드 블록버스터가 되었다.

잠깐 시리즈의 흥행 성적부터 살펴보자. 존 파브로 감독이 연출한 '아이언맨'(2008)과 '아이언맨2'는 각각 5억 8517만 달러, 약 6548원과 6억 2393만 달러, 약 6982억 원을 벌어들였다. 미국의 마블 코믹스와

DC 코믹스 양대 만화사가 만들어낸 어느 캐릭터의 영화들에 비해 결코
뒤지지 않는 수익이다.

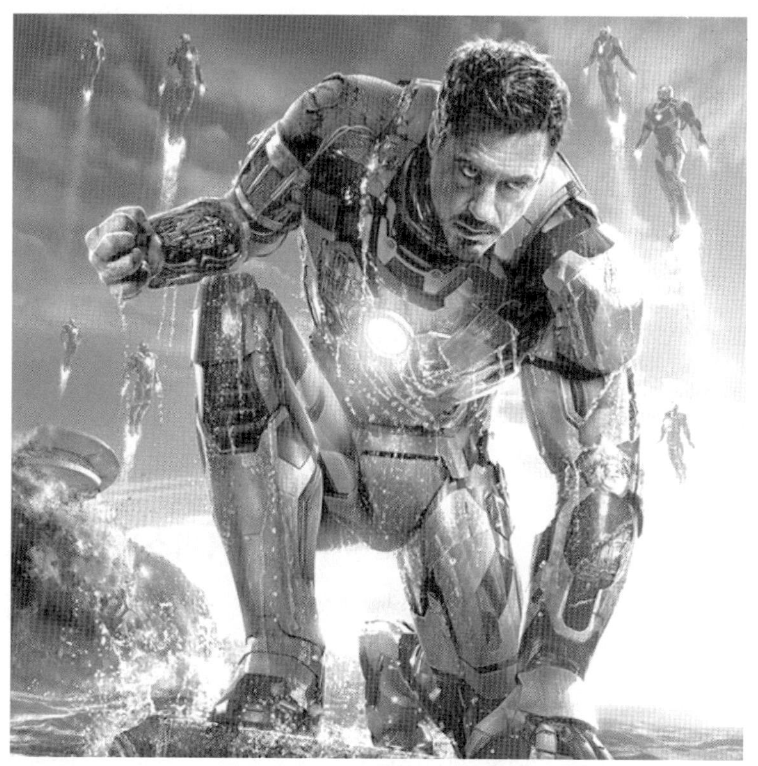

▲'아이언맨3'의 한 장면

국내의 반응도 뜨거웠다. 1편 430만 365명, 2편 442만 5003명을 각
각 동원했다. 1편의 경우 그 해 개봉된 '인디아나 존스4'·'미이라3: 황
제의 무덤'·'배트맨6: 다크나이트'·'인크레더블 헐크'·'007 퀀텀 오
브 솔러스'중 최고의 흥행 성적이다. '쿵푸팬더'가 있긴 하지만, 2008년
이 땅에 상륙한 할리우드 블록버스터중 최고 흥행 성적을 낸 것이다.

그래서일까. 중앙일간지들은 4월 4일 홍보차 한국을 방문한 로버트

다우니 주니어(토니 스타크 역) 기자회견 기사를 일제히 싣기도 했다. 로버트 다우니 주니어는 "한국은 '아이언맨' 시리즈 성공에 크게 기여했다. 한국의 기술적 발전, 디자인, 연예산업 등이 우리('아이언맨')와 잘 맞는다. 내가 이번 월드 투어의 시작은 한국에서 하고 싶다고 요청했다"(조선일보, 2013. 4. 5)고 말했다.

그런데 정작 '아이언맨3' 리뷰는 개봉 다음 날 신문에서 볼 수 있었다. '오블리비언'에서 이미 말했듯 '아이언맨3'이 개봉 뒤 리뷰로 소개될 만큼 할리우드 블록버스터에 대한 대접은 예전만 못한 게 확실하다. 신문사에 무슨 불가피한 사정이 있는지 자세히 알 수 없지만 말이다.

'아이언맨3'은 '어벤져스' 연장선에서 시작한다. 감독이 바뀐 탓도 있을 성싶은데, 지난 해 '어벤져스'가 워낙 대박(707만 4867명 동원) 영화라 그에 대한 미련을 못버린 것인지도 모른다. 그거야 어쨌든 토니는 불안증세 등 트라우마에 시달린다. 4월 18일 종영된 드라마 '아이리스2'와 닮은 꼴 전개이다.

비록 인간적 면모를 통한 정체성 찾기를 의도한 것일지라도 토니의 트라우마는 허약한 슈퍼 히어로를 웅변한다. '배트맨: 다크나이트 라이즈'처럼 적에게 두들겨 맞고 체포되기까지 하는 슈퍼 히어로다. 결국 승리하니까 그런 전개는 반전을 위한 극적 긴장감 고조일 수도 있지만, 썩 좋아보이진 않는다.

그리 많은 분량이 아니지만 액션신은 여전히 볼만하다. 만화 원작이니 애들이나 보고 박수쳐댈 장면이지만, '비행기 액션'에 이어 아이언맨이 하늘에서 13명을 손에 손 잡고 구해내기라든가 부르기만 하면 슈트가 부분적으로 날아와 조립되는 것, 거대 요새 같은 토니 저택에 대한 공격 장면 등이 그렇다.

토니 저택 공격은 테러집단 만다린(벤 킹슬리)이 저지른 짓이다. 토니가 잠입해 만다린을 잡고 보니 그는 대역 배우일 뿐이다. 과학자 알드리치 킬리언(가이 피어스)이 배후이고 주모자이다. 그는 미국 대통령까지 납치하지만, 왜 그런지 자세히 알 수 없다.

무슨 과학자가 그리 강한 무기로 중무장했는지도 의문이다. 총질이 아니다. 맨몸으로 눈 색깔이 변해가며 슈트 입은 아이언맨과도 1대 1로 붙어 결코 밀리지 않는다. 애들 팬 확보를 위한 장치라는 속내를 드러낸 '석학' 꼬마 할리(타이 심킨스)도 꽤 당황스러운 캐릭터다.

미국이 아니면 안된다는 우월주의가 엷어지긴 했지만, "한 사람만은 반드시 지켜낸다"는 아이언맨의 다짐은 좀 그렇다. 2편에서 비서 출신 페퍼 포츠(기네스 펠트로)에게 회장 자리를 물려주더니, 이제 국가도 지구의 위기조차 다 소용없다는 것인가. '그딴 것'들이야 어찌 되든 애인만 구하면 된다는 것인가?

"아빠는 복권 사러 나갔어요. 복권에 당첨됐는지 6년째 집에 안와요" 같이 꼬마 할리를 비롯 여러 사람 입을 통한 유머 감각은 위기에서도 여유 부리는 미국식 '똥폼'이지만, 웃는 관객이 많다는 점에서 성공으로 봐도 무방할 듯하다.

'몽타주'- '아이언맨3' 견제한 5월의 한국영화

'아이언맨3'의 독주를 그나마 견제한 5월의 한국영화는 '몽타주'(감독 정근섭)다. '몽타주'는 개봉 첫 주 '아이언맨3'을 누르고 박스오피스 1위를 거의 한 달 만에 탈환했다. 배급사 뉴에 따르면 "'신세계' 이후 올해 가장 빠른 속도인 개봉 13일 만에 전국 관객 150만 명을 돌파"(전북도민일보, 2013. 5. 31)한 영화이기도 하다. 6월 13일 현재 관객 수는 208

만 4767명이다.

'몽타주'는 공소시효가 지난 아동유괴사건 이야기다. 15년 전 발생한 서진이 유괴사건 담당 형사 오청호(김상경)가 그 엄마 하경(엄정화)을 찾아 미안함과 함께 공소시효 만료일을 알린다. 그것은, 그러나 법적인 문제일 뿐이다. 하경에게 공소시효 따윈 없다.

초반부 공소시효 만료로 범인 잡는 게 허사임을 제시해 놓으니 은근한 걱정이 생긴다. '도대체 무엇으로 영화를 이끌어가지' 하는 의문이 생긴 것. 그런 의문은 동종의 유괴사건으로 이어지며 아연 긴장감을 고조시킨다. 그런데 범인을 잡고 보니 유괴당한 아이(봄이)의 할아버지 한철(송영창)이다. 허를 찌른 스릴러다운 반전이다.

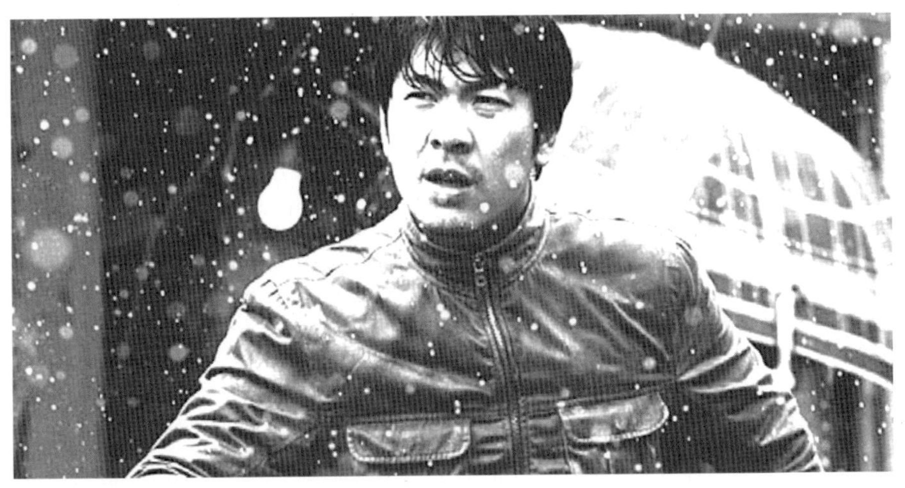

▲'몽타주'의 한 장면

한철은 15년 전 서진이 유괴사건의 범인이다. 반전을 거듭하는 스릴러로서의 진가가 유감없이 발휘된 셈이다. 기왕 영화이니 공소시효 종료된 한철에게 손녀 유괴범이 되게한 결말도 짜릿하다. 하경의 봄이 유괴를 가려준 오형사가 한철과 '거래'하여 얻은 결과이다.

'몽타주'는 공소시효에 대한 문제 제기라든가 한 사건에만 매달릴 수 없는 공권력(경찰)의 허구성 및 비극을 당한 부모의 애끓는 인지상정 등 여러 가지를 생각해보게 한다. 형사들끼리의 갈등과 다툼이라든가 성문(聲紋) 분석을 통한 사건해결 접근방식 등도 사실감과 흥미진진함을 안겨준다.

문제는 역시 아귀가 맞지 않은 서사구조이다. 반전을 거듭하는 스릴러에 너무 부담을 느껴서인가. 봄이의 납치범은 하경인데, 한철은 왜 15년 전과 같은 방식으로 5천만 원이 든 자루를 용산역에서 낚아채 담벼락 위로 던진 것인가? 또 그걸 받아 유유히 사라진 사람은 누구란 말인가?

시나리오도 문제가 있어 보인다. 서진이 결국 오형사 차에 치여 죽는 것으로 묘사되고 있어서다. 그로 인한 죄책감인지 아동유괴라는 불의를 척결하기 위한 형사로서의 공직자 정신인지 너무 복잡해진다. 돈이 절박하게 필요하다는 단순한 이유로 저질러지는 일상의 아동유괴 범죄를 그렇게 복잡하게 접근할 필요는 없지 않을까!

그래서 '몽타주'는 현실감 넘치는 범죄를 너무 비현실적으로 풀어냈다는 아쉬움을 떨칠 수 없게 한다. 너무 비현실적인 것은 또 있다. 하경은 남편이 없는 독신녀인가. 또 다른 자식 없이 오로지 죽은 아이 복수만을 위해 사는 것인가? 그럴 듯한 일상성과 함께 그려졌더라면, 하는 아쉬움이 가시지 않는다.

〈한울문학, 2013년 7월호〉

구원 투수 한국영화, '은밀하게 위대하게'

'아이언맨3'으로 촉발된 한국영화 휴지기에 구원 투수가 나타났다. 200만 명을 넘겨 간신히 체면을 살린 '몽타주'보다 훨씬 '센 놈'이다. 바로 '은밀하게 위대하게'(감독 장철수)이다. 6월 5일 개봉한 '은밀하게 위대하게'는 6월 26일 기준 636만 4876명을 기록했다.

그 수치가 엄청난 건 아니지만, '은밀하게 위대하게'는 여러 가지 영화사를 새로 썼다. 조선일보(2013. 6. 10)에 기대 그것들을 정리해보면 이렇다. 한국영화사상 최고 일일 스코어(6월 6일 91만 9000명), 한국영화사상 최고 예매율(83%), 최대 사전 예매관객 수(34만 9982명), 최단 기간(개봉 36시간 만) 100만 돌파 등이다.

그뿐이 아니다. '은밀하게 위대하게'는 개봉 6일 만에 369만 6061명의 관객을 극장으로 불러 들였다. 서울신문(2013. 6. 12)에 따르면 이 기록은 역대 박스오피스 1, 2위작인 '아바타'와 '도둑들'의 같은 기간 관객 206만 명과 335만 명의 기록을 훌쩍 뛰어넘은 것이다. 70억 원이 투입된 영화의 손익분기점은 220만 명이다. 그야말로 대박이다.

‘은밀하게 위대하게’ 대박의 1등 공신은 10대 관객이다. 앞의 조선일보에 따르면 200만 명 이상 관객을 동원한 영화들의 맥스무비 예매 관객 중 10대가 차지하는 평균 비중은 3%정도다. 그에 비해 ‘은밀하게 위대하게’의 10대 예매 비율은 13%나 됐다. 또 30대 이상 관객 1만 1156명에게 “누구와 함께 봤느냐” 물었더니 “자녀와 함께 봤다”는 답변이 45%로 1위였다.

혼잡을 피해 토요일 조조프로를 보러 간 극장에서도 그 점은 확인되었다. 토요일인데다가 할인혜택 때문인지 극장 안은 10대 학생들과 20대 연인들로 보이는 관객들이 대부분이었다. 필자 같은 50대 ‘쉰세대’만 없었을 뿐 거의 전 연령층 관객이 자리를 메우고 있었다.

개봉 3주차로 접어들며 1일 관객 수가 10만 명대로 내려가는 등 1000만 명까지는 어려워 보이지만, ‘은밀하게 위대하게’의 의미는 또 있다. ‘아이언맨3’ 이후 속속 이 땅에 상륙한 할리우드 블록버스터들을 ‘가볍게’ 제압하고 있는 점이 그것이다.

워낙 여러 편의 할리우드 블록버스터들이라 ‘지들끼리’ 물고 물어 뜯기는 형국인데다가 딱히 대적할 후보작– 예컨대 ‘미스터 고’, ‘설국열차’ 같은 한국영화들은 아직 개봉 전이라 ‘은밀하게 위대하게’ 관객몰이는 당분간 계속될 것으로 보이긴 한다.

‘은밀하게 위대하게’는 웹툰원작 영화이다. 그냥 웹툰이 아니다. 자그마치 2억 5천만건의 조회수를 기록한 인기 웹툰(원작자 훈, 본명 최정훈)이다. ‘은밀하게 위대하게’는 지금까지의 관객만으로도 웹툰원작 영화중 최고 흥행작이 되었다. 그 이전엔 윤태호 웹툰 ‘이끼’(2010년)가 335만 311명으로 1위였다. 그 외 지난 해 개봉된 강풀 원작의 ‘26년’이 296만 3652명, ‘이웃사람’이 243만 4269명을 각각 동원한 바 있다.

갑자기 스타가 된 장철수 감독도 신문과의 인터뷰(경향신문, 2013. 6. 19)에서 유명한 원작이 흥행요소였음을 인정하고 있다. 더불어 드라마 '해를 품은 달'의 김수현을 비롯한 박기웅·이현우·손현주 등 지난해 TV에서 떠오른 스타들 조합도 흥행의 힘이 됐다면서 공을 돌렸다.

장철수 감독은 지난 해 '피에타'로 일을 낸 김기덕 감독의 '해안선', '봄 여름 가을 겨울 그리고 봄' 조연출 출신이다. 2010년 데뷔작 '김복남 살인사건의 전말'은 칸국제영화제 비평가주간에 초청되었으나 국내 관객은 16만 명에 머물렀다. 이를테면 두 번째 연출작 '은밀하게 위대하게'가 그의 출세작이 된 셈이다.

'은밀하게 위대하게'는 남파간첩 원류환(김수현)이 방동구로 살아가는 이야기다. 당의 지침에 따라 바보짓을 하며 살아가는 그에게 리해랑(박기웅), 리해진(이현우)이 차례로 나타난다. 그들은 북한의 남파특수공작 5446부대의 최정예 요원이다. 그 외 16년째 고정간첩 상구(고창석)가 원류환과 선이 닿아있다.

여기서 잠깐 '간첩영화'들을 살펴보는 것도 유익할 듯하다. 우선 흥미로운 것은 역대정권의 남북관계에 따라 간첩들 모습도 다르게 그려진 점이다. 1999년작 '쉬리'는 그 이전엔 상상할 수도 없는 설정이었다. 남한 남자 유중원(한석규)과 북한 여자 이방희(김윤진)의 사랑이 기본 줄거리였으니까. 그래서일까, '쉬리'는 630만 명(스포츠서울, 2004. 2. 2)으로 한국영화 흥행순위 3위에 오르기까지 했다.

2010년작 '의형제'도 특기할만한 간첩영화이다. 남북 공작원 이한규(송강호)와 송지원(강동원)의 진한 우정을 그려내고 있어서다. 그래서일까, '의형제'는 541만 6829명을 동원 2010 한국영화 흥행 2위(1위는 '아저씨')에 올랐다. 지난 1월 말 개봉, 716만 5537명을 동원한 '베를린'

은 남파 간첩 이야기가 아니지만, 새로운 징후를 읽을 수 있는 영화이다. 남북이 아니라 '북북 갈등'이 그것이다.

'은밀하게 위대하게'는 그 연장선에 있다. 북에서의 자결 명령과, 그에 불복하는 5446부대 남파간첩들의 저항이 내용 전개의 주축을 이루기 때문이다. 원류환 등을 조련시킨 훈련총대장 김태원(손현주)의 남파 목적은 단 하나, 바로 5446부대원들을 제거하기 위해서다. 이때 눈여겨볼 것은 남한당국의 그들을 살리려는 태도다.

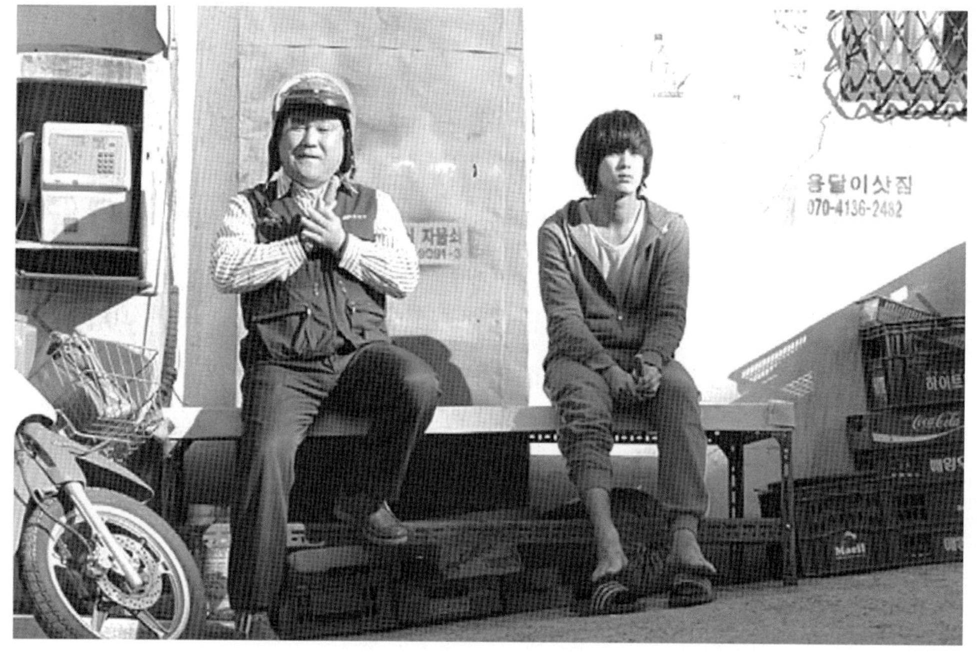

무조건 처단 대상이 아니라 살려서 보듬으려 하는 '맏형 같은' 자세가 엿보이지만, 김태원을 포함한 남파간첩들은 모두 죽는다. 물론 영화가 의도하는 것은 그 따위 진지하거나 심각한 대북적 자세가 아니다. 방동구 설정에서 보듯 결국 코믹 모드이다. 김수현의 동구 연기라든가 석이슈퍼 동네사람들과의 관계에서 코미디는 제대로 위력을 발휘한다.

그것이 크게 거역스럽지 않은 것은 적재적소 장치 내지 자제된 코믹 모드 때문이다. 시종일관 동구가 아니라 9년 동안 훈련받고 남파된 원류환 소좌로 돌아오는 순간부터 영화는 아연 새로운 에너지를 뿜어낸다. 한동안 동구 캐릭터로 이어지는 걸 보며 느낀 '어떻게 끝내려나' 하는 걱정을 말끔히 씻어낸 것이다.

3명의 남파간첩을 차별화시킨 개성적 인물형도 신뢰를 준다. "잘 놀다 간다"며 김태원을 끌어안고 마치 논개처럼 추락사하는 리해랑 역의 박기웅이 가장 인상적이다. "조국을 버렸다고 남조선의 개가 될 줄 아냐?" 절규하며 원류환과 함께 죽는 리해진 역의 이현우도 그렇다.

바보 연기로 분위기를 압도해버린 원류환의 "조국에게 중요한 건 뭔가?"라는 반문은 제법 깊은 울림을 안긴다. 슈퍼주인(박혜숙)을 보며 어머니와 같이 사는 소박한 꿈을 그려보는 가족애 코드가 그렇다. 어찌 보면 가장 나약한, 대한민국의 물이 가장 진하게 든 '한류의' 인물이 원류환이 아닐까 싶다.

그런데 방동구에서 원류환으로의 변신은 묘한 기분을 안겨준다. 예컨대 허점란(이채영)에게 입양 간 아이 주소를 건네주는 오지랖 넓은 원류환의 모습이 그렇다. 무슨 의도로 그랬든 일개 남파간첩에 의해 대한민국의 국민이 힐링을 받는 셈이 되기 때문이다.

간첩이 총구를 겨눠야 하는 원수로 그려지지 않은 건 기존 반공영화에 비해 진일보한 모습이지만, 이건 아니지 싶다. 이를테면 간첩을 너무 '멋지게' 그려낸 셈이다. 이건 박근혜정부의 대북정책과 컨셉이 맞지 않는 형상화인데, 이적행위 등 문제 삼지 않는 게 신기할 정도이다.

당연히 그냥 영화일 뿐이지만, 어쩐지 그런 생각이 든다. 오디션을 통해 가수가 되는 임무를 지닌 노랑머리 간첩 리해랑 역시 원류환에 뒤지지 않는다. '간첩의 진화된 모습이 여기까지 왔구나' 할 만큼 리해랑은 완전 리버럴리스트다. 그의 "잘 놀다 간다"는 마지막 대사가 너무 멋지다.

그 외 아쉬운 점도 더러 있다. 백주 대낮 대문 앞에서 예사로 "어이, 원소좌 동무" 따위 호칭과 함께 대화 나누기는 애들이나 그냥 봐줄까, 좀 그렇다. 아무리 만화원작이라 해도 마찬가지다. 분명 총을 맞았는데, 이후 멀쩡하게 '한액션'하는 원류환의 모습도 할리우드 블록버스터 같다.

원류환의 통장 내역도 의아스럽다. 초반부 전개에 20만 원씩 받은 월급을 모아둔 현금뭉치 묘사가 있었던 것과 충돌하고 있어서다. 슈퍼 주인이 혼자 사는 노인이라면 모를까 엄연히 경찰시험에 합격하는 아들이 있는데, 원류환을 '둘째아들' 삼은 것도 설득력이 떨어진다.

갑자기 동구에서 벗어난 원류환을 보고도 슈퍼주인이 전혀 놀라지 않고 '뭔 일이냐' 묻지도 않는 전개 역시 영화내적 리얼리티가 떨어진다. 뉴스를 보면 문닫는 동네 슈퍼가 줄줄이 사탕인데, 어찌된 일인지 석이슈퍼는 종업원까지 두고 있다. 달동네 슈퍼인데, 참 이상한 일이다.

〈한울문학, 2013년 8월호〉

2. 우리도 대세

이끼

2010년작 '부당거래'를 만나보면서 자연스레 이어진 생각이 있다. 이미 나름의 원칙이 깨졌으니 '흥행영화 째려보기'에서 미처 만나지 못했던 영화들도 이참에 만나 보리라는 생각이었다. 들인 돈에 비해 관객 수가 적어 실패작으로 분류된 '황해'가 그랬다. 그리고 다시 2010년작 '이끼'를 만나본다.

'이끼'는 2010년 7월 14일 개봉, 335만 305명의 관객이 본 영화다. 한 시대 가히 아이콘이라 할만한 강우석 감독이 웹툰 작가 윤태호 원작을 영화로 만들었다. 가장 많은 웹툰 원작이 영화화된 것은 강풀이지만, 영화관객 동원에선 윤태호의 '이끼'가 단연 최고를 기록하고 있다. 그만큼 '이끼'는 가치가 있는 영화이다.

우선 '이끼'는 한국영화치곤 상영시간이 꽤 긴 163분이다. 2시간하고도 40분이 넘어 지루하고 하품이 날법한데, 전혀 그렇지 않다. 범죄 스릴러를 표방하고 있어서다. 아니다. 스릴러를 표방해서가 아니라 감독이 지루해 하지 않을 만큼 잘 빚어내서라고 해야 맞다.

동아일보(2010. 7. 6)가 전한 일화가 흥미롭다. 2009년 5월 포털사이트 '다음'에 강감독이 '이끼'를 만든다는 소식을 전한 댓글에 "왜 하필 감독이 강우석이야?" 같은 독자의 야유가 이어졌던 것. 강감독은 "분했다. 어떤 장면에서도 '만화보다 못하다'는 얘기가 나오지 않게 하겠다는 각오로 달려들었다"고 말했다.

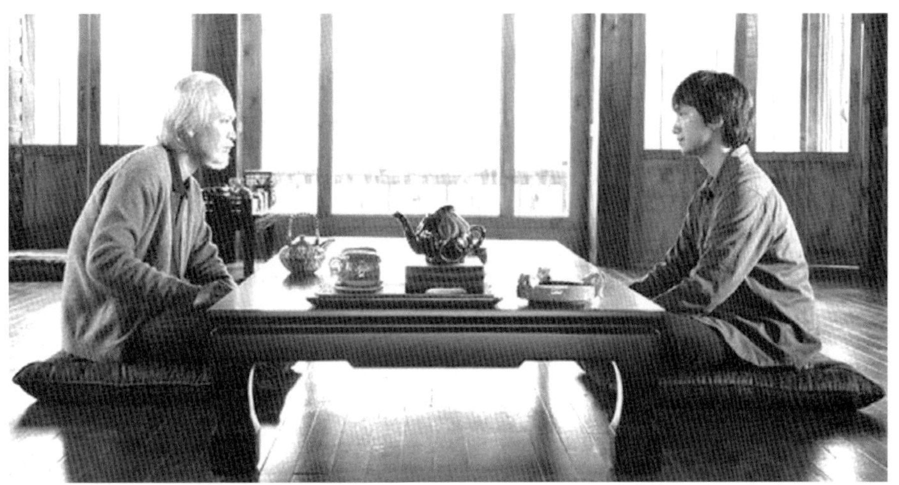

충무로의 1인자로 불리웠던 강우석 감독의 절치부심, 그러니까 잘하려는 다짐이 이해되지만, 그러지 않아도 된다. 원작 각색의 경우 소설이든 웹툰 만화이든 그것과 같을 필요는 없으니까. 소설이 지면을 통해 공개되면 이미 작가만의 것이 아니듯 만화도 마찬가지다.

만화를 보지 않은 필자로선 영화 '이끼'는 그 자체로 빼어난 작품이라 생각한다. '이끼'는 한 마디로 한적한 시골마을의 줄초상 이야기이다. 아버지 유목형(허준호)의 부음 소식을 듣고 시골로 내려간 해국(박해일)은 장례 후에도 거기 머무른다. 타살로 의심하던 중 이장 천용덕(정재영) 휘하 세 명이 죽는다. 결국 천용덕으로부터 아버지 애길 전해

듣지만, 범인은 밝혀지지 않는다.

그 과정이 촘촘해 긴장을 놓을 짬이 없다. 유해진(덕천 역)을 통한 유머 감각은 튀지 않는다. 전혀 웃지 않은 채 "누가 연애하자고 했냐, 개새끼야" 따위 천용덕을 통한 대사 유머도 맛깔스럽다. "귀가 왜 이리 간지럽지" 하면서 권총으로 귀 후비는 장면 또한 강우석 감독다운 기발함으로 보인다.

물론 아쉬운 점도 있다. 우선 1978년 즈음인데 교도소 죄수인 유목형의 머리가 너무 길다. 형이 확정되지 않은 미결수도 빡빡머리를 했는데, 그리 했더라면 박진감이 넘쳤을 법하다. 초기 화면 1978년 즈음에서 연도 자막이 뜨지 않은 채 아들 해국이 나타난 것도 좀 그렇다.

일개 지방검사의 집무실이 너무 호화스러운 건 애교로 봐주자. 유목형을 살리기 위한 방편으로 영지(유선)는 천용덕을 비롯한 세 남자와의 '이층집'을 받아들인다. 그런데 해국이 목격한 것은 유목형이 죽은 후이다. 한 번 정사는 열 번으로 통하니 20년이 지난 지금도 그렇단 말인가?

천용덕은 입안에 총을 쏴 죽기 전에 외친다. 나를 단죄하려면 "대한민국을 대청소해야 될기다. 내 드러봐서"라고. 뭔가 비리와 협잡 등 시궁창 같은 현실사회를 질타하는 절규인 듯한데, 그것이 공허하게 들린다. 악의 화신이긴 하지만, 그가 왜 그렇게 되었는지 관객과의 공유는 실패했기 때문이다.

70대 천용덕을 연기한 정재영의 노고에 박수를 보내지만, 캐릭터 구현은 다수 미진하거나 애매하다. 1970년대 형사로서 국가나 공권력에 의해 악질이 된 구체적 리얼리티가 없어서다. 그럴망정 2010흥행 5위(외화빼면 3위)영화 '이끼'의 존재감은 기억되어야 할 것 같다.

부당거래

2011년 5월 출간된 '흥행영화 째려보기' 이후의 영화들을 대상으로 하고 있는 일종의 원칙 깨지는 소리가 들린다. 말할 나위 없이 그런 원칙은 팬들을 위해서다. 왕대박 작품이 아니고서야 누가 구년묵이 영화에 관심을 갖겠는가. 한편으론 2010년 10월 28일 개봉, 272만 2996명을 동원한 영화가 왜 '흥행영화 째려보기'에 끼지 못했는지 의문이 생긴다.

의문은, 그러나 금방 풀렸다. 거의 6년 만에 펴내는 평론집이다보니 대상작을 3백만 명 이상 관객동원으로 나름 제한했기 때문이었다. 하긴 그런데도 '친절한 금자씨'(2005)·'신기전'(2008)·'하모니'(2010)·'포화속으로'(2010) 등 3백만 명 이상 관객을 극장으로 불러들인 영화들이 빠져 있다.

더구나 그의 신작 '베를린'이 1월 31일 개봉되는 시점이다. 한석규·하정우·류승범·전지현 들이 출연하고, 독일과 라트비아 등지에서 해외 촬영한 류승완 감독의 영화이다. 바로 '부당거래'이다.

청소년 관람불가라는 점에서 '부당거래'의 272만 2996명은 결코 가

법게 볼 수치가 아니다. 무엇보다도 여기저기서 '부당거래' 들먹이는 얘기 듣고, 그예 만나보기로 작정한 것이다. 사실은 독립영화협의회 워크숍(3기)을 거쳐 2000년 '죽거나 혹은 나쁘거나'로 데뷔한 류승완 감독의 영화 보기는 '부당거래'가 처음이다.

역대 박스오피스 200위(174만 5669명) 안에 '아라한 장풍대작전'(2004)·'다찌마와리 악인이여 급행열차를 타라'(2008)·'주먹이 운다'(2005)·'짝패'(2006) 등 류감독이 연출한 영화가 없어 그런지도 모를 일이지만, '부당거래'는 그렇게 만만히 볼 작품은 아니다.

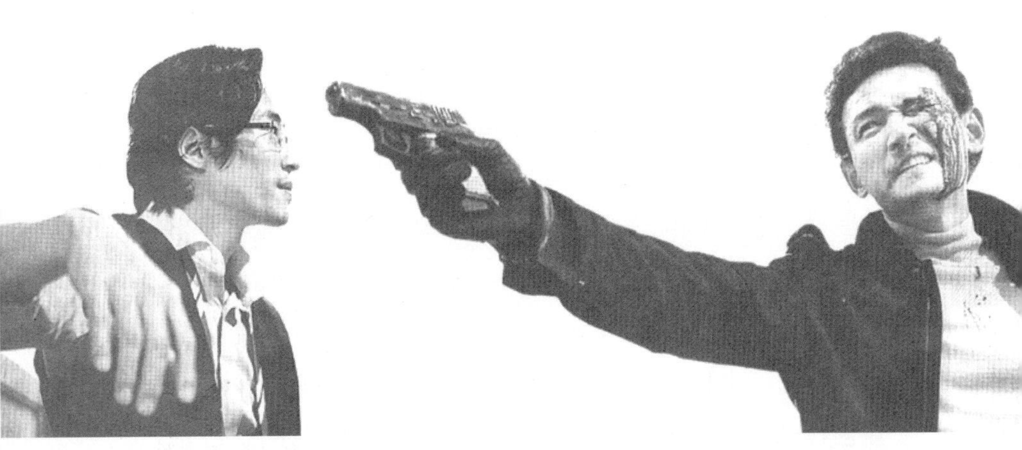

'부당거래'의 최대 미덕은 리얼함이다. 영화를 보고 심기가 불편할 이들이 많을 것 같다는 점에서 '부당거래'의 사회적 힘은 커 보인다. 검사와 형사, 그들과 유착된 회사(건설업)의 공생 관계가 그 어느 아류영화에서보다도 리얼하게 그려진다.

그 정점에 최철기(황정민)와 주양(류승범), 그리고 장석구(유해진)와 일찍 죽는 김양수회장(조영진)이 함께 있다. 좋은 말로 공생관계에 있는 그들의 커넥션은 검은 거래이다. 특히 주검사와 김회장, 최형사와 장석구의 부당거래는 너무 진하고 생생하다.

승리자는 주검사다. 영화상영 이후 실제로 '그랜저 검사'니 '피의자여성 성폭행검사' 따위가 언론에 보도되었다. 관객들이 몰라서 그렇지 현실에서 주양 같은 검사들이 얼마든지 있다는 박진감이야말로 '부당거래'가 거둔 최대 성과라 할만하다.

그와 다르게 최철기로 대표되는 경찰세계는 리얼리티가 좀 부실해 보인다. 최철기의 장회장 살해교사 및 그 수하 죽임까지는 그럴 듯하지만, 부하인 대호(마동석) 처리가 그것이다. 승진을 위해 동료의 죽음을 위장하는 형사의 모습은 개연성이 떨어진다.

하긴 대호의 목숨을 건 철기의 권총발사 막기부터가 좀 의아하다. 누이 가족이 소환되는 등 주검사의 반격에 갑자기 옷을 벗고 무릎 꿇은 채 꼬리를 내리는 최형사 모습도 그렇다. 이전 보여준 최철기라는 강력한 인상의 캐릭터와 충돌이 일어나기 때문이다.

사회비판의 리얼함을 받쳐주는 것이 배우들 연기와 대사들이다. 가령 주검사 역의 류승범은 우리가 무심하게 알고 있는 검사의 이미지를 배반하는 캐릭터 연기로 강한 인상을 심어준다. "겸상을 하니 대한민국 검사가 좆같아 보이시죠?"라든가 "모시기 힘든 분이야. 두 번 해드려" 따위가 그렇다.

반면 누이 남편을 쥐어패고, 승용차 안에서 양치질한 입안의 것을 창밖으로 내뱉고, "법 안지키는 새끼들이 더 잘 먹고 잘 살지"라며 비아냥대는 최철기의 존재감은 그에 미치지 못한다. "삐졌냐?" 같은 오류('삐쳤냐?'가 맞다.)도 그렇고, 광역수사대 팀장 역 안길강은 특별출연이라지만 머리가 경찰의 그것으로 보이지 않는다.

퀵

또 하는 얘기다. 2011년 여름 대목을 겨냥해 개봉한 이른바 한국형 블록버스터가 줄줄이 흥행 실패했다. 일반적으로 100억 원 넘게 투입된 영화를 한국형 블록버스터라 부르는데, '고지전'·'7광구'·'퀵' 등이다. 2011년말 개봉, 쓴 잔을 마신 '마이웨이'는 280억 원을 투입한 대작이다.(300억 원이라는 보도도 있다.)

한국형 블록버스터 흥행 실패에 대해 여러 분석이 있지만, 필자로선 꼭 한 가지 일러둘 게 있다. "뱁새가 황새 따라가다 가랑이 찢어진다"는 사실이다. 무슨 말인가 하면 한국영화치고 돈을 좀 쏟아부었다 해서 할리우드 블록버스터 흉내는 내지 말라는 뜻이다.

일단 물량면에선 한국영화가 쏟아부은 돈은 할리우드 블록버스터의 그것에 비하면 새 발의 피일 수밖에 없다. 물론 돈타령이 아니다. 막대한 물량으로 오로지 까부수는데 전력 질주하는 할리우드 블록버스터적이면 한국영화로선 그것이 안 통한다는 것이다.

이유는 딱 하나다. 할리우드 블록버스터야 원래 그것이 본령이라는 고정관념이 있지만, 한국영화에 대한 관객의 눈높이는 그게 아니기 때문이다. 바꿔 말하면 할리우드 블록버스터는 이미 그런 줄 알고 그걸 보고자 함이지만, 한국영화는 그렇지 않다는 것이다.

2011년 7월 20일 개봉한 '퀵'(감독 조범구)은, 위의 4편중 가장 많은 관객을 동원한 영화이다. 312만 5069명을 동원, 돈은 못벌었을망정 그나마 체면을 차린 셈이 됐다. '해운대'의 윤제균 감독이 제작자로 나선 영화라는 점에서 다소 의아한 결과이기도 하다.

2006년 '뚝방전설'의 조범구 감독이 메가폰을 잡은 '퀵'은 한겨레(2011. 7. 18) 박보미 기자 표현대로 하면 '스피드 액션 블록버스터'이다. 한국형 블록버스터에 수식어 하나가 추가된 셈인데, 일단 쉬지 않고 오토바이가 달린다. 짜장면이나 피자가 아니라 폭탄을 싣고 달린다.

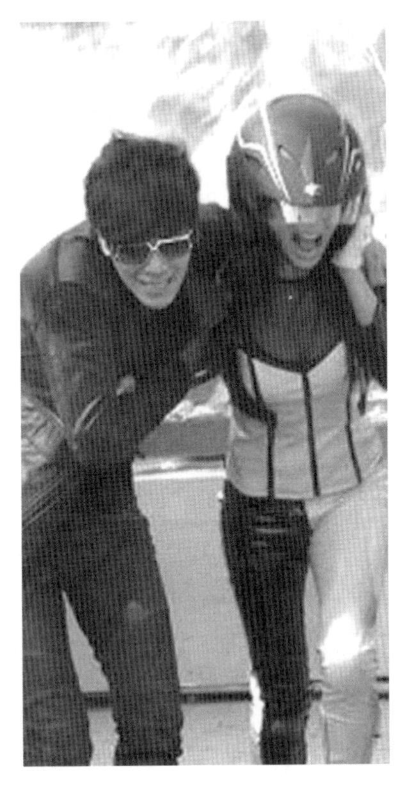

그것만 보면 항상 뭔가 새로운 걸 기다리는 관객 마음을 사로잡을 것 같지만, 그게 아니다. 너무 웃기고 있어서다. 말할 나위 없이 비꼬는 말이다. 웃기는 것도 때나 상황을 가려야 제대로인데, 그게 안되어서다. 예컨대 긴박감 넘치는 액션 장면이 분명한데, 그런 느낌이 전혀 오지 않는 것이다.

거의 전 인물의 코믹화가 손에 땀을 쥐게 하는 여러 액션 장면들과 충돌, 삐그덕대기 일쑤다. 기수(이민기)가 춘심(강예원)을 태운 채 질주하고, 그때마다 폭탄이 터져 여러 사람이 죽는 상황인데도 그냥 웃기만 하라면 웃을 개념없는 관객들이 얼마나 있겠는가?

설상가상이랄까 억지 코미디도 보인다. 가령 명식(김인권)은 음식물 담은 대형 쓰레기통이 공중에서 떨어지는 걸 본다. 피하거나 피하는 척이라도 해야 맞는데, 그냥 그 자리에서 정통으로 뒤집어 쓰고만다. 과거 심형래 아동 영화에서나 봤을법한, 일부러 바나나 껍질에 넘어지면서 웃으라고 떼쓰는 꼴이다.

스피드를 통한 '생쇼'에 아무 생각없이 웃자고 한 영화라 하더라도 '퀵'은 '뭐 이런 영화가 다 있나' 의구심이 가시지 않는 한국형 블록버스터다. 유난히 코미디 영화를 선호하는 경향의 한국 관객이라 하더라도 이건 아니지 싶다. 엄청난 제작비도, 관람료도 아까운 '퀵'이라면 너무 지나친 말일까.

아무리 코미디를 지향하더라도 영화는 장난이 아니다. 조폭을 검거하고, 폭탄의 기폭장치를 해제하고, 살인자를 추격하는 데서까지 시종 웃기는 것은 코미디의 정도가 아니다. 유머는 심각하거나 진지하고, 긴박감 넘치거나 아연 긴장이 고조될 때 은근히 터져야 빛난다.

그러고 보면 그 관객도 감지덕지라 해야 할 것 같다. 기왕 촬영의 어려움 등 온갖 고생을 해가며 만드는 영화인데, 좀 봐줄만한 작품이 되게 하면 안되나? "영화를 보는 내내 관객은 호흡이 가빠지고 체내 아드레날린(스트레스 호르몬) 수치가 높아지는 걸 느낄 수 있다"(동아일보, 2011. 7. 12)고 말하지만, 그게 아니어서다.

고지전

'고지전'은 '퀵', '7광구'와 함께 흥행에 실패한 한국형 블록버스터이
다. '고지전'이 개봉(2011. 7. 20)된 여름 대목 이전의 '황해', 그 이후
'마이웨이' 등도 100억 넘는 제작비에 비해 동원한 관객 수가 적어 흥행
실패작으로 기록된 바 있다.

그런데 '고지전'(감독 장훈)의 경우 개봉에 즈음해 구설을 겪었다. 7
월 21일 개봉날짜를 하루 앞당긴 것. 김기덕 감독은 이에 대해 7월 14일
성명을 발표했다. "한 수입영화가 한국 극장의 60%인 1400곳에 걸려
놀랍고 충격적이었다. 한국영화는 안 그렇겠지 했는데, 곧 개봉하는 전
쟁영화가 21일 개봉에서 20일로 당기고 2~3일 전부터 약 180개 극장
에서 2회씩 변칙 상영한다"(서울신문, 2011. 7. 15)가 그것이다.

이어 김감독은 같은 성명에서 "몇 개 남은 극장을 간신히 입소문으
로 버티고 있는 '풍산개' 등 작은 영화들이 불쌍하지도 않나 보다"라며
장훈 감독의 '고지전'에 직격탄을 날렸다. '영화는 영화다'(2008)에 이어
541만 6829명의 '의형제'(2010)를 연출한 장훈 감독은 김기덕 감독의

연출부 출신, 그러니까 제자이다.

김기덕 필름이 제작한 '풍산개'의 열악한 상영현실이 바탕에 깔려 있는데, 스크린 독과점 문제는 어제 오늘의 일이 아니다. 김기덕 감독의 비판이 있은 지 1년 남짓 지난 후에도 '광해, 왕이 된 남자'가 개봉 날짜를 당겨 눈총을 샀다. '피에타'로 베니스국제영화제 황금사자상(최우수 작품상)을 수상한 김기덕 감독이 당하는 스크린 독과점이니 다른 영화들이야 일러 무엇 하겠는가.

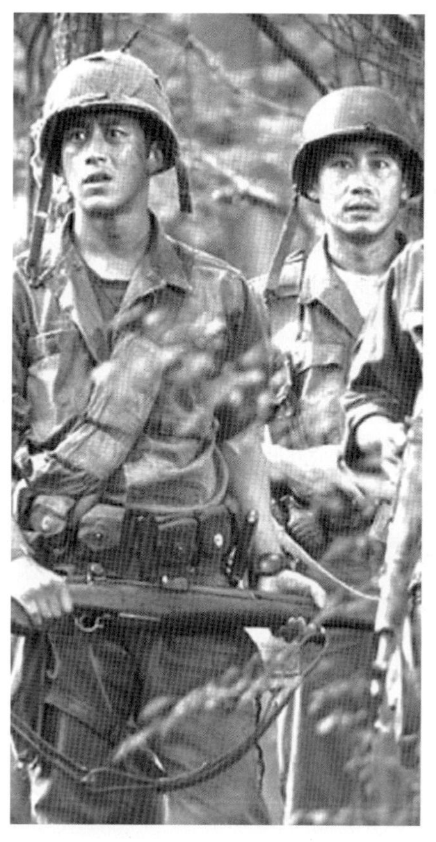

물론 김기덕 감독은 같은 성명에서 "장훈 감독의 새 영화 개봉을 진심으로 축하하며 능력이 있는 만큼 좀 더 정정당당한 방법으로 영화를 보여주길 바란다"는 말을 덧붙이기도 했지만, 그러나 '고지전'은 흥행 실패했다. 같은 구설에 올랐던 '광해, 왕이 된 남자'와 다른 경우가 된 셈이다. 설마 그것도 김기덕 감독의 '힘'일까?

'고지전'의 관객 수는 294만 5151명이다. 110억 원의 제작비 대비 흥행 실패이지 그리 적은 수치는 아니다. 또 흥행에 실패했다고 모두 나쁜 영화는 아니다. 필자가 보기에 '고지전'은 좋은 영화이다. 왜 그 정도만 지지를 받았는지 한편으론 의아스럽기까지 하다.

하긴 '태극기 휘날리며'(2004)가 1000만 관객을 동원한 이래 전쟁영화가 크게 히트한 적은 없다. '웰컴 투 동막골'(2005)의 643만 6900명 동원까지만 해도 계속 잘 나갈 줄 알았지만, '포화 속으로'(2010)·'고지전'(2011)·'마이웨이'(2011) 등이 제작비 대비 줄줄이 쓴 잔을 마신 바 있다.

그럴망정 '고지전'은 외면받아야 할 영화는 아니다. 방첩대 강은표 중위(신하균)는 동부전선의 악어중대로 간다. 때는 1953년 1월, 휴전을 앞둔 몇 달 사이 애록고지를 두고 피아간 접전이 치열하게 벌어지는 곳이다. 중대장 죽음과 관련, 의혹을 파헤쳐 상부에 보고하는 것이 강중위 임무다.

강중위는 대학 친구 김수혁 중위(고수)를 비롯한 중대원들과 함께 하면서 고지 쟁탈전 등 죽을 고비도 몇 차례 겪는다. 은표는 전쟁(포항 전투) 트라우마를 안고 있는 수혁을 비롯한 여러 부대원들과 다르다. 죽일 기회가 있었던 '이초'라는 인민군 저격수를 그냥 보내준 것이나 신병 남성식 죽음에 대한 반응 등이 그것이다.

인민군과의 전투, 은표와의 논리적 갈등, 교전 직전의 '전선야곡' 합창 등에서 얻을 수 있는 것은 전쟁 무위론이다. "빨갱이가 아니라 전쟁이랑 싸우는 거야"라는 대사도 그렇다. 다소 애매해 보이는 그런 대사는 케케묵은 반공영화가 아님을 웅변한다.

눈 오는 동부전선, 산 오르며 공격하는 애록고지 전투신 등 촬영 때 겪었을 어려움은 박진감 넘치는 실제 전쟁터처럼 보이게 한다. "씨발, 죽어도 좋아"라며 술 마시고, "죽긴 누가 죽어 씨발놈아!" 해도 욕으로 들리지 않게 한다. 그만큼 절박한 생사 갈림길의 전장(戰場)이 느껴진다.

군인들 머리가 너무 긴 것 말고는 거의 째려볼 게 없는 '고지전'인 셈이다. 그럼에도 대중들은 왜 '고지전'을 많이 지지하지 않았을까. 재미가 없어서다. 뭔가 찡하거나 짠한 정서가 솟구치는 감동이 없어서다. 관객들은 여전히 좋은 영화를 귀신같이 알아본다.

블라인드

　2011 한국영화 최고 흥행작은 747만 633명을 동원한 '최종병기 활'이다. 할리우드 블록버스터 '트랜스 포머3'에 1위 자리를 내주긴 했지만, 관객 차이는 크지 않다. 그 최고 흥행작과 같은 날(8월 10일) 겁도 없이 개봉한 영화가 있다. 1주 뒤엔 할리우드 블록버스터 '혹성탈출: 진화의 시작'의 추격을 받기도 했다. '블라인드'가 그것이다.

　'블라인드'(감독 안상훈)는 개봉 전 부천국제판타스틱영화제 폐막작으로 상영된 바 있다. 판타스틱 영화제 상영작이라 짐작되겠는데, '블라인드'는 스릴러다. 로맨틱 코미디에서 존재감을 확실히 보인 김하늘(민수아 역)이 시각장애인 연기를 펼쳐 또 다른 관심을 끌기도 했다. 통합전산망 집계 관객 수는 236만 7942명이다.

　한겨레(2011. 8. 1)는 "범인을 본 목격자가 시각장애인이라면…"이라는 제목으로 '블라인드'를 리뷰하고 있다. 조선일보(2011. 8. 8)는 영화가 개봉되기도 전 "눈 감으니 연기가 보이더라"며 시각장애인 역의 김하늘을 인터뷰하고 있다. 뺑소니범 목격자가 시각장애인이라! 뭔가 막 '땡기지' 않는가?

강렬한 사운드의 비보이 율동과 함께 문을 연 '블라인드'는, 그러나 초반엔 좀 시큰둥하게 느껴진다. 시각장애인의 더듬거리는 행동거지가 답답하게 느껴지고, 개(맹인안내견)까지 그런 기분을 거든다. 그런 따분함이나 실망감에 반전이 생기는 건 조형사(조희봉)가 수아의 진술을 들으면서부터다.

수아는 뺑소니범 명진(양영조)에 대한 인상착의를 세밀히 말한다. 신고 들어온 것이

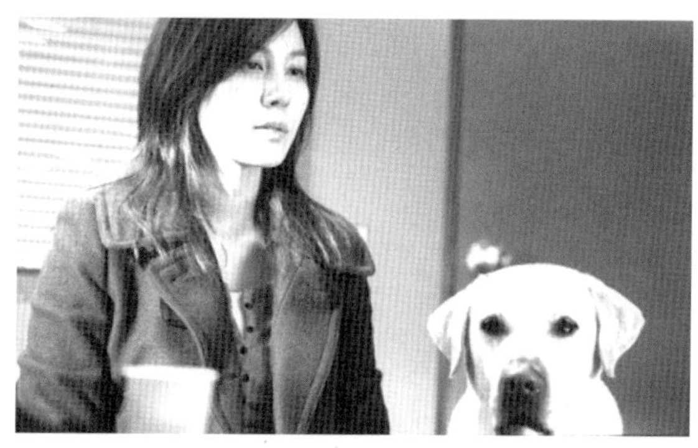

라 그냥 조서만 받고 그만두려던 조형사는 놀라게 되고, 영화는 본격 스릴러로서의 위상을 찾는다. 알고 보니 뺑소니범은 젊은 여자들을 납치, 성폭행하거나 죽인 연쇄살인범이다.

흥미로운 것은 범인을 미리 까놓고 있다는 점이다. 정체가 감춰진 범인을 영화 주인공이나 관객이 찾아나가는 과정의 스릴러가 아닌 것이다. 그런 점에서 '추격자'(2008)를 생각나게 하지만, 긴장감이나 긴박감은 그것보다 훨씬 크고 깊다. 바로 시각장애인과 범인의 싸움이기 때문이다.

또 다른 목격자 기섭(유승호)은 그 지점에서 빛나는 캐릭터다. 우선 피자배달 일을 알바로 하는 대학생인지 순수한 직업의 근로청소년인지 명확하지 않은 점은 아쉽다. 또 '날라리'쯤으로 그려진 기섭의 수아 구하기에 구체적 동기화가 결여돼 아쉬움을 주기도 한다.

그럴망정 기섭은 수아의 죄책감(자신이 동현을 죽게 했다는)을 상쇄시켜주는 기재이다. 그 점은 칼 들고 달려드는 범인을 벽돌로 내리치기

직전 동생이 죽는 장면 오버랩으로 확인되기도 한다. 그리고 놀랍게도 이 장면은 콧등 시큰한 감동을 안겨준다. 사람을 죽이는 장면이 콧등 시큰한 감동을 갖게 하니 놀라운 일 아닌가!

그 외 "마음에 있는 장애가 진짜 장애"라든가 "말 되는 게 요즘 세상에 뭐 있습니까" 등 금언이나 사회비판적 메시지도 건질만하다. 그럼에도 불구하고 왠지 '블라인드'는 남의 나라 일같단 생각을 갖게 한다. 요컨대 '이웃사람'에서 느낄 수 있는 박진감이 확 와닿지 않는 것이다.

가장 큰 이유는 범인의 신출귀몰한 잔혹성이 아닐까 한다. 범인은 산부인과 의사이다. 젊은 여자들을 납치해 가둔 것외에도 형사를 둘씩이나 '가볍게' 죽인다. 무슨 총을 쏜 것도 아니다. 강력계 형사와 맞장 끝에 죽인 것이다. 잠복중이던 형사는 그런 것도 없이 '한 큐에' 날려 버린다. 보통의 변태사범과 다른 낯선 모습이다.

수아의 행동에도 아쉬운 점이 있다. 수아는 기섭의 도움으로 살해위기에서 벗어난다. 병원에서 깨어난 수아는, 그러나 안내견 죽음만 슬퍼한다. 범인은 어떻게 됐냐고 물어봐야 하는 게 아닌가. 보육원 살해위기 그 절박한 외중에서도 기섭이 치료부려 하고 있어 좀 의아스럽다. 수아의 약력을 아는 과정 없이 조형사가 전 경찰대생임을 알고 말하는 것도 좀 그렇다.

김하늘이 인터뷰에서 "가장 힘든 게 다 보인다는 것이다"라고 했듯 눈을 멀쩡히 뜬 채 시각장애인 연기를 해낸 그녀의 이미지 변신은 기억해 둘만하다. 범인의 잔혹무도한 납치, 살인 등이 긴박감을 준 게 아니다. 앞을 더듬거리며 그 모진 살해위기에서 벗어난 김하늘의 연기는 오래도록 기억에 남을 것 같다.

마지막 의문 하나. 이 영화는 왜 청소년관람불가인가? 남자의 전라장면과 김하늘의 욕조 안 오그리고 있는 모습이 전부인데….

오싹한 연애

　‘오싹한 연애’(감독 황인호)는 2011년 개봉한 로맨틱 코미디 영화 중 유일하게 300만 명 넘는 관객을 동원한 작품이다. 2011년 12월 1일 개봉한 ‘오싹한 연애’의 통합전산망 집계 관객 수는 300만 9960명이다. 수능 수험생 등 10대를 겨냥한 ‘티끌모아 로맨스’, ‘너는 펫’ 들을 나자빠지게 한 것.

　‘오싹한 연애’의 300만 돌파가 대단한 것은, 개봉 시점이 다소 차이나지만 할리우드 블록버스터 ‘미션임파서블: 고스트 프로토콜’과 한국형 블록버스터 ‘마이웨이’와 겨뤄 일궈낸 흥행성적이기 때문이다. 흥행 실패한 ‘마이웨이’는 그렇다쳐도 750만 명 이상을 극장으로 불러 모은 ‘미션임파서블: 고스트 프로토콜’을 떠올려보면 대단한 일이 아닌가!

　대저 영화 보기에는 크게 두 가지가 있다. 시간 죽이기이거나 뭔가 건져내기 위해서가 그것이다. 물론 그 두 가지 외에도 다른 이유가 있다. 가령 여자 꼬시기용을 예로 들 수 있다. 어떤 이유에서 영화를 보든 그것은 각자의 자유다. 속된 말로 전봇대로 이빨을 쑤시든 말든 상관할 일이 아니다.

그럴망정 필자는 코미디 세 글자가 들어간 영화는 좋아하지 않는다. 평론가로서 리뷰하기 위해 보는 경우는 있어도 '저 영환 꼭 봐야지' 하는 의지가 생기지 않는다. 단적인 한 마디로 인생은 장난이 아니어서다. 또 그 웃음이 위에서 아래로 물 흐르듯한 것이 아니어서이기도 하다.

그런데 그것은 나의 편견인 것 같다. 로맨틱 코미디 영화 '오싹한 연애'에 몰린 관객들이 그 점을 뒷받침한다. 그뿐이 아니다. 명절 대목이면 어김없이 찾아오는 코미디 영화들이 강세를 보이기도 한다. 예컨대 '가문의 영광' 시리즈가 그렇다. 2005 추석 명절용이었던 '가문의 위기: 가문의 영광2'는 한겨레(2011. 9. 15)에 따르면 570만(통합전산망 집계는 452만 9876명이다.)명을 동원, 대박을 터뜨린 바 있다.

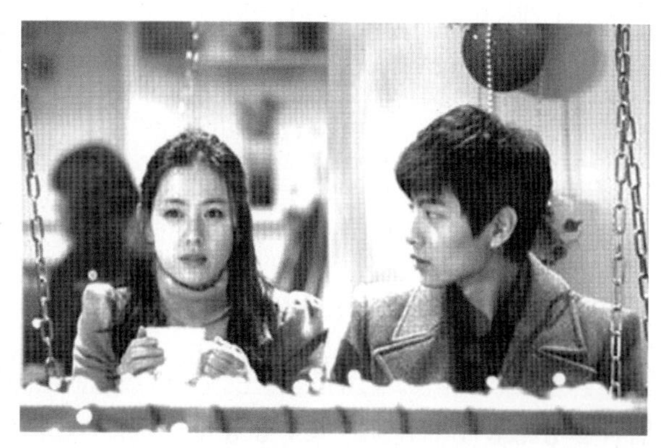

우선 '오싹한 연애'는 그 질과 상관없이 손예진(강여리 역)의 코미디 연기가 빼어난 영화이다. 관객 설문조사를 한 것은 아니지만, 흥행 1등 공신 1위로 꼽아도 시비할 사람이 없을 만큼 손예진의 코미디 연기는 새롭다. 특히 남들의 키스 장면을 본 손예진의 그걸 갈구하는 표정 연기는 압권이다.

그와 다르게 이민기(마조구 역)는 '퀵'에 이어 연달아 '이상한 영화' 출연이라는 인상이 짙다. 흥행 실패한 '퀵'의 주연 배우가 새 영화의 주인공으로 캐스팅된 건 축하할 일이지만, 손예진처럼 미친 존재감을 확실히 각인시키진 못한 것으로 보인다. 어쩌면 내용 자체가 여주인공에 끌려가거나 휘둘리는 캐릭터라 그런지도 모를 일이다.

강여리는 고등학교때 당한 교통사고 후유증을 앓고 있다. 신체 일부가 훼손되어서가 아니다. 친구 대신 자신이 살아나서다. 친구의 목걸이를 조르다시피하여 손에 쥐게된 결과다. 119구조대원이 두 명중 목걸이에서 빛이 나던 여리를 살려낸 것. 죽은 그 친구는 귀신이 되어 여리 앞에 나타나곤 한다.

그런 트라우마가 있는 여리와의 사랑이라 오싹한 연애라는 것인데, 보기가 편치 않다. 언뜻 보면 참신한 소재같지만 트라우마를 코미디로 변주한, 그리하여 할리우드 블록버스터 못지 않은 상업주의가 느껴져서다. 물론 이런 판단은 앞에서 말한 두 가지 영화보기중 '뭔가 건져내기'에서 비롯된 것이다.

의아스러운 것은 여리가 목걸이를 돌려주었는데도 변함없이 '친구귀신'이 나타나고 있는 점이다. 영화가 끝나고 캐스트 자막이 나오는 한쪽으로 일봉(박철민)의 '친구귀신' 스카우트 장면은 그야말로 가관이다. 로맨틱 코미디 영화에서 노골적으로 로맨틱 코미디 선전을 하는 것도 볼썽사납다.

분명 12세관람가 영화인데도 그걸 무색케하는 장면들도 거슬린다. '막돼먹은 영애씨'의 영애(김현숙)를 오랜만에 보는 건 반갑지만, "(남자를) 얼마나 굶었냐?" 따위 대사도 혹 코미디라 생각하는 것인지 궁금하다. "뭔가 좀 느끼고 싶다"며 텐트 안으로 들어가 키스하는 따위도 마찬가지다.

사랑이 원래 유치찬란하고, 어렵긴 하다. 유치스러움을 포함한 우여곡절과 온갖 난관을 뚫고, 마침내 성사되는 사랑의 해피엔딩이 '오싹한 연애'의 주제인가? 참으로 알다가도 모를 일이다. 거기에 더해 알다가도 모를 일은 300만 넘는 관객들, '오싹한 연애'의 흥행 성공이다.

댄싱 퀸

2011년의 일이니 좀 묵은 이야기다. 여름 시즌을 겨냥, 개봉한 한국형 블록버스터들이 줄줄이 흥행에 실패했던 것. '퀵'(312만 5069명), '고지전'(294만 5151명), '7광구'(224만 2510명) 등이다. 이들 영화는 100억 원대의 돈을 쏟아부은 한국형 블록버스터인데도 손익분기점을 넘기지 못한 관객에 그쳤다.

그 충격과 우려가 채 가시기도 전 한국영화사상 최대 제작비 280억 원을 투입한 '마이웨이'의 흥행 참패가 이어졌다. 2011년 12월 21일 개봉한 '마이웨이'의 통합전산망 집계 최종 관객 수는 214만 2670명이다. 영화가로선, 이를테면 우울한 새해를 맞게된 셈이다.

그러나 반전이 시작됐다. 설(2012. 1. 23) 명절 특선영화들이 관객몰이에 나선 것. 설 특선 한국영화는 '댄싱 퀸'·'부러진 화살'·'페이스메이커'·'네버엔딩 스토리' 4편이다. 그중 '댄싱 퀸'은 405만 8225명, '부러진 화살'은 345만 9864명을 각각 동원, 새해 영화계를 뜨겁게 달구었다. 그것은 한국영화 관객 1억 명 시대로 이어졌다.

물론 그 이전, 그러니까 2011년 하반기에 개봉된 '최종병기 활'(8. 10)·
'도가니'(9. 22)·'완득이'(10. 20) 들은 한국형 블록버스터들의 흥행 참패가
언제 있었냐 할 정도로 대박을 터뜨렸다. 요컨대 관객은 꾸준히 극장을 찾지
만, 아주 귀신같이 될성부른 영화를 골라 본다는 사실이 새삼 확인된 것이다.

누가 뭐라해도 '댄싱 퀸'(감독 이석훈)은 한국영화 관객 1억 명 시대
의 첫 단추를 꿴 작품이라는 역사적 의미가 부
여된 영화라 할 수 있다. 역사적 의미와 함께
뜬 것은 2006년 '방과후 옥상'으로 데뷔했던
이석훈 감독보다 엄정화 역의 엄정화다. 황정
민 역의 황정민도 만만치 않은 연기를 보여줬
지만 '댄싱 퀸'은 엄정화 영화라 할만하다.

또한 '댄싱 퀸'은 드라마 내지 서사의 승리
인 영화이기도 하다. 그냥 단순한 코미디나 댄
스영화일 것 같은 우려를 말끔히 불식시킨 감
동의 드라마로 성큼 다가오고 있어서다. 한 10
년 잃어버린 꿈을 다시 찾는, 좀 멋진 말로 하
면 중년 아줌마의 자아찾기라고나 할까.

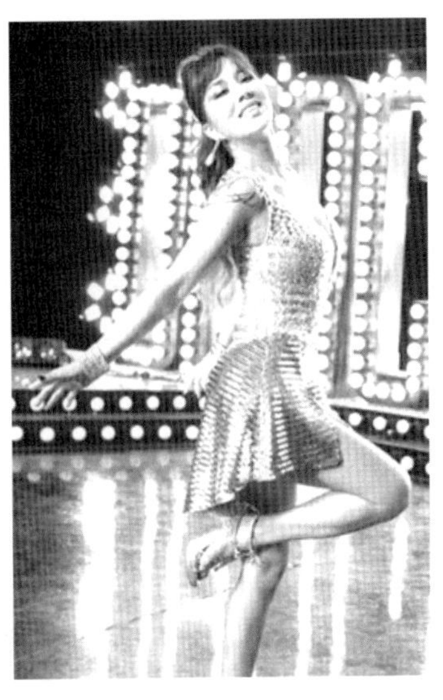

정민과 정화는 초등학교 동창생이다. 버스속 성추행 사건을 계기로
재회하게 된 대학생 정민과 정화는 결혼하기에 이른다. 정민은 사시 합
격후 변호사가 되어 있지만, 전세금 천만 원을 처가에 기대야 하는 처
지다. 정민의 눈빛이 다시 살아나기 시작한 것은 똥통인 정치판에 뛰어
들어 서울시장 후보가 되면서부터다.

남편과 딸 뒷바라지하느라 한 10년 꿈을 잃어버린 채 살던 정화 역시
'성인돌'로 뜨기 위한 행동개시에 들어간다. 남편에게 말할 기회를 놓친

위태로운 댄스가수 연습은 관객에게 아연 긴박감을 안기며 어떤 결말로 이어질지 궁금증을 갖게 한다. 아니나다를까 당내 경선 과정에서 황정민 후보 아내가 딴따라임이 폭로된다.

콧등시큰한 감동은 거기서 생긴다. 아내에 대한 절절한 애정을 밝히는 황정민은 어딘가 낯익은 모습을 떠올리게 한다. 바로 고 노무현 대통령이다. 2002년 대선 당시 노무현 후보는 장인이 빨치산 출신이란 상대방 공격에 "그럼 아내를 버려야하냐"며 정면돌파로 부인을 옹호한 바 있다.

역시 한국영화는 잘 차려진 밥상 같은 드라마가 승부의 관건임을 확인시키고 있는 '댄싱 퀸'이다. "지식은 있는데 가슴이 없는 정치인들" 등 은근히 세태를 까발리면서도 정민의 친구이자 초선 국회의원인 종찬(정성화)을 통해 희망 역시 놓치지 않는 앵글도 꽤 좋아보인다. "같은 라도"라며 전라도 출신이 미국 콜로라도 해외파 행세를 하는 유머 감각의 참신한 발상도 산뜻하다.

그러나 역시 거의 전 인물의 코미디화는 좀 거역스럽다. 어색한 화면이나 대사도 옥에 티로 잡힌다. 정민이 지하철 선로에 떨어진 취객을 구했는데, 열차는 그들이 가까스로 피한 곳과 다른 라인에서 지나친다. '처남'이라 부르길래 그런 줄 알았는데, 정화는 그를 삼촌이라 불러 헷갈리게 한다. 올 A 받는 장학생이면서 엄정화 같은 '날라리'는 현실에선 없다.

무엇보다 심각한 문제는 따로 있다. 감동적인 연설로 무릇 관객을 울먹이게 한 황정민이 사실은 얼치기 운동권, 의인이란 점이 그것이다. 그런 캐릭터라면 풍자를 통한 세태 꼬집기가 제격인데, 관객들을 감동적 휴머니즘에 빠져들게 하니 뭔가 잘못되었어도 크게 잘못된 핀트가 아닌가?

'명대사' 하나. "내가 가슴이 커서 키가 안자란 년야."(엄정화가 친구 이명애에게 한 말)

부러진 화살

한국영화 관객 1억명 시대를 보면서 깨달은 것이 있다. '관객의 눈높이가 엄청 높아졌구나'이다. 또 있다. '관객들이 무조건 재미만 즐기려는 것은 아니구나'이다. '도가니'가 이미 그런 증명을 해보인 셈이지만, '댄싱 퀸'과 같은 날(1월 18일) 개봉된 설날 특선영화 '부러진 화살'의 대박을 두고 절로 떠오른 생각이다.

'부러진 화살'(감독 정지영)은 345만 9864명을 동원했다. 400만 명 이상을 동원한 영화가 9편이나 돼 아무것 아닌 듯하지만, 그렇지 않다. '부러진 화살'의 순제작비는 5억 원이다. 마케팅비 10억 원을 합쳐도 15억 원에 불과한 저예산 영화다. 손익분기점이 50만 명이니 '왕대박'인 셈이다.

잠깐 정지영 감독 이야기 좀 해보자. 관객의 주류라 할 20대, 신흥세력으로 떠오른 30~40대조차 정지영 감독은 생소한 이름일 것이다. 그도 그럴 것이 정지영은 지금 67세의 '노감독'이다. '부러진 화살' 개봉 당시 66세였던 정지영 감독이 메가폰을 다시 잡은 것은 무려 13년 만이다.

정지영 감독은 '남부군'(1990)·'하얀 전쟁'(1992)·'헐리우드 키드의 생애'(1994) · '블랙잭'(1997) 등 잘 나가던 연출가였다. 특히 '남부군'과 '하얀 전쟁'은 각각 빨치산, 월남전을 다룬 사회성 짙은 소재 영화이다. 지금도 그렇긴 하지만, 재미 추구의 관객들 입맛에 맞지 않는 '불편한 진실'을 담은 영화이기도 하다. 상영 자체만으로도 하나의 사건이었던 '남부군'은, 그러나 1990 흥행 9위(서울 기준, 월간 스크린, 1999년 6월호)에 오르기도 했다.

개인적으로도 정지영 감독은 특기할만한 인연을 갖고 있다. 필자가 처음 펴낸 영화평론집은 1992년 12월 21일 펴낸 '우리영화 좀 봅시다' 이다. 보란 듯이 판권란에 지금은 보기 힘들어진 인지까지 일일이 붙인 책이었다. 그 책 앞머리에 정지영 감독이 추천사를 써주었다. 이두용 감독과 함께였다. 물론 출판사(실록출판사)측이 의뢰한 것이었다. 잠깐 한 대목 직접 만나보자.

하지만 우리들의 부모(관객)는 자기 자식(우리 영화)보다는 남의 자식(외국 영화)을 더욱 사랑한다. 자기 자식이 얼마나 열악한 환경 속에서 공부하고 있는지가 자기와는 관계가 없다는 듯이 말이다.
모처럼 1등을 해와도 우연으로 치부하는 듯싶다. 정말 우리영화는 진정한 '사랑의 매'를 든 가슴 따뜻한 부모들을 만나기가 쉽지 않다.
장세진.
그는 그러한 부모가 되길 선언했다.

그랬던 그가 1998년 연출한 '까'를 끝으로 사라지고 잊혀졌다. '부러진 화살'은, 이를테면 정지영 감독의 화려한 복귀작인 셈이다. '부러진 화살' 의 흥행대박이 여느 영화의 그것들과 다른 이유이다. 1년도 안돼 고 김 근태 의원의 고문사건을 다룬 '남영동 1985'를 부산국제영화제에서 선 보이고 일반 개봉도 했으니 화려한 복귀는 의심의 여지가 없다.

또 하나 덧붙일 것이 있다. 제작 및 개봉 과정이다. 우선 안성기(김경호 역) 등 배우들은 교통비 정도만 받고 출연했다. 물론 수익이 나면 지급받는 러닝 개런티 조건과 함께였다. 또 쟁쟁한 기술진이 합류했다. '괴물'의 김형구 촬영감독과 정영민 조명감독, '태극기 휘날리며'와 '공동경비구역 JSA'의 김석원 음향감독, '써니'와 '추격자'의 김준석 음악감독 등이다.

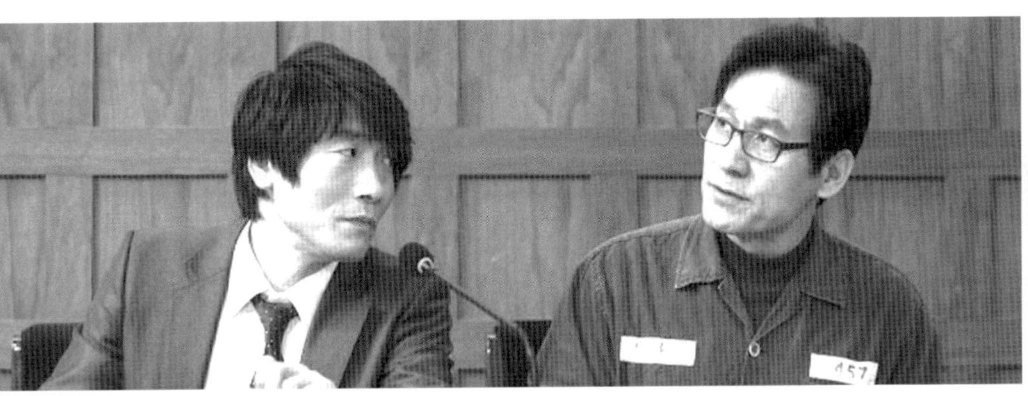

거기에 명필름이 마케팅을, 영화배급계 신흥세력으로 떠오른 '뉴'가 배급을 맡았다. 뉴는 '그대를 사랑합니다', '블라인드' 등을 배급한 회사다. 처음엔 250여 개 스크린에서 출발했지만, 400여 개로 확대되었다. 통합전산망 집계는 스크린 수가 530개로 기록되어 있다.

'남부군'이나 '하얀 전쟁'이 그렇듯 '부러진 화살'은 사회성 짙은 '법정영화'이다. 2007년 1월 15일 성균관대 수학전공 김명호 교수가 서울고법 박홍우 부장판사를, 세간의 표현대로 하면 '석궁 테러'한 실화를 영화로 제작한 것이다. 한편 김명호 전 교수는 4년 옥살이 후 만기 출소했다.

영화는 억울한 옥살이에 무게가 실려 있다. 영화를 본 관객들 대부분이 경험자일리 없겠지만, '법이 좀 그런 면이 있구나' 하는 느낌을 자신도 모르게 가졌을 것이다. 사법부 테러라는 결론이 나온 상태에서 진행된 재판과정을 촘촘히 볼 수 있다는 점만으로도 영화의 가치는 충분하다.

자칫 딱딱하게 흐를 수 있는 법정영화를 드라마틱하게 엮어 관객의 공분(公憤)을 불러 일으켜 흥행대박까지 터뜨린 것은 당연히 정지영 감독의 연출력 덕분이다. 안성기라는 국민배우가 보인 극중 캐릭터에 박원상(박훈 변호사 역)의 '진보꼴통적' 변호사 연기가 접속되어 피워낸 성과이기도 하다.

무엇보다도 '부러진 화살'은 올바르게 살려고 하는 사람이 왕따되는 사회의 구조적 모순을 깨닫게 한다는 점에서 값진 영화이다. 뭐랄까, 애꾸눈 나라에서는 두 눈 달린 사람이 병신이라는 세상에 대한 깨달음이라고나 할까. 이 점은 "이게 재판입니까, 개판이지!"라는 대사와 함께 오래 남을 것 같다.

단, 아쉬움도 있다. 박훈 변호사가 너무 극적인 캐릭터라는 점이다. 노동자 시위 주동까지는 그럴 듯한데, 이후 알콜 중독자가 되다시피하고 장기자(김지호)와 잠자리까지 같이 하는 건 사족이지 싶다. '도가니'에선 그런 사생활까지도 상대방측 공격의 빌미가 되어서 하는 말이다.

화차

적은 돈을 들여 많은 관객에게 사랑받는 영화들이 있다. 천문학적 숫자의 제작비를 쏟아붓는 할리우드 블록버스터야 그 '돈 잔치' 맛으로 본다지만, 한국영화는 사정이 다르다. 한국영화 관객 1억 명 시대를 받쳐준 것도 그런 영화들이었다. 이른바 '중박영화'들이다.

딱히 정해진 공식 규정은 없지만, 중박영화들은 3~4백만 명을 동원한 작품들이다. 제작비 규모와 비례해보면 3백만 명이라 해도 다 같을 수는 없다. 예건대 '부러진 화살'은 15억 원(순제작비 5억, 마케팅비 10억 원)을 들인 저예산 영화지만, 345만 9864명을 동원했다. 엄청난 대박이다.

'부러진 화살'의 손익분기점은 50만 명이다. 15억 원을 들인 영화가 그러니 순제작비 16억 원(18억 원이라는 주장도 있다.)을 들인 '화차'(감독 변영주)의 손익분기점은 어느 정도일까. 자세히 알 수는 없지만, 243만 6492명 관객이라면 흥행성공이 분명해 보인다.

'화차'의 흥행성공은 남다른 의미가 있다. 2012년 상반기 속속 컴백한 중견감독들 중 성공한 영화에 속하기 때문이다. 우선 오랜만에 메가폰을 잡은 감독들은 다음과 같다. 3월 변영주 '화차'·장윤현 '가비', 4월 김지운 '인류멸망보고서'·정지우 '은교', 5월 김대승 '후궁: 제왕의 첩'·임상수 '돈의 맛' 등이다.

관객 수만으로 보면 김대승 감독의 '후궁: 제왕의 첩'에 이어 두 번째 흥행작임을 알 수 있다. 물론 5월엔 중견감독으로 '내 아내의 모든 것'을 연출한 민규동이 있다. 또 하반기 영화 역사를 새로 쓴 '도둑들'의 최동훈, '7광구' 실패 이후 1년 남짓만에 '타워'로 재기한 김지훈 감독 등이 있다.

2012년 3월 8일 개봉한 '화차'는 2004년 '발레교습소' 실패 이후 7년의 공백을 깬 변영주 감독의 영화이다. 위안부 할머니들의 얘기를 담은 다큐멘터리 '낮은 목소리'로 이름을 알린 변영주 감독이 오랜만에 연출한 '화차'는 일본작가 미야베 미유키의 소설을 각색한 영화이다. 제목 화차는 '지옥행 불수레' 또는 '악인을 지옥으로 끌고 가는 수레'를 뜻한다.

'화차'를 보면서 느낀 가장 강렬한 화두는 '드라마의 힘'이다. 결혼을 앞둔 신부 강선영(김민희)이 시골의 시댁에 내려가는 고속도로 휴게소에서 사라진다. 수의사인 장문호(이선균)와 그가 의뢰한 형(전직 강력계 형사) 종근(조성하)이 강선영의 행방을 쫓는다.

쫓는 과정에서 강선영이 차경선으로 드러난다. 차경선이 강선영으로 살고자 한 이유는 35만 원 카드 빚 때문이다. 뉴스에서 더러 보아온 사채의 냉혹함이 장문호의 선영에 대한 사랑과 함께 아주 '찐하게' 묻어난다. 그 전개가 도무지 흠잡을 게 없을 정도로 촘촘하다. 일상적이고 디테일하다. 바로 드라마의 힘이다.

강선영을 찾는 와중에도 진료 장면을 수시로 배치해 리얼리티에 충실하다. 차가 막혀 급하게 된 종근이 차라리 뛰어가는 모습의 일상성

묘사도 좋아 보인다. 간호사 한나(김별)라든가 종근의 친구 하형사(최덕문) 등 조연들 몫도 흐트러짐이 없다. 3년간 시나리오를 20번이나 고쳐 쓴 감독의 각본, 바로 드라마의 힘이다.

드라마의 힘은 결국 공분(公憤)이다. 예상 밖의 흥행 성공을 일궈내 '도가니'(2011), '부러진 화살'(2012)에서 그랬듯 두 눈 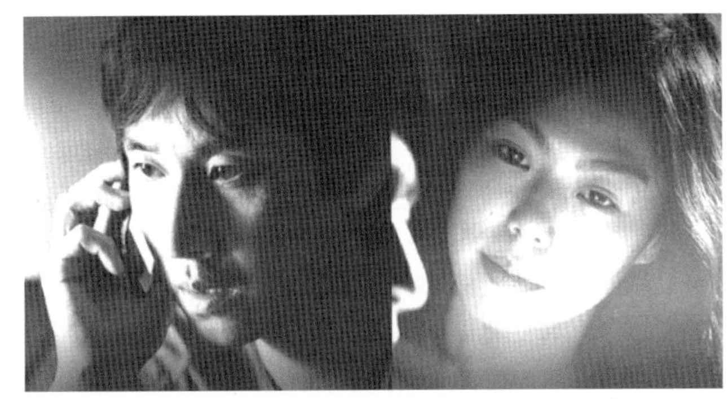 달린 멀쩡한 사람을 병신 만드는 애꾸눈 나라의 구조적 모순! 아쉬운 점은 차경선을 강선영으로 내몬 사채업자 무리가 그녀의 죽음 즈음엔 사라진 점이다. 끝까지 그들을 어른거리게 했다면 영화의 비극미는 한껏 고조되었을 것이다.

일본 소설인데도 어쩌면 그렇듯 한국적 서사로 알맞게 빚어냈는지, 절로 감탄이 생기기도 한다. '화차'를 통해 투자자들의 얄팍한 상술, 그러니까 돈이 될만한 무릇 '같잖은' 영화에 대한 선호 따위도 좀 수그러들었으면 한다. 그래, 한국영화는 감동을 동반한 드라마의 힘이 느껴질 때 성공할 수 있다. '화차'는 그 점을 상기 내지 확인시켜주는 좋은 영화이다.

그렇다고 '한 개'의 불만도 없냐면 그렇지는 않다. 안동 사는 아버지 대사에 경상도 사투리가 전혀 쓰이지 않은 점, 장문호의 '설레임' 아이스크림은 그렇다쳐도 종근과 하형사가 바나나우유 먹는 것은 사건 전개에 어떤 인과관계가 있는 건지 자못 궁금하다. 문호가 종근을 형이라 부르는데, 친형인지 그냥 선배인지도 불분명해 좀 불만스럽다.

내 아내의 모든 것

다소 도발적인 제목 '내 아내의 모든 것'(감독 민규동)은 2012년 5월 17일 개봉, 459만 8821명을 동원했다. 2012 흥행랭킹 9위의 성적이다. 3편의 할리우드 블록버스터를 뺀다면 랭킹 6위 영화이다. 개봉 2주째 300만 명을 넘겼을 때 감독조차 "300만 넘을 줄 몰랐다"며 당황해했을 정도다.

하긴 '내 아내의 모든 것'은 2012 상반기 개봉 한국영화 중 가장 빠른 흥행 속도를 보인 바 있다. 그때는 '어벤져스' 위세가 하늘을 찌르고 있었다. '내 아내의 모든 것'보다 1주 늦게 개봉한 '맨 인 블랙3'이 추격해 오던 시점이기도 했다. 6월 들어서도 '후궁: 제왕의 첩'과 할리우드 블록버스터 '프로메테우스' 등이 쳐들어왔지만, 끄떡없었다.

그런 흥행의 주역으로 떠오른 게 30~40대 관객이다. 그도 그럴 것이 2012 상반기 한국영화 관객 동원 1~5위 작품 모두 30~40대 감성에 호소하는 영화들이었다. '범죄와의 전쟁: 나쁜 놈들 전성시대'·'내 아내의 모든 것'·'건축학개론'·'댄싱 퀸'·'부러진 화살' 등이 그렇다. 5

인 5색이라 할 만큼 영화의 장르도 다양하거나 골고루 퍼져있다.

김보연 영화진흥위원회 영화정책센터장은 "지금 30~40대는 여가활동에 돈 쓰기를 주저하지 않는 세대다. 20대 때 영화를 즐기던 그들이 나이 들어서도 극장을 즐겨 찾는 형국"(한국일보, 2012. 6. 19)이라고 말했다. 과거 영화관객의 주류였던 20대가 세월만 흘렀을 뿐 고정 마니아층이 되었다는 것이다.

사실 '내 아내의 모든 것'도 20대 싱글이 보기엔 별 흥미가 일지 않는 영화이다. 결혼 7년차인 두현(이선균)과 정인(임수정)의 갈등 이야기이기 때문이다. 요리를 공부하러 일본에 갔던 정인은 지진으로 인해 혼비백산하던 중 내진설계사가 된 유학생 두현을 만나 사랑하고, 결혼까지 한다.

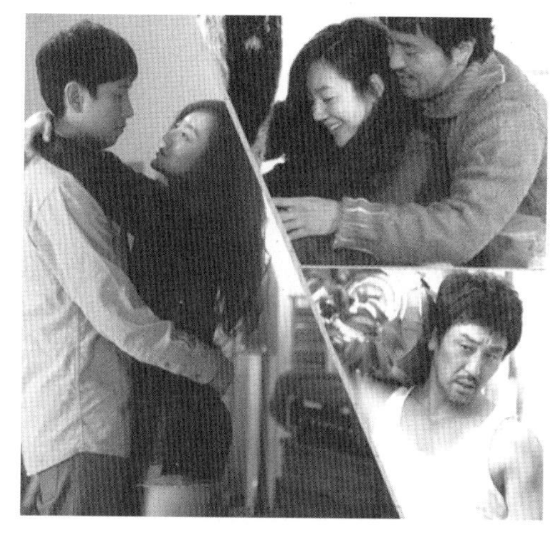

연애에서 결혼까지의 과정은 빠른 화면 처리로 지나가버리고, 어느새 결혼 7년차. 정인은 꿈에 나타날까 두려운, '말 못하고 죽은 귀신' 캐릭터로 변해 있다. 마침내 두현은 옆집의 카사노바 장성기(류승룡)에게 부탁하기에 이른다. 제발 내 아내 좀 꼬셔달라고.

민규동 감독은 1999년 '여고괴담 두 번째 이야기'로 데뷔했다. 전편 명성에 대한 부담 때문인지 영화는 별로였다. 이후 '내 생애 가장 아름다운 일주일'(2005), '세상에서 가장 아름다운 이별'(2011)을 거쳐 '내 아내의 모든 것'을 연출했다. 감독은 두 영화의 화두는 "진정한 아름다움은 무엇인가, 가치 있는 삶은 무엇인가"(중앙일보, 2012. 6. 6)라고 말했다.

감독에 의하면 '내 아내의 모든 것'도 그 연장선에 있다. '아름다운 부부관계와 소통에 대한 질문'이 그것이다. 이혼하려다 없었던 일로 하는 해피엔딩의 결말만 봐도 그 점은 그럴 듯하게 다가온다. 두현의 아내를 꼬셔달라는 기상천외한 작전이 화끈하게 성공한 것이라고 할까.

거기서 눈에 띄는 건 화장품 모델의 이미지에서 확 변신한 임수정 연기다. 체질적으로 코미디를 싫어하지만, 정인 역 임수정의 독설 늘어놓기, 많은 사람들과 부딪치기 등은 제법 살갑다. 물론 두현이나 성기 등 주요인물을 비롯 방송국 피디, 파출소장, 직장 상사들까지 거의 전 캐릭터 코믹화는 거역스럽다.

성기의 정인에 대한 사랑 빠져들기는 진짜 참을 수 없는 코미디거나 명백한 사족으로 보인다. 꼬시기 과정에서 얻는 유익한 깨달음이 달아날 지경이다. 뭐, 칭찬은 고래도 춤추게 한다, 여자 얘기에 맞장구 쳐주는 게 소통의 열쇠구나 하는 그런 것들이다. '달링'이니 '하니'에 인색한 한국남성들이 가슴 뜨끔할 깨달음이다.

그런데 알고 보면 정인의 독설 퍼레이드는 7년째 아일 갖지 못한 스트레스에서 비롯한 일종의 병이다. 재판정 호출에 응하지 않은 그들 부부가 그 문제를 극복하고, 신혼처럼 잘 살 수 있을까? 은근히 남자에게 문제가 있다는 핀트도 좀 거슬린다. 무릇 소통 부재는 어느 한쪽만의 문제가 아니다.

관객 459만 명이라면 '재미있는 영화'라는 뜻인데, 일본어 번역자막 중 '제일교포'가 있어 어리둥절하게 만든다. 섹스하려는 중 전화가 와 정인이 외출하는데 두현 부부와 방송국 피디, 작가 넷이 만나는 장면이 이어지는 따위 좀 튀는 편집도 그렇다. 뒷부분 성기와 작가의 방송 중 섹스행위는 도대체 뭔지 아리송하다.

후궁: 제왕의 첩

여전히 사극은 건재하다. 2011년 '최종병기 활'(747만 633명)에 이어 '광해, 왕이 된 남자'가 1000만을 넘어 1231만 9390명(통합전산망 기준)을 동원했으니 더 말해 무엇하랴. '광해, 왕이 된 남자'보다 먼저 개봉(2012. 8. 8)한 '바람과 함께 사라지다' 역시 490만 9937명을 극장으로 불러 모은 바 있다.

그보다는 못하지만, 평단과 관객들에게 두루 찬사를 받은 사극이 있다. 2012년 6월 6일 개봉한 김대승 감독의 '후궁: 제왕의 첩'이 그 영화다. '후궁: 제왕의 첩'은 개봉 첫 주 박스오피스 정상을 차지했다. 5일 만에 98만 7616명을 동원, 흥행을 예고했다.

흥미로운 것은 같은 날 개봉한 할리우드 애니메이션 '마다가스카3: 이번엔 서커스다!'와, 거장 리들리 스콧 감독이 30년 만에 공상과학(SF)장르로 복귀한 블록버스터 '프로메테우스'를 제치고 박스오피스 1위에 올랐다는 점이다. 또 2주 전쯤 개봉한 '맨 인 블랙3'이 한창 기세를 올리고 있는 때의 기록이기도 해 흥미를 더하고 있다.

결국 6월 28일 '어메이징 스파이더맨'이 미국보다 5일 빠르게 개봉
되면서 2위로 밀려났지만, '후궁: 제왕의 첩'이 초여름 극장가를 후끈
달아오르게 했음을 알 수 있다. 그 무렵이 '내 아내의 모든 것'이 대박행
진 중이었던 때였음을 감안한다면 '후궁: 제왕의 첩'의 인기가 만만치
않았음도 알 수 있다.

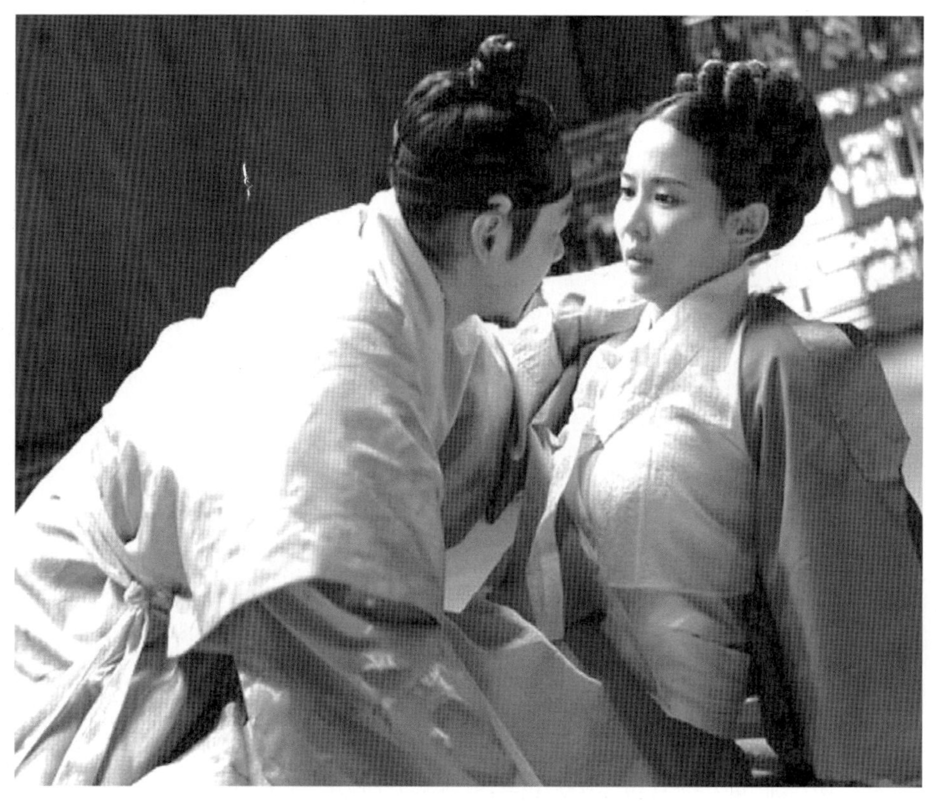

'후궁: 제왕의 첩'의 누적 관객 수는 263만 632명이다. 청소년관람불가
영화인 점을 감안하면 결코 녹록치 않은 관객 동원이다. '가을로'(2006)
흥행실패 이후 6년 만에 김대승 감독의 '나 아직 살아 있어'를 알린 영화

라고나 할까.

‘후궁: 제왕의 첩’은 다소 애매한 시대적 배경의 구중궁궐을 중심으로 펼쳐진다. 신참판 딸 화연(조여정)은 업둥이 권유(김민준)와 사랑하는 사이다. 임금의 이복동생 성원대군(김동욱)은 화연을 보고 첫눈에 반한다. 그것을 안 성원대군 생모인 대비(박지영)는 화연을 임금의 계비(중전)로 앉힌다.

임금이 죽으면서(사실상 독살) 궁중은 서로 죽이고 죽이는 아수라장으로 변한다. 화연, 권유, 왕이 된 성원대군과 대비가 얽히고 설킨다. 왕이 된 성원대군의 화연에 대한 욕망(사랑이라 표현하는)이 어머니인 대비와 맞서게 하고, 승리한다. 마침내 사촌 형수이자 대비뻘쯤되는 화연과 ‘이층집’을 짓게 된다.

그러나 이층집으로 인한 환락과 사랑이 일궈낸 세상을 다 가진 것 같은 희열도 잠깐일 뿐 성원대군은 화연에게 살해당한다. 어느덧 아들을 왕이 되게 하기 위해 온갖 악행도 마다하지 않은 대비를 닮아간 화연의 모습이다. 반면 성원대군과 권유는 화연에 대한 사랑을 온전히 보여준 채 죽는다.

얼핏 ‘막장영화’처럼 보이지만, 그렇지 않다. 이층집 장면이 여러 번 나오지만, 말초적이거나 야하게 느껴지진 않는다. 음모와 암투, 섹스와 사랑, 그리고 죽음 따위가 숨 돌릴 틈 없이 교차하지만 뚜렷한 목적이 있기 때문이다. 독이 든 약사발을 들고 있었던 죄로 구금되었다가 제 스스로 목숨을 끊는 약방 내시(박철민)의 “밥그릇보다 중요한 게 어딨냐?”는 새겨둘만하다.

시대적 배경이 다소 모호(여말선초)한 것과 달리 임금의 중전과의 합방 장면의 디테일 묘사는 처음이 아닌가 싶다. 중전이 “전하, 신첩은 되었으니

집어 넣어 보십시오” 하는데, 우리가 아는 한 조선시대에선 있을 수 없는 사실(史實)이다. 조선 국모로서 법도에 어긋난 언행이기 때문이다.

가장 큰 아쉬움은 화연의 돌변한 태도에 구체적 동기화가 부족한 점이다. 정황상 오로지 “사랑밖에 난 몰라”로 살아남기 힘들어서인진 알겠는데, ‘쿵’하거나 ‘짠’하게 그것이 와닿지 않아서다. 이는 강렬한 인상의 캐릭터 창조 실패의 다른 말이기도 하다. 차라리 화연에 대한 사랑(욕망이 아니다.)으로 죽음까지 맞는 성원대군이 더 인상적이다.

‘방자전’(2010)에서의 여세를 몰아 전라 연기를 선보인 조여정에게 찬사를 보내긴 하지만, S라인 각선미와 탱실한 유방 등 흠잡을 데 없는 섹스신이 강렬한 인상으로 남는 배우가 되어선 곤란하지 않을까. 내시감 역의 이경영, “안방에선 시어미 말이 맞고, 부엌에선 며느리 말이 맞다” 등 죽기까지 유감없이 시종 어두운 영화의 분위기를 희석시킨 박철민 모두 애쓴 모습이다.

바람과 함께 사라지다

두 편의 1000만 영화에 눌려 큰 각광을 받지 못했지만, 지난 여름 대목에서 성공한 영화가 있다. 하반기 '늑대소년'에 3위를 내준 '바람과 함께 사라지다'(감독 김주호)이다. '바람과 함께 사라지다'는 2012한국영화 흥행 4위작이다. '도둑들'·'광해, 왕이 된 남자'·'늑대소년' 다음이 그것.

그러고 보면 지난 여름 대목은 도둑들이 판친 때였다. 7월 25일 '도둑들'에 이어 8월 8일 '바람과 함께 사라지다'가 관객들을 만나기 시작했기 때문이다. 대단한 건 '도둑들'의 기세가 이어지고, '광해, 왕이 된 남자' 개봉(9. 13)이 협공하는 가운데 '바람과 함께 사라지다'의 490만 9937명이 달성된 점이다.

놀랍게도 8월 한 달간 한국영화 시장점유율은 70. 2%에 달한 것으로 집계되었다. '연가시' 등이 있어 꼭 '도둑들'과 '바람과 함께 사라지다' 덕분이라 하긴 어렵지만, 도둑질하는 이야기가 여름 극장가를 후끈 달아오르게 한 것은 사실이다. 도대체 왜 그런 것일까?

우선 '바람과 함께 사라지다'는 형제 영화이다. 형(차지현)이 제작하고, 동생인 차태현(이덕무 역)이 첫 사극 출연, 주연한 영화이기 때문이다. 음향 기술자였던 'AD406' 대표 차지현은 공포영화 '미확인동영상: 절대클릭금지'에 이어 두 번째 작품으로 '바람과 함께 사라지다'를 제작했고, 성공을 거둔 것이다.

사실 필자는 코미디 영화를 별로 좋아하지 않는다. 웃고 살자는, '웃으면 복이 와요'에 저항해서가 아니다. 고단한 인생에서 영화로나마 옆구리 터지게 웃고 살자는 것이 나쁠리 없지만, 너무 억지여서 그렇다. 오히려 장면장면들이 미간을 찌푸리게 해서 그렇다.

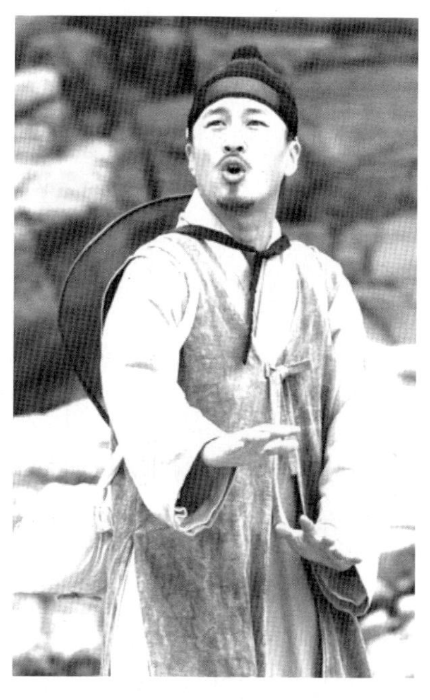

'바람과 함께 사라지다' 역시 미간을 찌푸리게 한다. 이덕무를 비롯한 백동수(오지호) 등 많은 인물들이 코믹 모드로 통일되거나 획일화되어 있다. 웃기지 않는 인물은 덕무 아버지정도이다. 심지어 서로 죽이고 죽는 절체절명의 칼쌈이나 폭파 장면까지 웃기는 전개이다. 진짜로 가관이다.

그 점을 잠시 접어둔다면 참신한 소재가 돋보인다. 조선시대에 얼음 도둑질이라니? 아마 관객 대부분은 이 대목에 후한 점수를 주었을 것 같다. 그런 내용의 영화를 본 적이 없을 테니까 말이다. 필자로서도 조선시대를 다룬 팩션사극의 그런 소재는 영화나 드라마에서 본 적이 없다.

그런 관심은 팩션이기에 가능하다. 조선시대 실제 그런 일이 조선왕조실록 등 기록으로 남아있는가는 중요하지 않다. 권력은 얼음이란 귀한 물건을 매점매석하여 엄청난 이권을 챙기게 한다. 조선시대의 권력과 기업 간 유착은 지금의 그것에 다름 아니다. 도둑질인데도 관객들이 환호하며 지지를 보내는 것은 그 때문이다.

아버지를 유배 보낸 정적에 대한 복수로 시작된 얼음 도둑질이지만 정조 즉위와 관련, 금괴 포기 등 제대로 된 국가관 구현도 괜찮아 보인다. 당시 서자에게 그런 아버지가 있었는가 싶지만 유배 간 아버지를 통한 "네가 옳다고 여기면 하거라. 믿음이 있으면 세상은 바뀐다" 같은 메시지도 그럴 듯해 보인다.

그 외 빙판 위에서의 혈투, 꽁꽁 언 강에서 얼음 채취하는 인부들의 익사, 지하를 뚫고 들어간 서빙고의 쌓인 얼음 덩어리 등 CG기술은 여름용 영화로 무난해 보인다. 순제작비 60억 원이 그럴만하다는 대목이기도 하다. 이제 왜 얼음 도둑질에 대중들 지지가 잇따랐는지 나름 밝혀진 셈이다.

물론 그게 다는 아니다. 초반부 살아있는 자신의 아버지를 '아버님'이라 부르는 오류는 더 이상 되풀이되지 않지만, '역심죄'도 있는지 고개를 갸웃거리게 한다. 역모죄, 대역죄 등 지금까지 들어온 것과 다르게 '역심죄'는 너무 낯선 단어이기 때문이다. 팩션이라 해서 이런 것까지 상상력에 포함되는 것은 아닐 터.

거의 전 인물의 코믹 모드로도 모자랐는가. 방구 뀌는 장면이 몇 차례 나오는데, 꼭 필요한 장치인지 의문스럽다. 나중엔 방구 뀐 소리로 위기의 순간을 맞기도 하는데, 그냥 웃고 말아야 할지 난감하다. 금괴건으로 빠져나간 동수의 복귀에 구체성이 결여된 것도 좀 걸린다.

연가시

"한국산 기생충이 할리우드산 거미인간을 물리쳤다"

한국일보(2012. 7. 19)의 "올 여름 극장가 '연가시'에 감염"이란 기사의 첫 문장이다. 한국 최초의 '감염재난영화'인 '연가시'(감독 박정우)는 2012년 7월 5일 개봉하여 451만 5833명의 관객을 동원했다. 2012년 흥행 성적 10위에 올랐다.

1천만 명이 넘는 영화가 2편이나 되고, 400만 명을 웃도는 작품도 자그마치 9편이나 되는 2012년 상황에서 대수롭지 않은 일일 수도 있지만 그렇지 않다. 1주 전 개봉한 '어메이징 스파이더맨'과 2주일 늦게 상륙한 '다크나이트 라이즈' 같은 할리우드 블록버스터와 격돌하여 얻은 성적이기 때문이다.

이를테면 한국영화 관객 1억 명 돌파를 견인하는데 일정량 기여를 한 작품인 셈이다. 그런 소득은, 우선 참신한 소재의 공이 크다. 한국 최초의 감염재난영화가 그것이다. 재난영화 하면 떠오르는 불(화마), 물(쓰나미), 지진, 화산폭발, 돌풍 따위 자연재해다. 여객선 침몰 등이 있긴 하지만, 재난영화의 대세는 자연재해라 해도 과언이 아니다.

그런데 기생충 감염 재난이라니! 우선 그 참신한 소재에 관심이 쏠릴 만하다. 새삼스런 말이지만 대중은 항상 새로운 걸 원한다. 영화에서 감동은 그 다음이다. 그러고 보면 451만 명의 흥행 10위는 좀 약한 성적이 아닐까 싶기도 하다.

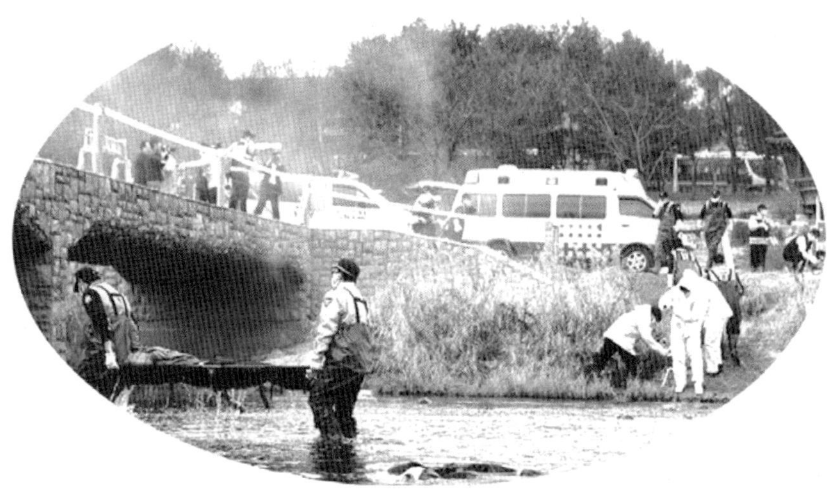

'연가시'는 '주유소 습격사건', '신라의 달밤', '광복절 특사'의 시나리오 작가로 이름을 알린 박정우 감독이 '바람의 전설', '쏜다'에 이어 3번째 연출한 영화이다. 전작들이 시나리오 작가로서의 명성보다 못했던 터라 '연가시'가 감독으로서의 존재감을 확실히 해준 셈이 됐다.

그렇다면 연가시는 어떤 기생충일까? 연가시는 곤충의 몸에 기생하는 유선형 동물이다. 가느다란 철사가 구부러진 모양이라 별명이 '철사벌레'다. 물을 통해 메뚜기나 사마귀 같은 곤충의 몸에 들어간다. 산란기가 되면 곤충의 뇌를 조정해 물속에 뛰어들어 죽게 만든다. 단, 전문가들에 의하면 "연가시는 사람 몸에서 살 수 없고, 변종이 나오기도 힘들다"는 진단이다.

그럴망정 영화는 제법 리얼하다. 박사이면서 제약회사 영업사원인 재혁(김명민)은 아내 경순(문정희)과 애들에게 소시민적 모습이다. 그들의 감염 사실을 알게 되자 가장으로서의 본색이 드러난다. 가족을 살리기 위해 필사적 노력을 다하는 것. 또 다른 이야기축은 형사이자 주식투자로 재혁까지 무너지게 한 동생 재필(김동완)에 의해 전개된다.

사람에게 해당없는 기생충 재난인 줄 알면서도 대통령이 직접 나서 국가재난 상황을 선포하고, 그것이 수습되기까지 그야말로 아비규환, 아수라장이다. 한계상황 속에서 드러나는 한낱 미물, 살려고 발버둥치는 인간의 모습이 실감난다.

그러나 거기까지다. 조작이라는 범죄에 의한 위기상황으로 드러나기 때문이다. 결국 재난에 의한 실존적 문제 제기인지 범죄 단죄인지 메시지가 애매해진다.

그런 씁쓰름한 뒷맛과 다르게 김명민, 문정희 두 배우의 열연은 깊은 인상을 남긴다. 특히 "왜 이제 물 마시는 것도 아까워?" 하는 문정희 표정 연기는 멋지다. 재난상황에서 가족애를 그려 보인 걸 나무랄 순 없지만, "가족들 하나 못 챙기는 병신"이라며 제 뺨을 때리는 장면은 김명민 연기와 상관없이 뭔가 좀 억지스러워 보인다.

박감독은 "부귀영화를 갈구하며 달려가는 우리들의 모습이 마치 연가시에 감염된 사람들의 모습과 같았다"(경향신문 2012. 7. 13)고 말하지만, 좀 뜬금없는 소리로 들린다. 연가시에 감염, 죽어가는 환자들을 통해 인간의 탐욕을 비판한 영화로는 보이지 않기 때문이다. 어쨌든 문정희는 300만 명을 넘기면서 약속한 대로 부산 서면의 한 극장에서 살사댄스를 멋지게 추었단다.

이웃사람

할리우드 블록버스터와 달리 한국영화는 만화 원작을 각색한 경우가 거의 없다. 미국처럼 메이저 만화사가 없어서인지도 모른다. 할리우드 블록버스터를 다룬 글에서 더러 말한 바 있지만, '스파이더맨'·'헐크'·'아이언맨'·'배트맨'·'슈퍼맨' 들은 마블코믹스나 DC코믹스의 만화 속 캐릭터다.

그런 가운데 최근 웹툰 원작의 영화가 관심을 끌고 있다. 사실 인기작가 강풀의 웹툰은 몇 년 전부터 영화로 만들어졌다. '아파트'(2006)·'순정만화'(2008)·'그대를 사랑합니다'(2011)·'이웃사람'(2012)·'26년'(2012) 등이 그것이다. 또 다른 웹툰작가 윤태호의 '이끼'는 2010년 강우석 감독이 영화로 만들어 335만 305명을 동원하기도 했다.

'이끼'만큼은 아니어도 인기를 끈 웹툰 원작 영화가 있다. 김휘 감독의 데뷔작 '이웃사람'이 그것이다. 2012년 8월 22일 개봉한 '이웃사람'은 243만 4269명의 관객을 극장으로 불러 모았다. 같은 해 11월 29일 개봉, 294만 9259명을 동원한 '26년'에 뒤지지만, 그 이전 강풀의 웹툰을 원작으로 한 3편보다 좋은 성적이다.

우선 김휘 감독은 '해운대', '댄싱 퀸'의 시나리오를 쓴 작가다. 흥행 성공한 영화의 시나리오작가라 해서 연출도 그러리란 보장은 없다. 그런데도 김휘 감독은 흥행영화 시나리오작가로서의 역량을 '이웃사람'에서 유감없이 펼쳐 보였다. 하긴 나주 초등학생 성폭행사건 등 악마들 일탈행위가 하나의 사회분위기를 이루던 때이긴 했다.

그러나 그런 분위기가 관람의 절대요건은 아니다. 뭔가 찡하거나 짠하게 끌리는 것이 있어야 대중은 비로소 관객이 된다. 그것은 일단 김휘 감독의 연출력 덕분이다. 강산맨션에서 벌어진 여중생 살인사건의 범인 승혁(김성균)을 잡는 아파트 사람들 이야기를 너무 박진감 넘치게 풀어낸 것.

영화는 느리고 완만하게, 그러나 긴장감 넘치게 전개된다. 여중생납치 살인사건이 절대 소설이나 영화 속 이야기가 아니라는 느낌을 갖게 한다. 재개발 관련 부녀회장의 활동, 주차문제로 범인을 쥐패는 전과 7범의 사채업자 혁모(마동석), 가방가게 주인 상영(임하룡), 피자 배달원(도지한), 경비원 종록(천호진) 등이 유기적으로 얽힌 이웃들이다.

죽임을 당한 여선과 또 다른 여중생 수연(김새론 1인 2역), 여선을 죽게 한 죄책감(데리러 가겠다는 약속을 어긴 것)에 시달리는 새엄마 경희(김윤진)의 수연 구하기보다 영화를 압도하는 것은 범인 역의 김성균과 그를 사정없이 쥐패는 마동석의 연기다. 긴장감을 완화시키는 한편 그들의 존재감을 확인케 된다.

'범죄와의 전쟁: 나쁜 놈들 전성시대'에서 강한 인상을 남긴 김성균은 볼 때마다 기분 나쁘게 하거나 섬뜩한 표정만으로도 영화의 일등공신이다. 마동석 역시 전혀 웃지 않는 표정으로 흉악한 살인자를 여러 차레 패대기치는 등 웃기고 있다. 가히 '신 스틸러'(뛰어난 연기와 개성으로 주연 이상 주목 받는 조연)라 할만하다.

조금 튀는 건 경비원 종록이다. 우선 공소시효 5개월을 남겨둔 살인범 종록의 플롯은 사족으로 보인다. 게다가 승혁을 망치로 때려죽이기까지 한다. 그리곤 표표히 사라져버린다. 아주 디테일하게 펼쳐진 일상성에 파열음을 내는 대목이라 아니 할 수 없다. 살인자라고 다 같은 건 아니라는 말인가?

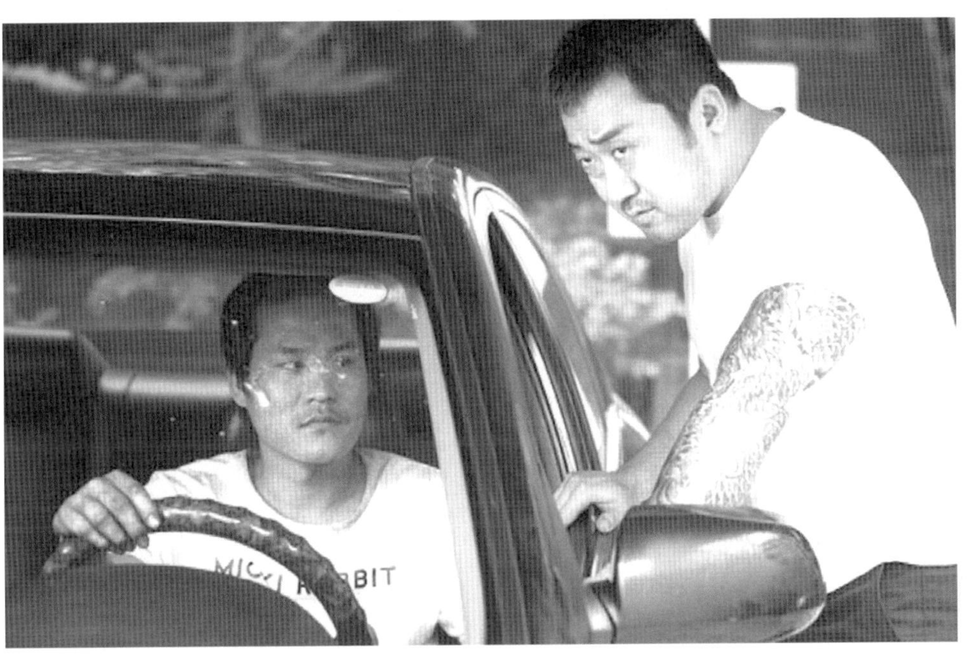

불만도 있다. 경희의 죄책감이다. 이른바 묻지마 범죄는 불특정 다수를 대상으로 벌어지는 경우가 많다. 범인이 '미친 놈'이라 그런 것으로 보면 된다. 남편을 통해 죄책감 갖지 말라고 하지만, 죽임을 당한 여선이나 그 가족에게 원인이 있는 것 같은 핀트는 불만스럽다.

리얼리티 면에서는 옥에 티랄까. 초반부 운전자(범인)만 있는데 조수석 문이 열린 것이나 여선이 교복을 비닐봉지에 담아 그냥 쓰레기통에 버린 허술함도 보인다. 또한 납치된 상영은 혀로 번호를 조작한다. 머리로 쳐서 가방 문을 열기도 한다. 이는 임하룡 연기와 상관없이 좀 황당하다. 어쨌든 개그맨 임하룡은 연기자로 우뚝 선 듯하다.

한 가지 의문은 왜 '이웃사람'이 청소년관람불가 영화인지 하는 점이다. 심의 잣대로 삼는 선정성이나 폭력성이 과도하지 않아서다. 무엇보다도 영화 속 피해자가 여중생인 점을 감안하면 '이웃사람' 관람이 10대 청소년들에게 미치는 긍정적 효과가 커보여 하는 말이다.

테이큰2

'테이큰'은 2008년 4월 9일 개봉되었다. 언뜻 보면 할리우드 블록버스터같지만, 뤽 베송이 제작한 프랑스 영화다. 통합전산망 집계로 235만 9061명이 극장에서 '테이큰'을 봤다. 대박이다. 세계일보(2008. 5. 9)에 따르면 "50만 달러(약 5억 원)에 '테이큰'을 수입한 와이즈 앤 와이드 엔터테인먼트는 지금까지 투자액의 몇 배를 벌어들이는" 대박이다.

한국영화나 할리우드 블록버스터 아닌 외국영화가 2백 만 넘는 관객을 동원한 것은 아주 이례적인 일이다. 왜 그랬을까? 여러 이유가 있지만, 그중 사회 분위기가 일등공신으로 꼽힌다. 안양 초등생 납치사건이 일어나면서 흉흉해진 사회 분위기라 전직 특수요원의 딸 구하기 액션이 관심을 끌었다.

4월이라는 비수기 개봉도 한몫한 것으로 보인다. 개봉이 가장 빠른 할리우드 블록버스터는 '테이큰'보다 3주 늦게 개봉한 '아이언맨'이다. 그 뒤로 '인디아나 존스4: 크리스탈 해골의 왕국' '원티드', '미이라3: 황제의 무덤', '다크나이트' 등이 줄줄이 상륙했지만, '테이큰' 흥행 돌풍이 이미 지나간 후였다.

한국영화 역시 2월 14일 개봉한 '추격자'가 504만 6096명을 동원했지만, 딱히 다크호스가 없던 시기였다. 2008년 흥행 1, 2위 영화가 된 '과속스캔들'과 '좋은 놈, 나쁜 놈, 이상한 놈' 개봉은 각각 12월 3일과 7월 17일이었다. 그렇듯 타이밍(개봉시기)은 영화 흥행의 주요 요소이다.

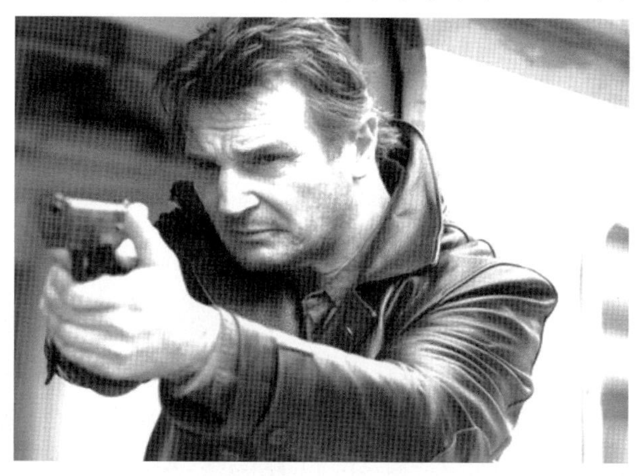

그 '테이큰'이 4년 만에 돌아왔다. '테이큰2'(감독 피에르 모렐)다. 할리우드 블록버스터말고 시리즈 2가 돌아온 것 역시 드문 일이다. 한국영화에도 '가문의 영광' 시리즈 등이 있긴 하지만, 프랑스를 비롯한 외국의 어떤 영화도 시리즈물을 찾아보기 힘들다. 그만큼 전편이 세계적으로 흥행했다는 얘기다. 속편에 대한 자신감도 있다는 얘기다.

'테이큰2'는 2012년 9월 27일 추석 특선영화로 개봉되었다. '광해, 왕이 된 남자'가 1000만 넘는 관객을 향해 한참 기세를 올릴 때였다. 그외 '점쟁이들'과 '간첩', 할리우드 블록버스터 '레지던트 이블5' 등이 추석 대목 시장에서 '테이큰2'와 격돌했다.

그 결과는? '광해, 왕이 된 남자'는 제껴두고 '테이큰 2'의 승리였다.

1편에 조금 못미치는 230만 8596명이었다. 1편이 256개, 2편이 682개 관에서 상영되었음을 놓치지 않는다면 '테이큰2'의 인기가 전편보다 못했음을 알 수 있다. 그럴망정 전산통합망 200위 안에도 들지 못한 '레지던트 이블5'와 자연스레 비교가 된다.

이번엔 무대를 터어키 이스탄불로 옮겼다. 브라이언(리암 니슨)이 구해야 하는 것은 딸 킴(매기 그레이스)만이 아니다. 전처 레니(팜케 얀센)도 구해야 한다. 1편에서 브라이언에게 죽임을 당한 악당 아버지가 세를 모아 복수에 나섰지만, 당연히 적수는 아니다. 일단 킴을 빼고 둘이 납치되던 긴장감은 이내 호쾌한 액션과 함께 반전된다.

100% 전력 질주하는 브라이언 성격답게 액션이 난무한다. 이스탄불 골목길에서의 차량 추격전, 건물 옥상 또는 지붕 위 추격신, 거기에 긴박감 더하게 하는 빠른 템포의 음악까지 지루해할 짬이 없다. 특히 묶여 있을 때 발로 소형 전화기를 끌어올려 킴과 통화하는 장면은 전반적 황당함에도 불구하고 인상적이다.

브라이언의 무장괴한 처치의 일등공신은 17세의 딸 킴이다. 무섭다고 하면서도 아빠의 지시대로 착착 움직인 것까지는 그렇다치자. 문화의 차이일지도 모르겠지만, 한 번도 아빠에게 경어를 쓰지 않고 있다. 미국만 그런 게 아닌 모양이다. 프랑스에서도 17세(중3이거나 고1 나이다.)쯤 되면 남친과 키스도 예사로 하고, 그렇듯 화장을 진하게 하는 것인가?

또 하나의 의문이 있다. 킴을 납치하러 간 무장괴한들은 왜 무차별적으로 호텔 종업원 등 사람들을 죽인 것인지. 또 마구 총질해대다가 갑자기 1대 1 육박전으로 모드가 바뀌는 것은 무릇 할리우드 블록버스터에 대한 일종의 오마주인지 궁금하다.

늑대소년

일반적으로 연말 대목을 앞둔 10~11월은 비수기이다. 전통적으로 비수기인 그 무렵, 그러나 많은 영화들이 개봉된다. 일견 의아스러운 일이지만, '대작'이 없는 때라 잠시라도 극장에 간판을 걸 수 있는 호기로 작용하는 것이다. 놀라지 마시라. 지난 해 10월 18일엔, 동아일보(2012. 10. 9)에 따르면 자그만치 17편의 영화가 개봉되었다.

"10월 전체로는 47편의 영화가 개봉됐거나 개봉을 기다리고 있어 올해 들어 가장 많은 영화가 개봉한 달이 된다"는 것이 동아일보 보도이다. '위험한 관계'·'용의자 X'·'MB의 추억'·'007 스카이폴'·'늑대소년'·'아르고' 등등. 과연 승자는 어떤 영화였을까?

언뜻 보면 단연 '007 스카이폴'일 것 같은데, 그렇지 않다. 10월 31일 개봉한 '늑대소년'(감독 조성희)이 1등이다. 9월 13일 개봉한 '광해, 왕이 된 남자'가 천만 관객의 기록을 써갈 때, 007시리즈 50주년 기념작으로 5년 만에 돌아온 '007 스카이폴'을 코가 납작해지게 누른 것이다.

'늑대소년'은 665만 4769명, 확장판 관객까지 포함하면 701만 8580명

(2012. 12. 6 기준)을 동원했다. 한국 멜로영화사상 처음으로 700만 관객을 넘는 역사를 새로 쓰게된 것이다. 이전까지 최다 관객 멜로영화는 411만 1085명을 기록한 '건축학개론'이었다. '늑대소년'의 흥행성공은, 이를테면 영화가의 비수기라는 개념을 여지없이 깨버린 셈이다.

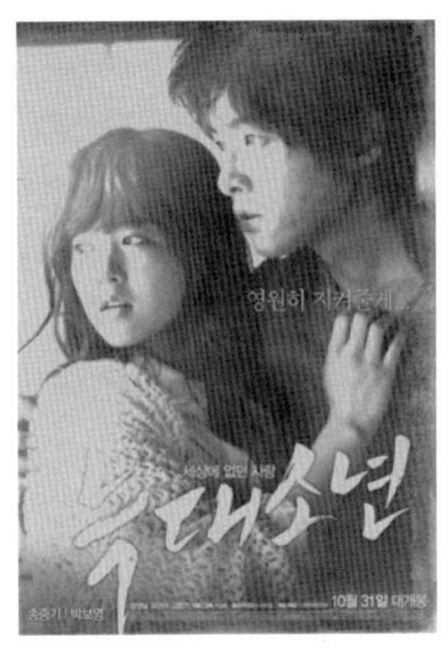

그렇다면 '늑대소년'은 과연 어떤 영화인가? 먼저 '늑대소년'은 조성희 감독의 데뷔작이다. 서울대학교 미대에서 디자인 전공을 한 조감독은 회사에 다니다 영화판에 뛰어들었다. 2008년 한국영화아카데미에 들어가 졸업작품으로 장·단편영화 1편씩을 찍었을 뿐이다. 그런 그가 첫 상업영화 '늑대소년'으로 대박을 터뜨린 것이다. 34세때의 일이다.

'늑대소년'의 흥행성공에 빼놓을 수 없는 것이 제작사 '비단길' 이야기다. 정확히 말하면 비단길 김수진 대표의 '혜안'이다. 비단길은 '음란서생' (2006), '추격자'(2008) 등을 제작했다. '늑대소년'처럼 모두 신인 감독에게 작품을 맡겼고, 성공했다. 특히 '추격자'는 504만 6096명을 동원, '과속스캔들', '좋은 놈, 나쁜 놈, 이상한 놈'에 이어 2008흥행 한국영화 3위가 됐다.

그런데 '늑대소년'은 한 마디로 황당한 이야기다. 그것은 계속 새로운 걸 원하는 대중의 구미가 당기는 이야기라는 뜻이기도 하다. 순이(박보영)가 폣병 때문 요양차 이사간 강원도 산골 마을에서 유전자 조작 부작용으로 '반인반수'인 철수(송중기)와 만난다. 화가 나면 헐크처럼 변하기도 하는 철수는 순이에 의해 길들여진다.

처음엔 참으로 유치찬란한 내용 전개가 밋밋하고 지루하게 느껴진다. 반전이 생기는 건 반동인물 지태(유연식)의 집요함이 고갤 들면서부터다. 펫병 앓는데다가 10대인 순이와 결혼 운운하는 것이 의아스럽지만, 극적 긴장감이나 철수와의 사랑을 고조시키긴 한다.

가령 "너 지금 가서 잡히면 죽는단 말야!" 하며 울부짖는 순이와 그녀에게 끌리는 마음을 대사 아닌 눈빛 같은 표정만으로 전달하는 철수. 그들을 각각 연기한 박보영과 송중기는 팬들의 열렬한 지지를 받아도 될 것 같다. 그 유치찬란함을 그것으로 느끼긴커녕 빠져드는 것도 그 간절함, 어려움, 애잔함을 각각 소화해낸 배우 몫이 커보인다.

그렇더라도 순이의 철수 교육과정이 너무 일사천리로 이루어지는 건 좀 걸린다. 오랜 세월 문명과 유폐된 철수인데, 뭔가 어렵고 되게 더디게 전개되어야 하지 않나. 민간인 신분의 총질이라든가 순이의 펫병은 어떻게 치유되고 미국으로 건너가 살게 되었는지가 없어 생기는 황당함도 만만치 않다.

한편 '늑대소년'은 전주시가 지원한 영화이다. 전주시는 영화제작 전반의 인프라 구축과 원스톱 서비스 체제의 지원 시스템을 갖추려 계속 노력하고 있다. 그 동안 '광해, 왕이 된 남자'·'최종병기 활'·'써니'·'한반도'·'반창꼬' 등 많은 영화들이 전주 일대에서 촬영된 바 있다.

특히 '늑대소년'은 전북매일신문(2012. 11. 18)에 따르면 영화의 76% 이상을 전주종합촬영소와 호동골 자연생태 체험학습장, 옛 전북도청사 등에서 촬영한 작품이어서 흥행성공의 의미가 남다르다. 내친김에 개봉을 앞둔 강우석 감독의 신작 '전설의 주먹'이라든가 '조선미녀 삼총사' 등 전주에서 촬영한 영화들의 선전도 기대해본다.

내가 살인범이다

새삼스런 말이지만, 일반대중은 새로운 걸 원한다. 영화의 경우 더욱 그렇다. 할리우드 블록버스터뿐 아니라 한국영화에서도 참신하거나 기발한 소재는 거의 예외없이 관객의 호응을 얻는다. 일단 '내가 살인범이다'(감독 정병길)도 그런 영화에 속한다.

2012년 11월 8일 개봉한 '내가 살인범이다'는 통합전산망 집계 역대 박스오피스에서 272만 9808명을 기록했다. 1주쯤 빨리 개봉한 '늑대소년'의 열기 속에서 이룬 성과다. 거기엔 단순히 272만 명 그 이상의 의미가 더해진다. 그 무렵 같이 경쟁했던 '007 스카이폴'의 237만 6145명보다 많은 관객이어서 그렇다.

액션스쿨 출신인 정병길 감독의 상업영화 데뷔작 '내가 살인범이다'는 제목에서 짐작할 수 있듯 우선 기발한 소재가 눈길을 끈다. 공소시효 15년이 지나자 10명의 여자를 죽인 연곡연쇄살인사건의 범인이라며 이두석(박시후)이 나타난다. 그냥 나타난 것이 아니다. '내가 살인범이다'라는 책의 저자로 나타난 것이다.

책은 한 달 만에 300만 권이 팔리는 '왕베스트셀러'가 된다. 인세 수입이 발음조차 쉽지 않은 200억 원에 이른다. 살인범 이두석은, 이를테면 스타작가로 화려한 변신을 한 셈이다. 너무 영화적이라는 약점을 접어둔다면 깜짝 놀랄만한 아주 기발한 소재이다.

그것은, 그러나 진짜 범인을 잡기 위한 형사 최형구(정재영)의 계책임이 밝혀진다. 책도 최형구가 쓴 것이다. 이두석은 첫 번째 희생자의 아들(현식)이다. 투신 자살했는데, 살아남은 대신 찌그러진 얼굴을 성형수술해 이두석으로 다시 태어났음이 밝혀진다.

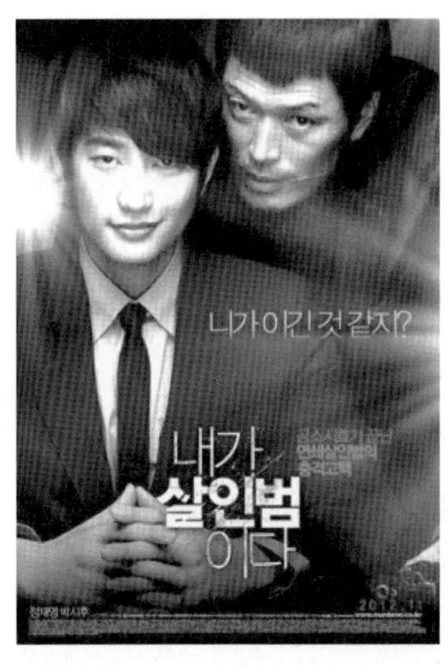

범죄스릴러를 표방한 만큼 그런 각본은 정석에 충실해 보인다. 제목 자막이 뜨기 전(영화시작 20분쯤 되어 제목 자막이 나온다.) 빗속에서 쫓고 쫓기는 추격전부터 긴박감을 안겨준다. 반전 후 결말부분에서 다시 카 액션의 추격전이 벌어져 수미쌍관적 구도가 인상적이다.

특히 승용차 지붕 위라든가 보닛에서의 액션은 흥행실패한 한국형 블록버스터 '퀵'이나 할리우드 오락대작 '다이하드: 굿데이 투 다이' 저리가라 한다. 엄밀히 말하면 '퀵'이나 '다이하드: 굿데이 투 다이'를 보고 한 수 배운 티를 솔직하게 뽐내는 것이라 해야 맞다.

다만, 뭘 말하려 한 것인지 주제의식의 모호함은 흠이다. 아주 성질 더러운 최반장이 자기 애인(정수연)을 죽인 범인에 대한 복수가 이루어져서 그렇다. 국가의 공복인 형사의 개인적 복수도 나쁜 짓하면 벌 받는다는 주의를 환기시키긴 하지만, 그건 아니지 싶다.

아마 성질 더러운 캐릭터 구현상 필요했을 법한데, 최형구 아닌 다른 인물들에게서 수시로 터져 나오는 욕설 역시 왜 그런건지 의문을 남긴다. 유가족까지는 그런 대로 봐주겠는데, 방송사 국장이나 프로듀서, 심지어 TV토론회 MC조차 예사로 욕을 해댄다. 무슨 '욕설경연대회' 영화인가.

액션신에서도 '다이하드식' 실소가 터져 나온다. 승용차로 구급차를 들이받아도 찌그러지지 않는다. 화물차로 오토바이(그것도 짜장면 배달용)를 들이받아도 어찌된 일인지 사람이 튕겨나가지 않는다. 어차피 너무 영화적인 영화이니 그런 계산을 미리 한 모양이다.

너무 영화적인 점은 일반의 상식을 뒤엎는 발칙한 장면에서도 확인된다. 글쎄, 최반장처럼 기자들에게 "먹고 좀 살자, 씨발"하는 경찰이 있을까. 하긴 그건 애교 수준이다. 국민이 지켜보는 방송에서 TV토론에 나온 범인에게 권총을 겨누고, 쏴대기까지 하고 있으니, 공소시효 지난 살인범이라는 기발한 소재의 가치가 퇴색한 느낌이다.

재미있는 액션오락 영화이긴 하지만, 납치과정에서의 코미디는 옥에 티로 보인다. '퀵'만큼 심하진 않을망정 시종 펼쳐지는 긴박감에 살짝 방점을 찍는 정도, 그러니까 일상성이 가미된 코미디면 좋을 것이다. 불륜현장을 덮치는 흥신소 직원의 "싸버리고 빼버리면" 속수무책이니 신속이 중요하다는 따위가 그렇다.

한편 드라마 '공주의 남자'가 히트치면서 스타로 떠오른 박시후는 연예인 지망생 성폭행 혐의로 피소된 상태다. 정액은 아니지만 고소한 여자 몸에서 박시후 유전자가 검출되었단다. 박시후는 여자를 무고, 명예훼손 혐의로 맞고소했다. 또 소속사(이야기엔터테인먼트) 대표를 공갈 혐의로 고소하기도 했다.

26년

요즘 주요 뉴스 중 하나는 '전두환'이다. 추징금 공소시효가 10월로 다가옴에 따라 이른바 '전두환 추징법'이 국회를 통과했다. 검찰도 자택 수색 및 미술품 압류 등 바빠졌다. 연일 TV 뉴스에 나오는 그 얼굴을 보며 5·18 광주의 트라우마에 시달리는 이들은 나아지던 병이 도질 판이다.

'26년'(감독 조근현)을 이제야 본 것은 우연이다. 조금 더 솔직하고 정확하게 말하자. '26년'이 개봉한 2012년 11월 29일 무렵만 해도 잡지의 청탁원고만 쓰는 정도였다. 내친김에 책으로 엮으리라 생각한 것은 그 후의 일이었다.

그런데 아뿔싸! 챙겨보려 할 즈음 극장 상영은 거의 끝난 후였다. 그만큼 DVD 출시를 손꼽아 기다린 경우도 없지 싶다. "300만 관객 눈앞 '26년' 최용배 대표"(한겨레, 2013. 1. 3) 같은 보도가 있었지만, 통합전산망 최종 집계를 보면 296만 3193명이다.

전직 대통령 '그 사람'(강광)을 암살한다는 내용만큼이나 '26년'은 우여곡절을 겪었다. 강풀 원작 웹툰을 사들여 제작을 추진했으나 모 기업의 투자 철회로 무산된 바 있다. 그에 굴하지 않고 '제작두레' 형식으로 시민들 성금을 모금했다. 1만 5000여 명이 7억 원을 모금한 것으로 알려졌다.

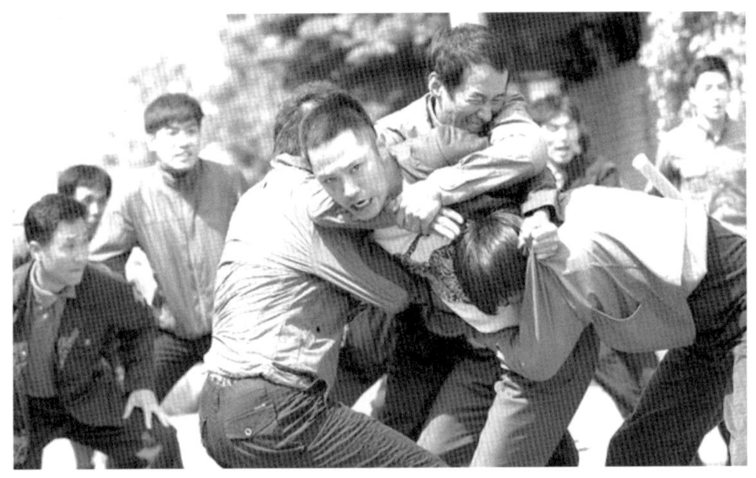

한겨레(2012. 11. 26)에 따르면 "국내 장편상업영화가 '제작두레' 형식으로 이렇게 많은 후원자를 모은 건 처음이"다. 단, 이 기록은 'NLL 연평해전'이 6월 28일 16억 7900만 원을 돌파했다는 조선일보(2013. 6. 29) 보도가 있어 깨지게 됐다. 특히 해군이 모금에 앞장선 것으로 알려졌다.

그런 보도를 대하는 기분이 뭔가 좀 씁쓰름하다. '26년'의 우여곡절이 청와대 외압설에 기인한 것이었음을 제작사 청어람의 최용배 대표가 밝힌(서울신문, 2012. 11. 23) 바 있기 때문이다. 최용배 대표는 경향신문(2012. 12. 19) 인터뷰에선 "5·18 묘지 야간촬영 직전 보훈처서 거부"한 사실도 밝히고 있다.

뭔가 잘못된 그런 점은 영화에서 더욱 극명하게 나타난다. '26년'은 5·18 광주의 희생자 유족들이 의기투합, '그 사람'을 암살하는 이야기다. 제대후 조직폭력배가 된 곽진배(진구), 국가대표 사격선수 심미진(한혜진), 경찰 권정혁(임슬옹)이 그들이다. 그들을 한 자리에 모은 건 계엄군이었던 김갑세(이경영), 그의 양아들 김주안(배수빈)이다.

우선 '26년'은 2007년 685만 5331명을 동원한 '화려한 휴가'보다 한 수 위다. 직접적, 노골적이라는 점에서 그렇다. 물론 단순 비교는 무의미하다. '화려한 휴가'가 5·18의 실상을 리얼하게 파고 들었다면 '26년'은 그후 26년이 지난, 그러니까 2006년 피해자 유족들의 복수에 무게를 두고 있기 때문이다.

글쎄, 그렇지 않은 관객도 있을지 모르겠는데 '26년'의 미덕은 '날 것' 내지 원시적 복수를 통한 카타르시스다. 조폭이 친위부대쯤으로 나서 경호팀과 전면전을 벌인다는 게 좀 뭐하지만, 진배가 '그 사람'을 패대기치며 "이 시벌 놈아!" 하는 데선 뭔가 확 끓어오름을 느낄 수 있다.

마실장(조덕제)의 '그 사람'을 향한 "넌 끝까지 뻔뻔하게 살아서 내 삶의 정당성을 확보해야 한다"는 외침이 주는 반전 역시 짜릿하다. 죽음을 당해 '헛소리'로 비쳐지는 듯해 아쉽지만 말이다. '그 사람'의 "나한테 당해보지도 않고 말이야"라는 독백의 젊은이들 핀잔이 갖는 함축성도 놀랍다.

더 놀라운 건 역시 '그 사람' 묘사이다. 끝내 진정어린 사과 한 마디 없이, 사실에 입각한 회고록 같은 것 남기지 않고 세상을 떠버리면 어쩌지, 하는 생각이 불현듯 스쳐간다. 영화에서처럼 "이제 다 털어버릴라"면 그렇게 죽으면 안되지 않나? 하긴 암살이 아니라 사과하게 한다는 김갑세의 발상이 애들 장난같기는 하다.

타워

2011년은 이른바 한국형 블록버스터가 굴욕을 당한 해였다. 앞의 글들에서 간간이 언급한 바 있듯 '7광구'도 그 중심에 있는 영화다. 제작비 130억 원이라면 400만 명 이상이라야 손익분기점을 넘기는데, 고작 224만 251명의 성적을 냈으니 연출자인 김지훈 감독이 가졌을 부담감은 이만저만 아니었을 것이다.

김지훈 감독은 2004년 '목포는 항구다'로 데뷔, 2007년 '화려한 휴가'로 존재감을 확실히 했다. '화려한 휴가'의 관객 수는 685만 5331명이다. 그래서였을까. '7광구'의 흥행 실패에도 불구하고 김지훈 감독은 다시 130억 원짜리 한국형 블록버스터를 연출했다. 바로 '타워'다.

2012년 12월 25일 크리스마스에 개봉한 '타워'의 박스오피스 관객 집계는 518만 1014명이다. 우선 김지훈 감독의 저력을 믿고 '7광구' 실패에도 불구하고 투자한 CJ엔터테이먼트의 용기에 박수를 보낸다. '마이웨이'나 '리턴 투 베이스' 등 대작의 흥행 실패를 무릅쓴 결과이기 때문이다.

물론 들인 돈에 비하면 그 수치가 왕대박은 아니다. 그럼에도 '타워'

의 의미를 특기하는 것은 연말 대목에서 '레미제라블'이나 '호빗: 뜻밖의 여정'과 맞붙어 일궈낸 성과이어서다. 특히 '반지의 제왕'으로 세계적 거장이 된 피터 잭슨 감독의 '호빗: 뜻밖의 여정'을 상대가 안될 정도로 따돌렸다는 것은 간과할 일이 아니다.

'타워'는 2009년 천만클럽에 등극한 '해운대'처럼 재난영화이다. '해운대'가 물이었다면 '타워'는 불을 통한 재난이다. 많은 종류의 재난영화가 있어왔지만, 불을 다룬 영화는 1974년 미국의 '타워링'이 대표적이다. 제목도 비슷하지만 초고층 건물의 화재라는 점은 같다.

여의도에 솟은 108층짜리 주상복합건물 스카이 타워가 배경이다. 회사측의 헬기를 동원한 이벤트 행사가 사람들을 황홀하게 한다. 초반 다소 밋밋하거나 평범한 일상적 에피소드 전개가 지루할 때쯤 헬기가 건물에 부딪혀 대형화재로 이어진다. 121분 상영시간 중 40분쯤 지났을 때다.

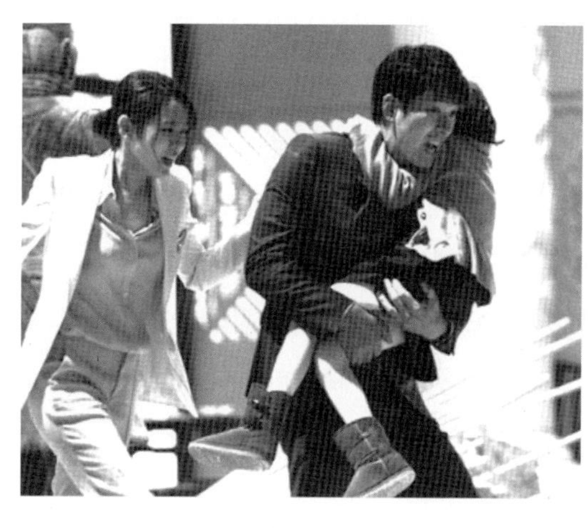

바야흐로 화재 현장의 아비규환의 참상이 벌어진다. 구조대원이 출동한다. 그 와중에서 채 무르익지 못했던 대호(김상경)와 윤희(손예진)의 사랑으로 발전해간다. 일단 낯익은 얼굴들이 대거 출연해 반가움과 함께 친근감을 주는 것이 '타워'의 강점이다.

주요 인물 중 낯선 얼굴은 신참 소방대원 도지한 정도가 아닐까.

그 박진감 넘치는 화면이 CG기술로 재현된 점도 강조할만하다. 국내에서 본격적으로 CG를 도입한 영화는 '구미호'(1994)다. 20년 가까이 되었지만, 저승사자가 차에 깔려 납작해진 장면에 깜짝 놀랐던 일이 지금도 떠오른다. 그만큼 CG기술은 충격 그 자체였다.

이후 CG기술은 '퇴마록'(1998)·'자귀모'(1999)·'무사'(2001)·'태극기 휘날리며'(2004)·'디워'(2007)·'해운대'(2009) 등을 거치면서 발전을 거듭했다. 그리고 '타워'에 이어 '아바타' 못지않은 CG기술이라는 '미스터 고'가 7월 개봉될 예정이다.

그 기술력이 중국 영화에 수출까지 되고 있다는 소식이고 보면 그야말로 격세지감이라 아니 할 수 없다. 2월 개봉한 국내에선 별로였지만, 지난 1월 중국 박스오피스 1위를 달린 성룡, 권상우 주연의 '차이니즈 조디악'의 CG도 한국업체가 만든 것으로 알려졌다.

CG인지 전혀 알아보지 못할 정도의 재난장면 중 압권은 엘리베이터 액션이다. 화마로 정상 작동이 되지 않아 중간중간 멈추는 엘리베이터에서의 탈출을 위한 사투는 제법 리얼하다. 곤도라를 이용한 탈출 장면도 그렇다. 그 외 고위층 먼저 구하기라든가 "이거 때려치든지 해야지. 먹고 살기 힘듭니다"는 소방대원(김인권)의 푸념 등 비판적 메시지도 건질만하다.

전반적 의문 하나는 왜 소방대원들의 희생에 핀트를 맞췄는가 하는 점이다. 소방대장(설경구)처럼 사투 끝에 많은 인명을 구해내고 그도 살아 돌아오는 해피엔딩이 오히려 재난이란 위기 극복에 더 훈훈한 감동을 주지 않았을까?

화마에 정신차릴 짬이 없긴 하지만, 군데군데 허술한 대목도 볼 수 있다. 처음엔 대호 딸(하나)을 보고도 모르는 애처럼 대했는데, 이어진 장면에선 "하나야"라며 이름까지 부르고 있다. 스카이 타워 회장(차인표)이 방화벽을 차단했으면 그걸 다시 올리게 한 후 구조에 들어가야 할 것 같은데, 폭파부터 하고 보는 것도 좀 그렇다.

박수건달

"그래서 영화는 항상 뜨겁다. 섹시하다."

동아일보 영화담당 민병선 기자가 한 말이다. '박수건달'·'타워'·'레미제라블' 얘기의 '영화와 영원히'(동아일보, 2013. 1. 22)에서 맺은 결론이다. 요약해보면 제작자들의 말을 빌린 "영화흥행 예측이 로또 번호 맞히기보다 힘들다"는 것이다. "지루함의 극치"라던 '레미제라블'이 591만 명 넘는 관객의 대박영화가 되었으니 그럴만하다.

1월 9일 개봉한 '박수건달'(감독 조진규)도 마찬가지다. "캐릭터도 연기도 집중하는데 연출이 딴 데를 본다"는 한 줄 평과 함께 '박수건달'은 두 개의 별표를 받았다. 개봉 1, 2주 연속 흥행 1위였던 '박수건달'은 12일 만에 250만 명을 동원하는 등 흥행했다. 최종 집계된 관객은 389만 3216명이다.

'박수건달'의 기세가 꺾인 것은 1월 23일 개봉된 '7번방의 선물' 때문이다. 이후 '베를린'(1월 30일 개봉) 등에 밀리는 처지가 되었지만, '박수건달' 흥행성공의 의미는 그리 단순해 보이지 않는다. 하긴 '한국영화

걸면 대박'이란 제목의 신문기사(동아일보, 2013. 2. 2)가 있을 정도였다.

2013년 1월에만 한국영화 관객은 1198만 명이었다. 역대 최다 관객이다. 동아일보(2013. 2. 2)는 "경제적 불안이 만연한 사회 분위기가 저렴한 문화수단인 영화를 찾게 만들고 있다"(김석호 성균관대 교수)커니 "이명박정부에 이어 보수정권이 이어지면서 불만을 가진 이들이 영화에서 마음의 탈출구를 찾는 것으로 보인다"(최장섭 국민대 교수) 같은 분석을 소개하기도 했다.

그럴 듯한 의견이지만, 그런 게 아니라도 코미디 선호사상은 익히 알려진 바다. '박수건달'이 조폭의 무당 겸업 이중생활을 그린 영화라 했을 때 어느 정도 흥행은 점쳐졌던 게 아닐까. 사실은 말도 안 되는, 진짜 황당한 서사구조지만, 대중이 그런 걸 시시콜콜 따지지 않고 극장에 가는 경향 분석만으로도 나름 선전할 것이라 볼 수 있었던 게 아닐까?

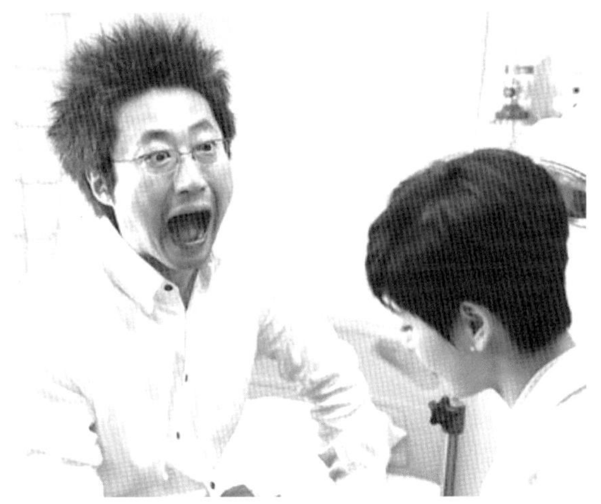

'박수건달'은 조폭 광호(박신양)가 무당 생활을 이중적으로 하며 겪는 좌충우돌 이야기다. 일단 그 소재가 참신한 점에서 관심을 끌만하다. 할리우드 블록버스터가 원작만화 등에 힘입어 못할 짓이 없는 것 못지않게 발상의 깜짝 전환이기도 하다.

딴은 '친구' 이래 '가문의 영광' 시리즈나 '범죄와의 전쟁', '신세계' 등 꾸준히 인기를 누려온 조폭영화라면 웬만한 변주로는 관객들이 눈 하나 깜짝거리지 않을 수도 있다. 항상 새로운 걸 원하는 대중의 속성을 잘 꿰뚫은 시나리오라 할만하다.

코믹 모드답지 않게 주제의식이랄까, 이른바 빙의를 통한 휴머니즘도 제법 그럴싸하다. 예컨대 "죽도록 용써봤자 옷 한 벌이다" 같은 대사가 그것이다. 소녀 수민(원송이)의 엄마(정혜영) 위로하기나 황검사(조진웅) 캐릭터도 그렇다. 이를테면 결국 '박수건달'은 '산 사람들을 위한 한바탕 씻김굿'인 셈이다.

가장 인상적인 것은 태주(김정태)가 꾸민 음모(광호의 황검사와의 동성애 장면)가 반전되는 장면이다. 그 동영상을 보며 회심의 미소를 짓는 태주에게 회장은 박수까지 치며 광호를 극찬한다. "저 동영상을 우리가 갖고 있는 한 황검사도 함부로 우릴 대할 수 없다. 광호가 어려운 일을 해냈다"는 것이다.

그러고보니 대한민국 검사는 이 영화에서도 심하게 깨져 있다. 사실은 고시공부할 때 뒷바라지해준 애인을 못잊어하는, 보기 드문 순정파가 황검사인데도 '또라이'가 되어 있다. "거 씨발 누구세요" 따위 점잖지 못한 대사로 일관하는 캐릭터로 그려져 있어서다.

아차, 대중은 돈 써가며 골치 아프도록 뭘 진지하게 생각하지 않으려는 속성이 있지. '박수건달'은, 철봉에 이마가 부딪치는 등 억지 코미디임을 나무랄 생각이 없다면 시간 때우기엔 무난한 영화이다. 팝콘 먹어가며 옆구리 터질 만큼 웃어보자는 대중이 많음을 새삼 확인시켜준 영화이기도 하다.

감시자들

‘감시자들’이 ‘은밀하게 위대하게’에 이어 한국영화 구원 투수로 합류했다. 최종 스코어야 더 지켜봐야겠지만, 지금(7월 14일)까지의 소식만으로 그렇게 단정적으로 말해도 될 것 같다. 먼저 ‘감시자들’은 7월 3일 개봉날 21만 64명을 극장으로 불러들여 박스오피스 1위에 올랐다.

그런데 그 수치는 1280만 명으로 상반기 최다 흥행 영화 ‘7번방의 선물’이 동원한 개봉날 15만 2808명보다 훨씬 앞선 것이다. 같은 장르라 할 ‘신세계’의 17만 8126명보다도 더 많은 개봉 첫날 관객 동원이기도 하다. 개봉 4일 만에 동원한 128만 4637명도 ‘7번방의 선물’의 같은 기간 119만 3596명보다 빠른 흥행 속도다.

‘감시자들’의 이런 흥행 열기는 개봉 2주차에도 수그러들지 않고 있다. 실제로 개봉 12일째인 7월 14일(일요일) 영화를 보러간 극장에서도 확인된 일이다. 뒤에서부터 5번째 줄 좌석에서 영화를 볼 정도로 관객들은 ‘인산인해’였다. 400만 명을 넘긴 ‘월드 워Z’의 발목을 잡고 여름 대목 할리우드 블록버스터의 최고 기대작 ‘퍼시픽 림’에도 요지부동인 흥행파워인 것이다.

그래서일까. 한겨레(2013. 7. 5)의 '설경구 흥행법칙' 기사는 꽤 흥미롭다. 내용인즉 예매율 1위에 오른 설경구(황반장 역) 주연의 영화 10편이 흥행에 성공했다는 것이다. '감시자들'은 11번째 설경구 주연의 예매율 1위 영화이다. 제작비를 자세히 알 수 없어 손익분기점 관객 수는 분명치 않지만 7월 14일 354만 429명으로도 흥행성공이 틀림없다.

'감시자들'이 흥미로운 것은 또 있다. 어느새 40줄에 접어든 정우성(제임스 역)의 악역이 그것이다. 사실 극중 비중만으로 보면 조연인데, 정우성은 주연이라 할 설경구, 한효주(하윤주 역)보다 신문 인터뷰 등 더 많은 스포트라이트를 받고 있다. 그런 조명만큼 정우성은 꽤 인상적인 악역을 소화해내고 있다.

'감시자들'이 다소 특이한 것은 2인 감독(조의석·김병서)이다. 코언, 위쇼스키 형제 감독이 있긴 하지만, 2인 감독은 전 세계적으로도 매우 드문 일이다. 국내의 경우 제한상영가 판정으로 투쟁중인 '자가당착'의 김곡·김선 형제 감독이 있는 정도이다. 그리고 '여고괴담 두 번째 이야기'의 김태용·민규동, '천하장사 마돈나'의 이해영·이해준이 2인 감독으로 영화를 연출한 바 있다.

그 2인 감독의 영화 '감시자들'은 한 마디로 새로운 유형(시도)의 수사극이라 할 만하다. 일상적 전동차 안에서부터 시작된 영화는 2시간 상영 내내 긴장감을 유지한다. 어찌나 손에 땀을 쥐게 하는지 2명의 감독이란 사실을 전혀 눈치채지 못하게 한다. 그만큼 일사불란하게 내용이 전개된다.

자연 군더더기가 없다. 내용이 늘어져 하품을 나게 하지 않는다. 긴장감의 끈을 잠시 늦추는 것은 유머다. 이것도 대사를 통한 웃기기여서 튀지 않는다. 가령 범인과 함께 탄 엘리베이터에서 범인이 "너 누구야?"라고 묻자 하윤주는 물론 관객들도 아연 긴장감에 빠져든다. 그런데 범인은 거리에 뿌려진 명함을 내밀며 "커피도 타는 여자?"하고 다시 묻는다. 노련한 완급조절의 유머는 그런 식이다.

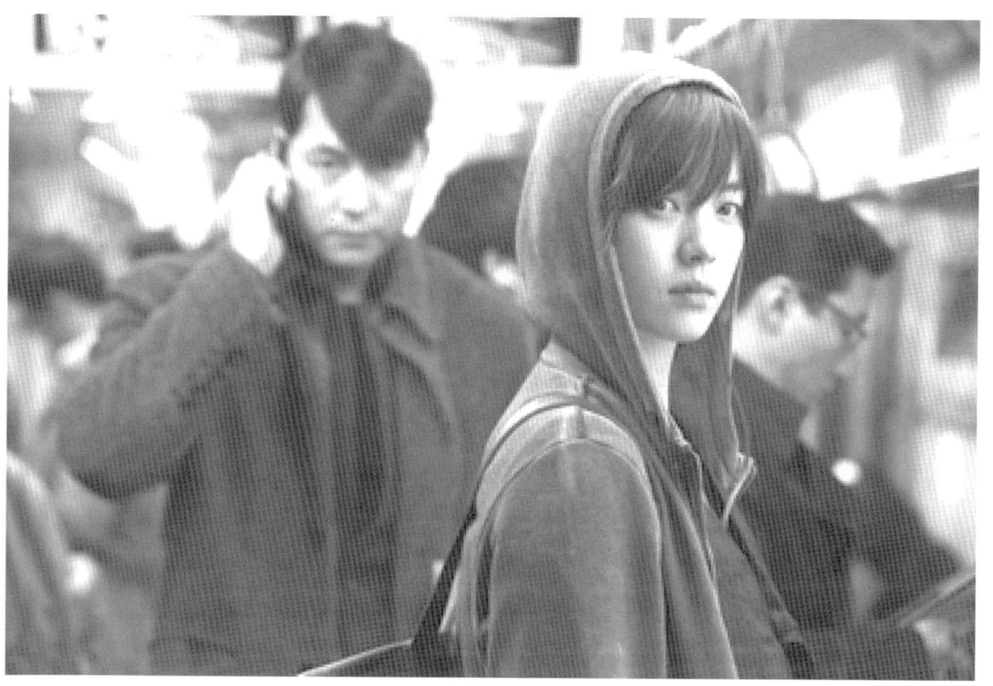

글쎄, 어리거나 젊은 관객들은 어쩔지 모르겠는데, 은근히 질러대는 정치·사회현실에 대한 세태 꼬집기도 반갑다. 예컨대 거액을 털리고도 구린데가 있어 신고조차 못하는 상호저축은행 경영실태 따위가 그것이다. "신문에 난 것 다 개소리야!"라든가 "사격훈련이라야 1년에 꼴랑 4번" 같은 황반장 대사가 주는 메시지도 예사롭지 않다.

대체로 무난해 보이지만, 그러나 아쉬움이 없냐면 그렇지는 않다. 가장 큰 아쉬움은 이른바 한국적 정서이다. 가령 황반장이 위해당한 후 제임스를 쫓다 놓치자 비 맞으며 길바닥에 주저앉아 오열하는 하윤주 모습은 오히려 극의 흐름을 해치는 것 아닌가?

수칙 위반으로 작전에서 제외된 하윤주가 별다른 결정적 계기도 없이 하루 만에 원직 복귀하는 것도 좀 그렇다. 상부로부터 작전이 올스톱되고, 황반장은 사직서까지 냈는데, 하윤주의 제니스 발견 한 마디로 팀이 다시 가동되는 것도 마찬가지다. 전동차 통제 조치도 없이 범인 검거에 나선 것 역시 너무 영화적이다.

신성저축은행 강도 장면에서도 그게 본점인지 모르겠지만, 직원 수가 너무 많은 것처럼 보인다. 그럴망정 '감시자들'은 CCTV에 거의 전 국민이 노출되는 시대를 사는 현대인들의 뭔가 감시당하고 있다는 불쾌감을 자극한 새로운 시도의 수사극 내지 범죄스릴러임에 틀림없다.

설국열차

7월 31일(예고된 8월 1일을 하루 앞당긴 것) 마침내 '설국열차'(감독 봉준호)가 베일을 벗었다. 개봉일만 빼고 '미스터 고'와 같은 문장으로 이 글의 문을 연 것은 응당 그만한 까닭이 있어서다. '설국열차'가 '미스터 고'와 함께 올 여름 대목 최대의 기대작으로 화제를 모았기 때문이다.

단적인 예로 경쟁하듯 소식을 전한 신문 리뷰를 들 수 있다. 그 중 동아일보가 압권이다. 동아일보는 7월 23일 프리뷰, 7월 24일 감독 인터뷰, 7월 26일 외국 영화계 전문가 평 등을 대형 박스 기사로 내보냈다. 스포츠서울이 7월 9일, 10일, 12일, 22일, 26일, 30일 등 연달아 '미스터 고' 기사를 내보낸 것 못지 않다. 마치 무슨 '제휴'라도 한 것 같은 집중 보도이다.

우선 '설국열차'는 한국영화사상 최다 제작비의 영화다. 동아일보 프리뷰에 의하면 무려 455억 원이다.(그런데 같은 기자의 3일 후 기사에는 5억 원이 삭감된 450억 원으로 되어 있다. 447억 원이라는 다른 신문기사도 있다.) 또 167개 국에 이미 팔려 한국영화 해외판매 신기록을 세우게 됐다. 사전 판매만으로 이미 200억 원 이상을 벌어들였단다.

첫 번째 글로벌 프로젝트의 한국영화라는 수식이 붙는 이유이다. 그런 만큼 출연진도 국제적이다. 지난 해 최다 외화흥행작 '어벤져스'에서 캡틴 아메리카로 출연한 크리스 에번스, 2009년 '마이클 클레이튼'으로 아카데미 여우조연상을 받은 틸다 스윈턴 등 할리우드 스타들이다. 자국에서 받는 출연료와 상관없이 결행한 '설국열차' 참여인 셈이다.

그들은 한 발 더 나갔다. 크리스 에번스, 틸다 스윈턴 등이 7월 29일 서울 콘래드 호텔에서 기자회견을 했기 때문이다. 할리우드 블록버스터 주연 배우들의 홍보차 내한이야 낯익은 모습이지만, 한국영화를 위한 외국 배우들의 내한이라니 놀라운 일이다. 물론 김지운 감독의 '라스트 스탠드', 박찬욱 감독의 '스토커' 개봉때도 외국 배우들이 한국에 다녀간 바 있긴 하다.

그렇다면 영화는? 우선 만화(프랑스 자크로브의 1984년작. '르 트랑스페르스네주'. 1986년 프랑스 앙굴렘국제만화제 그랑프리 수상작.)를 원작으로 한 영화답다. 지구온난화로 상승한 기온을 낮추기 위해 냉각물질 CW-7을 살포하지만, 빙하기가 찾아온다. 설국열차 탑승자들만 살아 남는다. 그 열차에서 반란이 일어난다. 때는 2031년이다.

처음 화면부터 뭔가 일어날 조짐의 긴장감이 팽팽, 영화에 몰입하게 한다. 기차가 눈 쌓인 산 아래 천인단애의 절벽 옆을 질주하는 장면은 이제껏 한국영화에서 볼 수 없었던 장관을 연출한다. 거대한 산사태로 인해 기차가 탈선, 눈밭에 묻히는 장면도 그렇다.

볼거리뿐 아니다. 스릴러가 아니면서도 초반부 안겨준 긴장감을 유지하는 내용 전개 역시 영화의 미덕이다. 예컨대 점호 시간이 바뀌어 맞게되는 일촉즉발의 순간이라든가 "기차 안에는 멸종되지 않은 것들

도 더러 있지” 하며 꼬리칸 사람들에게 쏴대는 총질은 깜짝 반전이라
할만하다.

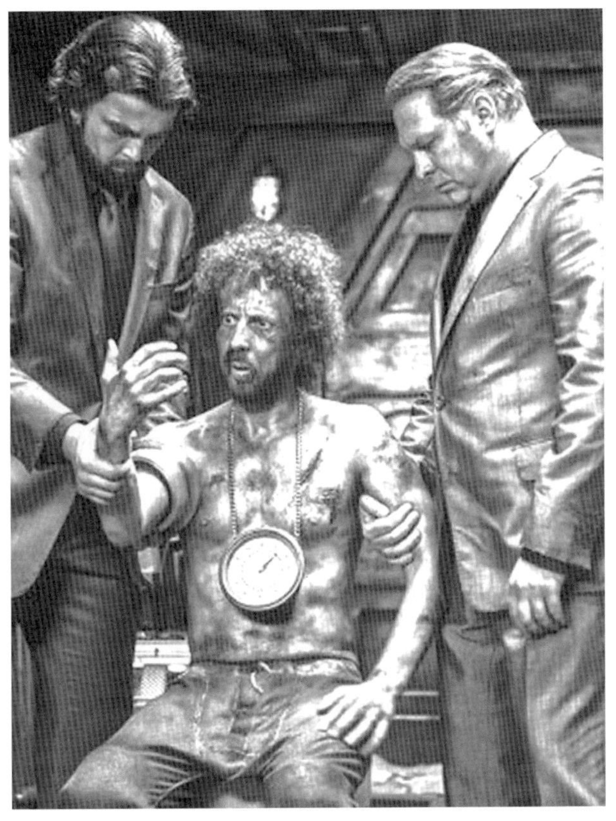

　그래서일까. ‘설국열차’의 개봉 첫날 관객은 41만 8465명으로 집계됐
다. 이 수치는 개봉 25일 만인 7월 27일 507만 3994명을 동원하며 계속
상영중인 ‘감시자들’의 개봉일 관객 21만 52명의 거의 두 배에 가까운
기록이다. 워낙 들인 돈이 많아 흥행여부는 더 지켜봐야겠지만, ‘설국열
차’가 일반대중의 관심을 끌고 있는 건 확실해 보인다.

　그러나 뭔가 쿵하는 것이 와닿지는 않는다. 커티스(크리스 에번스)가

남궁민수(송강호)를 끌어들여 주도한 엔진 점거 반란이지만, 박진감이 느껴지지 않는 것. 꼬리칸 사람들이 당하는 참혹한 실상이 좀 더 적나라하게 그려졌으면 좋을 뻔했다. 가령 윌 포드(에드 해리스)가 있는 엔진칸 앞까지 와서 들려주는 커티스의 '사람 잡아먹기' 따위 아비규환 설명은 상황이나 액션 묘사에 비해 박진감이 떨어질 수밖에 없다.

만화원작일망정 의아스러운 대목도 더러 있다. 우선 너무 견고한 기차다. 격렬한 전투신은 물론 햇불공격까지 이어지는데도 유리창 파손이나 화재 따윈 없다. 그렇듯 견고한 기차 유리창이 총질에 구멍이 난다. 바깥은 사람이 살지 못할 정도의 추운 날씨다. 유리창 구멍 난 기차 안에 그게 나타나야 하지 않나?

남궁민수와 그의 딸 요나(고아성)가 크노롤(산업폐기물) 중독자로 나와 생긴 실망감은 영화가 끝날 때쯤 풀린다. 기차 밖으로 나갈 문을 폭파하기 위해 인화물질 크노롤을 모은 것이어서다. 그런데 생존자가 요나 등 애들만 단 두 명뿐인 기차 파괴력에 비해 그 양이 너무 적어 그만 실소를 자아낸다.

설국열차는 무진동 차량인지도 의문이다. 고속질주하는데도 기차 내부에선 그걸 실감할 수 없는 경우가 꽤 있으니 말이다. 세심한 디테일이 요구되는 건 또 있다. 점호시 '앉아 번호'가 그것이다. 미체험세대는 그냥 지나치겠지만, 군인이 되어본 관객이라면 '앉은 번호'로 기억할 것이다.

"죽고 사는 게 종이 한 장 차이이"라지만, 하필 윌 포드가 막판에 일장 연설을 하는 것은 사족으로 보인다. 영화의 핵심축인 반란의 의미와 거리가 멀어 보여서다. 글로벌 프로젝트를 표방하면서도 요나는 "졸라 긴 터널" 등 말끝마다 욕설투 대사를 내지르고 있다. 다소 의아스러운 대목이다.

더 테러 라이브

그냥 5월 한 달로 끝나버렸다. 무슨 말이냐고? '아이언맨3'으로 곤두 박질쳤던 한국영화 점유율이 6월부터 다시 솟구치기 시작했다는 뜻이 다. 말할 나위 없이 1등 공신은 '은밀하게 위대하게'이다. 7월의 주인공 은 '감시자들'이다. 그리고 7월 31일 동시에 개봉한 '설국열차'와 '더 테 러 라이브'가 여름 대목 극장가를 후끈 달아오르게 하고 있다.

8월 14일 '감기'와 '숨바꼭질', 8월 29일 할리우드 블록버스터 '엘리시 움'이 여름 대전에 마지막 도전장을 내지만, 승부는 이미 가려진 것이나 다름없다해도 크게 틀리지 않은 진단일 듯하다. 400쪽 초과라는 부담감 을 감당하면서까지 '더 테러 라이브'를 만나는 것은 그런 이유에서다.

'더 테러 라이브'(감독 김병우)는 개봉 10일 만에 301만 2538명을 동 원했다. 여름 대목에 뛰어든 할리우드 블록버스터들도 '아이언맨3'과 '월드 워Z'를 빼곤 300만 명 넘게 동원한 영화는 없다. 그것보다 더 대 견한 것은 대작 '설국열차'와 같은 날 개봉해 거둔 성과라는 점이다.

'더 테러 라이브'는 개봉 10일 만의 300만 돌파 이후에도 관객 규모가 일정량 유지되고 있다. 그 점에서 '더 테러 라이브'를 대박영화로 규정해도 무방할 듯하다. '설국열차'와 더불어 이른바 '쌍끌이 흥행'에 나선 '더 테러 라이브'의 손익분기점은 180만 명 선이다.

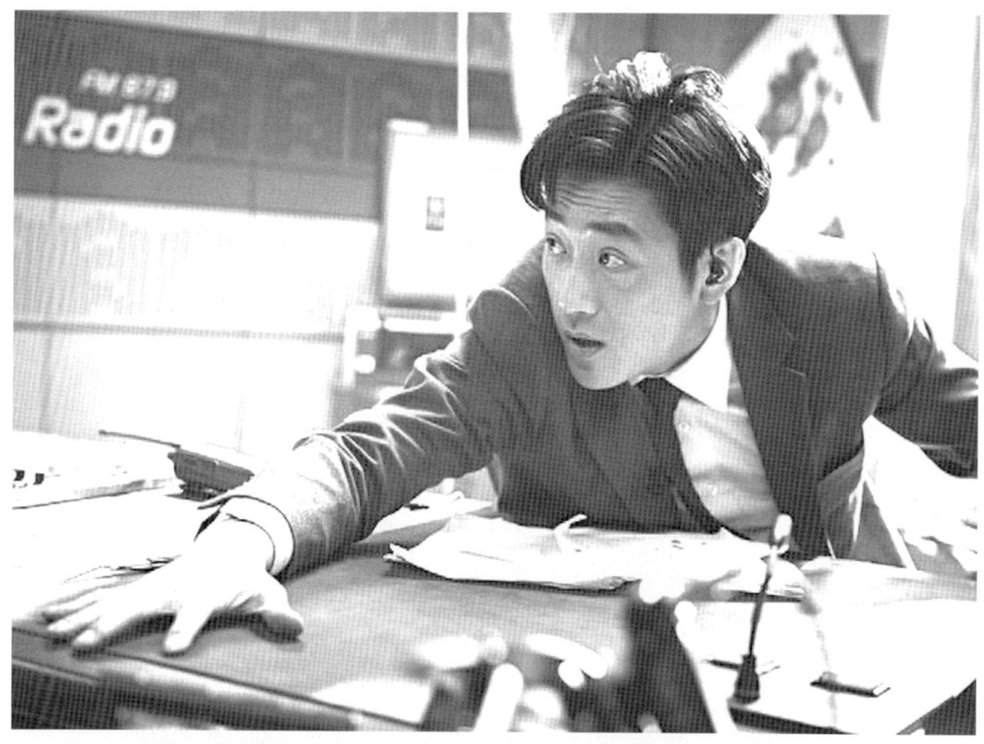

놀라운 것은 신인 김병우 감독이다. 33세인 김감독은 한양대학교 연극영화과 출신이다. 졸업작품 '리튼'(2008)이 제43회카를로비바리 국제영화제에서 아시아영화진흥기구상을 받는 등 역량을 인정받았으나, 장편 상업영화 연출은 '더 테러 라이브'가 처음이다. 그러니까 데뷔작으로 대박을 터뜨린 것이다.

'더 테러 라이브'가 우선 놀라운 것은 시나리오다. 제목에서 보듯 테러를 생방송한다니 대중 일반의 호기심을 자극할만하다. '감시자들' 흥행성공이 그렇듯 언제라도 누군가로부터 테러를 당할 수 있다는 일상적 개연성이 대중의 발길을 극장으로 향하게 할 법하다.

영화는 라디오 진행자 윤영화(하정우)가 "폭탄을 터뜨리겠다"는 청취자와의 전화 대화로 채워져 있다. 초반부터 긴박감 느끼게 하는 역동적 음악과 함께 시종일관 한눈을 팔 수 없게 한다.

언뜻 정지영 감독의 '남영동 1985'를 떠올리게도 한다. 방송사 스튜디오라는 점이 다를 뿐 밀폐된 공간에서만 사건이 펼쳐지기 때문이다. 빈번한 장면전환 없이 러닝타임 97분을 전혀 지루하지 않게 이끈 신인 감독의 역량에 박수를 보낸다.

'더 테러 라이브'가 재미있는 건 아니지만, 기발하면서도 참신한 발상의 영화이긴 해보인다. "나라에선 선진국이라고 여기저기 돈 쳐바르고 있는데" 같은 '씹기'의 메시지도 큰 울림을 남긴다. 테러범의 대통령 사과 요구가 파급하는 의미에 대해서도 깊이 생각해볼 필요가 있어 보인다.

그렇게 없는 자들과 그들을 깡그리 무시한 정부 양자 대립으로만 갔더라면 더 좋을 뻔했다. 윤영화의 금품수수 비리라든가 방송사 내부의 시청률 올리기의 이전투구 양상 등 갈등과 음모, 추악한 사생활 들이 불필요해 보여서다.

후반부 검찰 구속이 예약된 윤영화가 "왜 하필 나냐?"고 테러범에게 묻는다. 그 아들(이다윗)의 실토에 의해 죽은 아버지가 믿을만한 앵커라 해서 윤영화를 지목해 벌인 테러로 드러난다. 그런데 윤영화가 금품수수 비리 등 그 지경이니 그 아들이 벌인 테러는 '뻘짓'이란 말인가?

영화이긴해도 윤영화가 낀 이어폰에 폭탄 설치가 가능한지도 의문이다. 후반부 가짜임이 밝혀지지만, 경찰청장은 이어폰 폭탄으로 인해 죽는다. 실패한 한국형 블록버스터 '퀵'에서도 그런 설정이 있었지만, 워낙 말도 안 되는 '같잖은' 영화와 굳이 비교할 건 없겠다.

아마 긴장감 해소의 장치인 듯한데, 윤영화라든가 차대은 국장(이경영) 등이 뻑뻑 피워대는 실내 흡연은 다소 어색해 보인다. 애연가인 필자의 눈에도 그렇게 보이는데, 비흡연 관객들은 오죽할까! 이 영화는 때론 예측불가능한 것이 무릇 관객의 심리임을 새삼 확인시켜준다.

3. 19금 또는 화제작

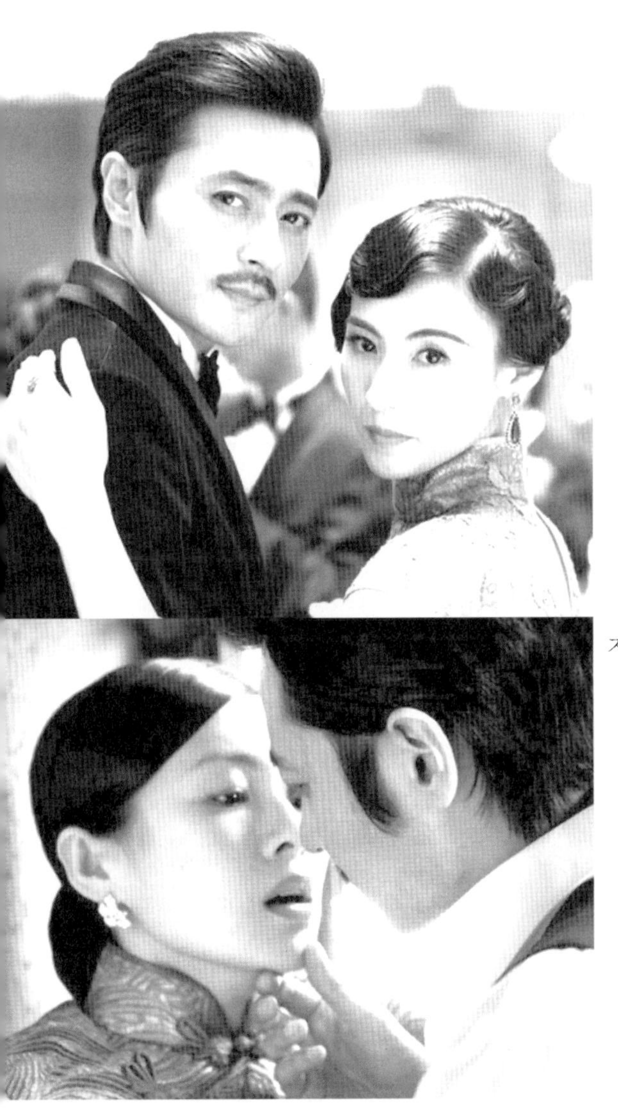

황해

　2008년 존재감을 확실히 드러낸 영화 '추격자'의 3총사가 다시 뭉쳤다. 나홍진 감독과 배우 김윤석, 하정우가 그들이다. 나홍진 감독의 데뷔작 '추격자'가 500만 명을 훌쩍 넘긴 터여서 다음 작품에 대한 기대가 컸던 게 사실이다. 아다시피 500만 명을 넘긴 영화는 그리 많지 않다.

　내친김에 자세히 살펴보자. 통합전산망 집계가 시작된 2003년 이래 10년 동안 500만 명 이상의 관객을 동원한 영화는 33편에 불과하다. 할리우드 블록버스터 11편을 빼고 한국영화로만 셈하면 22위다.

　'추격자' 이후 2년 남짓만에 선보인 나홍진 감독의 두 번째 영화 '황해'는, 그러나 이름값을 못했다. 2010년 12월 22일 개봉한 '황해'의 관객 수는 226만 512명이다. '부러진 화살'이나 '피에타'처럼 저예산영화라면 대박인 숫자지만, '황해'의 제작비는 130억 원대로 알려졌다. 제작비 규모로만 본다면 한국형 블록버스터인 셈.

　아마 2011년 5월 펴낸 '흥행영화 째려보기' 목록에 끼지 못한 것은 그 때문이지 싶다. 그도 그럴 것이 극히 일부를 제외하곤 300만 명 이상의 흥행영화가 째려보기의 대상이었다. 도대체 왜 나홍진 감독은 '2년차 징크스'(데뷔작으로 성공한 감독이 두 번째 작품은 실패한다는 영화계 속설)를 피해가지 못한 것일까?

물론 그런 의문은 단순히 흥행성만을 염두에 둔 것이라 할 수 있다. "작품성만 놓고 따진다면 2년차 징크스는 피해 간 것으로 보인다"(중앙일보, 2010. 12. 22)는 리뷰가 있는가 하면 "박진감 넘치는 스토리와 액션, 화려한 영상, 배우들의 열연 등이 어우러진 잘 만들어진 '상업영화'다"(세계일보, 2010. 12. 24)라는 평가가 있어서다.

이미 '부당거래'를 만나봄으로써 '흥행영화 째려보기' 이후의 영화들을 대상으로 한다는 원칙이 깨진 바 있다. 애써 '황해'를 만나보는 또 다른 이유가 마련되고 보니 굳이 마다할 일이 아니었다. 사실은 제작비 대비 기준이라 그렇지 226만 명이 결코 그냥 무시해버릴 수치도 아니다.

약 10개월 동안 중국의 하얼빈, 치치하얼, 부산 등지에서 촬영한 '황해'는 연변의 택시운전사 김구남(하정우) 이야기다. 아내를 돈 벌러 한국에 보내느라 빚진 구남은 브로커 면정학(김윤석)의 제안을 받는다. 김승현을 죽이기 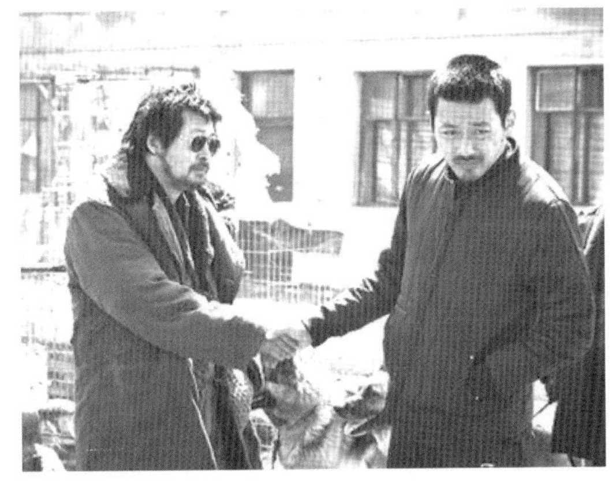 위해 한국으로 밀항한 구남은 기회를 엿본다. 한데 김승현을 죽이는 또 다른 이가 있어 이상하게 꼬이는 사건에 휘말려 든다.

그런 내용은 한국영화로선 드물게 긴 상영시간(2시간 40분)이 지루하게 느껴지지 않을 정도로 그려진다. '추격자'보다 더 세진 추격전이 죽고 죽이려는 긴박감을 배가시킨다고 할까. '황해'를 느와르라고 부르는 이유이기도 하다. 구남의 자살이 주는 여운은 조선족의 피폐한 삶을 환기시킨다.

일종의 비장미라 할 그런 느낌은, 그러나 확 와닿지 않는다. 다문화 사회라고 하지만, 그들의 비참한 삶에 '도가니'처럼 공분하는 사회적 분위기가 아니어서 그런지도 모른다. 다시 말해 대중일반의 관심이나 호기심 목록에 조선족 따위는 없다는 얘기다. 참신한 소재의 새로운 영화가 분명한데도 그걸 인정하지 않은 것이다.

작품내적으로도 아쉬운 점이 더러 있다. 1. 택시 운전수 편에서 '조선족 새끼'라는 무시에 뚜껑이 열린 구남이 도박꾼들과 쌈을 벌인다. 그런데 바로 이어진 화면은 구남이 집에서 쉬는 장면이다. 수습과정이나, 그것이 생략되더라도 장차 벌어질 사건에 대한 암시나 복선이 있어야 하지 않나.

아무리 느와르일망정 일개 택시 기사였던 구남의 한국에서의 행적은 너무 황당하다. 컨테이너 트럭이든 자가용이든 운전하는 것 말고, 구남은 도대체 무슨 힘이 그렇게 있는지 의아스럽다. 면정학도 마찬가지다. '도끼의 달인'쯤 되는 면정학이라지만, 천하무적으로 김태원(조성하) 일당을 처치하는 건 너무 비현실적이다.

가장 큰 불만은 따로 있다. 혼란스러운 각본이 그것이다. 왜 면정학이 구남을 시켜 김승현을 죽이려 했는지 아리송하다. 김태원은 "내 여자와 잠을 잤어"라며 김승현 죽인 이유를 밝히고 있지만, 아리송하긴 마찬가지다. 중층의 복잡한 플롯이 악재로 작용한 셈이다.

그렇더라도 하정우, 김윤석의 실감나는 연기는 제대로 평가받아야 맞다. 라면 먹는 하정우나 추격전중 운전하며 보이는 얼굴 표정의 하정우, 김윤석이 그렇다. 특히 하정우의 빡빡머리, 콧수염 등의 분장은 박진감이 넘쳐 실제 김구남으로 보이게 한다. 빠져들게 한다.

만추

'위험한 관계'에서 중국 영화시장 이야기를 이미 한 바 있다. 한 마디로 요약하면 넘볼만한 신천지라고. 그래서일까, 기획단계에서부터 중국시장을 겨냥한 '맞춤영화'가 등장하고 있다. 2007년 '색, 계'를 통해 일약 세계적 스타로 떠오른 탕웨이를 주연으로 캐스팅한 '만추'(감독 김태용)가 그것이다.

'만추'는 2010년 부산국제영화제 상영때 5초 만에 인터넷 예약이 매진될 정도로 관심을 끌었다. 2011년 2월 17일 일반 개봉에선 85만 명 관객 동원에 그쳤지만, 동아일보(2012. 7. 24)에 따르면 중국에선 100억 원 이상의 수익을 올린 것으로 알려졌다. 중국 시장을 겨냥한 맞춤영화로 우뚝 선 것이다.

그러나 '여고괴담 두 번째 이야기'를 연출한 김태용 감독의 '만추'는 리메이크 영화이다. '위험한 관계'가 그렇듯 '만추'는 1966년 44세로 세상을 떠난 이만희 감독이 처음 선보인 영화다. 이후 3편이 리메이크되었다. 일본의 사이토 고이치의 '약속'(1972), 김기영의 '육체의 약속'(1975), 김수용의 '만추'(1981) 등이다.

김태용 감독의 '만추'는, 이를테면 4번째로 다시 만들어진 영화인 셈이다. '춘향전'을 빼곤 한국영화사상 가장 많이 리메이크된 기록도 갖게 되었다. 이에 대해 김수용, 김태용 감독은 "휴가 나온 여죄수와 쫓기는 남자의 짧은 사랑이라는 이야기가 갖는 힘이 워낙 강렬한데다 당대의 여배우들이 잊을 수 없는 연기를 펼쳤기 때문"(중앙일보, 2011. 4. 19)이라 분석한다.

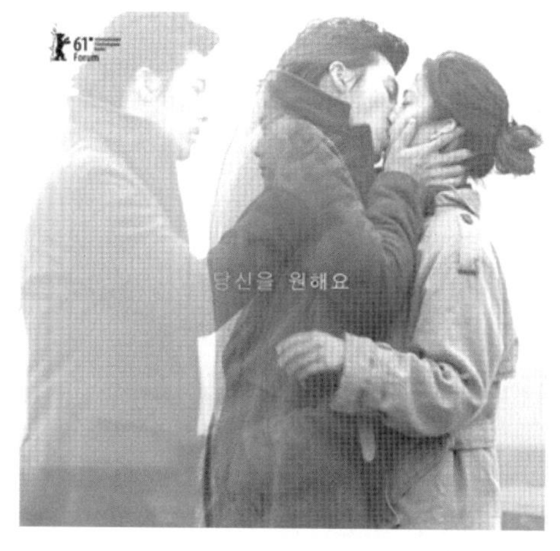

이번엔 미국으로 무대를 넓혔다. 주인공도 중국인 탕웨이(애나 첸 역)와 현빈(훈 역)이다. 문정숙·신성일, 김지미·이정길, 김혜자·정동환처럼 국산이 아니다. 1972년작 '약속'도 기시 게이코·하기와라 겐이치로 둘 다 일본산이다. 중국배우 탕웨이 기용과 미국현지 촬영 등 국제적 영화가 된 것이다.

애나는 학대를 일삼아온 남편을 살인한 죄로 복역중 3일간 특별휴가를 나온다. 어머니 장례식을 치르기 위해서다. 시애틀 가는 버스에서 훈을 만난다. 훈은 '남창'이다. 지금 만나고 있는 여자의 남편에게 쫓기고 있는 상황이다. 뭔가 절박하거나 절절한 것은 인물 및 상황설정이다.

돈을 빌리고 시계를 맡기는 등 '작업'에 들어가지만, 애나의 반응은 싸늘하거나 최소한 무심하다. 장기 복역수로서의 고뇌가 묻어나는, 표정없는 탕웨이의 연기는 압권이다. 그녀의 출세작 '색, 계'를 본 관객이라면 캐릭터에 따라 저렇게도 바뀔 수 있는 배우이구나 하는 느낌에

선뜻 동의할 것이다.

다소 사적인 견해지만 할리우드보다 중국 여배우가 좀 더 친근하게 다가온다. 같은 동양권이지만, 일본 배우에게선 별로 느껴본 적 없는 그런 친근감이다. '위험한 관계'의 장쯔이 같은 경우가 그렇다. 탕웨이도 마찬가지다. 시간이 흐르면서 비로소 웃고, 장례식장에선 훈을 편들기까지 하는 사랑의 전이과정이 탕웨이의 얼굴 표정과 절묘하게 조화를 이룬다.

그러나 절박하거나 절절하게 와닿지는 않는다. 교도소로 돌아가는 버스가 잠시 정차한 휴게소. 그곳에서의 자못 격정적인 키스신은 그럴듯하다. 이제 돌아가야 하고, 어느덧 사랑이 쑥쑥 자라난 상태니까. 장례식장에 찾아온 훈을 위해 왕징에게 대드는 등 이미 애나 마음의 문이 열려 있었으니까.

아쉬운 것은 불쑥 던지는 "나랑 잘래요?"의 우연성이다. 장기수로서 오랫동안 금지당했던 섹스에 대한 본성적 행동이라 보기엔 너무 밋밋하거나 지나치게 돌발적이기 때문이다. 막상 구체적 행위에 들어가선 애나가 거부한다. 혹 검열이 엄격한 중국시장을 의식한 스스로의 제약이 아니었나 묻고 싶다.

15세 관람가인 점도 그 연장선에서 아쉬운 점이다. 절박하고 절절한 상황을 담보하는데 육체적 언어, 즉 섹스만한 장치가 없어서다. 사랑의 본질은 육체보다 마음이라 주장하는 이들도 있지만, '만추'에선 그게 아니지 싶다. 훈이 애나와 함께 했던 방 21호라든가, 장례식장은 어떻게 알고 찾아간 건지 그것도 의아하다.

마침내 훈은 살인용의자로 검거되고, 1년이 지나 출소한다. 만나기로 했던 휴게소에 가 훈을 기다리는 애나. 리메이크가 아니라 '만추2'를 기다리게 하는 결말이다.

완벽한 파트너

김혜수·엄정화·김혜선의 공통점은 40대 초반의 여배우들이란 점이다. 김혜수 43, 엄정화 44, 김혜선 44세이다. 김혜수는 42세때인 지난 해 여름 '도둑들', 엄정화는 43세때인 지난 해 초 '댄싱 퀸'의 대박으로 존재감을 과시했다. 엄정화의 경우 '댄싱 퀸' 대박의 주역으로 신문 인터뷰가 잇따랐다.

2011년 타이틀롤을 맡은 42세 김혜선에게도 일단 스포트라이트가 쏟아졌다. 1993년 '화엄경', '참견은 노 사랑은 오 예' 이후 18년 만의 영화출연이었기 때문이다. 그냥 점잖게 하는 출연이 아니다. "'아줌마 표' 관능미 느껴보세요"(동아일보, 2011. 11. 15)에서 짐작할 수 있듯 홀랑 벗는 영화에 출연한 것이다.

그러나 결과는 김혜수나 엄정화와 확연히 다르게 나타났다. 일반대중의 큰 관심을 끌지 못한 것. 김혜선으로선, 그 나이에 노출 연기가 쉽지 않았을 '아줌마' 배우로선 퍽 속상했을 것 같다. 실제로 매니저는 "기존의 이미지를 다 망쳐 드라마 출연이 힘들어진다는 이유"(앞의 동아일보)를 들어 결사반대였다.

영화는 흥행성공과 거리가 있었지만, 이미지를 망친 것 같지는 않다. 영화출연 1년도 훨씬 지난 지금 김혜선은 MBC창사51주년특별기획 '마의'와 KBS 일일극 '힘내세요 Mr 김'에 출연하고 있다. 그의 연기 변신은 오롯이 새로운 역사를 쓰게된 셈이다. '완벽한 파트너'(감독 박헌수)가 바로 그 영화이다.

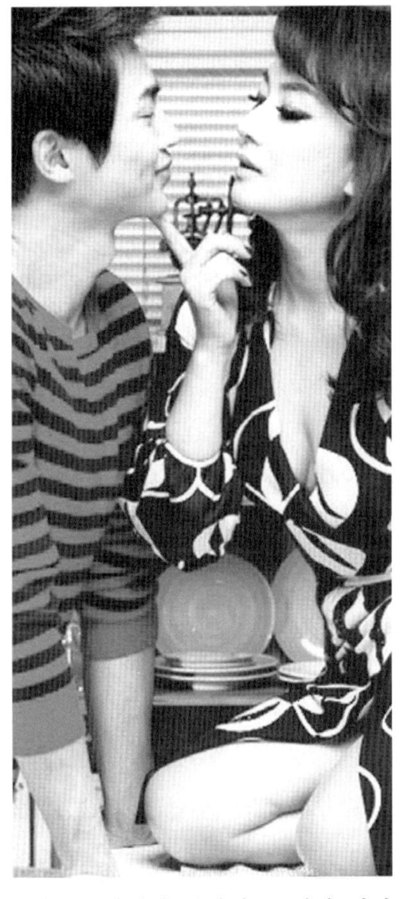

'완벽한 파트너'는 최근 1~2년새 극장가를 뜨겁게 달군 19금 영화들보다 '센' 작품이다. 예컨대 '간기남'·'후궁: 제왕의 첩'·'은교'·'돈의 맛', 그리고 그 이전의 '나탈리'·'하녀'·'방자전'·'쌍화점'·'미인도' 등 그 어떠한 영화들보다도 그 아슬아슬한 수위가 높고 잦다. 말할 나위 없이 시나리오 때문이다.

'완벽한 파트너'는 시나리오 작가이자 교수(영화에선 선생님으로 부른다.) 준석(김영호)과 제자 연희(윤채이), 유명 요리연구가인 희숙(김혜선)과 문하생 민수(김산호) 커플이 섹스를 통해 각자의 일을 완성해 나간다. 그 상대가 부자간, 모녀간 설정이다. 이를테면 기본적으로 발칙한 영화인 셈이다.

영화에서처럼 "창작의 근원은 열정"이 맞지만, 그런 패륜까지를 포함하는 것은 아니다. 예쁘게 봐주면 유미주의적 앵글이고, 작품 완성도의 어려움을 메시지로 한 꽤 건질 것 있는 영화이다. 실제로 때와 장소 가리지 않는 결정적 섹스를 통해 그들은 작품을 일궈낸다.

문제는 그것들이 내면의 리얼리티에 의해서가 아니라 백화점식 나열의 보여 주기용으로 다가온다는 점이다. 가령 강의실 바로 옆, 유리창 칸막이로 된 공간이나 수진(정주희)과 얘기하는 탁자 이면에서 벌어지는 민수의 성기 애무가 그렇다. 극장 안 영화 내용은 전혀 딴판이고 좌우에 손님까지 앉아있는데 벌이는 준석과 연희의 각자 성기 주무르기도 마찬가지다.

"지금 필요한 건 연애"가 아니라 사실은 섹스인데, 그것에 이르는 단계 묘사도 아쉽다. 예컨대 희숙과 민수의 경우를 보자. 발이 부었다며 짐짓 추파 던지는 희숙의 모습까지는 좋다. 그 다음이 문제다. 희수의 다리를 주무르던 민수는 단 한 번의 거부하는 몸짓도 없이 능동적·적극적 남자로 돌변해 있다.

캐릭터로 볼 때 연희와 다르게 요리를 열심히 배우려는 순수한 청년인데, 제비족이 되어버린 것이다. 그것은 빨래 건조대에 매달린 채이거나 전라의 뒷태는 물론 항문이 보일 정도의 노출 등 배우들의 노고가 상쇄되는 치명적 약점이 될 수 있다.

더 치명적인 건 1년 후의 결말이다. 차라리 각자의 섹스를 통한 완성도 추구하기가 파탄난 걸로 종결했으면 더 좋을 뻔했다. 해피엔딩이 결코 될 수 없는 내용이어서다. 영화진흥위원회의 예술영화 지원작이라니 그것도 좀 놀랄 일이다.

마이웨이

2011년 12월 21일 아주 '센 놈'이 나타났다. 300억 원을 들였다는 심형래감독의 '디 워'가 정식 인증을 못받아 '설'로 떠도는 것과 달리 순제작비만 280억 원을 투입한, 그러니까 한국 영화사상 가장 많은 제작비를 쏟아부은 대작 '마이웨이'가 뚜껑을 연 것.

'마이웨이' 이전까지 최대 제작비라는 180억 원의 대작 '좋은 놈, 나쁜 놈, 이상한 놈'(2008, 김지운 감독)보다 무려 100억 원을 더 투입한 '마이웨이'는, 그러나 214만 2670명 동원에 그쳤다. 손익분기점인 1000만 명은커녕 그 5분의 1정도의 관객에 그쳐 흥행 참패한 것이다.

영화계의 충격은 컸다. 충격이 컸던 것은 1996년 '은행나무 침대'를 시작으로 1999년 '쉬리'를 거쳐 2004년 1174만 명을 극장으로 불러 모은 '태극기 휘날리며'까지 강제규 감독의 명성이 만만치 않았기 때문이다. 특히 '도둑들'과 '광해, 왕이 된 남자' 이후에도 흥행 3위('아바타'부터 치면 4위)에 올라 있는 '태극기 휘날리며'의 감독 영화라는 점에서 더욱 충격적이었다.

그러나 '마이웨이'의 흥행 참패가 정작 충격적인 것은 투자 위축 때문이다. 엄청난 돈을 쏟아부은 한국형 블록버스터가 시장에서 먹히지 않으면 더 이상 영화제작에 투자하지 않으려 할 것이 불을 보듯 뻔한 일이다. 그것은 인지상정이기도 할 터이다.

어쨌든 '마이웨이'는 영원한 흥행감독이 없음을 새삼 확인시켜준 셈이 되었다. '마이웨이' 개봉 전후로 그리 큰 돈 들이지 않고도 흥행성공한 영화들이 여러 편 있었던 점을 생각해보면 더욱 그렇다. '마이웨이'보다 1주 앞서 개봉한 '미션임파서블: 고스트 프로토콜'의 흥행대박(750만 8896명) 때문이란 변명도 통할 수 없게 되었다.

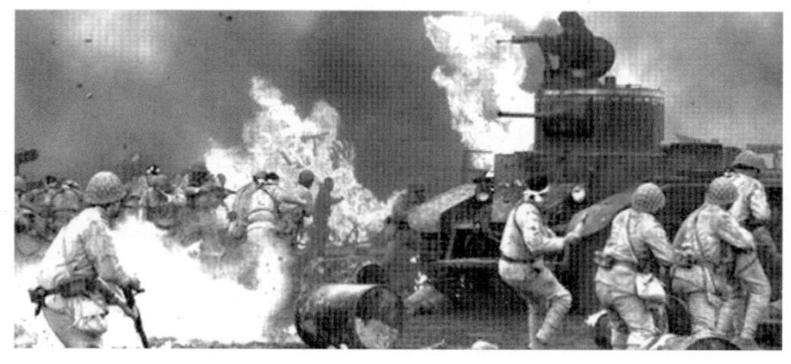

'마이웨이'는 일제 침략기 조선인 김준식(장동건)이 일본인 하세가와 타츠오(오다기리 죠)와 함께 격랑의 역사 속을 온몸으로 헤쳐가는 이야기다. 마라토너였던 준식은 일본군에 징집된다. 이후 타츠오와 함께 소련군, 독일군이 되어 전쟁의 한복판에 서게 된다. 일본군과 소련군, 소련군과 독일군, 독일군과 연합군 등 제2차 세계대전을 치르게 되는 것이다.

6·25말고 참혹한 전쟁의 소용돌이를 한국영화 최초로 재현해낸 점은, 우선 역사적이다. 소련군 탱크부대와 일본군 '돌격 앞으로' 전투신 등 박진감 넘치는 화면도 괜찮아 보인다. 배가 고파 빵을 훔친 대가로 처형되는 등 전쟁이 주는 공포감, 폭설 속에서의 행군과 작업대 사실성,

준식과 타츠오의 1대 1 혈투에 따른 리얼한 분장도 그럴 듯해 보인다.

"은수야, 나는 니가 아시아에서 제일 이쁜 것 같"다며 분위기 메이커임을 암시한 이종래(김인권)의 '안똔' 및 소련군 변신도 입체적 인물형 구축과 함께 극의 균제미에 기여하고 있다. 김성종 원작소설(전10권)은 물론 1991년 11월 7일부터 방송된 드라마로도 대박을 일군 '여명의 눈동자'를 떠올리게 하는 '마이웨이'이기도 하다.

그렇다면 무엇이 문제일까. 무엇보다도 핀트의 문제가 가장 커 보인다. 격동의 역사 속에서 일궈낸 우정은 신경숙 소설 '엄마를 부탁해'의 어머니처럼 세계적 공감을 일으킬 정서이긴 하다. 문제는 하필 그 대상이 일본인이냐에 있다. 아직도 일본에 대한 반감의 국민적 정서가 우선 그렇다.

그게 아니라도 문제는 남는다. 준식의 타츠오에 대한 연민이나 동정(우정의 싹틈)에 구체적 동기나 내면의 리얼리티가 없어서다. 가령 준식이 타츠오를 패대기치는 '안똔'을 말리느라 주먹다짐까지 하는데, 도대체 왜 그런 것인지 관객들 고개가 끄덕여지지 않는 걸 예로 들 수 있다.

전쟁이 사람을 변하게 하는 건 맞지만, 그럴만한 디테일한 당위성이 결여된 전개는 감동을 전하지 못한다. 음식점처럼 영화에도 입소문이 중요한 흥행요인으로 작용하는 점을 감안하면 이해가 빠르리라. 영화를 본 관객의 '마이웨이' 별로더라 하는 입소문이 흥행참패의 한 요인이 된 셈이다.

그 외 박진감 결여가 또 있다. 장동건이나 오다기리 죠의 너무 긴 머리다. 1938년 일제침략기, 1939년 전쟁터에 나간 군인의 머리 모습으로 보이지 않는 긴 머리다. 타츠오가 준식의 부대장으로 부임한 우연성, 준식과 중국인 쉬라이(판빙빙), 일본군과 소련군 대화 등이 통역없이도 잘 이루어지는 것, '차출'을 '착출'로 쓴 자막 따위도 아쉽다.

간기남

'간기남', '은교', '후궁: 제왕의 첩', '돈의 맛'. 아마 눈치 빠른 관객(혹은 독자)들은 이미 짐작했을 것이다. 앞에 얘기한 4편의 영화가 갖는 공통점이 무엇인지. 공통점은 바로 여배우의 파격적 노출이다. 당연히 19금, '애들은 저리가' 영화들이다.

흥미로운 것은 이들 영화의 개봉 시기다. 2012년 4월 11일 '간기남'을 시작으로 4월 26일 '은교', 5월 17일 '돈의 맛', 6월 6일 '후궁: 제왕의 첩'이 각각 개봉되었다. 흥행 성적은 가장 늦게 개봉한 '후궁: 제왕의 첩'이 263만 6320명으로 1등이다. 나머지 3편도 100만 명 이상 동원하는 저력을 과시했다.

그런데 꼼꼼히 들여다보면 관객들이 영화들을 보러 간 때는 5월 가정의 달이다. 심지어 조선일보(2012. 5. 18)는 "가정의 달은 19금 영화의 달"이라며 4편의 영화를 사이좋게 소개하고 있다. 할리우드 블록버스터에 대한 '한국형 대응'이라는 것이다.

일견 그럴 듯한 말이다. 할리우드 블록버스터의 상륙은 이른 봄부터 시작된다. '은교'와 같은 날 개봉했던 '어벤져스'는 707만 4867명을 극장으로 불러 모았다. '어벤져스'보다 한 달쯤 후인 5월 24일 개봉한 '맨인 블랙3'은 337만 9762명의 발길을 극장으로 향하게 했다.

이창현 CJ E&M 영화부문 홍보팀장은 "5월은 한국영화의 대작들도 개봉을 기피하는 시기"라며 "청소년관람불가 등급은 블록버스터와의 정면 대결을 피하고 성인관객이라는 틈새시장을 확보할 수 있는 전략"(앞의 조선일보)이라고 말했다. 노출영화의 비슷한 시기 개봉은 "간기남을 넘어선 파격노출"처럼 야한 마케팅에 도움이 된다는 분석도 있다.

간통을 기다리는 남자의 줄임말인 '간기남'(감독 김형준)은 1992년 세계적 관심을 끌었던 '원초적 본능'에 대한 오마주 영화임을 표방하고 있다. '간기남'은, 그러나 당시 34세였던 샤론 스톤의 관능미라든가 시종 긴박감의 끈을 놓을 수 없게 한 범죄 스릴러로서의 위용엔 못 미친다.

'간기남은, 감독 말에 따르면 "스릴러 구조를 지키되, 웃음 코드도 확실하게 가져가는 변종 스릴러"(한겨레, 2012. 4. 9)이다. 결론부터 말한다면 좋아보이진 않는다. 진지하거나 심각한 상황조차 장난처럼 느껴지기 때문이다. "코믹 요소가 짙어진 데는 투자자들의 요구도 작용했다"는 데, 좀 씁쓸하다. 한국 관객이 코미디에 '뻑 가는' 경향이 있긴 하지만, 선무당이 사람 잡는다고 아무데나 들이댈 코믹 모드가 아니다.

일단 '간기남'은 김수진(박시연)의 남편과 그의 애인 김수진 살인사건에 얽혀든 간통전문 형사 강선우(박희순) 이야기다. 얽혀들었다는 것은 강형사가 범인인 듯한 김수진과 사랑에 빠졌다는 의미이다. 엄밀히 말하면 사랑이라기보다 팜므파탈의 유혹에 넘어갔다는 뜻이다.

제법 긴박감이 넘치지만 곳곳에서 파열음을 내고 있는 코믹 코드 때문 실제 체감으로 확 와닿지는 않는다. "크락션 소리는 진동으로 안되나" 같은 유머 감각만 살렸더라면 훨씬 나은 범죄 스릴러가 될 뻔했다. 돈 받으며 기억이 좀 난다는 가정부 설정 등도 유머러스한 참신성으로 보인다.

그 외 "서울에서 죽이고 꼭 경기도에 묻어"라든가 그에 대한 "서울엔 묻을 땅이 없잖아" 같은 유머 코드도 기억해둘만하다. 그냥 몸 비틀어 웃기는 코미디가 아니라 은유적 풍자의 촌철살인적 메시지가 은근히 미소를 머금게 하고 있어서다.

섹스 장면의 수위는 전반적 코믹 모드와 상충한다. 장난이 아니라는 얘기다. 처음 비 오는 길거리에서의 포옹과 키스신은 구체적 동기가 부족하거나 없다. 그걸 예외로 한다면 상복 입은 채 하는 유혹이나 처음엔 거부하다 격렬해지는 과정을 거치는 섹스신은 긴박감이 넘쳐난다.

최근 포르포폴 주사 혐의로 수사를 받은 박시연은 샤론스톤의 섹시미엔 못 미치지만, 유두 보이는 전라(全裸)의 뒷태라든가 비누거품 묻은 히프 등 '장관'을 선사하고 있다. 그 용기에 박수를 보낸다. 기존 영화에 비해 남성 관객의 예매율이 10%가량 높고, 극장에 20대 후반 30대 초반 남성관객들이 많은 편이었다나 어쨌다나.

돈의 맛

'하녀'를 아는가? '하녀'는 1960년 고 김기영 감독이 연출한 영화이다. 그 '하녀'는 2010년 임상수 감독에 의해 리메이크되었다. '처녀들의 저녁식사'(1998)·'바람난 가족'(2003)·'그때 그 사람들'(2004) 등으로 이름을 알렸던 임상수 감독이기에 그 해 프랑스 칸영화제 경쟁부문에 초대되었을 때 수상 기대감이 컸다.

수상은 못했지만, 이 땅의 관객들은 개의치 않았다. 2010년 5월 13일 일반 개봉된 '하녀'는 226만 7556명의 지지를 받았다. 칸·베니스·베를린 등 3대 국제영화제 수상작조차 거둔 바 없는 팬들의 열렬한 지지였다. 그 기세에 힘입었음인지 2년 만에 임상수 감독이 돌아왔다. '돈의 맛'을 들고서다.

'돈의 맛' 역시 2012 칸국제영화제 경쟁부문 진출작이다. 2012년 5월 16일부터 27일까지 열린 제65회 칸국제영화제 경쟁부문에 한국영화 2편이 진출했다. 신문에서 '상수 대 상수의 대결 구도'로 표현하기도 했는데, 홍상수 감독의 '다른 나라에서'와 함께였다. 결과는 빈손이었다.

칸영화제 기간중인 5월 17일 국내 개봉되었지만, '하녀'만큼은 아니었다. 그저 100만 넘긴(116만 643명) 영화로 만족해야 했다. '하녀'때와 달리 아무 상도 못받으면 섭섭할 것 같다고 인터뷰한 임 감독의 쓸쓸함이 가중되었을 법하다. "<하녀>가 미진하다고 느껴 <돈의 맛> 작업을 시작했다"(경향신문, 2012. 5. 16)는데, 참으로 알다가도 모를 일이다.

'돈의 맛'은 한 마디로 주영작(김강우)을 통한 재벌가 까발리기 영화라 할 수 있다. 돈다발을 쌓아둔 창고 같은데선 조정래 소설 '허수아비춤'이 떠오르기도 한다. 흥미로운 것은 '하녀'에서 하녀 신분이었던 윤여정의 재벌가 사모님(백금옥 역)으로의 신분 상승이다.

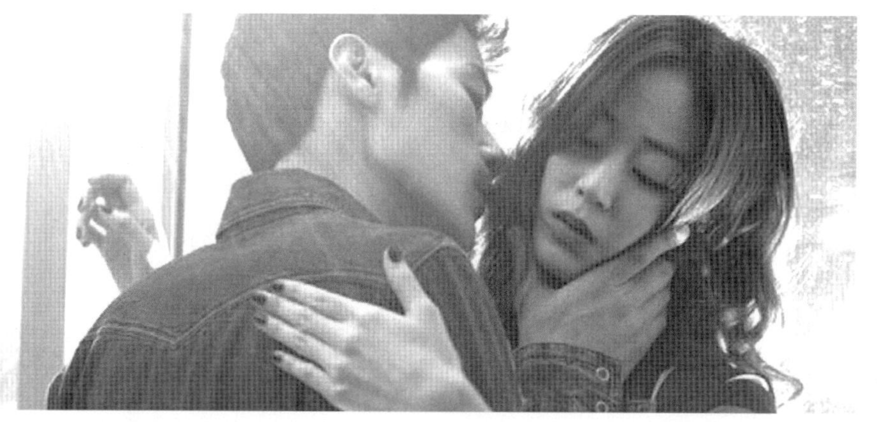

그뿐이 아니다. 60대인 윤여정이 새까만 후배 김강우와 펼치는 베드신이 화제가 되기도 했다. 백금옥의 "늙은 여자도 하고 싶은 때가 있다"는 2002년 70대 노인들의 섹스문제를 다룬 '죽어도 좋아' 이후 최고 화젯거리라 할만하다. 어디 그뿐인가. 칸국제영화제 레드카펫까지 밟았으니 한국 여자배우의 노익장을 과시한 셈이 됐다.

수상이나 흥행을 거머쥐진 못했지만, '돈의 맛'이 보여주는 건 많다. 2009년 세상을 떠들썩하게 했던 '장자연 사건'이나 정치판을 포함, 한국

사회에 만연한 검은 돈 시리즈, 그것과 필연으로 얽힐 수밖에 없는 치정 등이 그것이다. 이를테면 천민자본주의의 민낯이 날것 그대로 모습을 드러낸 영화인 셈이다.

필시 재벌가에선 치를 떨었을 그런 민낯은 상대적으로 대다수 서민들의 마음을 후련하게 할 성싶은데, 왜 100만 명 남짓만 동참한 것일까. 필자가 보기에 그런 의문은 애매한 주제의식 때문이 아닐까 한다. "일체 감상을 배제한 리얼리스트를 추구할 뿐이다"(중앙일보, 2012. 5. 17)는 감독의 의도가 곳곳에서 파열음을 내고 있기 때문이다.

돈을 최고의 가치로 여기며 인간답지 못하게 사는 사람들에 대한 안티는 윤회장(백윤식)으로 족해 보인다. 그런데 딸 나미(김효진), 심지어 백금옥마저 죽은 윤회장을 붙들고 "내 인생 물어내라"고 한다. 나미가 동행한 에바(마우이 테일러) 시신 인도 역시 뜬금없어 보인다. 결국 재벌가를 까발린 만큼 따뜻이 감싸주고 있는 게 아닌가!

"엄만 그저 자기 자신과 할아버지 돈만 사랑했지"라며 제법 '재벌가의 양심' 캐릭터인 나미와 주영작의 맺어짐 역시 거역스럽다. 그것이 그렇듯 대화로 풀 수 있는 문제인가. 엄마와의 섹스가 사역이나 마찬가지이니 나하고 해도 된다? 그래서 운행중인 비행기 별실에서 미친 듯이 섹스를 한다는 설정이 놀랍다.

요컨대 진지하고 뭔가 엄숙해야 할, 하다못해 냉소적이기라도 해야 할 영화의 톤이 좋은 게 좋다는 식으로 마무리된 것이다. 아버지와 어머니의 각자 불륜이 자식들에 의해 스스럼없이 까발려지는 콩가루 집안이 재벌가 풍경이라면 그것을 냉혹함 그대로 보여주기만 하면 좋을 뻔했다.

위험한 관계

한국 영화감독들의 해외활동이 활발해지고 있다. 해외자본에 의해 메가폰을 잡거나 유명 배우들을 주연으로 기용한 경우다. 중국 영화제작사 중보미디어가 제작비를 댄 '위험한 관계'의 허진호, 아널드 슈워제너거가 주연으로 출연한 '라스트 스탠드'의 김지운 감독이 그들이다.

영화감독의 해외진출은 배우들의 그것에 비해 의미와 무게가 다르다. 배우가 그들의 대중적 인기에 의한 픽업이라면 감독은 연출 역량에 따른 러브콜이기 때문이다. 특히 아널드 슈워제너거가 누구인가. 도대체 할리우드가 어떤 곳인가? 배우의 국제적 명성이나 전 세계 영화판의 전부라 할 할리우드 진출은 대단한 일이 아닐 수 없다.

또한 박찬욱 감독이 연출하고, 니콜 키드먼이 주연한 '스토커'는 지난 1월 17일 개막한 세계 최고의 독립영화축제인 선댄스영화제에서 프리미어(처음 개봉)로 상영되기도 했다. '스토커'는 미국의 20세기폭스사의 자회사인 폭스서치라이트와 리들리 스콧 감독 형제(동생은 지난 해 타계)의 제작사 스콧프리가 공동 제작한 박찬욱 감독 영화이다.

중국진출은 할리우드와 또 다른 경우다. 일단 시장 규모면에서 중국은, 경향신문(2012. 11. 14)에 따르면 2011년 기준으로 미국(102억 달러), 일본 (23억 달러)에 이어 세계 3위(21억 달러)이다. 극장 수도 2010년 2000개에 서 2011년 4320개로 두 배 이상 늘었다. 스크린 수는 1만 710개를 넘었다.

허진호 감독의 '위험한 관계'의 제작사 중보미디어 천 웨이밍 대표는 "중국의 영화가 빠르게 발전하고 있는데 감독은 턱없이 부족하다. 특히 까다로운 규제 탓에 상대적으로 표현이 자유로운 역사물이 많은 편이 다. 관객들은 섬세한 연출력으로 세련된 현대물을 만들 감독을 기다리 고 있다"(경향신문, 2012. 11. 14)고 말했다.

고교 문학교과서를 통해 학생들 도 배우고 있는 '8월의 크리스마스' 의 허진호 감독이 왜 중국 자본의 '위험한 관계'를 연출했는지 설명된 셈이다. 그 외 장동건(셰이판 역), 장 바이즈(모제위 역), 장쯔이(두펀위 역) 등 자국을 대표하는 세계적 배우 출연도 화젯거리였다.

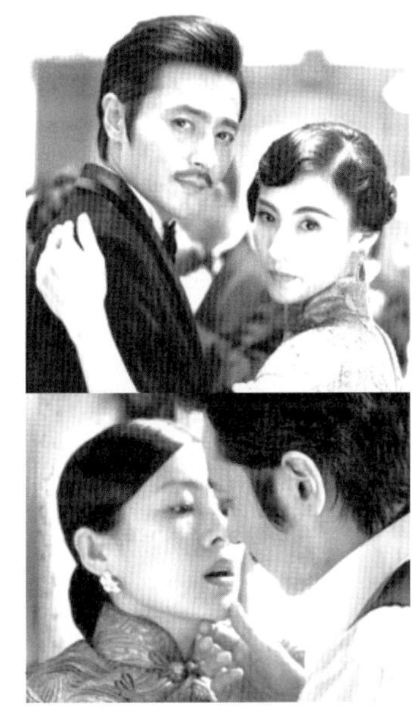

'위험한 관계'는 2012부산국제영 화제에서 먼저 선보인 후(이때 3명 의 배우 모두 부산국제영화제에 왔 다.) 10월 11일 일반 개봉했다. 국내 반응은 미미했지만 9월 27일 중국 개봉에선 중국 박스오피스 1위를 차 지했다. 중국의 최대 성수기로 꼽히는 국경절 연휴에 경쟁작인 블록버 스터 '태극'과 '동작대'를 물리치고, 스크린 점유율 20%를 기록한 것.

국내 관객들로부터 큰 관심을 못끈 것은 '재탕'이라 그런지도 모른다. 2003년 같은 원작을 각색한 '스캔들－조선남녀상열지사'의 관객은 334만 명으로 그 해 흥행성적 3위(한국일보, 2003. 12. 9)에 올랐으니 말이다. 1782년 쇼데를로 드 라클로의 동명소설은 '연애심리소설의 고전'으로 불리우며 여러 차례 영화로 만들어졌다. 이재용 감독의 '스캔들－조선남녀상열지사'도 그중 하나이다.

때는 1931년. 정국이 어수선한 상하이의 상류층 셰이판은 모제위와 내기를 한다. 바람둥이 셰이판이 두펀위와 '이층집'을 짓느냐 못짓느냐이다. 내기에 건 상금은 토지와 모제위 육체다. '뻘짓'이 분명하지만, 셰이판이 악인으로 보이진 않는다. 그의 '옴므파탈'이 모제위의 '팜므파탈'보다 한 수 아래이거나 '회개'하고 있어서다.

천신만고 끝에 첫 키스하려는 순간 두펀위가 흐르는 눈물방울과 그로 인해 그냥 돌아서는 셰이판 모습에선 허진호 감독다운 섬세한 연출이 돋보인다. "아직도 내가 죽기를 바래요?" 하며 죽어가는 셰이판 모습에선 웃음과 함께 콧등이 시큰해지기까지 한다.

그러나 '뻘짓'한 그들이 죽거나 후회 따위로 절규하는 앵글은 좀 그렇다. 특히 팜므파탈의 전형적 캐릭터로 그려지던 모제위가 셰이판이 사준 드레스를 받아보고 자신의 잘못을 반성하듯 흐느껴 우는 결말이 그렇다. 원작을 읽어보지 못했지만, 그것과 상관없이 그런 결말은 너무 권선징악적이지 않은가?

중국의 영화환경 때문인 듯한데, 수위 높은 섹스신은커녕 왜 청소년 관람불가인지 의아스러울 지경이다. "모부인 오셨어요(?)"에 물음표 빠진 것, "괜찮(은) 거야"나 "언지(질)"같이 오역의 부실함도 영화의 명성에 치명적 상채기를 남긴다.

아르고

미국이라 해서 할리우드 블록버스터만을 만들어내는 것은 아니다. 이 땅의 관객들에겐 크게 환영받지 못하지만, 미국 역사를 재조명하는 영화들도 속속 상륙한 바 있다. 링컨 대통령을 주인공으로 한 '링컨', 빈 라덴 사살 과정을 그린 '제로 다크 서티'가 그것이다. 지난 해엔 이란에 억류된 미국인 인질 구출을 그린 '아르고'가 상영되기도 했다.

'아르고'(감독 벤 애플렉)는 2월 25일 열린 제85회아카데미시상식에서 최고의 영예인 작품상을 수상하면서 새삼 주목을 받았다. 오바마 미국 대통령 부인 미셸 오바마가 2012년 10월 31일 국내 개봉한 '아르고'의 작품상 수상 발표를 직접 한 것으로 알려지기도 했다.

그리고 보면 미국은 참 이상한 나라이거나 좋은 나라이다. 경향신문(2013. 2. 26)은 그런 보도를 하면서 "제85회 아카데미 시상은 역대 어느 때보다 정치적이었다는 분석이 제기되고 있"음을 전하고 있다. 심지어 존 케리 신임 국무장관은 자신의 트위터에 '아르고'의 선전을 빌기까지 했단다.

'아르고'는 '진주만', '페이책' 등으로 잘 알려진 배우 벤 애플렉이 연출한 영화이다. 한국에도 배우 겸 감독 아니면 배우 출신 감독이 더러 있지만, 벤 애플렉처럼 영화제 최고 권위인 작품상을 받기가 쉬운 일은 아니다. 더구나 스티븐 스필버그('링컨'), 쿠엔틴 타란티노('장고: 분노의 추적자'), 톰 후퍼('레미제라블') 등과 경쟁한 결과라 조금 놀랍다.

이를테면 '아르고'의 작품성을 인정받은 셈이다. 일단 그렇게 보인다. 그 동안 지구를 구한답시고 온갖 말도 안 되는 '짓거리'로 때려 부수는 할리우드 블록버스터에 익숙해진 탓도 있겠다. 그럴망정 이렇듯 '촘촘한' 미국영화를 보는 것은 흔치 않은 일이다.

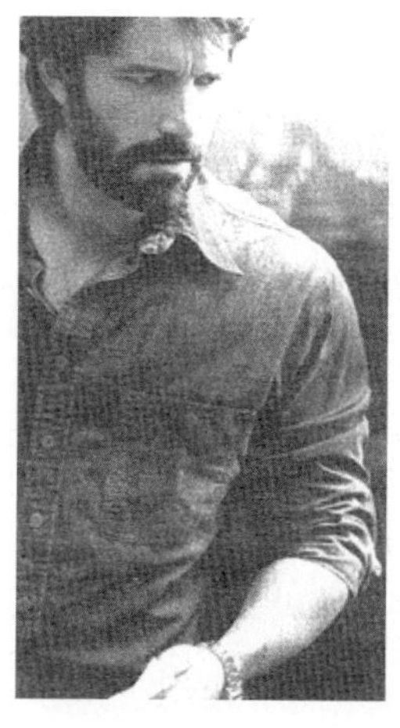

촘촘한 미국영화라고? 그렇다. 우선 서사가 튼실하다. 1979년 11월 4일 이란의 테헤란에서 미국대사관 점거사건이 벌어진다. 호메이니 망명을 받아준 미국에 대한 항의성 시위로 벌어진 일이다. 순식간에 대사관이 시위대 손에 넘어가지만, 6명이 빠져나와 캐나다 대사관에 머문다.

미국으로선 대책이 없다. 그때 CIA 요원 토니(벤 애플렉)가 아이디어를 낸다. 아들과 통화중 '혹성탈출'을 보게 돼 거기서 얻은 힌트다. '아르고'란 SF영화 촬영팀으로 위장, 6명을 이란에서 탈출시키는 작전이다. 말도 안 되는 계획인데도 영화는 초반부터 시종 긴장감으로 관객들의 시선을 붙들어 맨다.

이렇다 할 총질 한 번 없이 살얼음판 같은 위기상황을 벗어날 때는 기립까지는 아니더라도 박수가 절로 나온다. 이란의 혁명군이 추격해

오는데 토니 일행이 탄 비행기가 막 이륙을 마친 순간이 그렇다. 예고된 해피엔딩인데도 그런 느낌이 오는 것은 구출과정을 촘촘하게 그려내고 있어서다.

그 외 "거짓말로 밥 먹고 사는 할리우드를 속이자?" 같은 대사에서 보는 할리우드 블록버스터 꼬집기라든가 "역사는 비극으로 시작해 해학으로 끝나지" 따위 마르크스 말을 인용한 메시지의 울림도 있어 보인다. 작품내적 리얼리티에 충실한 미국영화도 있구나 하는 생각이 드는 이유이다.

물론 아카데미 최고의 영예인 작품상을 받았다고 '아르고'에 대한 불만이나 아쉬움이 전혀 없는 건 아니다. 디테일한 묘사로 리얼리티와 함께 긴장감을 안기지만 너무 영화적인 장면이 그것이다. 좋은 말로 하면 극적이지만 그 반대로는 황당한 것이라 할 수 있다. 가령 공항에서의 비행기표 '예약 무'가 순식간에 성공으로 바뀌는 장면이다.

아마 긴박감을 고조시키려는 의도인 듯한데, 백악관 허가와 동시에 마파람에 게 눈 감추듯한 그 속도가 현실에서 가능할까? 인질은 아니고 대사관에서 탈출한 상태지만, 6명의 태도 역시 좀 아쉽다. 지푸라기라도 잡고 싶어 하는 절박감은 없고 토니가 애써 설득해야 할 정도로 뻐기고 있어 하는 말이다.

또 하나 불만이 있다. 여느 할리우드 블록버스터에 나타나는 가족주의 내지 가족애가 어김없이 나오고 있는 점이다. 토니는 아내와 별거중이다. 무엇 때문인지 구체적으로 나오진 않지만, 금의환향 후 아내와 포옹한다. 영웅이 되었으니 별거 요인이었던 건 다 잊어버리고 화해한 것인가?

가족 시네마

 '하녀', '돈의 맛'으로 연달아 칸국제영화제 경쟁부문에 진출했던 임상수 감독이 2003년 연출한 화제작이 있다. '바람난 가족'이다. '바람난 가족' 역시 베니스국제영화제 본선에 진출했지만, 상은 받지 못했다. 대신 전국 관객 180만 명을 동원, 흥행성공 영화가 되었다.

 '바람난 가족'은, 한 마디로 발칙한 영화이다. 제목대로 바람난 가족만 등장하기 때문이다. 바람난 가족이라? 이는 바꿔 말하면 전통적 가족 구성원이 해체되었음을 뜻한다. 가족 해체는 2008년 '아내가 결혼했다'에선 아내의 남편 아닌 다른 남자와의 한 번 더 결혼으로 변주되어 나타난다.

 영화는 영화일 뿐이지만, 지금 가족은 이런저런 이유로 위기에 처해 있다. 그런 '현실적 진실'을 들여다보게 하는 영화가 있다. '가족 시네마'가 그것이다. 2012년 11월 8일 개봉했지만, 같은 날 개봉한 '내가 살인범이다'처럼 맘대로 볼 수는 없었다. 옴니버스의 독립영화이어서다.

 옴니버스란 같은 주제의 여러 편이 하나의 영화가 된 걸 말한다. 독립영화는 상업영화의 반대 개념으로 저예산 영화이다. '피에타'나 '터치', 그리고 선댄스국제영화제 수상 이후 각광받기 시작한 '지슬' 등이 독립영화이다. 2002년 그야말로 흥행돌풍을 일으켰던 '집으로' 또한 이름난 독립영화이다.

'가족 시네마'를 볼 수 있었던 것은 KBS 1TV의 '독립영화관' 덕분이다. 독립영화의 성공 기준이 1만 명이라 그쯤은 거뜬할 것 같지만, 현실은 그렇지 않다. 아예 극장 상영의 기쁨을 누리지 못하는 독립영화가 즐비하기 때문이다. 어쩌다 걸려도 이 멀티플렉스 시대에 고작 몇 개 스크린에서만, 그나마 교차상영되고 있어서다. DVD로 출시되어도 동네 대여점에서 쉽게 구해 볼 수 없다.

그런 현실을 감안하면 KBS 1TV의 '독립영화관'은 공영방송으로서 그 이름값을 톡톡히 하고 있는 셈이다. 그것도 개봉 후 불과 넉 달 만의 방송이라면 거의 신작이나 다름없는 편성이라 할만하다. 최근 가수 겸 배우 김현중이 주연을 맡은 드라마 '도시정벌' 편성 취소 등 구설에 올라 더욱 그렇다.

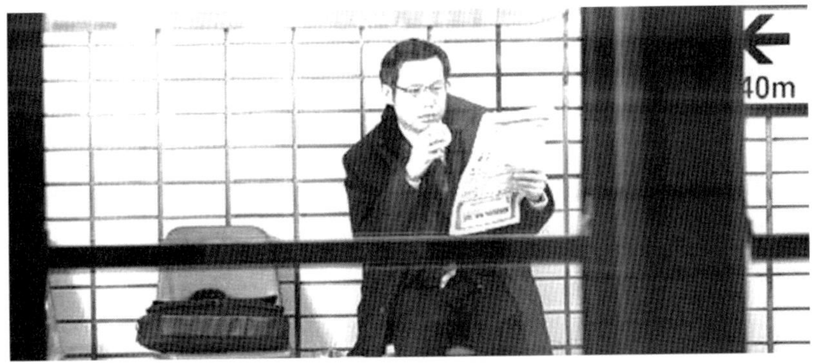

▲'순환선'의 한 장면

'가족 시네마'는 단편 4편으로 구성된 옴니버스 영화이다. '순환선'

(감독 신수원)·'별 모양의 얼룩'(감독 홍지영)·'E. D. 571'(감독 이수연)·'인 굿 컴퍼니'(감독 김성호)가 그것이다. 각각 가장의 실직, 유치원생 화재사고, 임신여성의 직장생활, 난자 기증으로 태어난 자식 문제를 비교적 '깔끔하게' 그려내고 있다.

'순환선'의 신수원 감독은 2011년 칸국제영화제에서 '서클라인'으로 비평가주간 카날플뤼스상을 수상했다. 세계적으로 역량을 인정받은 셈이지만, '순환선'의 경우 아쉬운 점도 있다. 군더더기 없는 디테일은 인상적이지만, 왜 회사에서 쫓겨났는지 구체성이 결여돼 아쉬움을 준다. 후배와의 가위바위보에서 계속 져 뒤로 밀리는 장면만으로는 그렇다.

'별 모양의 얼룩'은 연전에 있었던 유치원생들의 화재 참사를 소재로 자식에 대한 모성본능을 담고 있다. 사회현실 직시라는 점에서 끌리지만, 비판적 메시지보다 모성본능 치유에 무게를 둔 듯하여 아쉽다. 다만, 어느 날 갑자기 사라져버린 어린 딸을 통한 가족의 소중한 의미는 애잔하게 전하고 있다.

'E. D. 571'의 배경은 2030년이다. 얼마전 미국드라마 'CSI 마이애미 10'에서 대리모로 태어난 아들이 생물학적 아버지를 찾는 내용이 방송되었다. 굳이 2030년의 먼 미래로 옮겨가지 않아도 될 소재인데, 좀 아쉽다. 39세의 캐리어우먼이 27세 때 기증한 난자로 태어난 12세의 아이가 나타나 생물학적 어머니 운운하니 오싹하다. 심하게 현학적인 12세 아이가 너무 영화적이라는 점은 흠이다.

4편중 가장 실감나는 것은 '인 굿 컴퍼니'다. 임신여성의 회사생활을 다루면서도 남자(팀장)의 맞벌이 아내(그것도 만삭의)를 병치시켜 처리한 솜씨가 맛깔스럽다. 평생 공립학교 교사인 필자로선 의문도 있다. 진짜 임신한 여성들의 직장생활이 지금도 그렇듯 험란한가?

터치

스크린 독과점 현상은 어제 오늘의 일이 아니다. 극장의 멀티플렉스 시대로 시설이나 환경이 좋아졌지만, 과거 단관 시절과 다를 바 없다. 오히려 늘어난 극장이나 스크린 수, 한 해에만 1억 명 이상이 한국영화 관객인 점을 생각하면 상대적 박탈감 내지 위화감은 더 심화되었다해도 과언이 아니다.

가령 지난 해 베니스국제영화제 황금사자상 수상에 빛나는 '피에타'를 떠올려 보면 이해가 빠를 것이다. 김기덕 감독은 9월 6일 개봉한 '피에타'를 10월 3일 스스로 조기 종영한다고 선언했다. 다른 작은 영화에게 기회가 돌아가도록 하기 위해서였다.

그래도 '피에타'는 '터치'에 비하면 행복한 경우다. 손익분기점인 25만 명의 두 배를 훨씬 웃도는 60만 명이 최종 관객이니 말이다. 민병훈 감독 역시 11월 8일 개봉한 '터치'를 8일 만에 조기 종영했다. 경향신문(2012. 11. 19)에 따르면 서울 한 곳을 포함해 전국 12개 극장에서 하루 1~2회 교차 상영되는 걸 확인한 후의 결정이다.

결정이라 말했지만, 사실은 반발의 표시다. 민감독은 "영화관 측은 낮은 예매율, 적은 관객 수 때문에 교차 상영을 한다고 설명합니다. 안 봐서 안 트는 게 아니라 안하니까 못보는 겁니다. 대기업이 투자·배급 하는 영화만 보여줄 게 아니라 다양한 영화를 상영해 관객들의 볼 권리 를 보장해야 합니다"라고 항변한다.

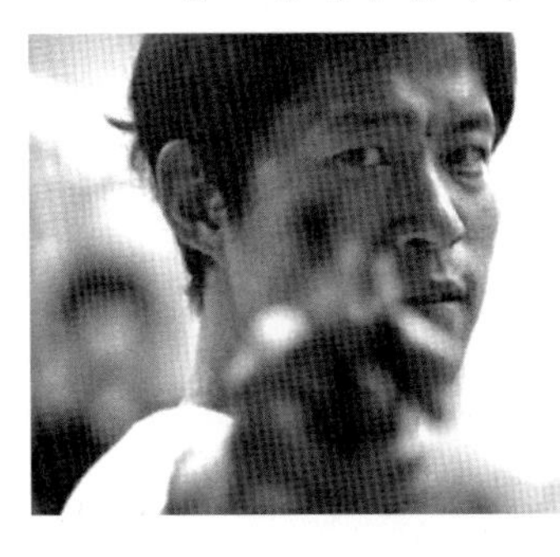

맞는 말이다. 민감독의 그런 주장이 실제 멀티플렉스 극장 에서 영화를 보면서 겪는 일이 기 때문이다. 가령 10명 안팎 의 관객과 영화를 본 대형 배 급사 영화들이 교차 상영은커 녕 1~2개관에서 연속 상영되는 걸 예로 들 수 있다.

무엇보다도 관객의 볼 권리가 침해되는 게 가장 큰 문제다. 영화계에 서 일정 비율 이상과 최소 며칠은 의무 상영해야 하는 '스크린독과점 방 지법' 등 그 해결책을 제시해도 지난 정권에선 묵묵부답이었다. 3대 국정 목표 중 하나로 '문화융성'을 내세운 박근혜 정부이니 지켜볼 일이다.

프랑스의 경우를 참고할만하다. 동아일보(2012. 9. 2)에 따르면 프랑스 는 극장에 세제 혜택을 주는 대신 스크린 독점을 규제한다. 한 곳의 멀티 플렉스는 한 영화의 프린트(상영필름 또는 디지털 파일)를 두 벌 이상 보 유할 수 없다. 특정 영화가 전체 스크린의 30%를 초과할 수도 없다.

더 안타까운 일이 있다. 그런 영화들이 DVD로 출시되어도 동네 대여 점에서 쉽게 구해볼 수 없는 점이다. KBS 1TV의 '독립영화관'이 고마운 것은 그래서다. '가족시네마'에 이어 '터치'도 TV로 볼 수 있었지만, 그러 나 19금 영화의 경우 문제는 남는다. 모자이크 처리라든가 아예 편집되는 등 'TV영화'의 한계를 고스란히 떠안아야 하기 때문이다.

'터치'는 전 국가대표 사격선수 동식(유준상)과 그의 아내 수원(김지영)의 고군분투기다. 골치 아프거나 진지하고 심각한 걸 싫어하는 관객 취향을 모를리 없는 민감독의 '꼬인 인생' 들여다보기에 일단 박수를 보낸다. 사학 문제, 불량한 10대, 아동 납치 등 리얼리티를 담보한 앵글도 마찬가지다.

동식 부부의 갈등과, 그들이 맞닥뜨리는 치열한 현실상황을 통해 진지하고 심각한 문제 제기엔 성공하고 있다. 그런데 뭔가 쿵하거나 찡하게 와닿는 것은 없다. 어쩌면 '의도의 오류' 때문 오는 느낌일지도 모른다. 가족에게 버림받은 환자들을 무연고자로 속여 요양원에 입원시키는 간병인 수원의 개과천선이 그렇다.

각박하고 고단한 일상일망정 절망하지 않는 따뜻한 휴머니즘을 의도했더라도 캐릭터 변화에 구체적 리얼리티가 없다. 차라리 그런 현실에 찢기고 부서지는 민낯의 모습을 끝까지 유지했더라면 어떤 강한 울림이 전달되지 않았을까?

그 외 쓸데없는 장면들도 보여 좀 불만스럽다. 동식이 일하는 수원을 찾아와 갖는 섹스신이 그렇다. 다음 이사장과의 엘리베이터 키스신이다. TV영화에선 여이사장 핸드백이 바닥에 떨어지는 걸로 끝나는데, 영화의 내용 전개와 어떤 인과관계가 있는 장면인지 의아스럽다. 직장상사로서의 강압에 의한 성을 통해 동식의 슬픈 현실을 환기하려 한 것인가?

간병인인 수원의 가슴 윗부분이 노출된 의상이라든가 안경 낀 호스테스 등도 불만스럽긴 마찬가지다. 또 처음부터 도시 골목에 나타난 사슴이 여러 번 등장하는데, 무슨 은유인지 영화내용만으로는 이해되지 않는다. 관객 모두가 공감하고 깨달을 수 없다면 너무 난해한 영화이다.

남영동 1985

2003년 10월인가, 필자는 고 김근태 전 보건복지부 장관을 만난 적이 있다. 18대 국회의원이 되기 전 형이 개최한 포럼을 축하해주기 위해 전주에 내려온 전주관광호텔에서였다. 형이 "하나밖에 없는 제 동생"이라 소개하자 손을 내밀며 그 평화로운 미소로 필자에게 덕담했던 모습이 새삼 떠오른다.

그 김근태 전 민주통합당 상임고문이 2011년 12월 30일 세상을 달리했다. 64세! 자연사할 나이는 분명 아닌데, 서둘러 간 것이다. 부인 인재근 민주당의원의 말처럼 필자도 그렇게 생각하고 있다. 인의원은 "남편이 갑자기 그렇게 된 것이 전기고문 후유증이라 확신하기에 전기고문 장면에선 눈을 감았다"(한겨레, 2012. 10. 8)고 말했다.

고 김근태 민주통합당 상임고문이 1985년 38세때 당했던 22일간의 고문을 기록한 영화가 만들어졌다. 정지영 감독의 '남영동 1985'가 바로 그 영화이다. 2012년 10월 6일 부산국제영화제 간판섹션으로 알려진 '갈라 프레젠테이션'에서 처음 상영되었다. 갈라 프레젠테이션은 거장의 신작, 화제작을 상영하는 섹션이다.

　상영에 앞서 열린 기자회견장에는 국내는 물론 AP통신, 월스트리트 저널 등 외신 기자들도 참석한 것으로 알려졌다. 그만큼 '남영동 1985' 의 영화사적 의미를 곱씹어볼 수 있는 대목이다. 정지영 감독은 '남영동 1985'가 "내 30년 영화 인생중 가장 힘들었던 작품이다. 관객을 아프게 만드는 게 목적이었다"(경향신문, 2012. 10. 8)고 말했다.

　그러나 아파할 관객은 그리 많지 않았다. 2012년 11월 22일 일반 개봉한 '남영동 1985'의 관객은 33만 2597명이다. 순제작비 4억 원쯤이라니 큰 손해는 아닐 것도 같다. 정지영 감독이 제작자이기도 해 따져본 것이다. 당연히 전작 '부러진 화살'이나 2013 전주국제영화제에서 공개된 '천안함 프로젝트' 같은 사회성 강한 영화의 연출과 제작이 위축될 것을 우려해서 하는 말이다.

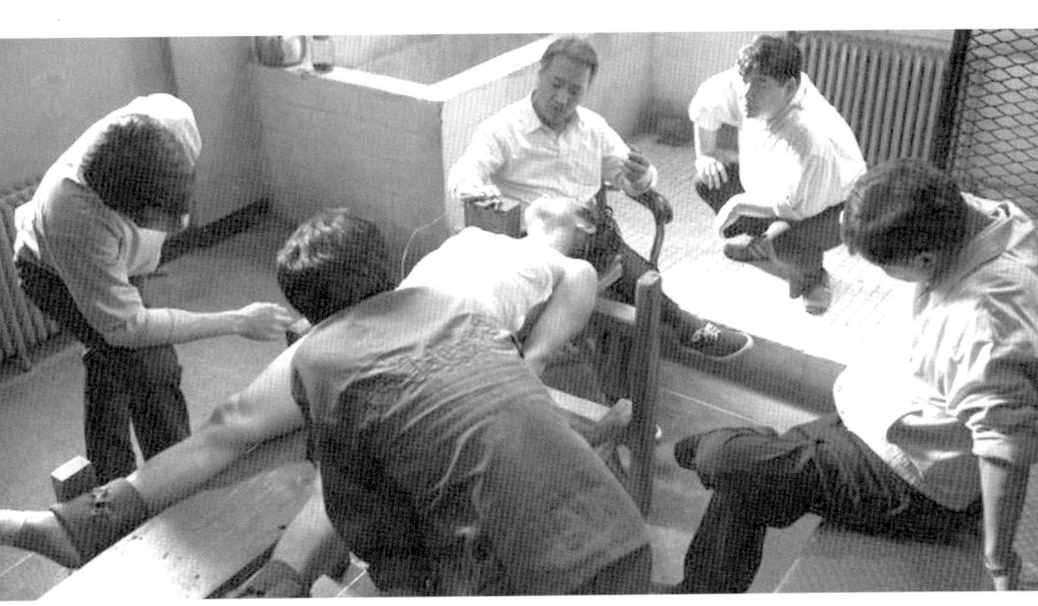

박원상(김종태 역), 이경영(이두한 역), 명계남(박전무 역) 등 배우들의 러닝 개런티(수익이 나면 출연료를 받는 것) 출연에도 경의를 표하고 싶다. 누가 뭐라 해도 '남영동 1985'는 한국영화사에 길이 남을 기념비적 작품이다. '고문영화'라는 새로운 장르를 세웠기 때문이다.

영화는 고문 장면으로 시작한다. 백열등이 흔들거리는 아래 놓여진 탁자. 탁자 맞은 편에 앉은 남자와 또 다른 남자. 공간이동은 거의 없다. 있다면 '장의사'로 불리는 이두한의 등장, 캐릭터 정도다. 그리고 가지가지 고문 장면이 이어진다. 1987년 6·10 민중항쟁을 거쳐 노무현 대통령시절 보건복지부 장관으로 인생이 역전된 결말부 잠깐을 제외하면 110분 대부분이 고문 장면이다.

110분짜리 장편영화를 거의 고문 장면으로 채운 정지영 감독의 그 용기와 뚝심이 놀랍다. 이유는 명백하다. "상처는 덮어두면 곪는다. 역사적 상처도 마찬가지다. 곪아 터지지 않고 썩은 채 굳어버려 치유할 수 없는 내상이 되기 전에, 상처를 들추고자 한다"(서울신문, 2012. 10. 9)는 정지영 감독의 의도가 답이다.

그 고문 장면들이 얼마나 끔찍한지, 시간 가는 줄 모를 정도다. 물고문, 무릎밟기 고문, 칠성판(고문기술자 이근안이 직접 제작한 것으로 알려진 특수의자)에서의 고춧가루 고문 등이 그렇다. 나아가 체모에 성기가 드러난 알몸 고문, 모가지에 혁대를 감고 구둣발로 짓이긴 밥을 먹게 하는 고문 등이 오싹 전율을 갖게 한다.

그런 고문이 더욱 끔찍스러운 것은 '기술자'들의 시시콜콜한 일상성 때문이다. 예컨대 삼성과 해태의 야구경기 중계라든가 다른 남자와 맞선 본 애인으로 인해 살짝 돌아버린 '기술자', 그들의 진급시험이며 아파트 산 이야기 등이 그것이다. "안기부는 한 건 했는데, 우리는 뭐야?"

라 투덜대는 남영동 기술자들의 푸념도 마찬가지다.

영화는 관객에게 두 가지를 뚜렷히 환기시킨다. 그런 자들이 국민세금으로 국록을 받는 나라에서 살았다는 자괴감이 우선 그것이다. 그리고 태어나선 안될 그런 사생아정권이 설쳐대도 국민들은 그들이 바라던 대로 프로야구나 '애마부인' 같은 영화를 보며 나 몰라라 했다는 부채의식이 나머지 하나이다.

또 하나 있다. 모든 분야 역주행이라는 평가를 받아온 이명박정부였을망정 '남영동 1985' 같은 고문영화를 '편하게' 볼 수 있을 만큼 환해진 세상에 대한 깨달음이 바로 그것이다. 응당 이 환해진 세상은 수많은 김근태들의 값비싼 희생의 산물이기도 하다.

아쉬운 점도 있다. 체모와 성기까지 노출된 영화의 등급이 15세관람가라는 점이다. "헐 났지"라든가 "지랄하지 마세요" 따위 대사는 1985년 당시 사용되던 언어가 아니라는 점도 아쉬운 대목이다.

라스트 스탠드

'7번방의 선물'이나 '베를린'이 뜨기 전까지 영화계 빅 이슈는 따로 있었다. 할리우드 진출 한국 감독들의 영화에 대한 관심이 그것이다. 김지운 감독의 '라스트 스탠드', 박찬욱 감독의 '스토커'가 그것이다. 먼저 뚜껑을 연 것은 '라스트 스탠드'다. 1월 18일 미국과 캐나다 등 북미에서 가장 먼저 개봉했다.

한겨레(2013. 2. 1)에 따르면 "미국 시사주간지 <타임>이 캐릭터가 생생하고 액션이 저돌적이라고 평가하는 등 막판 액션이 돋보이고, 아널드 슈워제너거의 유머가 곁들여진 영화라는 현지 평가"이지만, 흥행은 별로다. 서울신문(2013. 2. 15)에 따르면 2월 "14일 현재 흥행수익은 2761만 달러(약 300억 원)"이다.

그러나 해외 판매로 제작비는 이미 회수한 것으로 전해졌다. 할리우드 제작사 라이온스 게이트가 '라스트 스탠드'에 들인 돈은 4500만 달러(약 489억 원)이다. 2003년 '터미네이터3'을 끝으로 정계에 진출한 아널드 슈워제너거(레이 역)가 주연 복귀한 영화라는 점에서 아쉬운 대목이라 아니 할 수 없다.

아쉬움이 더 큰 것은 국내 반응이다. 2월 21일 개봉한 '라스트 스탠드'는 박스오피스는커녕 불과 1주일 만에 간판을 내려야 할 지경이다. 개봉에 맞춰 아널드 슈워제너거가 홍보차 내한, 김지운 감독과 함께 기자회견 한 보람이 없게 되었다. 각 신문마다 그 사실을 경쟁적으로 보도한 의미마저 무색해져버렸다.

국내 팬들에겐 푸대접받았지만, 66세의 아널드는 지금도 미국에선 스타인 모양이다. 할리우드 진출 제 1호 감독이 된 김지운 감독의 촬영 뒷 이야기를 들어보면 그렇다. "감독은 아티스트다. 고민할 시간을 줘야 하니 괴롭히지 마라"는 아널드의 말 한 마디로 촬영현장의 주도권을 갖고 영화를 찍게 되었다는 것이다.

아널드는 국내 기자회견에서 김지운 감독에 대한 칭찬도 아끼지 않았다. "김지운 감독의 <좋은 놈 나쁜 놈 이상한 놈>을 보고 뛰어난 연출력과 재미있는 이야기, 멋진 시각효과에 감탄했다"(한겨레, 2013. 2. 21)며 '라스트 스탠드' 출연 결정 이유를 밝히기도 했다. 그렇다. 2008년 7월 17일 개봉, 668만 5904명을 동원한 '좋은 놈 나쁜 놈 이상한 놈'은 김지운 감독이 연출한 영화이다.

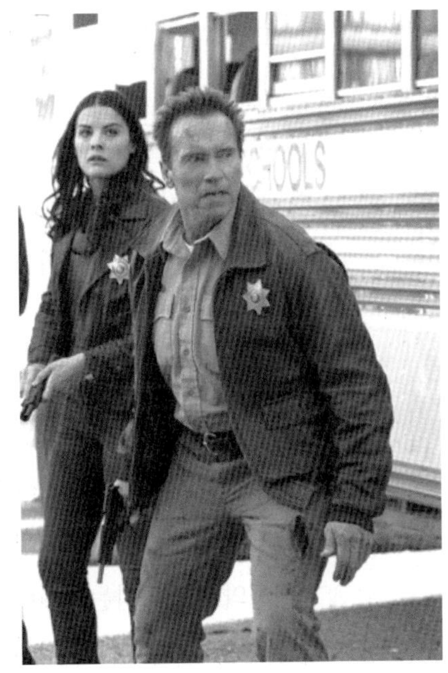

'라스트 스탠드'는 미국과 멕시코 국경 인근 마을 섬머튼의 보안관 레이가 탈주범 코르테스(에두아르도 노리에가)를 잡는 이야기다. 그런데 설정이 좀 특이하다. 마약왕으로 불리우지만, 탈주범이 헬기보다 빠른 튜닝 슈퍼카를 스스로 몰며 달아나는 내용이기 때문이다. 화끈한 액션이 기대되는 건 당연한 일이다.

실제로 새롭거나 볼만한 액션신이 넘쳐난다. 우선 기중기로 죄수 호송차를 끌어올리는 탈주 장면이다. 글쎄, 필자가 못본 영화중에 그런 장면이 있는지 모르겠지만, 여느 할리우드 블록버스터들을 뛰어넘는 액션이다. 버스 밑에서의 사격, 갈대밭 차량액션 등도 오락영화로서 손색이 없다.

"네가 첫 경험인 것 총은 몰라"라든가 "방귀 터진 날 설사까지 나오네" 같은 유머 감각도 살아있다. FBI 존(포레스트 휘태거)이 레이에게 훌륭한 경찰이라며 칭찬하는 결말에선 괜히 콧등이 시큰해지기까지 한다. 그런 대로 볼만한 오락영화는 된 셈이다.

그런데 어디선가 많이 본 듯한 낯익음이 생긴다. 마구 총질해대는 그 와중에도 용서를 구하며 키스하는 장면까지 전반적으로 할리우드 블록버스터 흉내를 낸 것이다. 국내의 싸늘한 반응은 그로부터 비롯된 것이 아닐까. 그게 그건데 굳이 한국 감독이 연출한 할리우드 블록버스터를 볼 이유가 없다는 것 말이다.

어쨌든 템포 빠른 음악과 함께 속도감있게 펼쳐지는 액션장면과 달리 너무 긴 제리의 죽음 장면 등 정적(靜的)인 화면도 많아 긴박감이 덜한 건 유감스럽다. 탈주장면에서도 범인은 하늘로 날다시피 하는데, 육상에서 총질만 해대는 것도 좀 그렇다.

레이의 대피하라는 경고에 시큰둥한 노인 손님들, 코르테스의 인질이 된 FBI 여자요원의 정체 등 썩 이해 안 되는 부분도 있어 보인다. 그 외 "젊었으니 모험을 하고 싶겠지"의 시제의 불일치라든가 "아주 혼주(구)멍을 내줬어야" 등 자막 오류도 거슬린다.

스토커

올 영화계의 뜨거운 관심사 중 하나는 이미 '라스트 스탠드'에서 말했듯 한국 감독들의 할리우드 진출이다. 김지운에 이어 박찬욱 감독이 할리우드에서 촬영한 '스토커'가 2월 28일 개봉되었다. 1월 20일 최고의 독립영화축제인 선댄스영화제에서 프리미어부문 상영을 빼곤 세계 최초의 극장 개봉이다.

일단 '스토커'의 명성은 자자하다. 전 세계적으로 거장 대접을 받는 리들리 스콧 감독과 동생 토니 스콧이 제작자로 참여했다. 배우 역시 니콜 키드먼(이블린 역)을 비롯 할리우드의 떠오르는 별 미아 바시코브스키(인디아 스토커 역), 매튜 구드(찰리 역) 등 화려한 진용이다. 제작비는 1200만 달러(약 127억 원)인 것으로 알려졌다.

박찬욱 감독은 2월 21일 내한한 미아 바시코브스키와 함께 기자회견을 갖기도 했다. 2월 17일 영국 런던에서 열린 특별상영회엔 박감독과 니콜 키드먼, 미아 바시코브스키, 매튜 구드 모두 참가한 것으로 전해졌다. 선댄스영화제 때나 미국 현지 반응도 호평 일색이었다.

먼저 선댄스영화제에선, 박감독 말에 의하면 "완전히 열광적이었고, 최상이었다"(한겨레, 2013. 2. 25)는 전언이다. 미국내 반응은, 서울신문(2013. 2. 26)에 따르면 매체들이 "신기할 정도로 감이 좋다", "우아하게 미쳤다"는 찬사를 쏟아냈다. 한 매니저는 '버라이어티'지의 반응을 액자로 만들어 돌리기도 했단다.

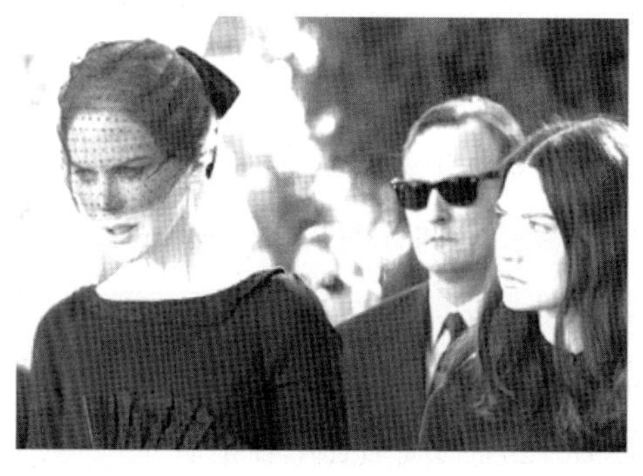

당연히 국내 언론(신문)도 경쟁하듯 '스토커'와 박찬욱 감독을 보도했다. 이례적으로 서울신문은 2월 22일자에 이어 2월 26일 박찬욱 감독 인터뷰를 싣기도 했다. 개봉 전 리뷰된 영화가 다시 지면을 장식하는 건 관객몰이에 성공했을 경우이다. '스토커'는, 이를테면 VIP 대접을 받으며 일반 관객과 만나게 된 셈이다.

그러나 국내 팬들의 반응은 미지근하다. 개봉 3일 만인 주말, 영화를 보러 간 극장 좌석이 그랬다. 물론 더 두고 볼 일이지만 김지운 감독의 '라스트 스탠드'처럼 한국 감독의 할리우드 진출 영화는 안 되는 것인가, 절로 그런 의구심이 일어난다. 박감독은 "미국에서 영화를 만든 가장 큰 이유는 관객 때문이"(조선일보, 2013. 1. 22)라 말했는데, 국내 관객은 열외인가?

'스토커'는 18살 고교생 인디아 스토커가 갑작스런 아버지 죽음을 겪는 이야기다. 장례식 날 찰리가 찾아오면서 가정부, 고모 할머니 등이 사라진다. 집안은 야릇한 긴장감에 휩싸인다. 인디아는 엄마 이블린과 삼촌의 패륜 장면(키스)을 목격한다. 뛰쳐나간 인디아는 급우로쿠터 섹스를 강요당한다. 이때 삼촌이 나타나 인디아를 구해준다. 졸지에 살인 공범이 된 인디아는 함께 떠나자는 삼촌을 총으로 쏴 죽인다.

거칠게 줄거리를 요약했을망정 스릴러 영화임을 알 수 있다. 아니나다를까 영화는 시종 긴장감을 풀 수 없게 전개된다. 등장인물, 특히 인디아의 웃음기 없는 얼굴 표정이 그렇다. 찰리의 너무 간단하게 사람 죽이기라든가 딸 머리 한 번 빗겨준 적 없는 이블린의 이기주의도 마찬가지다.

그런데 알고 보면 찰리는 정신병자이다. 친 조카인 인디아를 단순히 핏줄 이상으로 사랑한다. 그걸 알고 아빠는 퇴원한 찰리를 따로 살게 한다. 찰리는 그런 형을 죽이고 인디아 앞에 나타난 것이지만, 그것들이 자연스레 이해되지는 않는다. 이제 '스토커'는 한 마디로 '미친 놈의 소아기호증 이야기'로 바뀌지만, 그렇다고 그것이 가슴에 확 와닿지는 않는다.

우선 미흡한 캐릭터 형상화다. "남들이 보지 못하는 걸 보고 남들이 듣지 못하는 걸 듣는" 인디아라고 하는데, 그런 천재성은 어느 장면 어떤 대사에서도 찾아볼 수 없다. 폐쇄성 내지 비사회성만 인디아 얼굴 표정 등에서 만날 수 있을 뿐이다. 따로 그 이유가 없는 미친 놈의 '묻지마 살인'을 의도했는지 모르지만, 찰리의 연쇄살인도 구체적 동기화가 없거나 부족해 보인다.

인디아 다리 위를 기는 거미라든가 전등 밀기 따위 은유적 이미지도 부담스럽다. 그것이 은유적 이미지인 줄은 알겠는데, 무엇과 연결되는 장치인지 확실히 알 수 없어서다. 스릴러 영화다우려고 한 그냥 액세서리인가. 인디아의 국부 씻는 행위도 결과만 있고 원인은 없는, 좀 이상한 장면이다.

무엇보다도 '사춘기 소녀의 잔혹한 성장통' 운운엔 이의를 달고 싶다. 아이의 어른 되기가 그냥 나이만 먹으면 되는 게 아니긴 하지만, 살인까지 저질러야하는 성장통이라면 너무 끔찍하다. 삼촌에 이어 애먼 교통경찰까지 죽이는 게 감독 말처럼 "세상에 편입하기 위해 필연적으로 악해지는 과정"이라면 너무 영화적이 아닌가?

분노의 윤리학

처음부터 선뜻 결정하지 못했다. 사실 그 많은 영화중에 어떤 작품을 보고 써야할지 고민스러운 게 한두 번이 아니다. 대개는 신문 리뷰의 도움을 받아 결정하지만, '분노의 윤리학'은 이렇다할 끌림이 생기지 않았던 것. 흥행성공작도, 그렇다고 화제작도 아닌 '분노의 윤리학'을 본 것은 특별한 일인 셈이다.

군이 이유를 들자면 박명랑이라는 신인감독에 대한 기대감 때문이다. 또 하나는 2주나 되는 상영기간이다. 글쎄, 배급사(롯데엔터테인먼트) 영향력 때문인지 화제작 '라스트 스탠드'가 1주일 만에 간판을 내린 것(단, 필자의 거주지역 기준)과 달리 '분노의 윤리학'은 꼬박 2주나 상영되었다.

또 하나의 이유가 있다. 바로 배우 이제훈(정훈 역) 때문이다. 이제훈은 독립영화 '파수꾼'과 한국형 블록버스터 '고지전' 출연으로 '2011 올해의 가장 인상적인 배우'(한겨레, 2011. 12. 22)로 뽑힌 바 있다. 또 가장 빛난 샛별을 뽑는 '올해의 발견'(조선일보, 2011. 12. 27) 1위에 이름을 올리기도 했다.

이제훈의 '명성'은 지난 해 흥행성공과 함께 2012 다시 보고 싶은 영화 1위로 뽑힌 '건축학개론'으로 이어졌다. '건축학개론'에서 이제훈은 대학 생 승민을 연기했다. 그런 이제훈이 과연 '분노의 윤리학'에선 또 어떤 모습으로 변신, 연기의 진수를 보일지 제법 궁금해진 셈이라고나 할까.

그러나 정작 '분노의 윤리학'을 종영 마지막 날 애서 챙겨본 것은 '작 은 영화'의 운명 때문이라 해야 옳다. 무슨 말이냐 하면 극장 상영이 끝나고 수개월 후 출시되는 DVD를 동네 대여점에서 손쉽게 구해보기 어렵다는 의미이다. 실제로 스크린독과점을 질타하며 조기종영 결정을 내린 '터치'나 여러 신문에서 집중 보도한 독립영화 '두 개의 문' 등 화 제작들을 보기 힘든 현실이다.

'분노의 윤리학'은 스릴러를 표방한다. 여대생(진아) 살인사 건을 둘러싼 남자 4명의 다툼 질이 영화의 주요 얼개다. 우선 시나리오 자체가 너무 '영화적' 이다. 여대생이 교수와 내연의 관계를 맺고, 사채도 쓰는 일은

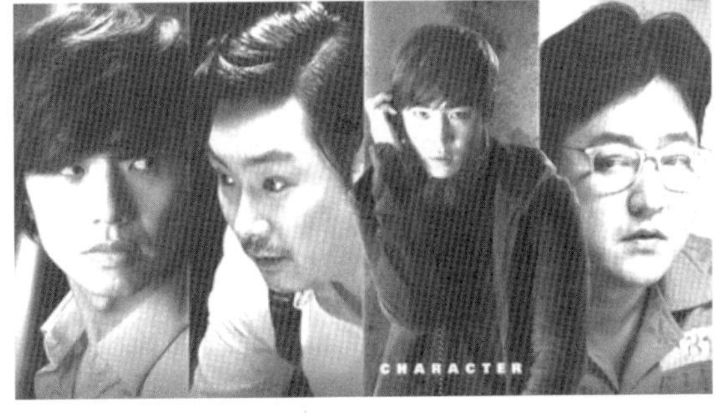

충분히 현실적인데 그것과 다른 구도이다. 도청이나 변심한 애인에 대한 스토커, 살인도 일상적 현실인데 영화는 그런 일상성과는 따로 논다.

그럴망정 신인 감독의 패기가 만만치 않아 보인다. 저예산이라지만 이 런 영화에 돈을 댄 제작사(사람엔터테인먼트)의 용기도 가상해 보인다. 지난 해 추석 특선영화 '점쟁이들'에 이어 두 번째로 '분노의 윤리학'을 제작한 사람엔터테인먼트 이소영 대표는 "우리 사회는 분노가 다른 감정 을 지배하고 있다. 적절한 분노는 필요하지만 잘 조절해야 하며, 분노에도

윤리가 필요하다는 걸 얘기하고 싶었다"(한겨레, 2012. 2. 22)고 말한다.

하지만 '분노의 윤리학'이 뭔가 확 와닿게 하는 것은 없다. '분노에도 윤리'라! 참신한 발상으로 보이긴 하지만, 많은 이들의 공감을 얻을 것 같지는 않다. 실제 그 점은 싸늘한 관객 반응에서 확인된 셈이다. 제목부터가 상업영화로선 너무 현학적이거나 잘난 체 되게 하는 것 같아 스릴러답지 못하다.

그럼에도 불구하고 단연 돋보이는 것은 사채업자 명록 역의 조진웅이다. "'분노의 윤리학' 주연맡은 조진웅"(서울신문, 2013. 2. 22)이라며 인터뷰한 신문도 있을 정도다. 주연임에도 30분이상 나오지 않다가(상영시간은 110분이다.) 등장하는데, 조진웅이 연기해낸 명록 캐릭터가 좀 특이하긴 하다.

가령 "코리아의 장점이 뭔지 아냐? 총이 없다는 거야. 미국 사는 친구가 한국에선 밤늦게 돌아다녀도 안심된다더라"라든가 "이 나라 정의가 죽었다고 하더라도" 같은 대사가 던지는 메시지는 블랙코미디답다. 존대체와 혼용한 말투라든가 "우리 셋이 (죽은 여대생) 성묘 가자" 따위 유머 감각도 봐줄만하다.

하필 사채업자 명록의 진술을 통한 신화 이야기가 좀 어울려보이진 않지만, '분노가 댓방'이라는 역설, 피투성이 현장을 보고도 전혀 놀라지 않는 수택(곽도원)의 아내(문소리) 등 '분노의 윤리학'이 좀 특이한 영화이긴 하다. 그 점은 면회하러 간 남편과 "바람을 피워도 같은 여자랑 두 번 자지 않는다" 등 나누는 대화에서도 확인된다.

이제훈은, 이 영화를 본 이유중 하나이기도 한 이제훈은 4명의 남자에게 포커스가 맞춰져서 그런지 존재감이 다소 미약해 보인다. 명색 경찰이면서도 사람을 죽여놓고 "죽었어?"라고 묻는 캐릭터를 어떻게 봐야할지 난감할 뿐이다.

누구의 딸도 아닌 해원

오랜만에 홍상수 감독의 영화를 보았다. 홍상수 감독은 1996년 '돼지가 우물에 빠진 날'로 데뷔했다. 벌써 17년차, 중견감독이다. 두 번째 영화 '강원도의 힘'(1998)에 이어 세 번째 연출작 '오! 수정'(2000) 관람 이후이니까 무려 13년 만이다.

그 동안 홍상수 감독이 개점휴업했냐고? 아니다. 그는 17년차 감독 답지 않게 꾸준히 영화를 연출했다. 그의 3대 국제영화제 초청 내지 진출은 김기덕 감독 못지않게 화려하다. 우선 칸국제영화제 경쟁부문에 '여자는 남자의 미래다'(2004), '극장전'(2005), '다른 나라에서'(2012) 3편이 진출했다. 비경쟁부문까지 합치면 자그만치 8번이다.

베를린국제영화제 경쟁부문엔 '낮과 밤'(2008), '누구의 딸도 아닌 해원'(2013)이 출품되었다. 1997년 포럼부문에 '돼지가 우물에 빠진 날', 2007년 파노라마부문에 '해변의 여인'까지 합치면 4번이다. 베니스국제영화제에도 한 번 러브콜을 받았다. 그가 연출한 14편의 영화 대부분이 초청받은 셈이다. 응당 그렇게 많이 칸과 베를린국제영화제 초청을 받은 감독은 거의 없다.

김기덕 감독과 다른 점은 수상이다. 김기덕 감독이 많은 초청만큼이나 여러 번 수상한 것과 달리 홍 감독은 딱 한 번 받았다. 칸국제영화제 비경쟁부문에서 '하하하'로 받은 '주목할만한 시선상'이 그것이다. 그런데도 홍감독은 '우리 선희' 촬영을 끝내고 5월에 열리는 칸국제영화제 출품을 준비하고 있단다.

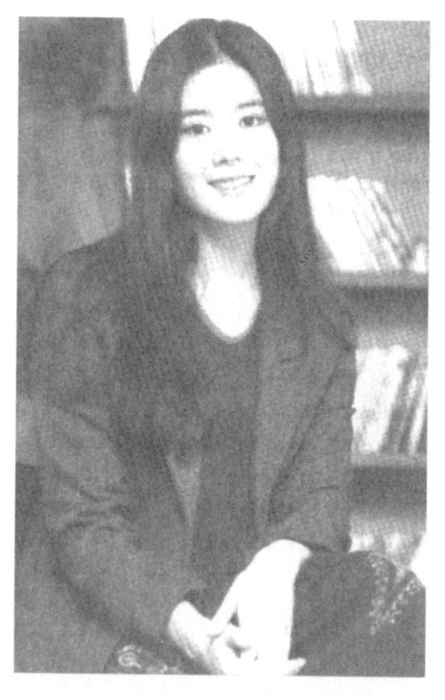

17년차 중견감독이면서도 그가 왕성한 활동을 하고 있는 것은 예술성 때문이다. 가령 데뷔작 '돼지가 우물에 빠진 날'에 대한 평단의 반응은 한마디로 수작 영화라는 것이다. 통속적 불륜을 통속적이지 않은 불륜으로 그려내고 있는 건 두 번째 영화 '강원도의 힘'에서도 마찬가지다.

'오! 수정'은 2000년 제1회전주국제영화제 개막작으로 상영되었다. 전작에 비해서 덜 변태적이지만, 그렇다고 상업영화는 아니다. 그러기에 관객과의 소통이나 사랑은 남 이야기다. 극장에서 '강원도의 힘'을 필자 포함 단 2명만 본 기억도 있다.

그러고 보면 '누구의 딸도 아닌 해원'은 관객과의 소통이 진일보한 영화이다. 빈손이었을망정 베를린국제영화제 경쟁부문 진출작이라 그런지도 모를 일이다. 멀티플렉스가 아닌 독립영화관(필자가 사는 전주엔 많은 도시에서 부러워하는 독립영화관이 있다.)에서 10명도 넘는 관객들과 함께 영화를 보았으니 말이다.

이 영화 역시 간통을 다룬 영화다. 대학생 해원(정은채)과 대학교수 겸 영화감독인 성준(이선균)이 그들이다. 사실은 좀 지루하게 느껴지지만 역시 불륜이 통속적이거나 나쁘게 와닿지는 않는다. 성준의 남자로서의 질투, 해원의 "선생님 애기도 생각하셔야죠" 같은 데선 일상성마저 느껴진다.

그럴망정 여전히 둘의 대화는 겉돈다. 남한산성이 배경으로 두 번씩이나 나오고, 친한 언니 연주(예지원)의 7년째 불륜까지 끌어들였어도 역시 불안하긴 마찬가지다. 불륜이나 간통의 본질적 고찰인 셈이다. "원하는 걸 어떻게 다하고 살아요?"라는 해원의 반문에 오히려 흐느껴 우는 것은 성준이다.

유부남이면서도 처녀인 해원을 차지하려는 욕망과 같은 과 학생을 "술먹고 불쌍해서 자준" '발랄한' 청춘은 물과 기름 사이일지도 모른다. 원래 불륜이란 것에 답은 없다. 있다면 한때의 환희와 영원한 결별일 것이다. 글쎄, 답은 빤한데 '불륜을 통한 청춘의 자아찾기'라면 그걸 공감할 관객이 얼마나 있을지 모르겠다.

홍감독보다 오히려 뜬 것은 해원 역의 정은채다. 대박이 아닌 영화의 배우가 신문 인터뷰 기사로 소개되는 것은 쉽지 않은 일이다. 그런데도 필자가 본 정은채 인터뷰 기사는 한국일보, 서울신문, 한겨레 등 3개 신문이나 된다. 2010년 '초능력자'로 데뷔했으니 아직 새내기다. 새내기로서 베를린국제영화제 레드카펫을 밟은 그녀의 활동이 기대된다.

불륜에 빠진 여대생으로서 혼란을 겪는 캐릭터를 영화적이게 연기해내는 게 아무리 배우라해도 쉬운 일은 아니다. 영화 내내 청바지에 빨강・청색의 Y셔츠, 자켓 차림의 의상에 '굴하지 않고' 해원을 표현해낸 정은채를 건진 것만으로도 '누구의 딸도 아닌 해원'은 본전 생각 안나게 하는 영화이다.

지슬: 끝나지 않은 세월2

　'7번방의 선물'·'베를린'·'신세계'·'라스트 스탠드'·'스토커' 등이 대박 내지 할리우드 진출작으로 뉴스가 된 가운데 또 다른 화제로 관심을 끈 영화가 있다. 독립영화 '지슬'(감독 오멸)이 그것이다. '지슬'이 뉴스가 된 것은 선댄스국제영화제 수상 때문이다.

　세계 최대 규모의 독립영화 축제인 선댄스국제영화제는 1985년 배우 겸 감독 로버트 레드포드가 만들었다. 레드포드가 연기했던 '내일을 향해 쏴라' 캐릭터 선댄스 키드에서 이름을 따왔다. 매년 1월 스키리조트로 유명한 미국 유타주 파크시티에서 열린다. 시상분야는 미국과 외국(월드시네마)의 다큐멘터리, 극영화로 4개 부문이다.

　'지슬: 끝나지 않은 세월2'(이하 '지슬')는 1월 26일 저녁(현지시각)에 열린 제29회 선댄스국제영화제 시상식에서 최고상인 '월드시네마 극영화'부문 심사위원 대상을 받았다. 2004년 다큐멘터리 '송환'(감독 김동원)이 특별상인 '표현의 자유상'을 받은 적이 있지만, 최고상을 받은 것은 한국영화사상 '지슬'이 처음이다.

동아일보(2013. 3. 15)에 따르면 영화제 측은 심사평에서 "깊이 있는 서사와 더불어 시적인 이미지까지 '지슬'은 우리 모두를 강렬하게 사로잡을 만큼 매혹적"이라고 말했다. 지난 해 부산국제영화제에서 최초로 공개한 '지슬'은 CGV 무비꼴라쥬상 등 4개 부문을 휩쓸기도 했다. 그 뿐이 아니다. 브졸국제아시아영화제에서도 대상을 수상했다.

그러나 '지슬'이 뉴스에 오른 것은 그런 수상 때문만은 아니다. 관객 동원이 그것이다. 3월 1일 제주에서 먼저 개봉한 '지슬'은 2주 만에 관객 1만 명을 돌파했다. 3월 21일 개봉 지역이 전국으로 확대, 4일 만에 누적관객 3만 3395명을 기록했다. 놀랍게도 멀티플렉스 극장인 메가박스, CGV, 롯데시네마에서도 '지슬'을 볼 수 있다.

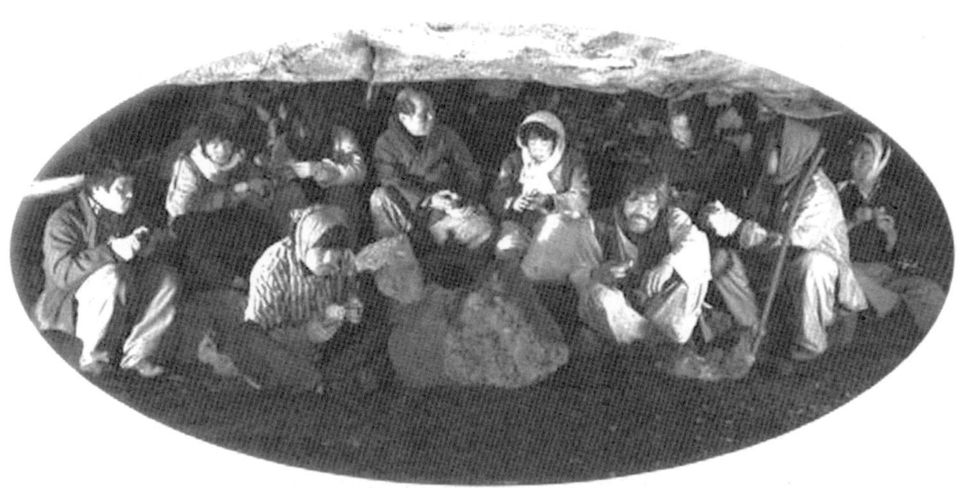

필자가 본 멀티플렉스에선 '나홀로 관람'이었지만, '지슬'이 오랜만에 터진 '독립영화의 반란' 중심에 있는 건 분명해 보인다. 그 점은 일간신문의 경쟁적 기사에서도 확인된다. 특히 한겨레는 1월 28일, 3월 4일, 3월 8일, 3월 15일자 지면을 통해 '지슬' 관련 기사를 내보낸 바 있다.

이례적인 '지슬' 띄우기라 할만하다.

하긴 이례적인 일이 더 있다. 배우 강수연과 감독 이미례, 그리고 서울의 어느 음식점 사장이 100석 티켓을 구매하여 영화 팬들에게 증정한다는 소식이 그것이다. 이쯤되면 흥행신화를 새로 쓰고 있는 '7번방의 선물' 부럽지 않은 화제작이 아닌가! 늘 그랬듯 서론이 길어졌는데, 과연 '지슬'은 어떤 영화인가?

'지슬'은 1948년 제주에서 벌어진 '4·3사건'이란 역사적 사실을 바탕으로 한 영화이다. 한 마디로 국가공권력에 의해 민간인들이 빨갱이로 몰려 집단 살해된 것이 4·3사건이다. 일단 편향되지 않은 역사의식이 눈에 띈다. 요컨대 주민들이나 명령에 따라 움직이는 군인들에 대한 시선이 균제미를 이루고 있다.

그 점은 주로 군인들간 대사를 통해 드러난다. 가령 "여기 있으면 죄 없는 사람 다 죽여야 해", "저 여자가 폭도입니까?" 등이 그렇다. "군인이라고 다 나쁜 사람은 아니구나"라는 민간인 평가도 마찬가지다. 그 지점에서 돼지 삶은 대형 솥에 들어가 목욕하던 고상사를 뚜껑 닫은 채 '팽형'시키는 장면은 멋진 반전으로 보인다.

주민들 대피상황에서 참혹한 '4·3사건'을 읽을 수 있는 것은 슬픈 아이러니다. 돼지 밥 줄 것을 걱정하며 접붙이기 농담 따먹기라든가, 이틀만 있으면 나갈텐데 무슨 걱정이냐는 무지한 순박함 등은 비극적 상황에서 오는 긴박감을 약화시키지만, 역설적으로 그러기에 더 코끝을 찡하게 한다.

문제는, 역시 저예산 영화로서의 일정한 한계다. '지슬' 제작비는 2억 5천만 원인 것으로 알려졌다. 오감독의 전작('어이그, 저 귓것', '뽕똘', '이어도')들이 1000만 원 안팎인 점을 감안하면 2억 5천만 원이 큰 돈이긴 하지만, 곳곳에서 '궁기'가 드러나서다.

흑백영상도 그렇지만, 실제 상황없이 총소리만으로 처리한 비극적 참상 역시 그와 무관치 않아 보인다. 독립영화치고 미장센이 빼어나다는 평가도 있는데, 그것이 흑백영상인 점은 시각적 감동의 반감이 될 수밖에 없다. 미군정 소개령으로 인한 주민 피신이 사건의 주요 얼개인데, 미군은 전혀 나오지 않는다. 기이한 일이다.

그것과 상관없이 아쉬운 부분도 적지 않다. 가령 겨울에 알몸으로 기합받는 군인을 보자. 민간인 사살명령에 불응한 대가임을 알게 해주는 건 영화가 아니라 신문 리뷰를 통해서다. 순덕을 둘러싼 총격전도 누가 쏜 것인지 불분명하다. 흑백화면에 밤, 무명배우들이라 관객들로선 명료하게 내용을 파악할 수 없는 것이다.

연애의 온도

먼저 극장 얘기부터 좀 해야겠다. 요즘 극장엔 질서가 없다. 관객이 줄을 잘 서지 않아서 하는 말이 아니다. 막상 시간에 맞춰 입장하면 스크린은 광고를 해대기 바쁘다. 내 집에서 DVD 보는 게 아니니 광고는 관객의 뜻과 상관없이 쳐다봐야 한다.

그것까지는 좋은데, 스크린이 중구난방이다. 뒤죽박죽이다. 광고영상과 영화 예고편이 뒤섞여 혼란스러울 지경이다. 이제 시작하나 보다 싶으면, 헌 바지에 머 불거지듯 불쑥 광고가 나타난다. 메가박스의 경우 한국시인협회와 제휴를 맺어 시편을 소개하는 건 좋아 보이지만, 광고 사이사이 영화 예고편은 아니지 싶다.

예전의 단관시절처럼 광고 후 2~3편의 예고편을 내보내고 영화가 시작되는 질서가 필요해 보인다. 혹 필자가 올드 보이 아니면 구년묵이라 그럴까? '연애의 온도'(감독 노덕)는 필자 같은 50대가 보기엔 다소 불편한 영화이다. 거의 간판 내리기 직전 영화를 보았는데 젊은 아벡크족 3팀과 함께였다.

필자에게도 청춘시절이 있었으니 애인과 어깨에 팔을 얹는 것까지는 그렇다 치자. 바로 뒤에 관객이 있는데도 뽀뽀를 한다. 사랑은 때로 그럴 수 있긴 하다. 그렇더라도 그럴 양이면 모텔로 가지 왜 극장에 와서 남의 시선을 어지럽히는 것인가? 진짜 필자는 올드보이일까?

3월 21일 개봉한 '연애의 온도'는 색다른 연애영화이다. 우선 여자 신인감독 '탄생'이 눈길을 끈다. 탄생이라고 말한 것은 4월 15일 현재 180만 4477명을 동원, 흥행 영화 반열에 올랐기 때문이다. 주연배우 김민희(장영 역)보다 못하지만, 노덕 감독 인터뷰 기사를 여기저기 신문에서 접하기도 했다.

그러나 '연애의 온도'가 색다르다고 말한 것은 기존 연애영화와 궤를 달리하고 있어서다. 그도 그럴 것이 영화는 은행 대리인 장영과 이동희(이민기)가 헤어지는 장면부터 시작한다. 한눈에 반해 알콩달콩 사랑을 이뤄 나가는 전개가 아닌 것이다.

물론 그들은 헤어진 후에도 서로 관심을 버리지 못하고 견제까지 해댄다. 당

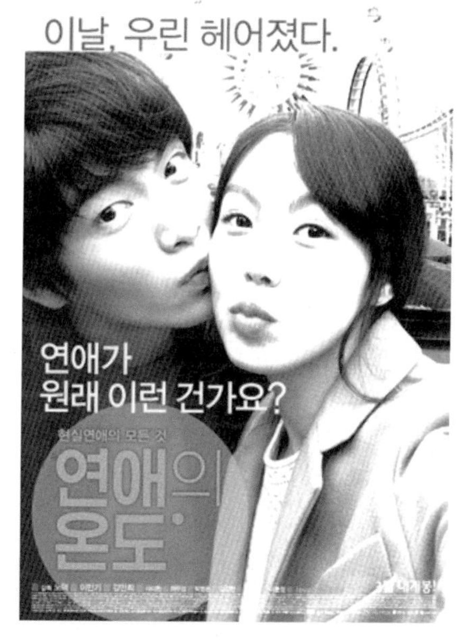

연히 그래야 내용이 이어지기 때문이다. 사랑하는 사람들의 심리심층이 두 주인공의 미친 듯한 액션을 통해 구현되는 셈이라고나 할까. 예컨대 장영이 이동희와 헤어져 기분 좋다고 하면서 펑펑 우는 식이다.

젊은 층을 겨냥한 유머 감각도 볼만하다. 가령 회식에서 뿔내며 나가는 장영에게 "회비라도 내고 가!"라든가 응급실 찾아가는 승용차에서 이동희가 후배와 나눈 "문 좀 닫고 얘기해. 문 닫고 어떻게 얘기해?" 같은 대화를 예로 들 수 있다.

"전 은행이 이런덴 줄 몰랐어요. 왠지 잘 적응할 것 같습니다"라고 말하는 신참 행원의 대사도 그 연장선에 있다. 그렇다고 비현실적 치기가 그걸로 상쇄되는 것은 아니다. 연애의 감정을 제어하기 힘든 젊은 감독이라 그럴까. 리얼리티를 무시한 파열음이 곳곳에서 굉음을 내고 있다.

애인과 헤어지면, 특히 남자의 경우 눈에 뵈는 게 없긴 해지지만, 그렇듯 고액 연봉의 번듯한 직장인들에겐 거의 나타나지 않는 증상이다. 가령 일개 대리가 상사인 차장을 많은 사람들 보는데서 폭행하는 장면이 그렇다. 더 비현실적인 것은 그런 이동희에 대한 회사의 미약한 징계이다.

이동희의 입을 통해 "안 짤리고 교육 한 번으로 끝나면 감사하지" 하는 걸로 보아 모르고 한 것같진 않더라도 그것이 면죄부가 될 수는 없다. 응급실 찾아가기 위해 나선 길에서 차선을 변경못했다며 대전까지 내려간 것도 너무 억지스럽다. 최대한 너무 영화적이지 않게 하는 것이 좋은 영화의 본질인데, 그걸 놓친 듯하여 아쉽다.

또 하나 아쉬움이 있다. 다퉜다가 화해하는 속도에 개연성이 부족하다는 점이다. 화해하지 않고는 도저히 현실을 지탱할 수 없을 것 같은 내면심리의 구체적 리얼리티가 없거나 부족해 보인다. 응당 사랑이 장난은 아니다. 그 당시엔 목숨까지 걸고 얻어내려는 것이 바로 사랑이다. 사랑의 힘이다.

홀리 모터스

제한상영가는 영화 등급 중 하나이다. 청소년 관람불가 위 등급으로 제한상영관에서만 상영할 수 있다. 이 땅엔 제한상영관이 없다. 제한상영가 등급을 받으면 창고에 묻히는 영화가 된다. 제작사나 수입사 측에선 문제의 장면을 수정하여 재심의 요청하는 등 상영을 위해 필사적이다.

가장 최근에 영상물등급위원회로부터 제한상영가 판정을 받은 제한상영가 영화는 3월 12일 '홀리 모터스'다. 1999년 실제 정사장면 촬영으로 화제를 몰고 왔던 '폴라 X' 이후 13년 만에 프랑스의 레오 카락스 감독이 연출한 영화이다.

2012년 11월에도 베니스국제영화제에서 퀴어라이온상을 받은 '무게'(감독 전규환)가 제한상영가 판정을 받았다. 2011년 베니스국제영화제 오리종티부문에 초대된 '줄탁동시'(감독 김경묵)도 2012년 2월 8일 심의에서 제한상영가 판정을 받은 바 있다.

세 영화의 제한상영가 등급은 각각 성기 노출('홀리 모터스')과 선정적 장면('무게', '줄탁동시') 때문이다. 등급분류 기준에 따르면 "신체 노출과 관련, 성기 등을 구체적·지속적으로 노출하거나 실제 성행위 장면이 있을 경우 제한상영가” 판정을 받는다. 또 “선정적 장면이 구체적이고 노골적으로 표현되어 있어”도 제한상영가다.

세 영화의 공통점은 공교롭게도 국제영화제 상영작이란 점이다. 2편의 한국영화는 물론 ‘홀리 모터스’ 역시 2012 칸국제영화제 경쟁부문 진출작이다. 그뿐이 아니다. ‘홀리 모터스’는 프랑스 영화잡지 ‘카이에 뒤 시네마’와 영국 일간지 ‘가디언’과 ‘더 타임스’에서 ‘올해의 영화’로 뽑히기도 했다.

그렇다. 블러(일명 모자이크 처리. 화면을 뿌옇게 하는 것) 처리하여 19금 영화로 4월 4일 개봉한 ‘홀리 모터스’는 전주국제영화제에서의 상영이 제격인 영화다. 알다시피 국제영화제 상영 영화는 원판 필름이 허용되고 있기 때문이다. 그만큼 난해한 영화라는 뜻이기도 하다.

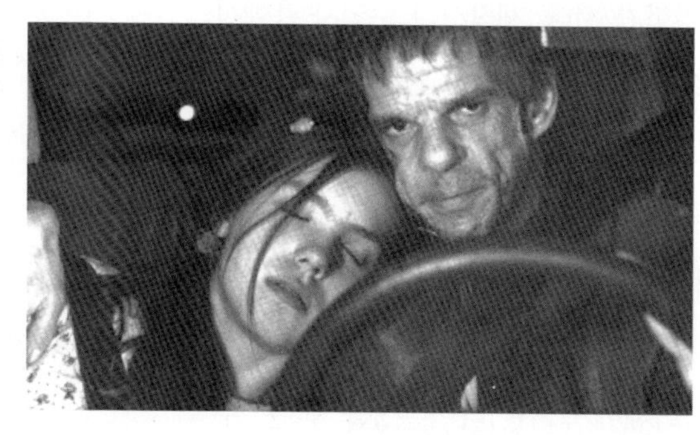

그런데 제한상영가라는 소문 때문이었을까? 전주 독립영화관에서 영화를 볼 때 관객이 20명이나 되었다. ‘홀리 모터스’ 보기 직전 관람한 할리우드 블록버스터 ‘오블리비언’의 20명 남짓한 관객들과 별 차이가 없었다. 상영관이라든가 회차 등 변수가 감안되어야 하겠지만 말이다.

‘홀리 모터스’는 하루에 9개나 되는 직업을 사는 오스카(드니 라방)이야기다. 배우인지 명확하게 나오진 않지만, 오스카는 일당을 받고 은행가·걸인·모션캡처 전문가·미치광이·아버지·아코디언 연주자·킬러와 피살자·죽어가는 남자 등을 리무진 홀리 모터스로 이동하며 해낸다.

주연배우 드니 라방은 "감독은 다양한 삶을 사는 오스카를 통해 유령과 같은 우리 삶을 표현했다"(동아일보, 2013. 3. 19)고 말하지만, 그것이 쉽게 와닿지는 않는다. '세상에 이런 영화도 있구나!' 하는 느낌 정도랄까. 그 느낌에서 현대인 내지 현대사회의 본질 해부 같은 주제의식이 엿보이는 건 그나마 다행이다.

전반적으로 너무 영화적일망정 홀리 모터스 기사인 셀린(에디스 스콥)이 피흘리는 오스카를 부축해 차에 태우기까지 끙끙대는 것이 유일한 현실적 묘사라 할만하다. "원래 죽기 전에는 잠시 몸이 좋아진다" 같은 대사도 비현실적이면서도 음울하고 유쾌하지 않은 영화에 아연 활기를 준다.

돋보이는 건 드니 라방의 연기다. 통상 한 편의 영화에서 하나의 캐릭터 연기가 자연스런 일이라면 드니 라방의 9개 직업 연기는 팔색조를 넘어선다. 특히 걸인과 미치광이 역할에서 표정이나 몸짓 등 액션이 빛난다. 좀 우스개로 말하면 '드니 라방의 원맨쇼'쯤 된다.

아무리 리얼리티와 거리가 먼 '기괴한' 영화라 해도 끝내 불편함이 가시지 않는 것이 있다. 모션캡처 전문가 슈트를 입은 채 벌이는 섹스 신이 그것이다. 사진을 찍고 있던 모델 카일리(에바 멘데스) 납치 및 이후 행적도 마찬가지다. 카일리를 발가벗은 채 성모 피에타처럼 대한다지만, 그녀는 왜 납치되는데도 반항 한 번 하지 않는 것일까.

어쨌든 제한상영가 소문을 듣고 '홀리 모터스'를 보러 온 관객들은 꽤 실망했을 법하다. 도대체 뭘 말하는 건지 아리송한 데다가 은근 슬쩍 기대한 그런 장면들이 '한 개'도 없어서다. 쉽게 이해 못하는 게 예술영화는 아닐 것이다. 뭔가 찡하게 가슴에 스미는 예술영화가 그립다.

런닝맨

'라스트 스탠드'·'스토커'·'지 아이 조2'·'런닝맨'의 공통점은? 순수 토종영화가 아니라는 사실이다. 할리우드 영화이되 한국 감독이나 배우가 참여했다. 또 한국영화이되 할리우드 자본으로 만들어졌다. 이를테면 상생인 셈이다. 그것이 좋은 일인지 나쁜 건지는 좀 아리송하다.

예컨대 김지운 감독은 '라스트 스탠드' 시사회에서 "미국영화 많이 사랑해달라"고 인사했다. '지 아이 조2'에 비중있게 출연한 배우 이병헌도 내한 홍보투어에서 그런 말을 했다. 관객이 영화의 국적을 가리지 않는 관람 태도를 보인 것은 오래 전 일이지만, 뭔가 좀 이상하다.

한국영화에 치여 할리우드 블록버스터들조차 팍팍 나가떨어지는 마당인데도 분명한 것은 그렇듯 걱정하지 않아도 될 만큼 한국영화가 부쩍 성장했다는 점이다. 새삼스런 말이지만, 1년에 두 편의 천만클럽 영화가 보통 일은 아니다. 그로부터 수 개월 만에 또 탄생한 천만클럽 영화 역시 마찬가지다.

'런닝맨'(감독 조동오)은 할리우드 메이저 제작사인 20세기폭스가 자본을 댄 영화이다. 2월 26일 한국에 온 폭스인터내셔널프로덕션 샌퍼드 패니치 대표는 "할리우드 영화의 한국 점유율이 떨어지는 상황이 한국영화 직접 투자에 나선 중요한 요인중 하나"(한겨레, 2013. 2. 27)라고 말했다. 지난해 20세기폭스가 투자·배급한 영화의 한국 점유율은 3. 7%에 머물렀다.

20세기 폭스의 해외 투자는 '런닝맨'이 처음이 아니다. 앞의 한겨레에 따르면 이미 2008년 폭스인터내셔널프로덕션을 설립, 적극 투자에 나섰다. 그 결과 인도·일본·독일·대만·멕시코 등 11개 나라에서 현지 언어로 약 50편의 영화를 제작했다. 인도영화 '내 이름은 칸'이 대표적인 흥행작으로 알려졌다.

한국에서 첫 투자작인 '런닝맨'의 제작비는 40억 원 남짓이다. 4월 4일 개봉한 '런닝맨'은 4월 22일까지 129만 5299명을 동원했다. 6일 늦게 개봉한 '전설의 주먹'이 같은 날 128만 4467명을 동원한 통계에 비하면 썩 내세울만한 흥행 수치는 아닌 것으로 보인다.

'런닝맨'은 차종우(신하균)가 살인 누명을 쓰고 도망 다니는 '리얼 도주액션' 영화이다. '런닝맨'은, 그러나 슈퍼맨, 아이언맨, 배트맨처럼 슈퍼 히어로가 아니다. 그냥 평범한 소시민일 뿐이지만, 별이 4개다. 고2때 사고쳐서 낳은 아들 기혁(이민호) 키우기와 관련된 전과다.

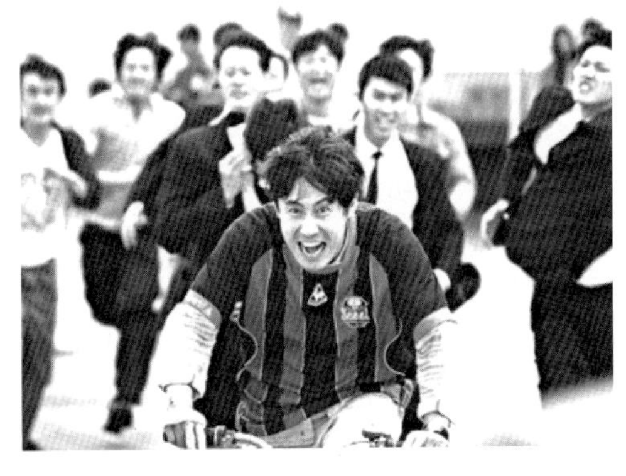

일단 선전처럼 도주액션은 볼만하다. 템포 빠른 음악과 함께 내달리는 도주의 스피디한 화면 전개가 그것이다. 도시의 골목과 대로, 그리고 가게를 가리지 않는 추격신이 '퀵'이나 '테이큰2', 그리고 '다이하드5'의 그것에 뒤지지 않는다. 리얼도주액션으로만 보면 지루해할 짬이 없는 팝콘무비다.

미덕은 거기까지다. 액션 연기에 처음 도전한 신하균의 날고 뛰고 구르고 한 맨몸 열연과 상관없이 영화의 큰 잘못은 획일화된 캐릭터다. 기혁 정도만 빼고 주요 캐릭터는 너나 없이 희화되어 있다. 작심하고 웃기려 한 속내를 너무 노골적으로 드러낸 것이라고나 할까.

특히 강력반 반장 상기(김상호)는 봐주기 민망할 정도다. 잠꼬대까지 웃기는데 이어 범인 검거의 공무수행중 화장실이 급한 강력계 반장이다. 그것은 영 새로운 캐릭터인가. 식상함을 확 깨부순 되게 참신한 인물형인가? 직접 운전도 하고 사건현장에서 총을 뽑아 들지 않은 교통순경 같은 모습의 경찰서장이 웃기려는 것인지 묻고 싶다.

무엇보다도 큰 문제는 현실감이 떨어진다는 점이다. 뒤집어 말하면 대한민국은 그런 아이로닉 모드(좀 모자란 듯한 인물)가 강력계 반장까지도 해먹을 수 있는 나라라는 뜻이 된다. 그런 뒤집기를 통해 혹 무슨 심오한 노림수라도 있는 것인가?

출생의 비밀을 반항으로만 풀어가던 기혁이 냉철한 분석 등 범인 검거에 나서는 것도 뜬금없어 보인다. 결국 '다이하드5'에서 보는 것 같은 뜨거운 부자지정(父子之情) 구현 때문이지만, 그렇게 반전할만한 구체적 동기화가 없다. 거기서 생기는 의문은 '런닝맨'의 주제는 눈시울 붉힐 부성애인가 하는 점이다.

뛰고 날고 구르고 하다보니 그런 것일까. 액션은 강렬한데 내용은 희미하다. 국정원 요원들이 9조 원대 국책사업 기밀을 팔아 넘기고 200억 원을 챙겨 해외로 도피하려는 설정도 이건 아니지 싶다. 이해 안 되는 내용이나 공감하기 어려운 설정 등 '런닝맨'은 영락없이 할리우드 블록버스터다.

전설의 주먹

강우석 감독은 영화권력이다. 이렇게 말해도 아마 시비할 사람은 없을 것이다. 53세인 강우석 감독은 할리우드 블록버스터에 한국영화가 맥 못추던 1990년대 '시네마 서비스'를 설립(1993년)했다. 시네마 서비스는 투자, 배급, 제작을 겸하는 회사이다. 한국영화를 산업화의 길로 이끄는 역할을 했다.

강우석 감독은 '실미도'(2003)로 천만클럽 영화의 시작을 알렸다. 2년 뒤엔 그가 제작한 '왕의 남자'가 천만클럽 영화로 등극했다. 1988년 데뷔작 '달콤한 신부들'부터 2010년 '이끼'까지 강감독의 18편 영화가 극장으로 불러 모은 관객은 3000만 명이다. '실미도'·'행복은 성적순이 아니잖아요'·'투갑스'·'공공의 적'·'한반도'·'이끼' 등이 얼른 생각나는 강우석 연출 영화들이다.

25년째 영화를 찍는다는 게 말처럼 쉬운 일은 아니다. 제작과 배급까지 한 덕분이겠는데, 연출한 영화의 힘이 없고서는 엄두조차 낼 수 없는 일이다. '부러진 화살'과 '남영동 1985'의 정지영 감독이나 지난 2월

19일 뜻아니한 교통사고로 세상을 뜬 박철수 감독 등 강우석보다 윗세대로 활동하는 감독은 거의 없다.

그 강감독이 19번째 영화를 들고 돌아왔다. 4월 10일 개봉한 '전설의 주먹'이다. '전설의 주먹'은 강감독이 영화권력으로 건재함을 새삼 확인시켜준 영화이기도 하다. '오블리비언' 등 할리우드 블록버스터 리뷰 보기가 하늘의 별따기쯤 되는 시국에 거의 온 신문이 강우석 또는 '전설의 주먹' 기사를 내보내고 있어서다.

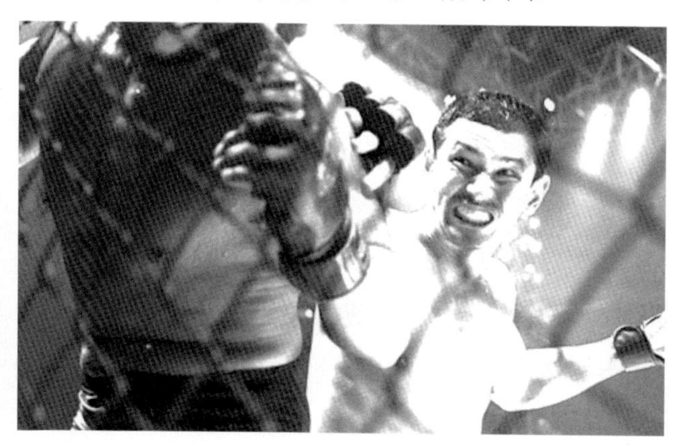

그중 한국일보는 3월 29일, 4월 4일, 4월 15일자 등 세 차례나 관련 기사를 싣고 있다. 리뷰와 강감독 인터뷰 형식, 그리고 3명 주인공들의 고교시절 역을 한 신인배우 기사들이다. 리뷰도 다른 신문에 비해 우호적이다. 예컨대 "시종일관 치고받는 액션으로 가득한 영화지만 그 장면 하나하나의 완성도가 뛰어나다"거니 "러닝타임은 2시간 30분이 훌쩍 넘는다. 하지만 그 시간이 전혀 지루하지 않다는 것이 이 영화의 놀라운 힘이다"가 그것이다.

개봉 첫 주말 '오블리비언'에 뒤지긴 했지만, 6일간 누적 관객 수는 74만 1258명으로 1위에 올랐다. 물론 더 두고 볼 일이다. 국내 팬들의 인기를 독차지했던 '아이언맨3'(4월 25일 개봉)과의 대결에서도 '놀라운 힘'을 계속 발휘할지 자못 흥미진진하다.

'전설의 주먹'은 고교시절 한 가락씩 했던 임덕규(황정민)·이상훈(유준상)·신재석(윤제문)이 40대 몸으로 케이블 방송의 '전설대전'에서 다시 맞붙는 이야기다. 우선 3명의 인생유전이 흥미롭다. 국수가게, 대기업 부장, 그냥 깡패인 40대가 된 그들을 절실하게 억누르는 것은 돈이다.

그냥 깡패인 신재석의 경우는 예외지만, 돈 벌러 '전설대전'에 나가 코피나게 격투기 시합을 벌이는 그들의 처절한 삶은 여러 가지를 거느린다. 치열한 사회현실의 비판적 메시지도 그중 하나이다. 재벌그룹 총수의 '빳다 치기', 10대 학생들의 '따 시키기', 기러기 아빠, 못하는 게 없는 방송사, 국정원 꼬집기, 재개발의 그늘 등이다.

그래서일까. 지루하게 느껴지는 153분짜리 영화인데도 뭔가 과부하가 걸린 듯 '쌈빡하게' 녹아들지 못한 인상이다. 영화가 재미있다는 말은, 결국 콧등 시큰하거나 가슴에 막 파고들어오는 게 있어야 하는 걸 의미하지 않나? 한바탕 이상의 액션이 리얼하고, 유머 감각도 살아있지만 확 와닿는 그 무엇이 없어 보인다.

물론 국가대표 선발전의 판정 잘못으로 꼬이기 시작한 임덕규와 친구들 상황이라든가 톡 쏘기만 하던 딸이 '전설대전' 출전을 망설이던 임덕규에게 "지금 장난해?" 하는 장면 등 콧등 시큰한 대목이 전혀 없는 건 아니다. 그럼 왜 그런 걸까. "친구끼리 뭐하러 싸웁니까?" 하며 결승전을 기권한 임덕규가 관객의 대리만족이나 카타르시스를 봉쇄해버린 때문은 아닐까?

그러나 1987년 무렵 '전주 아중리의 전설' 어쩌고 하는데, 아중리파는 없었다. 케이블 방송에선 해설자가 한쪽 편에만 파이팅을 외쳐도 되는지 의문이다. 방송 해설자는 "제가 직접 가르킨(가르친) 기술"이라며 오류를 범하고 있기도 하다. 선술집 쌈에서 나이트로 이어지기, 경찰서에서 나온 즉시 살해현장으로 간 신재석 얼굴 상처 없어진 것 등 허술한 편집도 지적해둘만하다.

미스 러블리

5월 3일 제14회전주국제영화제가 막을 내렸다. 4월 25일 개막했으니 9일 간의 영화여행이었다. 지난 해에 비해 악재가 겹친 영화제이기도 했다. 가장 큰 악재는 사흘간이나 내린 비였다. 지난 해 하루도 우중이 없었던 것에 비하면 그럴만하다. 영화야 실내서 보지만 이런저런 이벤트 등 야외행사와 함께 치러지는 전주국제영화제이기 때문이다.

또 하나 악재는 집행위원장을 비롯한 집행부 교체이다. 전임 위원장의 임기만료 등 자연스런 교체가 아닌데다가 일을 맡은지 얼마 되지 않은 채 영화제를 치르게 되어서다. 나름대로 열심히 준비했을테지만 성적표는 초라한 편이다. 관객 6만 5천여 명, 좌석 점유율 79%로 지난 해보다 소폭 감소한 것.

영화제는 46개 국 190편 영화상영이 6개 메인 섹션과 11개 하위 섹션으로 진행됐다. 메인 섹션은 '경쟁 부문'·'지프 프로젝트'·'시네마스케이프'·'영화보다 낯선'·'시네마페스트'·'포커스 온' 등이다. 그중 '시네마스케이프' 섹션의 '코리아 시네마스케이프' 상영 목록은 논란을 낳았다.

예컨대 정지영 감독이 제작한 다큐영화 '천안함 프로젝트'는 국방부로 부터 상영금지가처분신청 검토 대상이 되었다. 그렇지만 '신세계', '전설의 주먹', '파파로티' 등은 이미 멀티플렉스 극장에서 상영되었거나 상영되고 있는 상업영화들이다. 대중성 보강 차원이라지만, 제한상영가 판정의 영화들을 초청하여 원판으로 상영하는 게 더 전주국제영화제다웠을 것이다.

필자의 구미를 당긴 건 '포커스 온'의 '비욘드 발리우드: 인도영화특별전'이었다. 인도영화특별전에는 총 9편이 소개되었다. 고석만 집행위원장은 전북일보(2013. 4. 25) 인터뷰에서 "인도영화특별전에 주목해줬으면 좋겠다. 영화제 프로그래머가 인도 곳곳을 누비며 현지에서 찾아온 영화들이"라며 기자의 질문 '특별히 권할만한 영화'에 답했다.

전북도민일보(사진- '해리, 결혼하다'의 한 장면. 2013. 5. 1)와 전라일보가 큼지막한 박스 기사를 내보내는 등 언론의 관심도 뜨거웠다. 실제로 필자가 '미스 러블리'(감독 아심 아흘루왈리야)를 보러 갔을 때 형수를 비롯 지인 여러 사람을 만났다. 그만큼 인도영화의 인기가 높았다. 또 다른 인도영화 '비.에이.패스'는 매진되어 발길을 돌려야 했다.

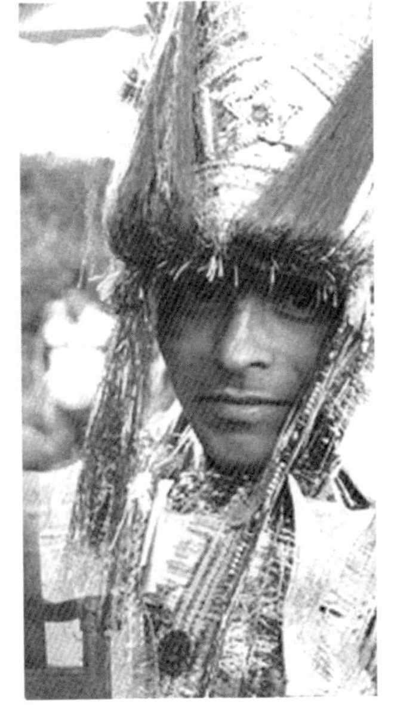

사실 인도는 자국 영화 점유율이 세계에서 가장 높은 나라이다. 2010년 기준 자국 영화 점유율 90%를 자랑하고 있지만, 국내에서 인도영화를 보는 것은 쉬운 일이 아니다. '세 얼간이', '내 이름은 칸' 정도가 제법 알려진 인도영화들이다. 그런 점에서 인도영화특별전의 가치는 크다 하겠다.

'미스 러블리'는 영화판에 뛰어든 소누의 끔찍한 사랑 이야기다. 인도

특유의 음악과 함께 펼쳐지는 공간은 포르노영화를 상영하는 극장이다. 담배 연기가 자욱한 극장 안, 화면 속 섹스에 마른 침을 꿀꺽 삼키는, 업자 대사에 의하면 "보면서 딸딸이치는 거야" 따위 80년대 대한민국 풍경이다.

소누는 포르노영화 제작으로 떼돈을 벌려는 형 비키가 싫다. 엄밀히 말하면 비키가 아니라 포르노영화가 싫은 것이다. 끝내 소누는 비키를 살해한다. 일종의 팜므파탈인 핑키를 사랑해서다. 소누에겐 '내 사랑'이지만, 핑키는 한때 비키의 애인이었으면서 포르노영화로 밥 벌어 먹고 사는 그렇고 그런 여자일 뿐이다.

그런 드라마에 식상해질만하면 나이트 클럽이나 파티장면의 음악이 그것을 깨주곤 한다. 또 포르노산업을 둘러싼 반성과 존속 살인까지 부른 순수한 사랑이 그리 지루하지 않게 다가온다. 남녀 얼굴 사이에 병 맞대고 춤추기 등도 참신해 보인다. 크게 흠잡을 것 없는 무난한 영화라고나 할까.

물론 아쉬운 점도 있다. 비키의 무관심과 다른 여자 접촉하기에 화가 난 푸남이 소누를 유혹한 대목이다. '이층집'을 지었는지 아리송한 화면 처리다. 정부인지 애인인지도 모호하다. 비키의 여자임은 분명한데, 만약 이층집을 지은 사건전개라면 그런 장면이 생략될 하등의 이유가 없다.

장면이 끊기는 것도 좀 불만스럽다. 가령 파티에서 푸남과 신인 여배우(배급업자에게 살해됨)가 박터지게 싸웠는데, 바로 이어지는 장면은 전혀 다른 상황이다. 이후로도 싸움에 대한 전후 상황의 어떤 디테일도 그려지지 않고 있다. 마구 때리고 부수고 하는 팝콘무비가 아니라면 그런 세부 묘사는 치명적 약점이 될 수 있다. 소누의 나이가 40세라는 설정도 좀 그렇다.

전국노래자랑

개그맨 이경규가 돌아왔다. 그게 도대체 무슨 말이냐고? 당연한 질문이지만 방송에서 확실한 존재감을 굳힌 개그맨 이경규는 1992년 영화 '복수혈전'의 각본·제작·주연까지 한 영화인이기도 했다. 흥행실패의 쓴 잔에도 불구하고 2007년 다시 영화 '복면달호'를 제작했다. 그리고 2013년 5월 1일 3번째 제작한 '전국노래자랑'을 개봉한 것이다.

필자가 1992년말 처음 상재한 영화평론집 '우리영화 좀 봅시다' 목록에는 '복수혈전' 평도 들어 있다. 잠깐 한 대목 들춰보는 것도 유익할 듯하다. 필자는 "완성도를 접어둔다면 그나마 다행인 것은 가일층 침체된 우리영화의 현실에 뛰어든 과감하고 모험적인 제작정신이다"라고 썼다.

뒤집어 말하면 완성도는 별로였다는 뜻이다. 실제로 완성도 측면에서 아쉬운 점들을 시시콜콜 지적하기도 했다. 그것이야 영화내적 이야기이고, 외부환경으로 시선을 돌려보면 '시기의 오류'가 흥행의 걸림돌로 작용했다. 1992년은 필자의 평론집 제목이 시사하듯 한국영화의 침체기였기 때문이다.

그 용기만큼은 높이 사주고 싶은데, '전국노래자랑'도 시기의 오류를 범하지 않았나 생각된다. 개봉 11일 만에 571만 1648명을 동원한 '아이언맨 3'보다 6일 늦은 상영이지만, 극장엔 오로지 1편만 상영되고 있는 것처럼 할리우드 블록버스터가 맹위를 떨치는 와중이기 때문이다. 영화제작자 이경규는 앞으로 의지와 용기외에 비즈니스적 감각도 갖춰야 할 것 같다.

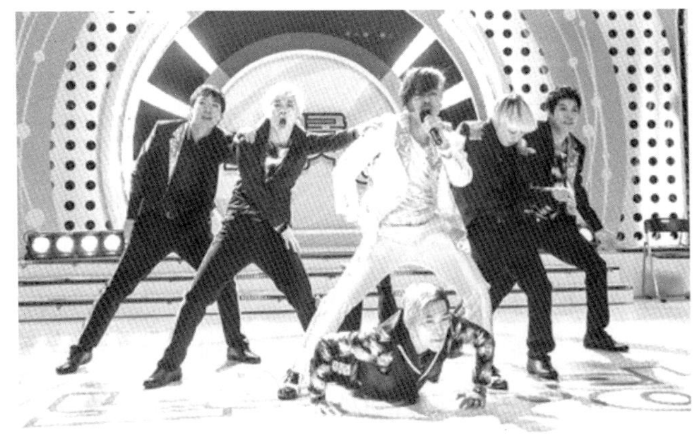

멀티플렉스에서 2개관을 상영관으로 배정하는 등 배급까지는 잘 나간 듯해도 이경규가 공언한 '1억 쾌척'은 실현되지 못할 것으로 보인다. 이경규는 4월 10일 열린 제작보고회에서 관객 300만 명을 넘기면 독립영화 등을 만드는 영화학도들에게 장학금 1억 원 기부를 약속했다.

그런데 일부 신문은 6년 만에 세 번째 제작영화를 들고 돌아온 개그맨 이경규가 화제 밖인 모양이다. 가령 영향력 큰 조선일보에선 그와 관련된 기사를 전혀 볼 수 없으니 말이다. '지슬'의 경우 여러 차례 지면을 할애한 '한겨레'도 1억 쾌척 소식만 짧게 보도하고, 개봉 3일치까지 리뷰나 인터뷰 기사를 볼 수 없다.

'전국노래자랑'(감독 이종필)은 국내방송사상 최장수 프로그램인 KBS의 '전국노래자랑'을 영화로 옮긴 것이다. '무조건'으로 인기가수가 된 박상철의 인생역전을 바탕으로 이런저런 에피소드들을 엮어낸 이야기다. 일단 봉남 역을 맡은 김인권의 춤과 노래연기가 볼만하다.

심지어 중국집 사장에게 '황진이'를 지도할 때의 김인권에게선 콧등 시큰한, '아, 노래는 저렇게 하는 것이구나' 하는 감탄이 절로 나오기까지 한다. '여심'을 홍보하러 나온 현자(이초희)의 사랑 고백 멘트나 할아버지(오현경)에게 쓴 편지를 낭독하는 보리(김환희)에게서도 마찬가지다.

보리가 펼치는 라면과 참기름 개그라든가 주하나 시장(김수미)의 노래자랑 출연에 목 매는 맹과장(오광록)의 코믹 모드도 전체적 영화 분위기에 그런대로 잘 녹아 있다. 자신은 전혀 웃지 않으면서 남들을 웃기고야마는 주시장도 예외가 아니다.

그럼에도 불구하고 뭔가 쿵하며 와닿는 것이 없다. 크게 흠잡을 것은 없어도 수준 높아진 관객들 구미를 확 잡아당길 끌림이 없다고나 할까. 절박함 내지 절실함 같은 것 말이다. 우선 아내 미애(류현경)가 봉남에게 노래 못하게 하는 동기나 이유가 너무 약하다.

미용사 자격증 취득하여 안정적으로 살고자 하기 위함인 듯한데, 연애시절 "노래 부를 때가 제일 멋있어요. 평생 노래 부르며 살아요" 했던 미애였기에 가능한 지적이다. 몇 번이나 떨어졌고, 그로 인해 살림이 파탄지경에 이르렀고 등 디테일을 좀 더 살렸으면 좋을 뻔했다.

봉남 외 노래자랑 출연자들의 각기 다른 에피소드가 섞이다 보니 다소 산만해진 전개도 아쉽다. 유기적으로 엮이지 못하고 따로 노는 듯한 느낌이 그것이다. 그 외 현자의 예선통과 장면이 없다.

또 초대가수가 1명 정도는 등장했어야 사실감을 살릴 수 있지 않았을까 싶기도 하다. 초반부의 대변 후 만 원짜리로 밑 닦는 장면이나 결말에서의 출연진 대부분이 다 잘 풀린 고대소설식 해피엔딩도 좀 그렇다.

닥터

6월 20일 개봉한 '닥터'(감독 김성홍)는 화제작인데, 그렇게 대접을 받지 못한 것 같다. 필자가 '닥터'에 대한 리뷰나 배우 인터뷰 기사를 접한 것은 조선일보(2013. 6. 20)와 전북매일신문(2013. 6. 21) 두 개뿐이다. 신문을 두 개만 봐서가 아니다. 중앙지 7개, 지방지 5개를 정기구독하는데도 그렇다.

'닥터'가 화제작인 첫째 이유는 김성홍 감독의 연출이기 때문이다. 1997년이니 벌써 16년이 되었다. '올가미'는 1995년 '손톱'으로 기본기를 닦은 김성홍 감독의 사이코 스릴러다. 그 해 11월 1일 한·일전 축구경기가 열리던 날 '겁없이' 서울 13개 극장에서 개봉, 보름 만에 15만명을 동원하는 등 흥행작이었다.

김성홍 감독은 '행복은 성적순이 아니잖아요', '투캅스'의 시나리오 작가였다. 그의 감독 데뷔작은 '그래 가끔 하늘을 보자'(1990)이다. 다음 해 역시 청소년물인 '열일곱 살의 쿠데타' 후 세 번째 연출작이 '손톱'이다. '손톱'은 1995년 한국영화 흥행순위 8위 영화(씨네 21, 45호, 1996. 3. 26)이다.

이후 김성홍 감독은 당시 불모지나 다름없던 '스릴러영화의 개척자'로 변신, '올가미'를 통해 입지를 굳힌다. '닥터'는, 이를테면 '노장의 귀환' 영화인 셈이다. '부러진 화살'로 화려하게 귀환한 노장 정지영 감독만큼은 아니더라도 너무 소홀한 대접이 아닐까 싶은 이유이다.

'닥터'가 화제작인 또 다른 이유는 타이틀롤 김창완(최인범 역) 때문이다. 김창완은 가수(그룹 산울림 멤버)이다. 가수이면서도 앞의 조선일보에 따르면 연기 경력이 30년째다. 실

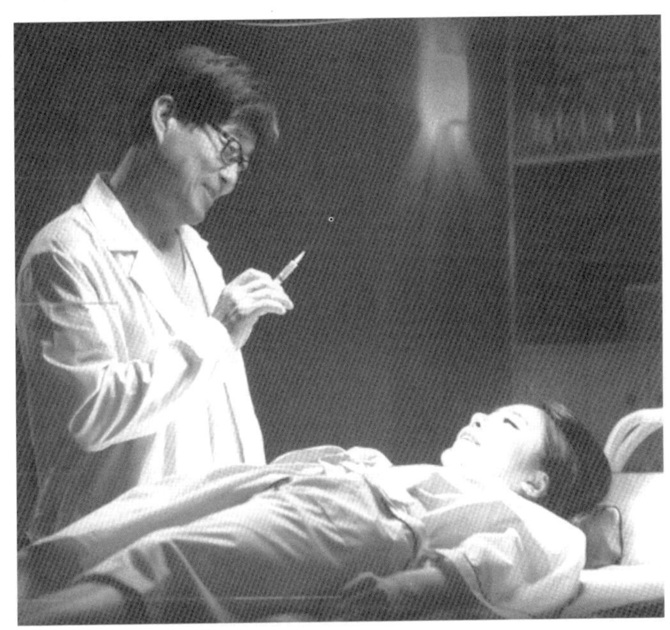

제로 얼마전 끝난 MBC 사극 '마의'에서 좌의정을 연기했다. 그런 그가 첫 주연한 영화가 바로 '닥터'이다. 그 자체만으로도 충분히 화제작이다.

'닥터'는 성형외과의사 최인범이 아내 박순정(배소은)의 외도를 목격한 후, 장모를 비롯 간호사, 노숙자 등을 살해하는 이야기다. '올가미'보다 강도가 훨씬 센 사이코 패스를 주인공으로 설정했다. 여름 시즌을 염두에 둔 때문인지 공포영화로 장르가 소개되고 있다.

일단 섬뜩한 공포가 전율스럽게 와닿는다. 그건 연속 살인에서 빚어내는 피로 인한 것이라기보다 김창완의 연기 때문이다. 개념없이 웃는

얼굴이라든가 무표정한 모습으로 아주 '가볍게' 사람을 죽여대는 연기 자체가 섬뜩한 공포이다. 김성홍 감독의 감각이 무뎌지지 않았음을 웅변하고도 남음이 있을 정도이다.

그 공포감은 전형적 사이코 패스를 변주한데서 오는 것이기도 하다. "니가 더 나빠. 이 쓰레기 같은 년!" 하며 장모를 죽이는 최인범은, 그러나 한편으로는 망치를 떨어 뜨리는 등 띨띨한 모습이다. 병신이 사람 죽이는 게 더 무서운 것이라고나 할까. 하긴 사이코 패스가 정상이 아니라는 점에선 기본적으로 띨띨한 편인 것도 같다.

100여 분 지속되는 긴장감 속에서도 잠깐 정신을 수습하고 보면 아쉬운 점들도 드러난다. "말 안듣는 것들은 다 없어져야 돼!"라고 말하지만, 그것이 이유의 전부가 될 수는 없다. 아내의 간통 장면 목격 역시 마찬가지다. 요컨대 1986년 첫사랑 여자를 복사해서(순정을 여러 차례 성형수술한 후 아내로 데리고 산 것) 데리고 산 것에 대한 개연성이 부족한 것이다.

아무리 정신이나 의지의 통제불능 사이코 패스라 해도 그렇게 되기까지의 구체적 리얼리티는 있어야 하지 않을까. 아무런 인과관계 없이 마치 고대소설처럼 사건전개가 펼쳐진다면 진정한 스릴러는 아닐 것이다. 성형수술을 통한 딴 사람으로의 변신은 도식적 결말을 피해갔다는 점에서 참신해 보이지만, 좀 떨떠름하다.

거의 독립영화에 가까워서인가. 호칭에서의 오류는 긴장이 풀린 관객들을 어리둥절하게 만든다. 최인범과 박인범이 혼용되고 있어서다. 아내 순정이도 어쩔 땐 순영이라 나온다. 영화평론집 8권 분량의 많은 영화들을 보았으면서도 이런 지적은 처음 해보는 것이어서 애들 말로 되게 당황스러울 뿐이다.

명왕성

너무 두껍지 않은 책 '영화, 사람을 홀리다'를 생각했는데, 도저히 열외시킬 수 없는 영화가 7월 11일 개봉되었다. 바로 신수원 감독의 '명왕성'이다. 신수원 감독만으로도 화제영화가 분명한데, 신작이 대한민국 고등학생들의 입시지옥 현실을 노골적으로 그려낸 것이니 더 말해 무엇하랴.

먼저 밝혀두고 싶은 것이 있다. 멀티플렉스 상영만으로도 감지덕지해야 할 상황이 그것이다. 참으로 이상한 일이다. 무릇 일반 대중은 우리 아이들이 지금 처절하게 겪고 있는 입시지옥 따위와는 아무 관련이 없다는 것인가. 세상의 다른 많은 일들처럼 그냥 남 애기일 뿐이란 말인가?

그러면 흥분을 가라 앉히고 정리해보자. 앞에서 "신수원 감독만으로도 화제영화" 운운한 것은 그녀가 2011년 칸국제영화제에서 단편 '서클라인'으로 비평가주간 카날플뤼스상을 수상한 감독이기 때문이다. 그뿐이 아니다. 장편 데뷔작 '레인보우'(2009년)는 제23회 도쿄국제영화제 최우수아시아영화상을 수상한 바 있다.

'명왕성'도 화려하다. 우선 2013 베를린국제영화제 특별언급상과 피렌체 한국영화제 심사위원상을 수상했다. 앞으로 개최될 부산국제영화제, 홍콩국제영화제, 시드니국제영화제 등에 초청되어 일반 극장개봉과 별도로 상영을 예약해놓은 상태다. 이와는 다르지만, 영화를 편집하지 않고 재분류 신청에서 영등위로부터 15세관람가(처음엔 청소년관람불가) 판정을 받은 것도 화제였다.

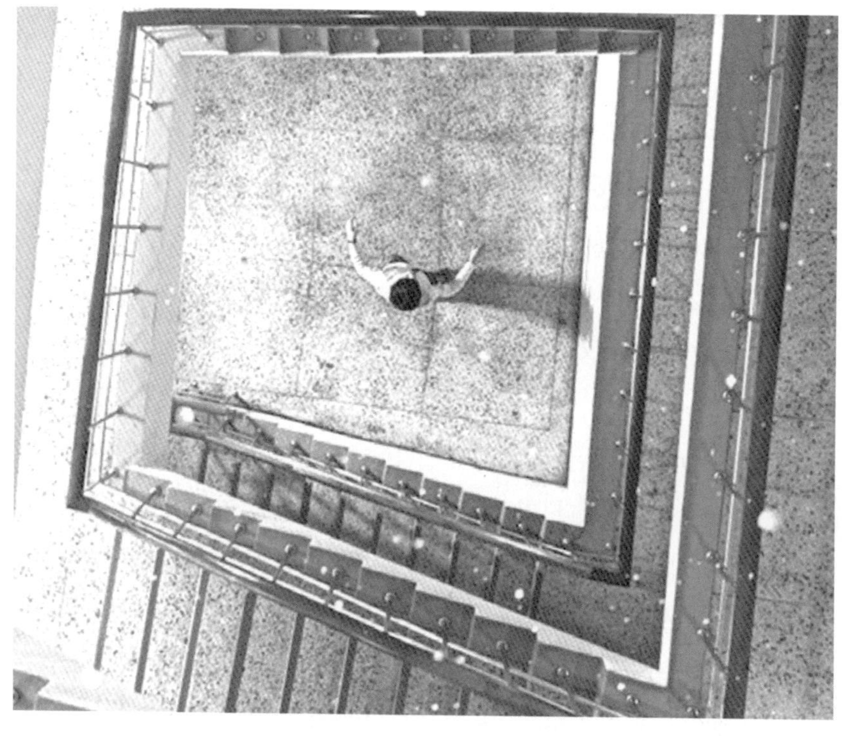

내친김에 짚고 넘어갈 것이 영등위가 매기는 등급 분류다. '명왕성'만 하더라도 어떤 내용이나 장면으로 청소년관람불가 판정을 받을 이유가 하등없어 보인다. 폭력성 어쩌고 이유를 댄 모양인데, 장편 극영화의 경우 그만한 정도의 폭력장면이 없는 작품이 얼마나 있나?

어쨌든 '명왕성'은 세영고등학교의 드림팀(전교 1~10등 학생들이 모여 공부하는 스터디 그룹) 이야기다. 죽은 유진(성준)의 살인사건을 수사하는 스릴러 형식으로 내용이 펼쳐진다. 한 마디로 추악한 우등생들의 음모와 암투라 할 수 있다.

필자 역시 인문계고 근무를 해보았지만, '명왕성'이 그려낸 대로라면 너무 오싹한 입시지옥의 현실이다. 소위 명문대 진학을 위한 경쟁이 그토록 살벌한지 절로 생겨난 전율이 쉽게 가라앉지 않는다. 그 점은 아빠의 강권에 트라우마를 안고 1등에 집착해온 유진의 죽음에서보다 그를 살해한 한명호(김권), 강미라(선주아) 들에게서 더 확연해진다.

그들은 "우린 뭐든지 할 수가 있다"며 준(이다윗)을 위협한다. 유진을 비롯한 그들에게 친구 같은 건 없다. "그런 건 인간일 때나 가능한 거잖아"라며 당연시한다. 마침내 준은 응징에 나선다. '오답노트' 등 그들에게 당한 만큼 되돌려주려는 준은 "나 이제 열아홉인데, 왜 그렇게 살아야 돼?"라며 절규한다.

그러나 콧등이 시큰해지는 것은 거기서가 아니다. 애들과 자폭(영화에서 실제상황은 벌어지지 않지만) 직전 "한명호 때문에 서울대 떨어진 예비 후보 1순위 데려와!"라고 요구하는 대목에서 콧등이 시큰해진다. 그리고 그렇게 비극적으로 끝맺을 수밖에 없는 이 땅의 입시지옥 현실이 서글프다.

문제는 '그들만의 리그'로 그치고마는 인상을 주고 있다는 점이다. 되게 재미가 없거나 드라마틱하지 않아 관객들의 호기심을 이끌어내지 못한 것이라고나 할까. 편집이 매끄럽지 못해 서사 이해의 걸림돌로 작용하는 것도 그중 하나다. 교사 10년이라는 다소 특이한 이력의 감독으로 알려졌는데 조금 이해 안 되는 대목도 그런 경우다.

가령 서울에선 타지의 학생도 아닌데, 그것도 고3때 전학이 가능한가? 자유롭게 이주할 권리 같은 게 헌법 조문에 있을망정 같은 관내 고3 학생의 전학은 허용되지 않는 걸로 알고 있다. 준의 인질극에 경찰 대처가 미흡한 건 그렇다쳐도 그 어머니를 아들 설득에 활용하지 않는 전개는 좀 그렇다.

앞에서 말했듯 신수원 감독은 여러 상을 수상하는 등 역량을 이미 인정받았다. 이제 그런 작품성 높은 영화를 많은 대중이 함께 할 수 있게 해야 한다. 신수원 감독이 또 다른 힘을 길러야 할 이유이다. 결국 좋은 영화란 대중과 함께 하는 것 아닌가?

미스터 고

  7월 17일 마침내 '미스터 고'가 베일을 벗었다. '마침내'라고 말한 것
은 '미스터 고'가 그 동안 이런저런 이유로 화제들을 마구 뿌려댔기 때
문이다. 먼저 감독이다. 김용화 감독은 '오! 브라더스'(315만 명)·'미녀
는 괴로워'(662만 명)·'국가대표'(849만 명)로 그 존재감을 과시한 바
있다.

  김용화 감독의 4번째 연출작 '미스터 고'가 화제였던 것은 제작비 규
모다. 순제작비 225억 원(다른 신문엔 230억 원이란 기사도 있다.)의
'미스터 고'는 8월 1일 개봉 예정인 '설국열차'와, 이미 쓴맛을 본 '마이
웨이'에 이어 제작비 규모 3위로 기록된 '대작'이다.

  그러나 화제의 압권은 단연 야구하는 고릴라다. 뭐, 고릴라가 야구를
한다고? 그렇다. 1985년 허영만 만화 '제7구단'을 원작으로 한 '미스터
고'는 국산 CG기술을 통해 야구하는 고릴라 링링을 완벽하게 재현했
다. 알려진 바에 의하면 400명 넘는 인력이 1년 이상 매달려 창조해낸
캐릭터다. 순제작비 절반 정도가 CG에 쓰인 걸로 전해졌다.

'미스터 고'는 '한국 최초로 디지털 캐릭터를 주인공으로 내세운 영화'라는 역사도 쓰게 되었다. 주인공의 대사가 하나도 없다는 점에서 새로운 시도의 모험이 분명하지만, 국내에 이어 7월 18일 중국 5000개 3D 상영관과 싱가포르, 8월 1일 말레이시아, 태국 등 9월까지 아시아권 개봉이 잡혀 있어 기대감을 높이고 있다.

이미 짐작했듯 '미스터 고'는 한중 합작영화이다. 중국의 대형 영화사 화이브라더스가 50억 원을 투자했다. 링링의 조련사 15세 소녀 웨이웨이(서교)가 중국인인 것은 그래서다. 김희원(중국의 사채업자 역)이라든가 변희봉(웨이웨이 할아버지 역)이 중국어를, 웨이웨이가 한국말로 얘기하는 데서도 한중합작 표가 난다.

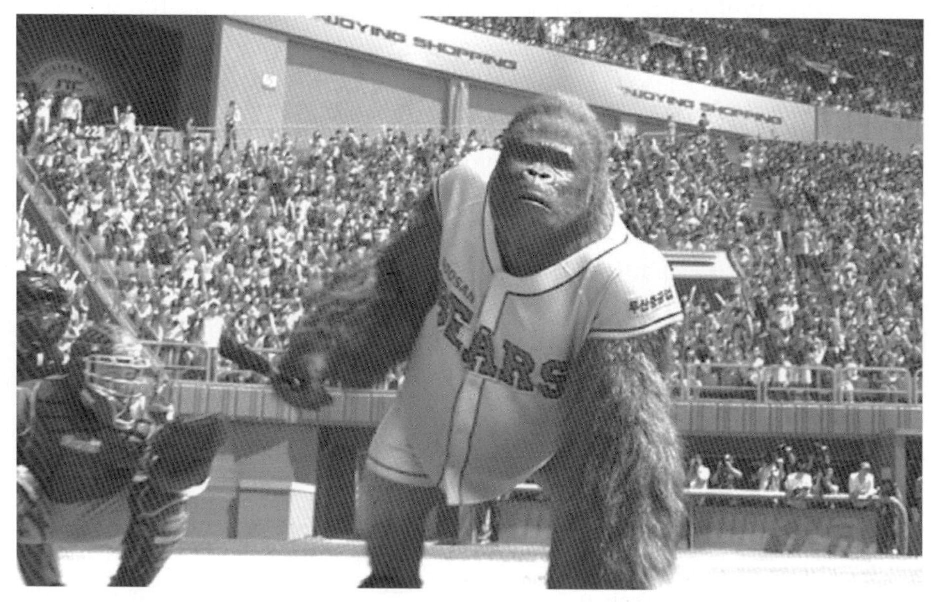

그런데 성급하게도 스포츠서울(2013. 7. 12)은 '고릴라 링링, 중국에서도 사고 한 번 칠 것 같은데…' 제하 기사를 통해 '미스터 고'의 대박

을 예고하고 있다. 신영증권의 말을 인용해 국내 1000만 관객동원이 무난하고, 중국내 흥행도 2억~4억 위안(366억 7800만~733억 5600만 원)으로 예상한 것.

필자가 개봉 첫 날 극장을 갔을 때 받은 느낌은, 그러나 그런 예상의 허구성이었다. 예매율 3~4위에 머물렀던 순위가 고스란히 실제 관람으로 이어진 결과라 할 수 있다. 한국영화사상 최고 일일 스코어 91만 9000명을 동원한 '은밀하게 위대하게'조차 개봉 40일이 넘어서도 700만 명 돌파를 하지 못하고 있다. 참고로 손익분기점이 700만 명 선인 '미스터 고'의 개봉 첫날 관객 수는 94,957명이다

'미스터 고'의 내용은 단순하다. 중국에서 서커스 단장으로 빚 독촉에 시달리던 웨이웨이가 고릴라 링링과 함께 한국에 와서 프로야구를 한다는 것이다. 에이전트 성충수(성동일)가 성사시킨 야구판의 지각변동이다. 관중은 열광하고, 언론은 호들갑을 떨어댄다.

아마 야구에 아무 흥미도 못느끼는 필자 취향과 무관치 않을 것 같다. 한국영화의 CG기술이 몰라보게 발전했구나 하는 감탄말고 왈칵 솟구치는 감흥이 없는 것은. 감독이 밝힌 "동물과 인간의 교감을 그려내고 싶었다"는 의도가 가슴을 확 하니 후벼대는 재미로 다가오진 않는다.

자연 지루하게 느껴진다. 특히 링링이 사고치는 대목이 좀 의아하다. 관객들을 12세 어린이들로만 생각했는지 모르겠지만, 링링의 지붕 올라가기 등 사고치기 원인은 웨이웨이가 없어서다. 그렇다면 성충수는 웨이웨이부터 데려오거나 최소한 다급하게 연락이라도 취해야 맞는 게 아닌가?

결말에서 또 다른 고릴라 레이팅과 링링의 일대 혈투 역시 본말이

전도된 느낌을 준다. 사람이 동물과 교감하는데 따른 어려움을 의도했는지 모르지만, 영화가 추구하려 한 재미와는 거리가 멀어 보여서다. 그와 관련 중국 사채업자와 웨이웨이의 채무에 따른 대화도 어떤 식으로든 있어야 했다.

그럼에도 김치를 먹거나 술에 취해 비틀거리는 링링의 모습은 동물과 인간의 교감이라는 측면에서 잔잔한 미소를 짓게 한다. 문득 발상은 신선한데, 또 다른 동물 학대가 아닌지 하는 생각도 스쳐간다. CG기술에서도 링링의 눈동자 구현은 '혹성탈출'과 비교될 만큼 너무 멍해 보여 아쉬움을 준다.

4. 예전만 못한 할리우드 블록버스터

엑스맨: 퍼스트 클래스
트랜스 포머3
해리포터와 죽음의 성물1, 2
혹성탈출: 진화의 시작
미션임파서블: 고스트 프로토콜
베틀쉽
맨 인 블랙3
프로메테우스
어메이징 스파이더맨
토탈리콜
본레거시
익스 펜더블2
레지던트 이블5: 최후의 심판
007 스카이폴
호빗: 뜻밖의 여정
레미제라블
다이하드: 굿데이 투 다이
지 아이 조2
오블리비언
스타트렉 다크니스
백악관 최후의 날
맨 오브 스틸
월드 워Z
화이트 하우스 다운
퍼시픽 림
레드: 더 레전드
더 울버린

엑스맨: 퍼스트 클래스

엑스맨은 미국의 마블코믹스가 만화로 만들어낸 캐릭터 중 하나다. '유전자 변형으로 태어난 돌연변이'가 엑스맨이다. 이 돌연변이 이야기 3편으로 제작사(20세기 폭스사)가 벌어들인 돈은 서울신문(2011. 5. 31)에 따르면 11억 6339만 달러에 이른다. 외전인 '엑스맨 탄생: 울버린'(2009)까지 보태면 15억 3645만 달러(약 1조 6731만 원)이다.

그러나 국내에선 별로였다. 2000년 처음으로 '엑스맨'이 상륙했을 때 관객(서울 기준)은 55만 5000명이었다. 같은 해 개봉작 '글래디에이터' 124만, '미션임파서블2' 123만 명과 비교해보면 별로인 것을 알 수 있다. 2003년 개봉한 '엑스맨2' 역시 전국 관객 150만 명 동원에 그쳤다. '엑스맨2'는 '살인의 추억', '동갑내기 과외하기' 등 한국영화들에 치여 찬밥 신세였다.

2006년 개봉한 '엑스맨: 최후의 전쟁'도 179만 3310명에 그쳤다. 2009년 '엑스맨 탄생: 울버린' 역시 통합전산망 박스오피스 200위 안에도 이름이 없다. 그걸로 보아 2006년작보다 적은 관객동원이었음을 알 수 있다. '엑스맨' 시리즈 중 가장 나은 흥행성적을 거둔 것은 2011년 6월 2일 개봉한 '엑스맨 : 퍼스트 클래스'다. 253만 4977명의 관객을 동원했다.

흥미로운 것은 외전 '엑스맨 탄생: 울버린'을 빼고 보면 시리즈가 늘어날수록 관객도 증가했다는 점이다. 필자는 2005년 8월 1일 펴낸 '미국영화 째려보기'에서 "134분 동안 '엑스맨2'는 현란한 컴퓨터 그래픽 액션과 상관없이 썩 이해되지 않은 채 펼쳐진다. 그러니까 지루하거나 산만하다는 것이다"고 이미 지적한 바 있다.

그 점을 의식했음인지 프리퀄인 '엑스맨: 퍼스트 클래스'는 비교적 이해하기가 쉽다. 배트맨 시리즈를 되살린 크리스토퍼 놀란 감독 같은 구원 투수가 필요했던 20세기 폭스사가 1, 2편을 연출했던 브라이언 싱어를 제작자로 불러들이고, '킥애스: 영웅의 탄생'의 매튜 본을 감독으로 기용한 결과다.

1944년 폴란드. 에릭 랜셔(마이클 파스빈더)는 나치군 장교 세바스찬 쇼우(케빈 베이컨)에 의해 어머니를 잃는다. 소년 에릭의 초능력을 발휘하게 하려고 쇼우가 그 어머니를 총으로 죽인 것. 초기엔 그렇듯 분노와 고통이 초능력의 원천으로 그려진다.

에릭의 초능력은, 그러나 찰스 자비에(제임스 맥어보이)에 의해 교정되고 더 강력해진다. 예컨대 물속의 잠수함을 위로 끌어 올린다. 날아오는 미사일을 반대방향으로 돌리기도 한다. 그야말로 눈이 휘둥그래질 가공할 초능력인 것이다.

그렇게 절친이었던 그들은 의기투합, 미국과 소련간 핵전쟁을 일으키려고 하는 악당 돌연변이 쇼우를 무찌르지만, 결국 갈라서게 된다. 인류를 구한 엑스맨들에게 가해진 미·소 양국의 미사일 공격 때문이다. 이제 그들은 각각 매그니토와 프로페서 X가 되어 각자의 길을 간다. 프리퀄의 소임을 다한 셈이다.

시리즈 1~3편을 보지 않은 관객도 부담없이 볼 수 있는 대목이다. 오히려 시리즈 전편의 내용에 해당하는 '엑스맨: 퍼스트 클래스'를 이해한 후 1~3편 관람이면 그 난해함이 해소될 것으로 보인다. 상영시간 132분이 그렇게 지루하지 않게 느껴지는 건 그래서다.

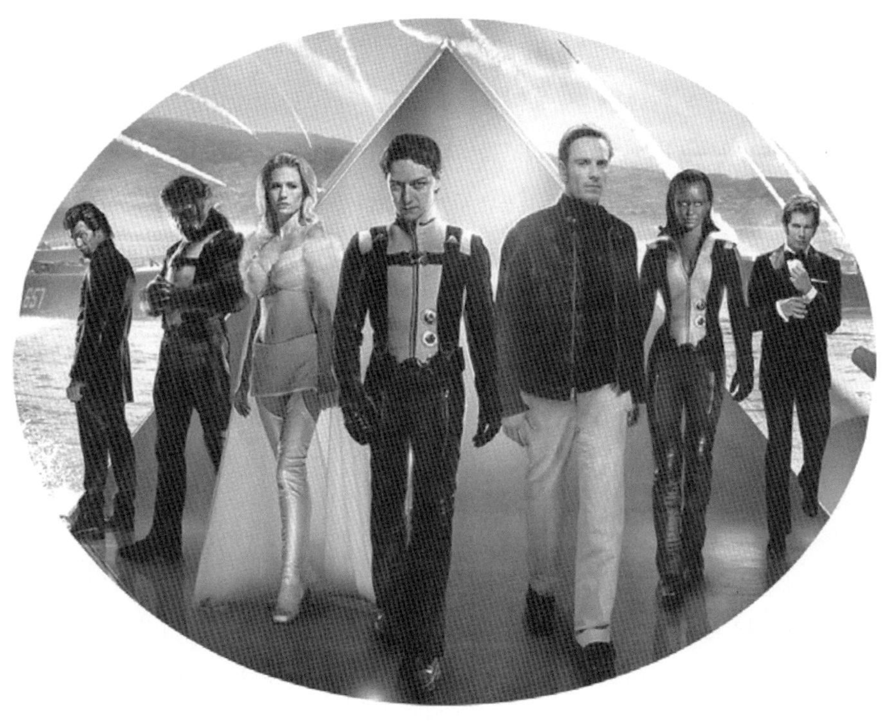

"방사능이 돌연변이를 만들어냈다"며 제법 메시지를 전달하지만, 그것이 진지하거나 심각한 국제적 문제로 다가오진 않는다. 핵무기 개발에 따른 방사능이 인간에게 유해한 물질이라는 메시지보다 돌연변이들

의 각종 무기를 통한 전쟁, 그러니까 만화 같은 액션에 방점을 찍고 있기 때문이다.

이런저런 오류도 프리퀄의 소임과 상관없이 거슬린다. 묻는 '안녕하세요?'에 물음표가 없는 자막이라든가 '애먼'을 엉뚱한 단어 '엄한'으로 번역한 것, 소련을 러시아로 표현하기 등이 그렇다. 영화에서처럼 케네디 대통령이 나오고 '쿠바 미사일 위기'가 있었던 때는 러시아가 아니라 소련이었다. 러시아는 공산주의 종주국임을 포기한 1990년대부터 오늘까지 쓰고 있는 국가 이름이다.

그 외 '서기장 동무' 따위도 오류로 보인다. '서기장'은 공산주의 국가에서 최고 권력자다. '동무'가 아니라 '동지'로 불러야 맞다. 아무리 시간죽이기용 팝콘무비라해도 그런 오류까지 면죄부가 되는 것은 아니다.

트랜스 포머3

문제 하나 내자. 이 땅에서 최다 관객을 동원한 외화는 무엇인가? 정답은 '아바타'이다. 2009년 12월 17일 개봉한 '아바타'는 1330만 2637명을 동원했다. 2012년 '도둑들'과 '광해, 왕이 된 남자'가 각각 1200만 명 넘게 기세를 올렸지만 '아바타'의 기록을 깨지는 못했다.

'도둑들'의 경우 통합전산망 기준으로 1298만 3182명의 관객을 동원했다. '아바타'와의 차이는 319,455명이다. 최고 흥행영화 1, 2위작이 가려진 셈이다. 그렇다면 최대 관객동원 2위 외화는 무엇일까? 좀 어려운 문제인가? 그렇다면 이참에 확실히 알아두자. 바로 2011년 6월 29일 개봉, 778만 4743명을 동원한 '트랜스 포머3'이다.(통합전산망 역대 박스오피스, 2013. 1. 13 기준)

흥미로운 것은 비단 '트랜스 포머3'만이 흥행 성공을 거둔 게 아니라는 사실이다. 750만 8896명의 '미션임파서블: 고스트 프로토콜'이 있긴 하지만, '트랜스 포머' 740만 2211명, '트랜스 포머: 패자의 역습' 739만 299명으로 시리즈 2편이 역대 흥행외화 4, 5위를 차지하고 있다.

시리즈 3편 모두 700만 명 넘는 관객을 불러 모은 건 아주 이례적인 일이다. 이를테면 역사를 새로 쓴 '트랜스 포머' 시리즈인 셈이다. 자그만치 2257만 7253명을 극장으로 불러 모은 '트랜스 포머' 시리즈 1편(2007년 6월 28일 개봉)을 예로 들어보자. 국내에서 거둬들인 수입은 5100만 달러(550억여 원)인 것으로 알려졌다. 미국을 빼고 전세계 흥행 1위이기도 하다.

중앙일보(2011. 6. 29)에 따르면 시리즈 2편인 '트랜스 포머: 패자의 역습'(2009년 6월 24일 개봉)은 한국에서 4300만 달러(465억여 원)를 벌어들였다. 2편 개봉에 맞춰 내한한 마이클 베이 감독조차 "한국에서 이렇게 잘 되는 이유가 나도 궁금하다"고 말했다나 어쨌다나. 이 땅에서 유독 강한 '트랜스 포머', 도대체 왜 그런 것일까.

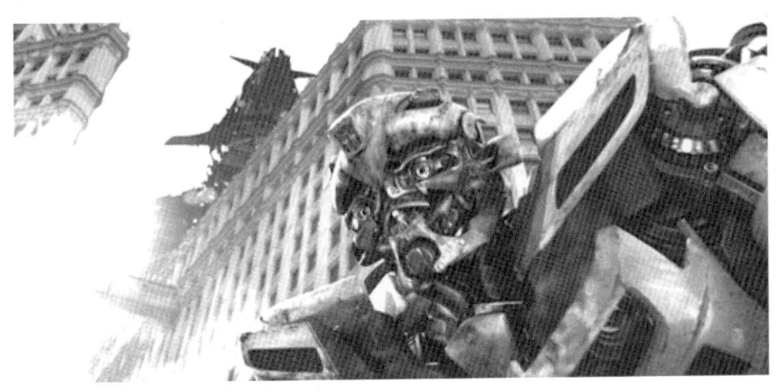

중앙일보의 분석 내용을 살펴보자. 가장 큰 이유는 로봇이 30~40대 한국 남성의 '추억 상품'이라는 점이다. 다음은 스크린 독과점 현상이다. 국내 스크린의 거의 절반을 차지, 어느 시간대 어떤 극장을 가더라도 영화를 볼 수 있어서라는 것이다. 그 외 할리우드 블록버스터이면서도 상대적으로 덜 '미국적'인 색채이다.

1, 2편에서 이미 말했듯 현란한 액션은 혀를 내두를 정도다. 예컨대

자동차의 로봇 변신이라든가 무너지는 건물에서 주인공 샘(샤이아 라보프)과 칼리(로지 헌팅턴 화이틀리)가 미끄러지는 장면, 그리고 레녹스 중령(조시 더하멜)일행의 헬기 고공낙하 등이 그렇다.

152분이라는 지루한 상영시간이지만, 적어도 그런 시각적 쾌감은 속된 말로 본전 생각을 망각할 정도이다. 할리우드 블록버스터가 해낼 수 있는 영화만의 세계이기도 하다. 또한 '트랜스 포머' 시리즈에 사람들이 왜 열광하는지, 어느 정도 답이 될 것 같기도 하다.

그러나 미덕은 거기까지다. 1, 2편을 다 본 관객이라도 이야기가 너무 복잡하게 느껴진다. 뜬금없는 아폴로 11호 발사 이야기가 그렇다. 그냥 외계 로봇들끼리의 전쟁에 끼게 된 지구인, 거기서 벌어지는 평화 지키기의 혈투쯤으로 단순화했더라면 아빠 손잡고 영화를 본 초등학생들이 훨씬 더 재미있어 했을 것 같다.

2편에서 대학 새내기였던 샘이 졸업반이 되었다. 청년실업과 낙하산 인사까지 세태를 살짝 비튼 것은 그럴 듯한데, "국가안보를 10대에게 맡기지 않네"라는 국가안보국장 말은 누굴 향한 것인지 의아스럽다. 샘이 고교생이었던 1편에서 아직 다 벗어나지 못한 것이라 해야 하나.

전편에 비해 줄기는 했지만, 샘 부모의 오지랖도 불편하다. 특히 샘엄마의 '거시기'나 '테크닉 부족' 따위 수다는 도대체 왜 있어야 하는지 짜증이 날 정도다. 민망스러운 것은 따로 있다. 지구는커녕 오로지 카일을 구하러 적진에 가는 등 샘의 행동도 민망한데, 12세 관람가 영화에서 굳이 입 벌려 하는 키스신이 그렇다.

한편 감독을 비난했다가 하차한 것으로 알려진 1·2편의 매건 폭스 대신 기용된 모델 출신 로지 헌팅턴 화이틀리는 첫 영화라 그런지 기대에 미치지 못해 보인다. 섹시미를 왈칵 드러내 보이지도 않았다.

해리포터와 죽음의 성물1, 2

조앤 롤링의 원작소설(전7권)을 영화로 만든 해리포터 시리즈가 대장정을 마쳤다. 마지막 편 '해리포터와 죽음의 성물2'가 2011년 7월 13일 개봉된 것. 2001년 1편인 '해리포터와 마법사의 돌'이 개봉되었으니 자그만치 10년 동안이다. 그새 해리포터 시리즈는 전 세계를 들었다 놨다 할 정도로 인기였다.

우선 1997년 첫 출간된 원작소설은 성서 다음으로 많이 팔린 책이 되었다. 67개 언어로 번역되었고, 200여 나라에서 출간되었다. 모두 4억 부 넘게 팔린 것으로 알려졌다. 영화 역시 한겨레(2011. 7. 13)신문에 따르면 "지난 7편의 시리즈가 전 세계에서 약 64억 달러(약 7조 원)의 흥행수익을 거뒀고, 국내 관객만 2410만여 명을 모았다."

이것은 마지막 편인 '해리포터와 죽음의 성물2' 이전까지의 기록이다. 마지막 편 국내 관객이 440만 270명이니 8편 모두 합친 숫자는 4850만여 명이 된다. 당연히 국내를 비롯 전 세계적 흥행수익도 7조 원을 훨씬 웃도는, 그야말로 신기원을 이룩한 영화라 할 수 있다.

정리 차원에서 시리즈를 살펴보면 다음과 같다. 1편 '마법사의 돌'(2001)·'비밀의 방'(2002)·'아즈카반의 죄수'(2004)·'불의 잔'(2005)·'불사조 기사단'(2007)·'혼혈왕자'(2009)·'죽음의 성물1'(2010)·'죽음의 성물2'(2011) 등이다. 소설 1권 분량을 영화로 만들다가 7권은 2편으로 제작, 총 8편이 되었다.

각 편의 관객 수도 정리해 보자. 1편과 2편은 통합전산망 집계가 되지 않았던 때라 세계일보(2011. 7. 15) 보도에 따른 것으로 각각 425만 명과 398만 명이다. 나머지는 통합전산망 집계 기준이다. 3편 '아즈카반의 죄수' 177만 5033명, 4편 343만 975명, 5편 369만 1060명, 6편 295만 7736명, 7편 284만 1233명, 8편 440만 270명 등이다.

여러 신문들이 1편을 최고 흥행작으로 보도했는데, 8편 개봉과 함께 수정되어야 했다. 역시 대장정 마무리에 대한 예의였을까, 8편 '해리포터와 죽음의 성물2'가 시리즈 가운데 최고 흥행작으로 새롭게 등극한 것이다. 해리포터의 배급사 워너브라더스코리아(주) 기대대로 600만 관객을 넘어서 3000만 명 돌파가 불발로 그친 것이기도 하다.

하나 더 정리해둘 것이 있다. 감독과 배우들이다. 8편의 해리포터 시리즈 감독은 4명이다. 1, 2편 '나홀로 집에'의 크리스 콜럼버스, 3편 '이 투마마'의 멕시코 감독 알폰소 쿠아론, 4편 '네번의 장례식과 한번의 결혼식'의 마이크 뉴엘, 5~8편의 데이비드 예이츠 등이다. 3명의 주연배우 대니얼 래드클리프(해리포터 역), 엠마 왓슨(헤르미온느 역), 루퍼트 그린트(론 역)는 10년 동안 그대로였다.

할리우드 블록버스터에 시리즈물이 많지만, '007'을 빼고 '해리포터'처럼 8편으로 이어진 경우는 드물다. 더구나 10년 동안 8편의 영화를 선보이고, 대부분 대박이 된 경우는 없다. '해리포터'시리즈 8편은, 이를테면 세계영화사의 한 획을 굵직하게 그은 기념비적 작품이 된 셈이다.

그러나 세월이 흐르면서 아동용 판타지적 분위기는 많이 약해졌다. 1편 당시 각각 12(해리), 11(헤르미온느), 13(론)세였던 배우들이 청소년기를 거쳐 말쑥한 성인이 되었기 때문이다. 자연 초등학생들이 보기 힘든 다소 어려운 영화로 '전락'한 건 아쉬운 점이라 하겠다.

그런 아쉬움은 '해리포터와 죽음의 성물1, 2'에 이르러 정점이 된 느낌이다. 특히 '해리포터와 죽음의 성물1'(이하 표기는 7편)은 시청률 높은 드라마 연장하듯 늘어난 지루함을 갖게 한다. 6편까지 그랬듯 차라리 소설 7권도 한 편으로 압축해 만든 것이 나을 뻔했다.

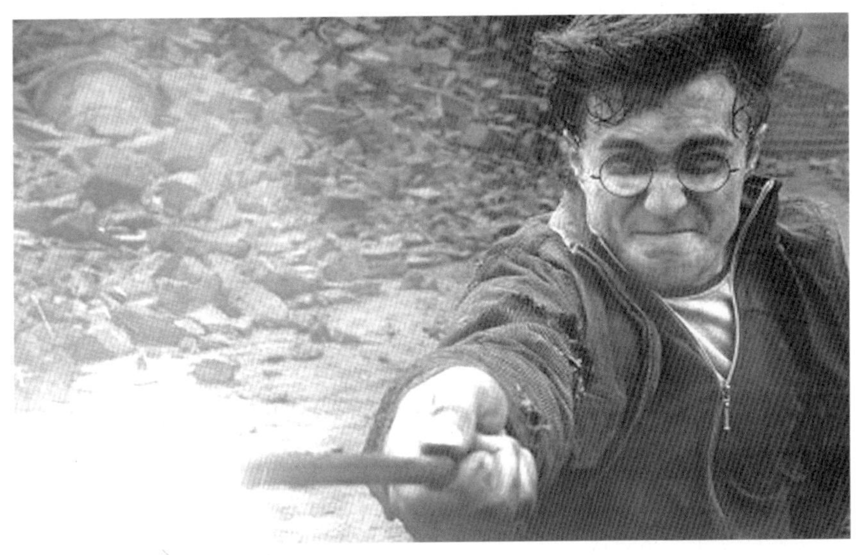

▲'해리포터와 죽음의 성물2'의 한 장면

실제 같은 뱀의 공격이라든가 터널에서의 추격전, '폴리주스'를 먹고 해리로 변한 기사단 등 볼거리가 없는 것은 아니지만, 매끄럽지 못한 장면 전환, 속도감이나 스케일 들이 전편만 못해 보인다. 아마 해리, 헤르미온느, 론의 삼각관계 부각이 많은 비중을 차지해서 그런지도 모르겠다.

‘죽음을 먹는 자들’의 보스 볼드모트(레이프 파인스)와 둘 중 하나가 죽는 혈투를 앞두고 있는데, 그런 것들이 과연 절실했을까? 거의 나체 차림의 해리와 헤르미온느의 포옹, 키스 장면을 환영으로 보는 등 질투 끝에 마침내 해리와 헤르미온느를 떠나간 론의 귀환도 구체적 동기가 부족하다. 론을 절실히 기다리긴커녕 둘만 남게된 해리와 헤르미온느는 춤까지 추고 있어 의아스럽다.

7편이 쓸데 없는 번죽 올리기였던 데 반해 8편 ‘해리포터와 죽음의 성물2’는 훨씬 재미있다. 1, 2편에서 보여준 아동용 판타지로는 다소 어색하지만, 이런저런 생각없이 ‘죽음을 먹는 자들’과 결전이 벌어지기 때문이다. 건드리면 기하급수적으로 늘어나는 ‘복제 저주’라든가 도깨비 은행 지하의 롤러코스터와 같은 열차질주 장면, 그리고 해리와 볼드모트의 지팡이가 내뿜는 빛의 대결 등이 그렇다.

결국 딱총나무 지팡이, 죽은 사람을 살려내는 부활의 돌, 투명망토 등 죽음의 성물을 둘러싼 대결은 해리네의 승리로 끝난다. 동화이니 당연히 그래야겠지만, 한 가지 의문도 생긴다. 볼드모트의 영혼 일부가 들어 있는 해리인데, 그의 죽음과 상관없이 멀쩡할 수 있는 것일까.

한편 마지막 편다운 매듭풀이는 괜찮아 보인다. 가령 6편 ‘혼혈왕자’에서 해리의 영원한 멘토 덤블도어(호그와트 마법학교장: 마이클 갬본)를 죽인 스네이프(앨런 릭맨)에 대한 의문 해소를 예로 들 수 있겠다. 특히 스네이프의 해리 부모에 대한 회상 장면은 원작에 없는 것이지만, 영화 이해에 도움이 된다.

혹성탈출: 진화의 시작

고릴라와 침팬지가 한판 붙으면 누가 이길까? 정답은 고릴라다. 다름 아닌 영화 이야기다. 2005년말 이 땅에 상륙한 할리우드 블록버스터 '킹콩'은 347만 9명을 동원했다. 그에 반해 2011년 8월 17일 개봉한 '혹성탈출: 진화의 시작'은 277만 3794명에 그쳤다.

내친김에 그 족보부터 살펴보자. '킹콩'은 1933년 처음 나왔다. 1976년 '킹콩', 1986년 '킹콩은 살아있다' 등 속편격말고도 부분적으로 킹콩이 등장하는 것까지 치면 10편 넘게 제작되었다. 2005년의 '킹콩'은 피터 잭슨 감독이 1933년 영화를 리메이크한 작품이다.

'혹성탈출'은 1963년 소설출판 이후 1998년 처음 제작되었다. 그때 갓 중학생인 필자도 지금은 CGV로 바뀐 삼남극장에서 본 기억이 어렴풋하게 난다. 어릴 때고 하도 오래되어 자세히 떠오르진 않지만 원숭이(침팬지)들에게 인간이 지배받는, 오싹 소름 끼치게 하는 영화로 남아 있다.

1970년 '혹성탈출2: 지하도시의 공포', 1971년 '혹성탈출3: 제3의 인류'가 연달아 개봉되었다. 그리고 긴 침묵이 흘렀다. 2001년 팀 버튼 감독이 '혹성탈출'을 리메이크했으나 "공상과학 영화의 위상을 바꿔놓았다"는 역사적 의미를 살리지 못했다. 마침내 2011년 프리퀄로 돌아왔다. '혹성탈출: 진화의 시작'(감독 루퍼트 와이어트)이 그것이다.

프리퀄(prequel)은 시리즈의 기원을 다루는 얘기다. 또 유명한 이야기나 영화의 이전 이야기를 다룬 속편이란 뜻이다. 제목에서 이미 짐작하듯 '혹성탈출: 진화의 시작'은 침팬지 시저(앤디 서키스)가 어떻게 지능을 갖고, 무리의 리더가 되었는지를 보여준다. 치매약 개발중인 과학자 윌(제임스 프랭코)에 의해서다.

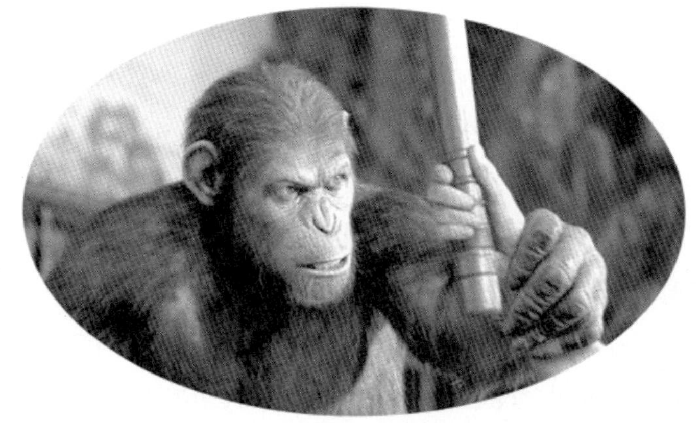

연구 실패로 임상실험은 중단된다. 윌은 유인원들이 안락사되는 와중에 살아남은 새끼 시저를 키운다. 윌 아버지가 행패당하는 걸 본 시저는 이웃사람을 공격한다. 분노에 의해 그런 행동을 한 것이다. 시저는 곧바로 보호소에 갇히는 신세가 된다. 시저는 그곳에서 우리에 갇힌 무리의 리더로 거듭난다.

말도 안 되는 소리가 분명하지만, 많은 것들을 생각하게 만든다. 자연의 순리를 거스르면 인류의 재앙으로 부메랑이 되어 온다는 것이다. 그런 메시지를 뚜렷하게 전하는 '혹성탈출: 진화의 시작'은, 이를테면 착한 할리우드 블록버스터인 셈이다. 돈을 벌기 위해서라면 가히 못할 짓이 없는 할리우드 블록버스터이기에 그렇게 말해도 큰 무리는 아닐 듯하다.

단순한 줄거리나 비교적 짧은 상영시간(106분)도 미덕이다. '단순한'이라고 말한 것은 할리우드 블록버스터치고 명료하게 이해되는 전개이기 때문이다. 이 영화처럼 산뜻하게 줄거리 정리가 된 할리우드 블록버스터가 얼마나 있는지 얼른 헤아려지지 않는다.

하긴 스펙터클한 볼거리가 여느 할리우드 블록버스터에 비해 많지는 않다. '이것 할리우드 블록버스터 맞아?' 하는 의문이 들 정도이다. 그럼에도 수십 마리 침팬지들의 공격 장면(결국 숲으로 돌아가려는 행위)은 그야말로 장관이다. 제약회사와 도심, 그리고 샌프란시스코의 금문교에서의 장면이 그것이다.

더 놀라운 것은 뭐니뭐니해도 감쪽같은 CG기술이다. 실제 침팬지는 한 마리도 촬영하지 않은 채 수백 마리 원숭이떼가 영화에 출연한 것은 디지털 특수효과의 하나인 모션 캡처(motion capture) 덕분이다. '아바타'(2008)보다 한 수 위로 알려진 모션 캡처는 센서 부착한 배우의 연기를 CG 캐릭터에 구현해내는 기술이다.

과연 시저의 눈빛이나 몸놀림은 야생 그대로의 모습이라 해도 믿을 정도이다. 그것이 단 한 마리가 아니라 수십 마리라면 그 공력은 높이 평가받아야 마땅하다. 다만, 새끼 시절 시저의 눈동자는 만들어낸 것이 금세 표 날 만큼 너무 총명해보여 아쉬움을 준다.

화성에 유인 우주선이 발사되고 실종되었다는 TV 화면이 결말쯤 등장한 건 좀 뜬금없어 보이지만, 속편을 암시하는 장면처럼 보이기도 한다. 속편? 나온다면 어쩔 수 없지만, 인간이 감당할 수 없는 일을 벌여선 안 된다는 여운이 냉큼 사라지지 않는다.

미션임파서블: 고스트 프로토콜

톰 아저씨의 인기는 여전하다. 2013년 1월 17일 톰 크루즈 주연의 '잭 리처'가 뚜껑을 열지만, 지금 만나보고자 하는 것은 '미션임파서블: 고스트 프로토콜'(감독 브래드 버드)이다. 2011년 12월 15일 개봉, 한국형 블록버스터 '마이웨이'를 참담하게 했던 '미션임파서블: 고스트 프로토콜'은 750만 8896명을 동원했다. 역대 흥행외화 3위다.(통합전산망 역대 박스오피스, 2013. 1. 13 기준)

그뿐이 아니다. 2006년 5월 3일 개봉한 '미션임파서블3'은 512만 7047명을 동원했다. 단순 수치로만 보면 뒤진 것 같지만, 그렇지 않다. 2011년 1024개와 2006년 441개 스크린에서 각각 얻은 수치이기 때문이다. 스크린 수로만 보면 '미션임파서블: 고스트 프로토콜'은 1000만 명 넘는 관객을 동원했어야 한다는 계산인 셈이다.

'미션임파서블'이 처음 나온 것은 1996년이다. 2편은 2000년, 3편은 2006년에 개봉되었다. 서울신문(2011. 12. 6)에 의하면 전 세계에서 벌어들인 돈은 1편 4억 5769만 달러, 2편 5억 4638만 달러, 3편 3억 9785

만 달러였다. 1, 2편보다 부진한 3편의 흥행성적임을 알 수 있다.

그래서였을까. 4편이 돌아오는데 5년이 걸렸다. 보통 2~3년을 주기로 속편을 내놓는 할리우드 블록버스터와 좀 다른 귀환이다. 하긴 2편이 4년, 3편이 6년 만에 돌아왔으니 꼭 4편만의 일은 아니다. 필자는 '미션임파서블3'을 '시리즈의 완성'이라 말하기도 했다.

'미션임파서블' 시리즈가 여느 할리우드 블록버스터와 달리 흥미를 끄는 것은 감독이다. 4편의 시리즈 감독이 4명인 것은 거의 전례가 없는 일이다. 1편 브라이언 드 팔마, 2편 오우삼, 3편 JJ 에이브럼스, 4편 브래드 버드가 그들이다. 그런데도 신기할 정도로 4편 모두 '미션임파서블하게' 그려냈고, 흥행 성공했다는 점이 흥미로운 것이다.

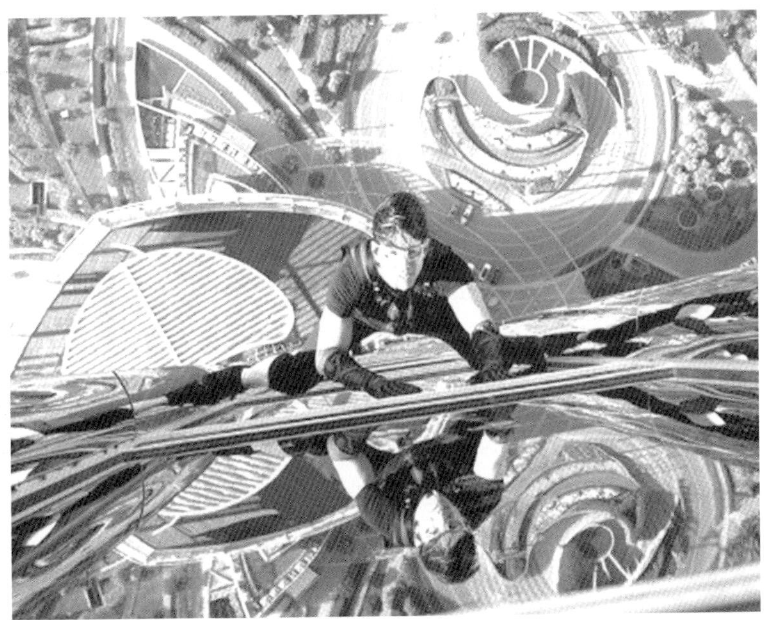

끝 장면으로 봐선 5편도 돌아올 것임을 암시했는데, 몇 년 후가 될지 지켜볼 일이다. '미션임파서블: 고스트 프로토콜'의 톰 크루즈는 49세였

다. 이제 51세인 그가 '잭 리처'로 관객과 다시 만나는데, 과연 '미션임파서블'의 이단 헌트 요원으로 다시 돌아올 수 있을지, 자못 궁금하다.

영화 제목인 '고스트 프로토콜'은 IMF의 모든 것을 삭제한다는 정부의 명령이다. 최첨단 정보기관인 IMF(미션임파서블 포스의 약칭)가 없어져 이단 헌트는 제인 카터(폴라 패튼), 벤지 던(사이먼 페그), 브란트(제레미 러너)와 팀을 이뤄 악당 코발트(미카엘 니크비스트)를 까부순다.

"큰 콜라, 팝콘과 함께 즐기는 영화다. 관객을 즐겁게 하는 데만 초점을 맞췄다"(경향신문, 2011. 12. 15)는 감독의 말이 맞다. 부다페스트, 모스크바, 두바이, 뭄바이(인도) 등 세계 곳곳을 배경으로 펼쳐지는 액션이 보는 즐거움을 준다. 특히 두바이의 세계 최고층 빌딩에서 줄 이용한 고공액션을 톰이 직접 연기해낸 장면은 압권이다.

그것말고 '미션임파서블3'보다 화끈한 액션은 별로 없어 보인다. 첩보물답지 않게 비교적 단순한 이야기 전개 역시 오로지 까부수는데 집중하게 하는 장점이 있다. 할리우드 블록버스터치고 유난 떠는 로맨스라든가 가족애 따위가 크게 부각되지 않은 점도 그렇다.

그러나 꼼꼼히 들여다보면 이단이 팀원들과 함께 죽자사자 싸운 이유가 덜 절실해 보인다. 그 점은 악당 캐릭터 창조의 부실함 때문일지도 모른다. 코발트는 핵무기로 미국을 공격한다. 미국과 러시아가 전쟁하길 원해서다. 그런데 그래야 하는 절박한 동기나 이유가 없다. 아무리 관객을 즐겁게 하는데 맞춘 초점이라해도 그건 아니지 싶다.

한편 톰 크루즈는 신작 '잭 리처' 홍보차 1월 9~11일 한국에 왔다. 이 영화 개봉 무렵에도 한국을 다녀간 바 있다. 모두 6차례나 한국을 방문한 것으로 알려졌는데, 참 지극정성의 한국사랑이다. 그리고 보면 '미션임파서블: 고스트 프로토콜' 대박도 필유곡절인가?

배틀쉽

혹 이미 알고 있을지 모르겠는데, 할리우드 블록버스터가 세계 최초로 한국 상영을 하곤 한다. 얼른 생각나는, 지난 해 세계 최초 개봉 할리우드 블록버스터들을 꼽아보면 '배틀쉽'·'어벤져스'·'맨 인 블랙3'·'어메이징 스파이더맨' 등이 있다. '맨 인 블랙3'의 경우 윌 스미스 등이 내한해 세계 최초 상영 행사를 열기도 했다.

세계 최초로 한국 개봉을 하는 할리우드의 속내는 무엇일까. 한 마디로 장삿속이라 할 수 있다. "할리우드 영화에 대한 한국 관객의 반응이 '폭발적이거나 미지근한' 식으로 또렷하고 즉각적이며 빠르다. 한국에서 빨리 개봉해 흥행 여부를 가늠하고, 아시아 마케팅 지점을 찾는 테스트시장의 의미도 있다"(한겨레, 2012. 6. 16)는 미국 메이저 스튜디오 한국 담당 임원의 말이 하나의 답이 될 듯하다.

그 외 "인터넷 환경이 좋은 한국에서 할리우드 영화의 불법 영상파일이 떠도는 걸 막기 위해 한국 개봉을 서두르는 이유도 있다"(앞의 한겨레)고 하니 씁쓸한 기분이다. 한 가지 덧붙일 것은 몇 나라 동시 개봉인데, 한국이 다른 나라보다 시간이 빨라 자연스럽게 세계 최초 상영이 된다는 점이다.

한국이 할리우드의 좋은 시장임은 '미션임파서블4'만으로도 충분히 설명된다. 세계 최초는 아니고 주연배우 톰 크루즈가 내한하는 등 공을 들였던 '미션임파서블4'는 750만 8896명을 동원, 역대 흥행외화 랭킹 3위로 등극한 바 있다. 앞의 한겨레에 의하면 '미션임파서블4'가 한국 극장에 상영권료 등을 다 떼주고 챙겨간 수익은 200억 원 남짓이다.

물론 세계 최초 개봉이나 배우 무대 인사를 한다고 다 대박은 아니다. '배틀쉽'(감독 피터 버그)은 2억 달러(약 2260억 원)를 퍼부은 할리우드 블록버스터로 한국에서 세계 최초 개봉(2012. 4. 11)했지만, 고작 224만 1687명을 동원하는데 그쳤다. 통상 흥행선으로 치는 300만 명을 훨씬 밑도는 초라한 성적이라 할 수 있다.

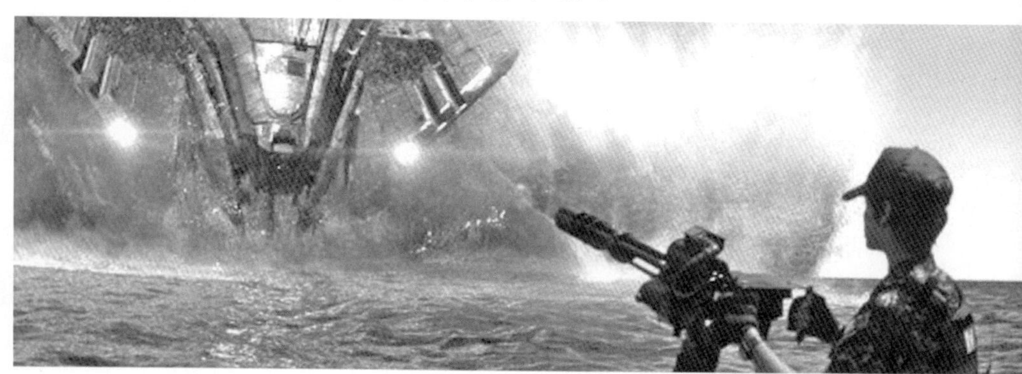

우선 그 족보부터 살펴보자. '배틀쉽'은 완구회사 해즈브로의 동명 전투 보드게임을 모티브로 삼은 영화이다. 해즈브로는 DC코믹스, 마블코믹스 만화출판사와 더불어 할리우드 블록버스터의 산실이다. 국내 관객들로부터 열렬한 지지를 받았던 '트랜스 포머'도 해즈브로의 '피규어'(관절이 움직일 수 있도록 만든 사람, 로봇, 동물모양 장난감)를 영화로 만든 것이다.

'배틀쉽'은 1930년대부터 인기를 끌었던 보드게임이다. "상대 정체를 파악하고 숨겨둔 배를 찾아내 포격하는 쪽이 승리한다"는 보드게임을 영화로 만든 '배틀쉽'은, 이를테면 해상액션 블록버스터인 셈이다. 우선 그 점만으로도 여느 할리우드 블록버스터와 다른 의미가 있어 보인다.

바다에 출현한 외계인 함정의 스케일은 돈 값을 하기에 부족함이 없다. 하늘에서 그렇듯 해상촬영에 따른 어려움도 짐작이 간다. 특히 외계인 함정이 발사해대는 톱니바퀴형 폭탄은 처음 보는 '신무기'여서 팝콘무비론 제격이다. 어느 지점에 떨어져 정지상태로 폭발하는 게 아니다. 빠른 속도로 굴러가며 살상하니 기존 폭탄을 무색하게 한다.

당연히 '인류종말급 재난'은 수습된다. 사고뭉치였던 하퍼(테일러 키치)에 의해서다. 그래도 흐유 하는 안도감은 생기지 않는다. 초등학생들이라면 '와' 하는 탄성을 지를지 모르지만, 유난히 애들 장난처럼 느껴져서다. 국내 상영에서 별로 재미를 못본 것도 그와 무관치 않아 보인다.

그래서였을까. DVD 또한 다른 영화들 같지 않게 예고편이나 자사(유니버설사) 홍보 영상이 지루할 정도다. 마침내 시작한 본편도 변죽이 너무 길다. 아무리 팝콘무비라지만, 괴물체를 보고 해군 정예병들이 계속 "저게 뭐야?"만 외쳐댄다. 그런 군인들에게 어떻게 국가 안보를 맡길지 때아닌 걱정이 생길 지경이다.

후반부 미주리호로 외계인 침공을 물리치는 건 황당함의 극치라 할 수 있다. 스스로도 70년된 아날로그 운운하면서 그렇게 하고 있다. 역사를 모르거나 물정에 둔한 아동이라면 모를까, 아니 어린 자녀들에게 채근당해 간 젊은 부모들이라면 모를까, 누가 그런 영화를 보러 시간 허비하고 돈 써가며 극장에 갈지, 답이 안나온다, 안나와!

맨 인 블랙3

‘맨 인 블랙3’이 돌아왔다. 2002년 ‘맨 인 블랙2’가 상영되었으니 무려 10년 만이다. 2012년 5월 24일 개봉한 ‘맨 인 블랙3’이 극장으로 불러 모은 관객 수는 337만 9762명이다. 2012 흥행 10편에 든 ‘어벤져스’ · ‘다크나이트 라이즈’ · ‘어메이징 스파이더맨’보단 못하지만, 무시할 숫자는 아니다.

서울신문(2012. 5. 8)에 따르면 1997년 개봉한 ‘맨 인 블랙’은 5억 8839만 달러(약 6671억 원), ‘맨 인 블랙2’는 4억 4181만 달러(약 5001억 원)을 벌어들였다. 1편보다 두 배가량인 1억 8천만 달러를 투입한 ‘맨 인 블랙2’의 성적이 좀 부진하긴 하지만, 두 편을 합쳐 번 돈이 1조 1672억 원이라면 놀라지 않을 수 없다.

그러고 보면 10년 만의 귀환은, 오히려 너무 늦은 셈이다. 의아스런 기분마저 갖게 한다. 2편에 이어 스티븐 스필버그 감독이 제작하고, 베리소넨 필드가 연출을 맡았다. 두 주연배우 또한 윌 스미스(제이 역), 토미 리 존스(케이 역) 그대로다. 상영시간도 어느 할리우드 블록버스터와 다른 2편의 90분 이쪽저쪽이다.

여러모로 2편의 재미를 기대해도 좋을 조건이다. 이미 필자는 '미국 영화 째려보기'(신아출판사, 2005)에서 '맨 인 블랙2'의 재미에 대해 말한 바 있다. "비교적 명료한 줄거리, 스피디하게 전개되는 화면, 각 배우들의 유머스러운 액션과 대사 등이 그렇다. 재미를 느끼면 시간 가는 줄 모르게 벌써 영화가 끝나는 법. 감동까지는 아니더라도 선명한 인상이 남는 것도 그 때문이다"가 그것이다.

그러나 '맨 인 블랙3'에서는 2편의 재미가 만끽되지 않는다. 우선 액션이 그렇다. 영화 도입부 '달 흉악범 교도소'를 탈출한 '짐승 보리스'와 대결하는 구도인데, 좀 썰렁한 편이다. 대형 물고기 공격이라든가 손바닥에서 뿜어내는 살상무기들의 액션이 그나마 좀 볼만하지 싶다.

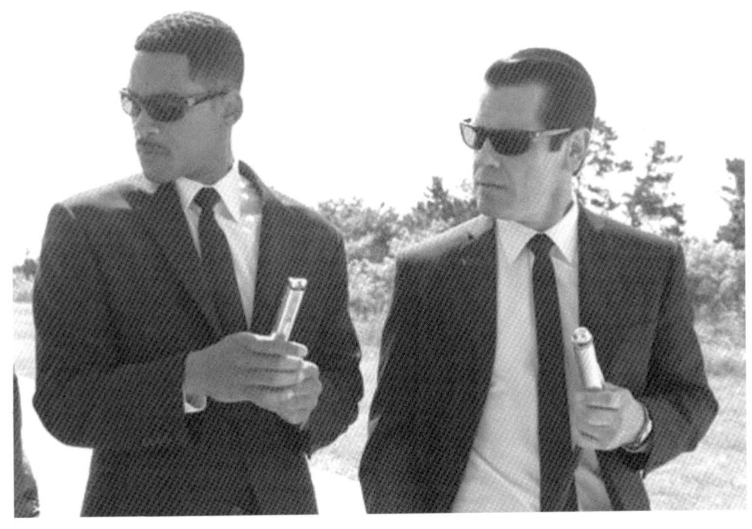

'맨 인 블랙3'이 돌아오는 그 10년 동안 '트랜스 포머' 시리즈를 비롯한 많은 할리우드 블록버스터들이 다녀가서 그런지도 모를 일이다. 할

리우드 블록버스터의 본령이 신나게 까부수며 관객들 넋을 빼앗는 오락성에 있다면 '맨 인 블랙3'은 그에 미치지 못해 보이는 것이다.

외계인과 같이 산다는 황당한 설정이면 그딴 것 생각할 틈을 주지 말아야 하는데 그게 없다. 1969년 7월 15일로 시간여행을 떠난 것까진 좋다. 하필 왜 역사적인 아폴로 발사 시점으로 돌아간 건지, 지구는커녕 고작 2명을 살해한 범인 퇴치가 영화의 목적인지 아리송하다.

맨 인 블랙(Man In Black)은 외계인을 관리하는 비밀기관이다. 또는 '외계인 출입국관리소'쯤 된다. 지구에서 활동중인 외계인 통제요원인 케이가 보리스에게 당하는 걸 구하기 위해 파트너 제이가 40년 전으로 돌아간다는 정도이니 때리고 부수는 시각적 재미라도 있어야 하는데, 별로 그렇지 않은 것이다.

2편에 이어 기억 지우기도 그렇지만, 머리를 뽑아 볼링하는 것은 좀 그렇다. 재미를 위해서라면 온갖 잔인무도한 짓도 서슴지 않는 상업주의를 보는 듯하여 씁쓸름하다. 결말 부분에서 대령 아들로 보이는 꼬마가 뜬금없이 등장하는데, 자동차를 손수 몰고 왔는지 운전사조차 없는 건 또 다른 아쉬움이다.

그래도 "물은 걸 후회하는 질문은 하지 않는 거야"라든가 "세상에서 제일 무서운 게 후회"라는 대사는 건질만하다. 속편이 전편보다 못한 할리우드 블록버스터가 많지만, '맨 인 블랙3'은 '맨 인 블랙2' 그대로의 진용을 갖추고서도 그런 '오명'을 벗어나지 못할 것 같다.

프로메테우스

2012년 한국영화 관객 1억 명 돌파는 할리우드에 직격탄을 날린 셈이 되었다. 그 해 여름 11년 만에 최악의 흥행성적을 기록했기 때문이다. 세계일보(2012. 9. 14)에 따르면 "5~8월 넉달 동안 할리우드의 미국내 극장 총수입은 42억 8000만 달러(약 4조 7871억 원)로 지난 해보다 6. 7% 감소했다."

실제로 지난 해 국내 개봉 할리우드 블록버스터중 흥행 성공한 것은 '어벤져스' · '다크나이트라이즈' · '어메이징 스파이더맨'뿐이다. '배틀쉽'은 겨우 200만 명을 넘겼지만, '프로메테우스' · '토탈리콜' · '레지던트 이블5' 등은 그냥 나가떨어졌다. 할리우드 블록버스터라 해서 무조건 먹히는 시대가 아님이 확인된 셈이다.

특히 '프로메테우스'가 그냥 찌그러지고 만 것은 일견 의아스러운 일이다. 영화 마니아라면 모를 사람이 없을 정도로 거장인 리들리 스콧 감독이 연출한 SF영화 '프로메테우스'이어서다. '부러진 화살'에서 정지영 감독의 노익장을 얘기했는데, 리들리 스콧은 무려 75세에 '프로메테우스'를 선보였다.

잠깐 리들리 스콧 감독에 대한 정리부터 해보자. '에이리언'(1979)·'블레이드 러너'(1982)·'델마와 루이스'(1991)·'글레디에이터'(2000)·'아메리칸 갱스터'(2007) 등이 영국 출신 리들리 스콧 감독이 연출한 영화들이다. SF영화에 대하사극까지 두루 섭렵한 감독임을 알 수 있다.

그중 '글레디에이터'는 2000영화흥행 2위(동아일보, 2000. 12. 29)를 기록했다. 당시 흥행 1위작은 242만 3000명(서울 기준)을 동원한 '공동경비구역 JSA'였다. '글레디에이터'의 서울 관객 수는 124만 명이다. 바야흐로 '몸비'(관객들이 몸을 비비며 극장에 들어가는 것)의 여름 대목이라 착실히 줄을 서 영화를 보았음은 물론이다. 내친김에 살짝 들여다보자.

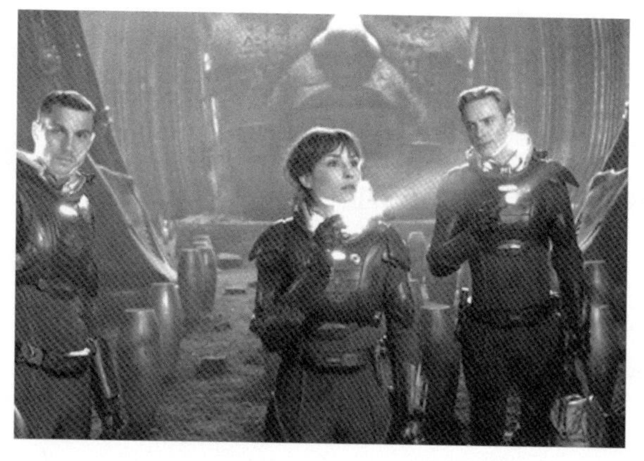

필자는 '영화읽기 프리즘'(2001)이란 책에서 "놀랍고 또 부럽기까지 한 것은 63세라는 리들리 스콧 감독의 나이다. 우선 40대 후반의 한때 잘 나갔던 배창호 감독마저 '쉰 세대'라고 획획 나가떨어지게 하는 이 땅의 젊은 관객들이 그보다 훨씬 늙은 외국 감독의 영화에 열광하는 것이 놀랍다"라고 말한 바 있다.

그러나 역시 리들리 스콧 감독을 그답게 하는 건 SF영화다. 2012년 6월 6일 개봉한 '프로메테우스'는 '블레이드 러너' 이후 자그만치 30년 만에 돌아온 SF영화이다. 개봉 무렵 런던 시사회장까지 날아가 '돌아온 리들리 스콧 감독'을 보도한 신문이 여러 곳이었다. 그럼에도 국내 관객의 반응은 별로였다.

'프로메테우스'는 '먼저 생각한 사람'이란 뜻의 신화 속 주인공이면서 우주 탐사선 이름이기도 하다. 한 마디로 인류의 뿌리를 찾기 위한 행성여행기라 할 수 있다. 일단 태곳적 신비감의 자연 다큐멘터리 같은 영상으로 시작한 영화의 비주얼은 스펙터클하고 화려하다. 때는 2093년 먼 미래이다.

여느 할리우드 블록버스터처럼 마구 때리고 부수고, 또 죽이며 지구 구하기에 나선 것이 아니라 그런지 영화는 음산하고 무겁게 전개된다. 진짜 그때는 인조인간(로봇)과 공생하는 세상이 될지 오싹하다. 또한 지구의 인류 아닌 또 다른 행성의 외계인과 치열한 밥그릇 다툼을 하게 될지 전율스럽기까지 하다.

인조인간 데이빗(마이클 패스밴더)의 찰리 죽이기라든가 불임(不妊)인 엘리자베스 쇼(누이 라파스)의 외계 생명체 임신 따위가 그런 생각을 갖게 한다. 가공할 상상력이지만, 쇼를 비롯한 탐사대원들이 인류의 뿌리에 대해 알아낸 것은 하나도 없다. 오히려 그들은 쇼와 데이빗을 제외하곤 모조리 죽는다. 속편을 암시한 듯하다.

그렇더라도 속편은 없는 게 낫지 싶다. 팝콘 무비라면 그 맛에 속편을 기다린다지만, 속 시원한 답이 나올리 없는 인간의 뿌리찾기야 뒷감당하기가 수월치 않을 것 같아서다. 외계 생명체를 보고 긴장하긴커녕 "진짜 예쁜 암놈"이라 말하는 등 코믹 모드는 그나마 긴박감을 확 떨어뜨린다.

다소 철학적 주제이긴 하지만, 왜 청소년관람불가인지 이해되지 않는다. 사람의 배를 가르고 생명체를 끄집어내는 게 잔혹해서인가. 쇼와 찰리의 단 한 차례, 그것도 시늉만 낸 베드신 때문인가. 그것도 아님 2093년 같은 먼 훗날에 대한 공상 따위 하지말고 학생들은 공부나 열심히 하라고?

어메이징 스파이더맨

'스파이더맨'이 돌아왔다. 2007년 '스파이더맨3' 이후 5년 만이다. '스파이더맨2'에서 약속한 대로 3편이 3년 만에 돌아온 것과 비교해보면 한참 늦어졌다. 거기엔 그만한 까닭이 있다. '스파이더맨4'가 아니라 '어메이징 스파이더맨'으로 돌아온 것. 2012년 5월 28일의 일이다.

'어메이징 스파이더맨'은 주요 캐릭터를 확 뜯어고친 리부트(reboot: 재시동, 시리즈의 연속성을 버리고 새롭게 처음부터 하는 것) 영화이다. 당연히 1~3편을 연출한 샘 레이미 감독 등 주연 배우들도 바뀌었다. 2009년 로맨스 영화 '500일의 썸머'를 연출한 마크 웹 감독과 앤드루 가필드(스파이더맨 피터 파커 역), 엠마 스톤(그웬 역)이 그들이다.

샘 레이미 감독과 제작사의 불화가 큰 이유로 알려졌는데, '스파이더맨'의 상업적 성공은 가히 경이적이라 할만하다. 2002년 영화가 첫 개봉된 이래 2004년 2편, 2007년 3편까지 5년 만에 '스파이더맨' 시리즈가 전 세계적으로 벌어들인 돈은, 서울신문(2012. 6. 19)에 의하면 24억 9633만 달러(약 2조 9132억 원)이다. 3편에 5억 9700만 달러(약 6966

억 원)를 쏟아부어 거둔 성과이다.

'스파이더맨3'의 459만 8821명 말고 시리즈 2편을 본 국내 관객 수에 대한 정확한 기록은 없다. 조선일보(2012. 6. 15)는 800만 명이라 하고, 앞의 서울신문은 1024만 명이 '스파이더맨' 시리즈 세 편을 보았다고 말한다. 통합 전산망을 가동하기 전 관객 수는 대부분 서울 기준이었다.

어쨌든 한국이 큰 시장인 건 분명해 보인다. 영화 개봉을 앞둔 6월 14일 마크 웹 감독과 주연 배우 앤드루 가필드와 엠마 스톤 등이 한국에 와 기자회견이랑 시사회를 했으니 말이다. 그 덕분이었을까. '어메이징 스파이더맨'은 485만 3123명을 극장으로 불러 모았다. '스파이더맨3' 관객보다 웃도는 수치이고, 2012 흥행 7위를 기록했다.

그것은 리부트 영화에 대한 막연한 기대감 때문인지도 모른다. 감독이나 주연 배우가 바뀌었다 해도 전작 시리즈에서 크게 벗어나 보이지 않아서다. 우선 영화 시작 1시간 만에 스파이더맨이 등장하는 것이 그렇다. '이것, 할리우드 블록버스터 맞아?' 하는 의구심이 들 정도이다.

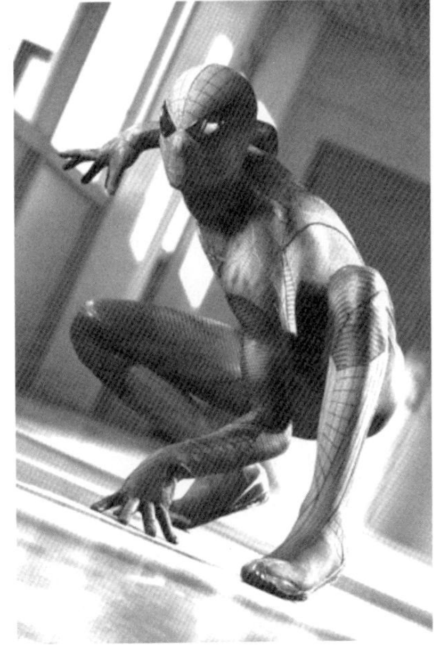

부제를 단다면 '연애가 있는 할리우드 블록버스터'가 썩 어울릴 것 같다. 그만큼 로맨스가 진하게 깔려 있다. 전작과 다른 점이라면 다른 점이겠는데, 이건 아니지 싶다. 미드타운 과학고 학생인데, 틈만 나면 그웬과 '키스질'이다. 더구나 12세 관람가 영화인데….

혹 이 땅의 고딩들은 부러워 할지도 모르겠다. 교내 연애는커녕 머리 모양에 교복차림까지 규제당하는 눈으로 보면 사물함 앞에서의 신나는 키스신(피터 파커와 그웬이 아닌 그냥 엑스트라 고교생)만으로도 벌어진 입이 다물어지지 않을 성싶다.

그뿐이 아니다. 피터 파커와 그웬은 서로 "키스 잘하더라" 따위 대화를 나누기까지 한다. 상처를 치료하는 중에도 키스 자세로 돌입하는데, 놀랍게도 그웬은 방년 17세다. 피터 파커는 19살인데, 17세인 그웬은 어떻게 코너스 박사(리스 이판)의 인턴, 견학생들을 안내하는 자리에 올랐을까.

코너스 박사의 리자드맨 되기도 좀 그렇다. 장애가 없는 세상 구현이 꿈인 코너스 박사가 약물의 잘못 주사로 리자드맨이 되는데, 왜 그가 악의 화신이 된 건지 의문이다. 좀도둑이나 잡던 스파이더맨의 정의수호자라는 확실한 존재감을 위해서? 그런 의도였을망정 그렇게 보이지 않는 게 문제다.

스파이더맨에 대한 경찰 공격도 그렇다. 경찰 간부인 그웬 아버지를 통해 "이 도시는 네가 필요하다"고 하는 데선 '다크나이트 라이즈'의 배트맨이 얼른 스쳐가지만, 스파이더맨의 적은 분명치 않아 보인다. "약속은 깨져야 제 맛이지"라며 그웬과 사귀고, 속편까지 암시했다. 과연 2~3년 후 찾아올 '어메이징 스파이더맨2'는 어떤 말도 안 되는 악당을 데리고 올까?

차라리 할리우드 블록버스터라면 관객들이 숨 돌릴 틈 없이 막 때리고 부수고 하는 게 낫다. 피터 파커가 적극적으로 자신을 주장하는 캐릭터로 변하면 뭐하나, 고교생이면서 키스질이나 일삼는데…. 미국에선 여고생들이 다 그러는 줄 모르겠는데, 그웬은 립스틱이 너무 진해 극중 17세가 아니라 실제 나이(24세)처럼 보이기도 한다.

토탈리콜

'블레이드 러너'(1982) · '토탈리콜'(1990) · '마이너리티 리포트'(2002) · '페이첵'(2004)의 공통점은? 1982년 세상을 뜬 SF소설가 필립 딕의 소설을 각색한 영화라는 점이다. 영화들은 큰 반향을 일으켰다. 가령 스티븐 스필버그 감독의 '마이너리티 리포트'는 2002흥행 외국영화 1위(조선일보, 2002. 12. 27)를 기록했다.

1990년 아널드 슈워제네거와 샤론 스톤이 주연하고 폴 버호벤 감독이 연출한 '토탈리콜'이 돌아왔다. 딱히 속편이라 할 수는 없다. 할리우드에서 흔한 시리즈 2편이 아니다. '다이하드4. 0'의 렌 와이즈먼 감독이 딕의 소설 '도매가로 기억을 팝니다'를 그냥 리메이크한 할리우드 블록버스터다.

이미 '프로메테우스'에서 말한 바 있다. 할리우드 블록버스터라해서 다 먹히는 게 아니다. 너무 오랜만에 돌아와서 그런가. 1,500억 원의 막대한 제작비가 투입된 할리우드 블록버스터 '토탈리콜'이 2012 여름 대목(8월 15일)을 찾았지만, 200만 명도 극장으로 불러 모으지 못했다.

아마도 영화사 관계자는 이렇게 말할 것 같다. 시기가 안 좋았다고. 그 말은 일리가 있다. 그때는 '도둑들'의 기세가 하늘을 찔렀다. '바람과 함께 사라지다'나 '이웃사람'이 발목을 잡기도 했다. 그 무렵 박스오피스를 보면 '토탈리콜'은 개봉 첫 주에도 1위에 오르지 못했다. 3위였다가 그 다음 주 5위로 주저앉고 말았다.

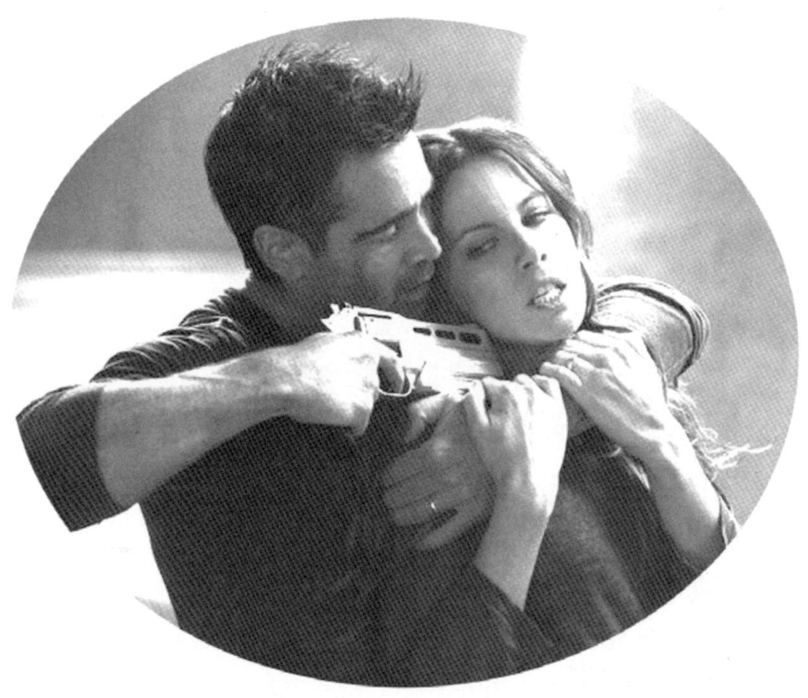

참으로 격세지감이라 아니 할 수 없다. 할리우드 블록버스터에 치여 빈사상태에 놓인 한국영화를 살려보고자 처음 펴낸 영화평론집 제목을 '우리영화 좀 봅시다'로 했던 필자로선 그럴만하다. 한국영화에 치여 한정된 할리우드 블록버스터만 흥행성공하는 시절이 되었으니, 오래 살고 볼 일이다.

때는 21세기 말. 생화학전으로 말미암아 세계 대부분은 불모지다. 사람이 사는 곳은 브리튼 연방과 콜로니 식민지뿐이다. 콜로니 주민인 공장 노동자 더글러스 퀘이드(콜린 패럴)가 기억이식업체 리콜사를 찾으면서 영화는 SF세계로 치닫는다.

일단 21세기말적 비주얼은 그럴 듯하다. 공중을 달리는 택시(호버카)들, 유리에 대면 화상 통화되는 손바닥 속 전화기, 사람 등판을 이용한 카메라 화면 등은 신기하기까지 하다. 21세기말이면 진짜 그런 세상이 될까 하는 생각마저 들게 한다. SF영화로서 소임은 웬만큼 한 셈이다.

그러나 거기까지다. "자기 자신을 찾는 건 모든 인간의 숙원"이라는 제법 진지한 메시지가 있긴 하지만, 부수고 죽이고 하는 이유는 극대화되지 않고 있다. 브린튼 연방 대 콜로니 식민지의 전쟁인데, 왜 더글러스가 콜로니 편에 서서 그렇듯 목숨 건 싸움을 하는지는 아리송하다.

이해 안 되는 것은 가공할 소재에 최첨단 무기가 대세인 21세기말인데도 어김없이 1대 1 육탄전이 벌어지고 있다는 사실이다. 좀 심하게 표현하면 달밤에 체조하기 또는 갓 쓰고 구두 신은 꼴이나 다름없다. 물론 팝콘 무비라면, 친구들과 깔깔대며 그냥 시간 죽이기로 만족한다면 더 할 말 없다.

입소문은 비단 음식점에만 통하는 얘긴 아닌 듯하다. "폴 버호벤의 철학적 질문 사라지고… 시종 쏘고 치고 박고 달리기만"(한국일보, 2012. 8. 9)이라든가 "원작 영화에 한참 못 미쳐 '토탈리콜'감"(동아일보, 2012. 8. 15) 같은 신문 리뷰가 전부이니 말이다.

본 레거시

'본' 시리즈의 신호탄이라 할 '본 아이덴티디'가 세상에 나온 건 2002년이다. 첩보물의 종주영화라 할 007시리즈의 제임스 본드와 다른 제이슨 본(맷 데이먼)이 활약을 펼친 '본 아이덴티디'는 1986년 로버트 루들럼의 소설을 영화로 만든 것이다.

한 마디로 기억상실증에 걸린 전직 첩보원이 자신의 과거를 찾아나서면서 거대한 적들과 싸워 나가는 내용의 영화이다. 007 시리즈와 색깔을 달리한 '본 아이덴티디'가 전 세계적으로 인기를 끌었음은 이어진 속편에서 알 수 있다. 2편 '본 슈프리머시'(2004), 3편 '본 얼티메이텀'(2007)이 그것이다.

그리고 5년 만에 '본 레거시'가 돌아왔다. 2012년 9월 6일 개봉한 '본 레거시'는, 이를테면 '본' 시리즈 4편인 셈이지만 감독과 배우는 바뀐 채 돌아왔다. 제이슨 본 역의 맷 데이먼은 애론 크로스의 제레미 레너, 감독은 전 시리즈 각본에 참여했던 토니 길로이로 바뀌었다.

그뿐이 아니다. 시리즈 3편의 무대가 유럽인데 반해 '본 레거시'는 파키스탄, 필리핀, 한국 등 아시아가 주요 배경으로 등장한다. '할리우드 영화 최초의 서울 촬영'이란 수식어도 붙게 되었다. 무심히 보던 관객도 서울 강남역과 필리핀에서 굴러가는 대우자동차 로고를 보곤 반가워했을 것 같다.

그러나 '본' 시리즈는 "유독 한국인들의 사랑을 많이 받았던 첩보액션영화"(서울신문, 2012. 9. 4)는 아니다. 3편 '본 얼티메이텀'이 한국영화 초강세 시즌인 추석 대목에 박스오피스 1위를 차지하는 등 선전했을 뿐이다. 그래봐야 200만 명(통합전산망 집계는 199만 2605명)도 안 된다.

'본' 시리즈의 유산인 '본 레거시'는 통합전산망 집계 200위 안에도 이름이 없다.('본 레거시'의 관객 수는 101만 5711명이다.) 2002년작 '본 아이덴티티'는 통합전산망 집계 이전이지만, 서울관객 기준 외국영화 흥행 톱10에도 들지 못했다. 2004년작 '본 슈프리머시'

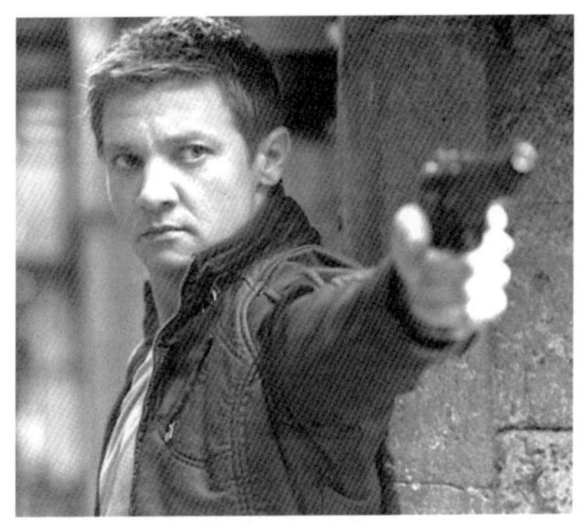

역시 통합전산망 집계 200위 안에서 그 이름을 볼 수 없다.

왜 그런 것일까? 필자는 '미국영화 째려보기'(2005)라는 책에서 '본 슈프리머시'에 대해 지적한 바 있다. "그러나 영화가 끝난 후에도 과거 찾기에 시달리는 주인공 제이슨처럼 뭔가 개운한 기분이 생기지 않는다. 지나치게 두뇌를 쓴, 어느 신문의 표현처럼 'IQ가 높은 오락물'이라 그런지도 모르겠다. 추격에 의한 액션만 난무할 뿐 무릎을 치는 반전의 사건해결이 없어서다"라고.

'본 레거시'는 시리즈 4편이 아닌데도 이전 작품에서 크게 환골탈태하지 못한 모습이다. 애론 크로스는 '아웃컴'(특수약물 처방과 함께 전투력을 상승시켜온 전투요원양성 프로젝트) 프로그램의 최정예 요원이다. 윗선에선 그를 죽이려 한다. 적이 아닌 '우리 편'을 죽이려 하는 것이 영화 내용의 전부이다.

이유는 대략 국가안보에 유해하기 때문이다. 그러고 보면 미국은 참 엉뚱하면서도 좋은 나라인 듯하다. 이 21세기에 국가를 위해 극비 운영되는 첩보기관 요원들을 막 죽여대도 별 탈이 없는 나라인 듯하니 말이다. '미국 아니면 안돼' 하는 국수주의적 행태를 은연중에 드러내곤 하는 여느 할리우드 블록버스터와 다른 점이기도 하다.

하긴 '본 레거시'는 대놓고 말할 만큼 할리우드 블록버스터는 아니다. 필리핀 좁은 시장통 등지에서의 오토바이 추격신이라든가 캐나다 설산(雪山)의 스펙터클 등 나름 오락대작 인상을 풍기지만, 딱 거기까지다. 유머 코드 거의 없이 전반적으로 음울한 화면 따위도 우리가 노상 봐왔던 할리우드 블록버스터와 다른 모습이다.

아, 여느 할리우드 블록버스터와 같은 점도 있다. 애론 제거 명령을 받은 요원은 추격하다 오토바이가 부서지는 공격을 당한다. 요원은 불사조처럼 일어나 부서진 그 오토바이로 추격을 계속한다. 그런데 어찌된 일인지 그 오토바이는 '비까번쩍' 새 것이다.

알고보니 '배틀쉽'과 같은 제작사(유니버설사)의 작품이다. 이미 지적했듯 자사 홍보와 예고편이 너무 길어 짜증스럽다. 더욱이 이미 출시된 '배틀쉽'을 예고편으로 내보내 관객을 어리둥절하게 만들기도 한다. '모스코바'(모스크바), '직빵'(직방), '껀'(건) 따위 오역도 여러 개 발견되어 과연 메이저 제작사의 영화인지 의구심을 자아낸다.

익스펜더블2

2012년 9월 7일 개봉이면 1000만 관객의 '광해, 왕이 된 남자'나 639만 6557명 동원의 '다크나이트 라이즈'의 기세를 피해간 게 분명하다. 9월 30일이 추석명절이었으니 여느 대목 특선영화들보다 한 발 앞선 상영이기도 하다. '광해, 왕이 된 남자' 역시 9월 13일 개봉, 롱런하며 자연스레 추석 특선영화가 되었다.

'익스펜더블2'(감독 사이먼 웨스트)는, 그러나 같은 시기에 개봉한 '본 레거시'와 함께 낙동강 오리알 신세가 되고 말았다. "9월 진정한 어벤져스가 온다!"고 전단지에서 예고했지만, 2012 최고의 흥행외화 '어벤져스'와는 비교조차 안될 만큼 나가떨어진 할리우드 블록버스터이다.

흥미로운 것은 화려한 진용이다. '도둑들'이나 '어벤져스' 등 떼주연이 대세라 운운하지만, 적어도 이 땅에서 '익스펜더블2'는 '해당 없음'이었다. 그야말로 스타들이 총출동했다. 실베스터 스텔론·아널드 슈워제너거·브루스 윌리스·척 노리스·장 끌로드 반담·이연걸이 그들이다. 좀 안된 말이지만 스타는 스타인데, 왕년의 스타인 것이다.

일단 그들을 한 영화에서 모두 볼 수 있는 것은 충분히 흥분이 솟구치거나 설레임이 이는 일이다. 1980년대 등 한 시대의 아이콘으로 군림했던 그들이기에 "전 세계를 흥분시킨 영웅들의 귀환"에는 동의하고 싶다. 2편으로 돌아온 것이니 다른 할리우드 블록버스터처럼 1편의 흥행성적도 읽을 수 있다. 2010년 8월 19일 개봉한 1편의 국내 성적은 39만 438명이다. 한국사정만 감안한다면 그 똥배짱이 놀랍기도 하다. 2편은 44만 4434명으로 '선전'했다.

문제는 대한민국이다. 최근 30~40대 관객이 20대 못지않다고 하지만, 여전히 이 땅은 '조로현상의 천국'쯤 되는 곳이라는 게 필자의 생각이다. 66세의 정지영 감독이 '부러진 화살'로 흥행성공과 함께 존재감을 확실히 알렸을 때 그것이 신문마다 대서 특필된 것이 단적인 예이다.

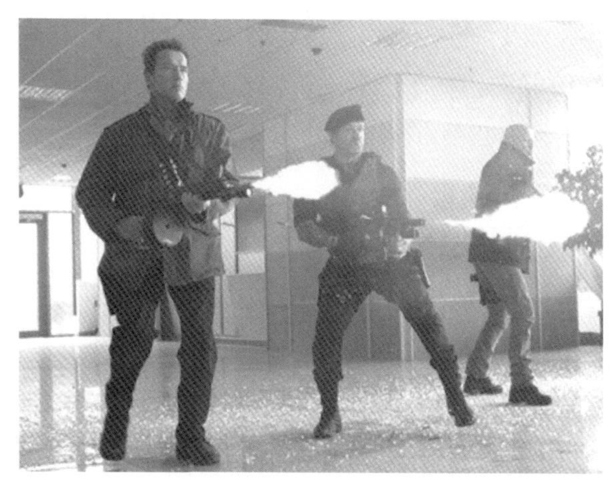

감독뿐 아니다. 배우의 조로현상은 더 심하다. 40대 초반의 엄정화나 김혜수가 대박을 터뜨린 영화에 출연한 것이 기사거리로 각광받는 현실이니 더 말해 무엇하랴. 왕년의 스타군단이 대거 출연한 '익스펜더블2'에 대한 관심없음도 그런 환경과 무관치 않아 보인다.

어쨌든 영화는 통쾌한 액션으로 가득차 있다. 시작 초반부터 무자비한 총격전으로 혼을 빼놓는다. 잠시 숨을 고르는가 싶더니 다시 불을 뿜어댄다. 핵무기 연료인 플루토늄을 팔아 치우려는 용병대장 빌레인

(장 끌로드 반담) 부대를 초토화시키는 작전에서다.

보스인 바니(실베스터 스탤론) 일행의 정체는 불분명하다. 민간인인데 무장한 채 '적들'을 섬멸하는 팀이라는 정도만 밝혀질 뿐이다. 지구를 구하는 건 맞는데, 민간 무장단체가 그 일을 해낸다. 다시 한 번 미국은 참 좋은 나라라는 사실이 환기된 셈이라고나 할까.

미국우월주의도 거슬린다. 마치 까메오처럼 초반 잠깐 출현했던 이연결은 아직 한창 시절의 몸놀림이나 후라이팬 액션을 선보인다. 그가 네팔에서 구출해낸 중국 부자의 귀환과 함께 비행기에서 내릴 때 동료가 말한다. "너 없으면 누굴 괴롭히냐?" 이연걸이 말한다. "다른 유색인종 찾아봐?"라고.

처치(브루스 윌리스) 소개로 팀에 합류한 매기 창(위난)을 두고 하는 농담도 그렇다. "지금은 중국 음식이 땡기네."가 그것이다."그럼 굶어 죽겠군"하며 바니가 보호해주긴 하지만, 중국인인 매기를 "한 번 먹고 싶다"고 한 것으로 읽힌다. 그 외 이태리 요리는 겉보기만 좋다 등 미국 외의 나라나 문화를 비하하는 분위기가 감지된다.

총질 역시 너무 개념없다. 공항에서 민간인들이 있어도 빌레인 부대원을 향해 마구 쏴대는 식이다. 또 고작 1명의 적에게 여러 명이 동시에 난사해대는 것도 장난 수준이다. 총질을 장난으로 하다니, "박물관에나 갈 구식"이라 그런 것인가? 소포로 배달된 상자 속에 현금이 들어있는 것도 마찬가지다.

역시 구식이 좋다며 벌이는 1대 1 육박전도 그렇다. 아직 스탤론이나 반담의 몸놀림이 크게 보기 민망할 만큼은 아닌데, 원없이 총질로 승부를 보려다 달밤에 서커스인지, 좀 놀랍다. 그쯤 되니 '바어이'(바이어), '나이었다면'(나이였다면) 등 자막 오류는 애교로 봐줘야 하나.

레지던트 이블5: 최후의 심판

실버스터 스텔론이나 아널드 슈워제너거 같은 근육질의 남성 배우들 독무대였던 할리우드 블록버스터에 이른바 여전사가 등장한 것은 1980년대다. '에일리언' 시리즈의 시고니 위버가 그 주인공이다. 그녀는 우주의 전지전능한 괴물과 맞서 싸우는 액션배우다운 모습을 보여주었다.

당연히 관객들은 열광했다. 돈을 벌기 위해 영화에서 못할 일이 없는 할리우드 블록버스터가 가만있을리 없었다. '미녀 삼총사' 시리즈의 카메론 디아즈, '툼 레이더' 시리즈의 앤젤리나 졸리 등이 혜성처럼 등장했다. 그리고 2002년 '레지던트 이블'의 밀라 요보비치가 등장했다.

그로부터 10년이 지난 2012년 9월 13일 '레지던트 이블5: 최후의 심판'(감독 폴 W. S. 앤더슨)이 미국과 한국에서 동시 개봉되었다. 10년 동안 2년 꼴로 속편이 만들어진 셈이다. 그만큼 인기를 끌었다는 얘기이다. 4편의 경우 2억 9000만 달러(약 3269억 원)를 벌어들인 것으로 알려졌다.

그러나 그런 돈벌이에 한국 관객은 크게 기여하지 않았다. 통합전산망 역대 박스오피스에 5편의 시리즈 중 단 1편도 이름을 올리지 못하고 있기 때문이다. 통합전산망 가동 전인 2002년의 1편도 외화흥행 톱10에 들지 못했다. 서울관객 기준 2002흥행 1위 외화는 '마이너리티 리포트'(조선일보, 2002. 12. 27)다. '반지의 제왕: 반지원정대', '스파이더맨' 등이 흥행 2, 3위 외화다.

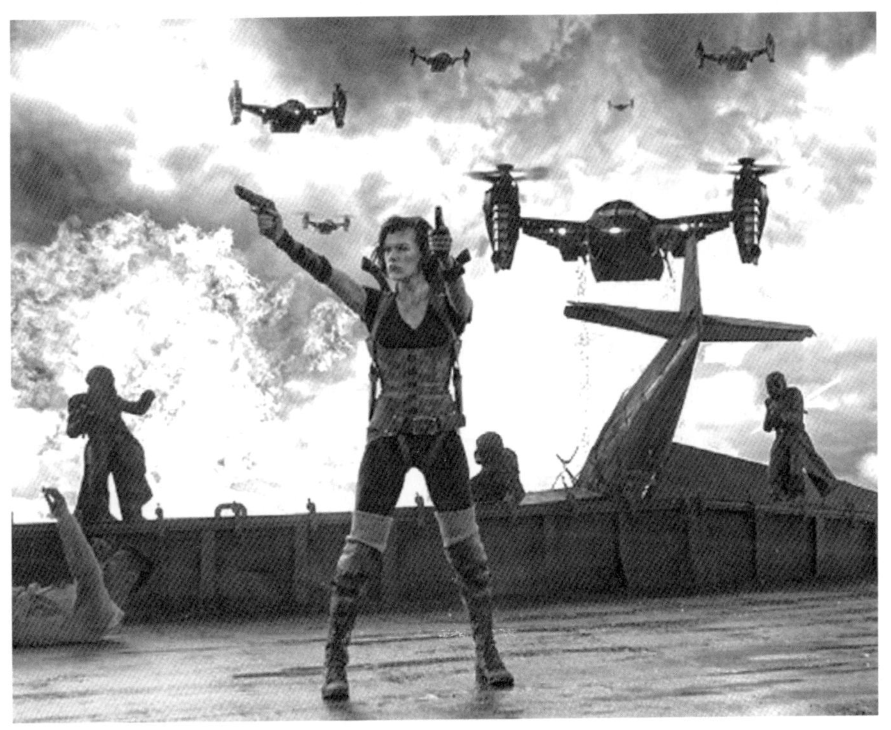

　'레지던트 이블5: 최후의 심판'은, 이를테면 할리우드 블록버스터라 해서 다 먹히는 것이 아님을 새삼 확인시켜준 영화인 셈이다. 한국 관객들은 섹시미 넘치는 여전사의 관능적인 발길질을 싫어하는 것일까. 아주 센 별것도 없는데, 청소년관람불가 할리우드 블록버스터라 그런 것인가?

‘레지던트 이블5: 최후의 심판’의 가장 큰 미덕은 95분이라는 짧은 상영시간이다. 2시간을 훌쩍 넘기는 할리우드 블록버스터가 대세인 점에 비춰볼 때 95분은 아주 이례적이라 할 수 있다. 그것도 전통인지 가령 2편의 상영시간 90분을 5편에서 고수하고 있다.

‘레지던트 이블’ 시리즈는 게임 ‘바이오 하자드’를 원작으로 한 할리우드 블록버스터다. 제목 ‘최후의 심판’처럼 이걸로 완결되는 건 아니다. 오히려 ‘다시 돌아올테니 기다려, 2년 그것 잠깐이거든’ 하는 것처럼 다음 편을 암시한 결말로 끝나고 있다.

10년 전에 비해 그만큼 나이를 먹은 밀라 요보비치(앨리스 역)이건만, 5편 역시 여전히 그녀를 위한 영화같다. 감독이 남편이어서 그런지도 모르겠지만, 기계적이면서 역동적인 발길질 등 현란한 액션이 볼만하다. 마치 게임하듯 아주 원없이 해대는 총질도 마찬가지다.

빨간 드레스 액션으로 등장하는 동양미녀(에이다 역의 중국배우 리빙빙)가 콤비를 이룬 것도 특기할만하다. 입에서 나오는 문어발 모양 무기는 다소 식상감을 안겨주지만, 앨리스 모형의 인조인간 수백 개가 걸린 전시대는 섬뜩하다. 하긴 죽은 자를 살려내 괴물이 되게 하는 ‘T바이러스’가 더 섬뜩하다. 미리 복잡하게 그런 것 생각하지 않고 보면 그 원 없는 총질에 뭐가 좀 풀릴까.

한방이면 거대 괴물도 날리는 판에 또 1대 1 육박전이 빙판 위에서 벌어진다. 통쾌해야 할지 어이없어해야 할지. 그렇듯 박 터지게 적들과 싸워대도 여전히 앨리스나 에이다는 TV출연 직전 메이크업을 한 얼굴이다. 6편은 또 어떤 황당한 모습으로 돌아올지 바야흐로 귀추가 주목된다.

007 스카이폴

007이 4년 만에 돌아왔다. 2008년 11월 5일 시리즈 22탄인 '007 퀀텀 오브 솔러스'에 이어 2012년 10월 26일 23탄 '007 스카이폴'이 개봉된 것. 국내 성적은 220만 5160명의 22탄보다 23탄이 좀 낫다. 237만 6145명을 극장으로 불러 들였다. '007 스카이폴'은 시리즈 탄생 50주년 기념작이다.

뭐 50주년이라고? 그렇다. 007 영화가 처음으로 세상에 나온 건 1962년이다. 먼저 2011년 5월에 필자가 펴낸 '홍행영화 째려보기'(신아출판사)에 기대 007 영화의 족보부터 살펴보자.

1탄 '닥터 노'(1962, 테렌스 영), 2탄 '위기일발'(1963, 테렌스 영), 3탄 '골드 핑거'(1964, 가이 해밀턴), 4탄 '썬더볼 작전'(1965, 루이스 길버트), 5탄 '두 번 산다'(1967, 테렌스 영), 6탄 '여왕폐하'(1969, 피터 헌트), 7탄 '다이몬드는 영원히'(1971, 가이 해밀턴), 8탄 '죽느냐 사느냐'(1973, 가이 해밀턴), 9탄 '황금총을 가진 사나이'(1974, 가이 해밀턴), 10탄 '나를 사랑한 스파이'(1977, 루이스 길버트).

11탄 '문 레이커'(1979, 루이스 길버트), 12탄 '포 유어 아이즈온 리'(1981, 존 글렌), 13탄 '옥토퍼시'(1983, 존 글렌), 14탄 '뷰투어 킬'(1985, 존 글렌), 15탄 '리빙 데이라이트'(1987, 존 글렌), 16탄 '살인 면허'(1989, 존 글렌), 17탄 '골든 아이'(1995, 마틴 캠벨), 18탄 '네버다 이'(1997, 로저 스포티스우드), 19탄 '언리미티드'(1999, 마이클 앱티 드), 20탄 '어나 더 데이'(2002, 리 타마호리), 21탄 '카지노 로얄'(2006, 마틴 캠벨), 22탄 '퀀텀 오브 솔러스'(2008, 마크 포스터) 등이다.

이외 번외로 '카지노 로얄'(1967, 존 휴스턴외 5명), '네버세이 네버어 게인'(1983, 어빈 커쉬너)등 2편이 더 있다. 우리의 '애마부인' 시리즈도 만만치 않지만, 007 시리즈가 세계적으로 대단한 '영화권력'이 되어 있 음을 부인할 수 없다.

본드 역으로 스타덤에 오른 배우는 '카지노 로얄'의 대니얼 크레이그 등 6명이다. 1대 숀 코너리(1, 2, 3, 4, 5, 7탄과 번외 등 7편 출연), 2대 조지 래젠비(6탄 1편 출연), 3대 로저 무어(8~14탄 7편 출연), 4대 티 모시 달튼(15~16탄 2편 출연), 5대 피어스 브로스넌(17~20탄 4편 출 연), 6대 대니얼 크레이그(21~22탄 2편 출연) 등이다. 또 다른 번외 '카지노 로얄' 본드는 데이비드 니븐이다.

본드걸 역 여배우는 그때그때 바뀌어 모두 24명이 유명세를 탄 바 있지만, 007 영화에도 위기는 있었다. 제작사 관계자가 "1990년대까지 늘 평균 이상 성적을 내는 효자상품이었던 007 시리즈였지만 2002년 '어나 더 데이' 이후에는 손익분기점을 걱정하게 됐다"고 털어놓은 것.

그 말은 결코 엄살이 아니다. 21탄 '007 카지노 로얄'과 22탄 '007 퀀텀 오브 솔러스'에서의 거듭된 변신도 그래서다. 007의 소련 같은 주 적이 없어진 지금, '미션임파서블'이나 '본' 시리즈 같은 첩보영화가 제임스 본드를 올드보이로 만들어 놓은 지금 살아남기 위해선 어쩔 수 없는 일인지도 모른다.

'007 스카이폴'은 변신의 정점에 있는, 시리즈중 가장 007 영화답지 않은 영화로 보인다. 초반 도입부 액션장면은 끝내준다. 영화가 시작되자마자 복잡한 시장통에서의 차량 추격전과 총질, 이어지는 지붕 위를 질주하는 오토바이 추격신, '포크레인 액션'과 함께 터널 통과하는 기차 지붕 위 혈투까지!

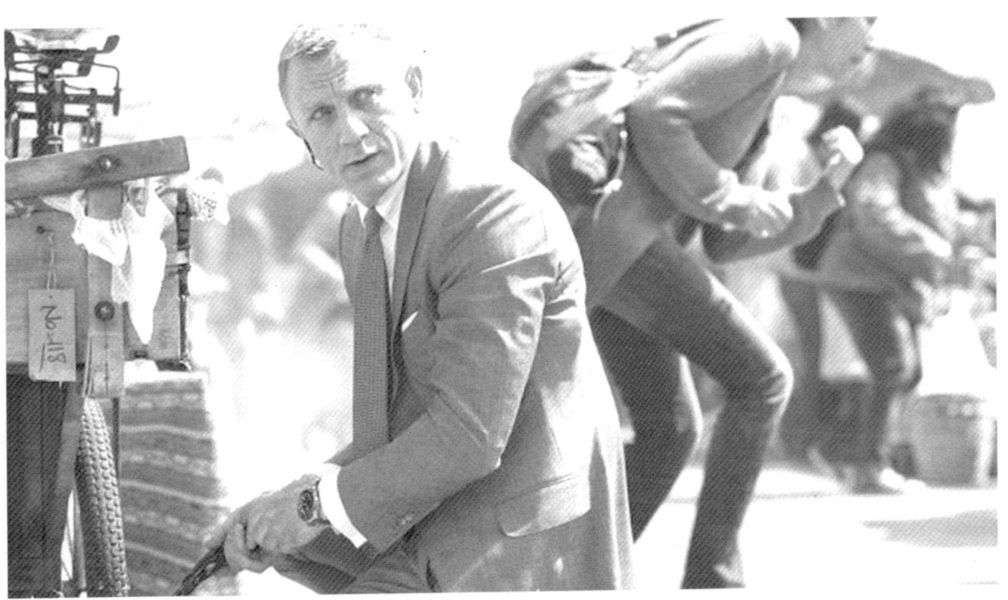

그러나 딱 거기까지다. 본드(대니얼 크레이그)는 동료인 이브(나오미 해리스)의 총을 맞고 강으로 추락한다. 다시 나타난 본드는 지금까지 볼 수 없었던 적과 싸운다. M16 전직 요원이었던 실바(하비에르 바르뎀)이다. 이를테면 인류 또는 민주주의의 적이 아닌 내부의 적과 테스트에 통과되지 못한 몸으로 싸우게 된 셈이다.

그 과정이 전편에서 눈을 즐겁게 했던 아주 '센' 액션은 거의 없다. 이런 변화는 007 하면 자연스레 따라 붙던 본드걸의 미미해진 존재감에서도 볼 수 있다. 프랑스의 패션모델 겸 배우 베레니스 마를로가 등장하지만, 143분 동안 겨우 서넛 컷 나오는 정도이다. 극중 이름조차 생각나지 않을 만큼이다.

변신은 유머 감각을 잃은 본드에게서도 확인된다. 이브와 함께 주고받는 자동차 백미러 이야기라든가 왜 늦었냐는 국장 M(주디 덴치)에게 "오다가 수영 좀 했죠"라 대꾸하는 정도이다. 유머발랄하면서도 플레이보이로서의 언행은 거의 없다. 오히려 총질 와중에도 "손님 왔는데, 나와봐야지"라 말하는 실바가 더 유머러스하다.

무엇보다도 가장 큰 변신은 내부의 적의 배신을 통한 M16 째려보기이다. "스파이를 쫓는 것 자체가 구식"이라 스스로 비판하고 있는 것은 환골탈태에 대한 암시로 보인다. 국장 M이 죽고, Q는 이미 젊은 천재 공학자로 바뀌었다. 그러고 보니 벌써 24탄 제작에 들어간 것으로 알려졌다. 그래, 아픈 만큼 성숙한다는 말을 믿어볼 참이다.

한편 무대는 터어키 이스탄불, 상하이, 마카오 등지다. '테이큰2'도 이스탄불을 무대로 했는데, 007 시리즈의 경우 특별한 이유가 있다. 소설 원작자 이안 플레밍(1908~1964)이 이스탄불의, 특히 독특한 음악과 매운 향기, 시장거리, 벨리댄서들에게 깊이 매혹된 것으로 알려졌다. 2탄 '007 위기일발'과 19탄 '언리미티드' 배경도 이스탄불이다.

호빗: 뜻밖의 여정

피터 잭슨 감독을 모르는 영화 마니아는 없을 것이다. '반지의 제왕' 시리즈로 "금세기 최고의 영화"라는 찬사를 받는 등 세계영화사를 새로 쓴 감독이기 때문이다. '반지의 제왕' 3부작으로 피터 잭슨 감독은 17개의 아카데미 트로피와 자그마치 30억 달러를 벌어들이기도 했다.

그 피터 잭슨 감독이 '호빗: 뜻밖의 여정'으로 돌아왔다. '반지의 제왕' 3부작 이후 연출한 '킹콩'이 2005년작이니 무려 7년 만이다. 비록 7년 만이었을망정 피터 잭슨 감독의 유명세는 여전하다. 한겨레 등 주요 신문들이 개봉을 앞두고 일본 도쿄에서 열린 기자회견 현장으로 날아가 소식을 전하고 있어서다.

2012년 12월 13일 국내 개봉한 '호빗: 뜻밖의 여정'(이하 '호빗')은 '반지의 제왕'의 60년 전 이야기, 즉 프리퀄이다. '반지의 제왕'처럼 3부작으로 촬영을 이미 마쳤다. 2부는 2013년 겨울, 3부는 2014년 여름에 각각 개봉할 것으로 알려졌다.

'반지의 제왕' 원작자 존 로널드 루얼 톨킨이 1937년 출간한 '호빗'을

피터 잭슨 감독이 영화화한 것이다. '반지의 제왕'이 1954년 출간되었으
니 영화 각색의 순서가 뒤바뀐 셈이다. 어쨌든 3부작 감이 아닌 300쪽짜
리 원작소설을 어떻게 늘리고 빚어낼지 궁금한 대목이다.

'호빗'은 1초에 28개의 연속된 이미지를 보여줄 수 있는 '초고속 프레
임레이트 입체영상(3D)' 촬영기술을 영화 표준이었던 1초당 24프레임
보다 두 배로 늘려 보다 고화질 입체적 화면을 즐기게 한 것이다. 3D
안경으로 영화를 본 관객이라면 실감했을 것이다.

한겨레(2012. 12. 3)가 도쿄발로 전한 기사에 의하면 '호빗'의 제작비
는 영화사상 최고액인 5억 달러(약 5400억 원)이다. '반지의 제왕' 제작
비가 2억 2천만 달러(약 3천 5백억 원)였음을 감안하면 어마어마한 액
수임을 알 수 있다.

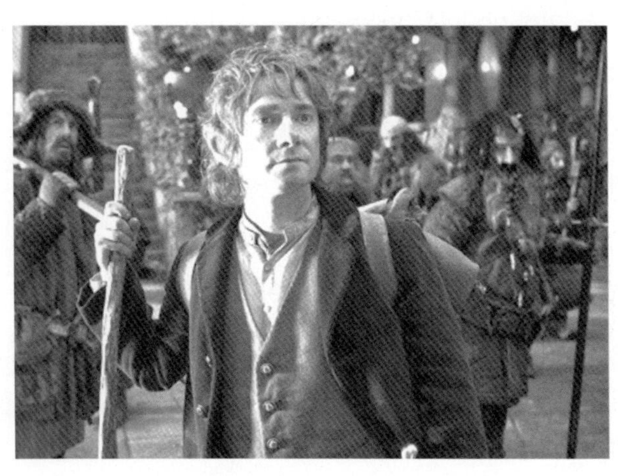

그러나 국내 성적
만 놓고 보면 그 돈값
을 해내지 못한 것 같
다. '호빗'은 통합전산
망 집계기준 역대 박
스오피스에 의하면
고작 281만 8993명으
로 100위 안에도 들지
못했다. 그보다 훨씬 적은 제작비의 '아바타'(2009)의 1330만 2637명, '트
랜스 포머3'(2011)의 778만 4743명, '미션임파서블: 고스트 프로토
콜'(2011) 등과 비교조차 안 되는 관객 동원이다.

여러 이유가 있겠지만, 필자가 보기에 '호빗'의 약점은 너무 지루하다
는 점이다. 영화 시작 후 3분의 1쯤 지나서야 관객이 기대해마지 않던

본격적 판타지가 시작된다. 러닝타임 169분을 굳이 고집할 이유가 없을 정도로 빌보 배긴스(마틴 프리먼)가 간달프(이안 맥켈런)와 소린(리처드 아미티지)의 모험 출정식 과정이 너무 길고도 지루하다.

게다가 잔뜩 변죽을 올린 것치고 빌보의 모험 나서기 결행에 대한 계기는 너무 약하다. 50여 분 동안 '뺀질거리기만' 하던 빌보가 아침에 일어나보니 간달프 일행은 자기들끼리 떠나버리고 없다. 빌보는 간달프 일행을 황급히 뒤쫓아간다. 왜 그런 것일까? "평범한 사람들의 소소한 행동들이 악을 잠재운다"는 간달프의 말 같은 메시지가 그런 약점까지 불식시켜주는 것은 아니다.

그것들을 잠시 잊어버리면 '호빗'이 보여주는 판타지적 세계는 그럴듯하다. 중간계 강대국이었지만 불을 뿜는 용 '스마우그'에게 뺏긴 왕국 '에레보르'를 찾기 위해 나선 여정에서의 여러 장면들이 그렇다. 예컨대 거구 '트롤'과 난쟁이들의 대결, 토끼들이 이끄는 마차, '스톤 자이언트'의 격돌로 파괴되는 천인단애 바위의 갈라짐, 고블린 요새, 새들의 빌보 일행 구하기 등이다.

무엇보다도 신기한 것은 보통 사람들의 난쟁이 모습 구현이다. 특히 정상적 간달프와 빌보를 비롯한 난쟁이들 모습은 '슬레이브 모션 컨트롤'이란 촬영 기술에 의해 구현된 것으로 알려졌다. 피터 잭슨 감독은 "'반지의 제왕' 때는 불가능했던 기술이었다"(한겨레, 2012. 12. 13)며 자랑스러워 했다.

한 가지 의문은 12세 관람가 영화라는 점이다. 최근 영등위 심의가 들쭉날쭉하다며 구설에 오르기도 했는데, 아무리 판타지라 하더라도 고블린(인간은 아닐망정 생명체인 건 분명하다.) 모가지가 뎅겅 잘려나가는 잔혹한 장면도 제법 있어 갖는 의문이다.

레미제라블

2012년 두 편의 천만클럽 한국영화가 탄생한 와중에도 흥행 대박을 일군 할리우드 영화가 있다. 할리우드 블록버스터라 하지 않고 그냥 영화라고 한 것은 '어벤져스'나 '다크나이트 라이즈'가 아니기 때문이다. 바로 '레미제라블'(감독 톰 후퍼)이 그 영화이다.

2012년 12월 19일 대통령 선거일에 개봉한 '레미제라블'은 591만 469명의 관객을 불러 들였다. 뮤지컬 영화로는 2008년 '맘마미아'의 457만 7611명이 최다 관객동원인데, 그 기록을 깬 것이다. 당연히 신문도 '레미제라블' 관련 기사를 경쟁적으로 내보내는 등 난리법석이었다.

비슷한 시기 개봉된 '호빗: 뜻밖의 여정'의 저조한 흥행 성적에 비해 '레미제라블' 돌풍이 이변이긴 했다. 기본적으로 한계가 있을 수밖에 없는 뮤지컬인데다가 158분이라는 긴 상영시간 등 '악재'가 많은 영화이기 때문이다. 한겨레(2012. 12. 28)는 주된 흥행요인으로 "대통령 선거 뒤 실망감에 빠진 이들을 위로하고 '힐링'하는 데서 찾는 견해도 많다"고 전하고 있다.

해를 넘겨 흥행이 이어지자 한겨레(2013. 1. 11)는 영화의 인기비결로 "음악의 힘을 빼놓을 수 없다"고 전하고 있다. 또 전문가의 견해를 빌려 "민주화 이후 불평등이 심화된 한국 현실"이 흥행요인중 하나라며 분석하고 있다. 영화흥행에 힘입어 원작소설도 개봉 뒤 15만 부가 팔리는, 이른바 스크린셀러가 되었다.

'레미제라블'은 프랑스의 세계적 대문호 빅토르 위고가 1862년 발표한 장편소설이다. 소설을 뮤지컬로 제작, 초연한 것은 1985년 영국의 제작자 캐머런 매킨토시다. 할리우드가 이 뮤지컬을 휴 잭맨(장발장 역), 앤 해서웨이(판틴 역), 러셀 크로(자베르 역) 등 스타들을 동원해서 영화로 만들었다.

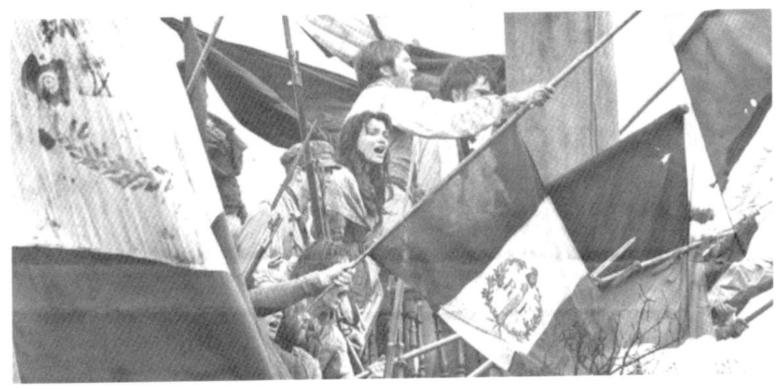

그러나 솔직히 말하자면 왜 6백만 명 가까운 사람들이 그렇듯 열광했는지 필자로선 썩 이해되지 않는다. 체질적으로 뮤지컬을 좋아하지 않거나 그 진수를 모르는 무식함도 한몫했지 싶다. 이를테면 그 진중하고 절실한 주제의식을 어떻게 대사가 아닌 음악으로 전달하느냐는 오해의 문제인 셈이다.

널리 알려진 대로 '레미제라블'은 빵 한 조각을 훔친 죄로 19년이나 감옥살이한 장발장의 속죄기다. 출소한 장발장은 어느 신부에게서 큰 깨달음을 얻고 다시 태어난다. 8년 후 시장이자 사장이 되지만, 판틴 죽음과 함께 그녀의 딸 코제트(아만다 사이프리드)를 맡아 기른다.

장발장의 코제트 키우기는 단순한 양육에 그치지 않는다. 다시 9년이 지나고 도도한 혁명의 파도가 몰아친다. 코제트가 부잣집 도련님이면서도 노동자들과 혁명에 나선 청년 마리우스(에디 레드메인)와 사랑에 빠진 걸 알고 현장으로 가 그를 구해내는 것이다. 혁명하던 이들은 다 죽고 마리우스는 살아남아 코제트와 결혼하기에 이른다.

그런 얼개가 증오를 사랑으로 승화시킨 사람 이야기의 구현이긴 하다. 저 5·18광주민중 항쟁의 참상이 떠오르기도 한다. 혁명했다고 하루 아침에 모든 것이 바뀌진 않는다. 특히 변함없는 배고픈 것에 대한 절실함이 그것이다. "가진 걸 나누면서 살아야죠"라는 주제의식이 장발장의 속죄하는 삶에 끈끈히 묻어나기도 한다.

문제는 영화내적 리얼리티다. 원작소설이 모파상이나 플로베르가 주도한 사실주의 이전의 낭만주의 경향이긴 하지만, 영화에서 리얼리티 결여는 감동의 반감을 예고한다. 가령 증오로 가득차 있어야 할 장발장의 속죄하기로의 변신이 너무 밋밋한 것을 예로 들 수 있다. 코제트를 잠시 맡아 기른 여관업자 부부의 몰락(그들은 거지로 살아간다.)도 왜 그렇게 된 것인지 뜬금없어 보인다.

또 '혁명시민군'이었던 마리우스가 살아 남았으면 응당 체포되어 조사받아야 할 것 같은데 그런 과정이 없다. 나름 맡은 직분에 충실했던 공직자 자베르가 스스로 목숨 끊는 것도 너무 낭만적이다. 초반 지루함을 극복하면 갈수록 흥미진진해지는 관람경험에도 불구하고 그렇다.

의아스러운 것은 12세 관람가다. 매춘 광경과 "벽에 서서 하는 것이나 짧게 한 탕도 반값"이라커니 "바지 벗겨 놓으면 그 놈이 그놈"은 '명대사'이니 어린이들도 보고 알아두라는 것인가? 최근 제한상영가판정 등 영상물등급위원회의 변명이 낭자한 모양인데, 이건 아니지 싶다.

다이하드: 굿데이 투 다이

존 매클레인 형사 브루스 윌리스가 돌아왔다. 시리즈 4편인 ‘다이하드4: 죽어도 산다’가 2007년작이니 6년 만이다. 시리즈 5편인 ‘다이하드: 굿데이 투 다이’(감독 존 무어)가 2월 6일 개봉된 것, 전 세계 최초 개봉으로 국내 팬들의 환심을 끌려 했지만, 결과는 초라할 정도이다.

잠깐 족보부터 살펴보자. ‘다이하드’가 첫선을 보인 것은 25년 전인 1988년이다. 1990년 2편, 1995년 3편, 그리고 12년 만인 2007년 ‘다이하드4: 죽어도 산다’가 개봉되었다. 서울신문(2012. 2. 5)에 따르면 ‘다이하드’ 시리즈 1~4편은 전 세계에서 11억 3000만 달러(약 1조 2357억 원)을 벌어들였다. 물가상승을 감안하면 17억 6000만 달러(약 1조 9246억 원)에 이른다.

국내의 ‘다이하드’ 열기도 뜨거웠다. 역시 앞의 서울신문에 따르면 1편은 1988년 9월 추석 연휴를 앞두고 단성사에서 개봉, 다음 해 3월까지 롱런했다. 2007년 7월 17일 개봉한 ‘다이하드4: 죽어도 산다’는 317만 6937명(통합전산망 역대 박스오피스 기준)을 극장으로 불러 모았다.

그러나 국내의 경우 '다이하드' 시리즈의 영화는 거기까지인 것으로 보인다. 서울 등 일부 지역에선 상영하는 극장도 더러 있는 모양이지만 채 한 달도 못돼 간판을 내려야 했기 때문이다. 실제로 필자는 난생 처음 극장에서 할리우드 블록버스터를 단 2명과 함께 보는 진귀한 경험을 하기도 했다.

'7번방의 선물'·'베를린'·'신세계' 등 대박작과 함께 새로 개봉되는 영화들에 밀린 조기종영을 감지한 건 그나마 다행이었다. '다이하드: 굿 데이 투 다이'(이하 표기는 '다이하드5'로 함)를 보았고, 진귀한 경험으로 이어진 것이다. 도대체 그 6년 동안 무슨 일이 일어난 것일까. 정녕 '다이하드'로 상징되는 '맨몸 액션'은 이제 한물 간 것일까?

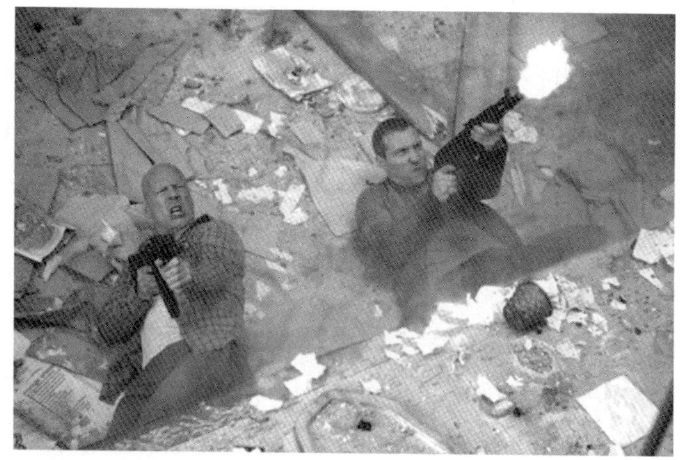

'다이하드5'는 무대를 세계로 넓혔다. 전단지 문구대로 하면 '시리즈 사상 최초의 해외진출작'이다. 러시아의 모스크바가 그곳이다. 4편과 달리 아들 잭(제이 코트니)이 등장한다. 뉴욕 형사 존 매클레인은 휴가를 내고 모스크바로 날아간다. 잭은 CIA 요원으로 작전수행중이지만, 아버지와는 의절 상태이다.

일단 시리즈사상 최대 제작비 1000억 원을 쏟아부은 만큼 액션은 짜릿하다. 도심에서의 차량 추격 자동차가 자동차들을 부수며 지붕 위로 달리는 액션 장면이 그렇다. 총질로 인해 우수수 떨어지는 '유리파편 액션', 헬기에 매달린 '트럭 액션' 등도 짜릿하다. 아들을 통해 "무조건 총질하고 쑥대밭 만드는게 당신 스타일"이라 비꼬면서도 여전히 구식 액션을 두둔하고 있다.

존은 "휴가 와서 이 지랄이라니" 투덜대면서도, 자식 앞이라 그런지 일견 곁다리 같은 인상을 풍기면서도 여전히 종횡무진한다. 1988년 '다이하드'때 33살이었던 젊음은 아니지만, 브루스 윌리스의 액션 역시 그렇게 멋적어 보이진 않는다. 그런 대로 봐줄만하다.

봐줄 수 없는 것은 따로 있다. CIA 요원과 휴가중인 형사가 괴멸시키는 것이라 그런지 범죄조직이 너무 약하다. 그냥 박사급 인력이고, 그 딸일 뿐인데 핵무기 원료인 우라늄을 밀매하려 하니 황당하기 이를 데 없다. 부자간대 부녀간 중 누가누가 이기나 시합같다.

사선을 넘나드는 전투로 의절했던 아들과의 소통 등 부성애 코드가 있지만, 내용과 궁합이 맞지 않아 보인다. 현실감이 너무 결여되어서다. 25년간 5편까지 하다보니 일종의 고육지책으로 나온 시나리오가 아닐까 하는데, 부자간 설정은 고참 요원과 신출내기 동료의 팀웍과는 사뭇 다르다.

특정 자동차 회사의 PPL도 좀 거역스럽다. 부서지는 승용차에 이어 대형트럭까지 특정 회사의 모델을 다 선보인 듯한 느낌이라면 필자의 과민반응일까? 그 외 "축척(적)됐어" 따위 자막 오류도 거슬린다. 그냥 일반 승용차로 대형차 뒷부분을 두 번이나 가격했는데도 범퍼조차 멀쩡한, 그리고 '한 개'도 다치지 않은 존을 어김없이 보게 되는 괴로움 역시 예외가 아니다.

지 아이 조2

2013년 3월 28일 할리우드 블록버스터 '지 아이 조2'(감독 존 추)가 왔다. 2009년 8월 6일 1편이 개봉되었으니 3년 6개월 만이다. 지난 해 '광해, 왕이 된 남자'가 예정보다 앞당겨 변칙 개봉한 바 있다. 거기엔 이병헌의 할리우드 영화 '레드2' 촬영 스케줄 때문이란 이유 내지 변명도 있었다. 그렇다. '지 아이 조' 시리즈는 이병헌의 할리우드 진출작이다.

속편이 돌아온 것은 그만한 까닭이 있어서다. 바로 흥행성공이다. 서울신문(2013. 3. 12)에 따르면 1편은 전 세계에서 3억 246만 달러(약 3295억 원)를 벌어 들였다. 제작비가 1억 7500만 달러였으니 톡톡히 재미를 본 셈이다. '지 아이 조: 전쟁의 서막' 한국 관객은 266만 5884명이다.

그리 많은 관객은 아니다. 그래서였을까. '지 아이 조2' 존 추 감독과 이병헌 등 주연 배우들은 3월 11일 서울 콘래드 호텔에서 홍보 기자회견을 열었다. 전 세계 홍보투어 중 처음 택한 곳이다. 한국이 아시

아 영화시장의 바로미터라는 점과 '이병헌 효과'를 노린 마케팅으로
보인다.

개봉 첫 주말 '지 아이 조2'는 한국과 미국에서 흥행 1위의 성적을
냈다. 동아일보(2013. 4. 5) 3월 26일~4월 1일 박스오피스에 따르면
5일 만에 91만 96명을 동원했다. 1위였던 '연애의 온도'를 기세 좋게
끌어내리고 흥행 1위에 올랐다.

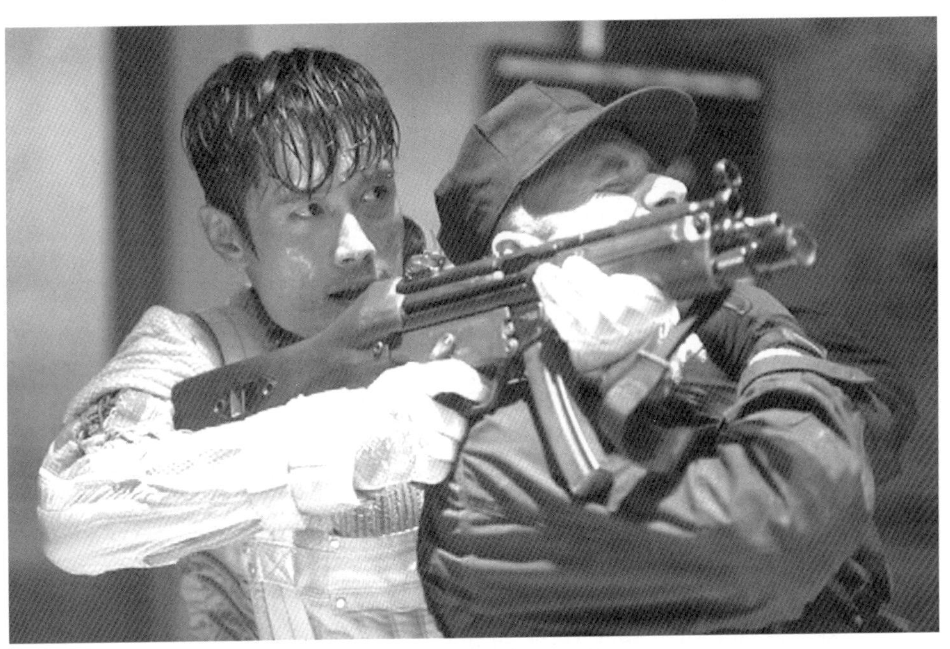

한국과 같은 날 개봉한 미국에선 첫 주말 4120만 달러(약 460억 원)
의 수익을 냈다. 더 두고 봐야 하겠지만, 초반 기세라면 1편에 이어 2편
도 '대박'이 날 것으로 보인다. 기자회견에서의 "많이 사랑해달라"는 이
병헌 바람대로 된 셈이다. 한국영화 점유율이 80%대까지 오른 상황에
서의 성적이라 놀라운 일이기도 하다.

원래 '지 아이 조'는 '트랜스 포머'처럼 미국 완구회사 하스브로의 '액션 피규어'에서 탄생했다. 그것이 마블 코믹스사 만화와 TV 시리즈를 거쳐 마침내 영화로 만들어졌다. 피규어는 30개 이상의 관절을 움직일 수 있는 캐릭터 모형을 말한다. 이를테면 로봇인 셈이다.

'지 아이 조2'는 팝콘무비(오락영화)다. 여름 대목을 겨냥한 할리우드 블록버스터의 상륙 시기가 4월로 앞당겨진 것은 이미 지난 해 '어벤져스'에서 경험한 바 있다. '지 아이 조2'는 꽃샘추위가 오락가락하는 3월로 앞당겨 상륙한 할리우드 블록버스터가 되었다.

얼개는 간단하다. 탈북자 구출에 이어 파키스탄의 핵무기 수송 과정에서 지 아이 조는 공격을 받는다. 코브라(페런 테이어) 일행의 위장 대통령이 내린 명령이다. 로드 블록(드웨인 존슨) 등 살아남은 3명이 스톰 쉐도우(이병헌)와 조 콜튼(브루스 윌리스)과 함께 적들을 섬멸한다.

일단 오락영화답게 화끈한 액션은 볼만하다. 지 아이 조 대원들의 전광석화 같은 총질 등 거칠 것이 없다. 북한이나 파키스탄군은 상대가 안된다. 표창을 던지는 데 총알로 막는다. 총알은 칼로 막는다.

천인단애의 낭떠러지에서 밧줄을 타며 벌이는 '절벽액션'도 장관이다. 밧줄 타다 바위에 부딪친 닌자에 다른 닌자가 부딪쳐 둘 다 죽는 장면 등 황당함을 면해보려는 연출 의도도 보인다.

우물로 피신해 살아남은 블럭 일행이 땅으로 나오는 장면도 볼만하다. 오토바이에서 발사되는 '날벌레탄' 공격이라든가 '어', '음'의 '습관성 수식어'로 대통령 진위 여부를 분석하는 과학성, "역사는 용감한 자의 편" 같은 메시지도 새겨둘만하다. "드라마 시간 맞춰 집에 가겠네" 따위 유머 감각도 유난히 튀지 않는다.

　그러나 오락영화로서의 미덕은 거기까지다. 여러 할리우드 블록버스터에서 확인된 바 있지만 대통령이 일개 범죄집단에 의해 납치되는 나라 미국을 어떻게 생각해야 할지 난감하다. 납치뿐 아니다. 범인들에게 반말은 물론 손찌검까지 당하고 있다. 그런 내용을 아무런 부담없이 영화로 만들어 전 세계인들에게 보여준다. 정녕 미국은 민주주의가 너무 잘된 나라인가?

　이병헌은 역할이 1편에 비해 커지고, 가면도 벗은 채 연기하여 수월했음을 스스로 내비친 바 있다. 그런데 왜 웃통을 벗고 싸운 것인지 의문이다. 스톰 쉐도우와 일본의 스네이크 아이즈(레이 파크)가 동일인물처럼 그려지는 등 다소 헷갈린다.

　총기 소지가 법으로 허용된 미국이더라도 콜튼의 집이 무기창고 같은 것 역시 너무 심해 보인다. 그런데도 "저흰 최고의 팀이 될 겁니다"라며 노골적으로 시리즈 3편을 예고한 채 영화를 끝냈다. 기뻐해야 할지 슬퍼해야 할지 잘 모르겠다.

오블리비언

할리우드 영화들이 맥을 못추고 있다. 한겨레(2013. 3. 13)에 따르면 할리우드 메이저 스튜디오의 한국사무소 관계자가 "한국영화에 밀려 외화가 개봉 후 2주 이상 버티기 어려운 실정이다. 할리우드 영화가 관객 100만~200만 명을 모아도 선전한 상황"이라고 말할 정도이다.

일례로 '다이하드: 굿데이 투 다이'의 143만 명을 들 수 있다. 2007년 7월 17일 개봉한 시리즈 4편 '다이하드: 죽어도 산다'만 해도 317만 6937명을 동원하는 등 반응이 뜨거웠다. '잭 더 자이언트 킬러'라든가 '링컨'·'제로 다크 서티'·'장고: 분노의 추적자'·'안나 카레리나' 등 장르 불문하고 이렇다 할 흥행작이 없다.

'웜 바디스'와 '지 아이 조2'가 그중 나아 보이지만, 그래서일까. 언론의 관심도 예전만 못해 보인다. 7개의 중앙지와 5개의 지방지를 보는데도 리뷰조차 안된 할리우드 영화가 수두룩하다. 극장에 가서야 전단지를 통해 비로소 개봉 사실을 알게 된 경우가 허다하니 일견 희한할 지경이다.

4월 11일 개봉한 '오블리비언'(감독 조셉 코신스키)도 그런 경우다.

필자가 '오블리비언' 리뷰기사를 본 것은 개봉 다음 날(4월 12일자) 서울신문과 한국일보이다. 보통 개봉 전날 내보내는 리뷰기사를 무슨 속사정이 있어서 그리 했는지는 알 수 없다. 왜 다른 일간지들이 아예 '오블리비언' 리뷰를 건너뛰었는지 역시 마찬가지다.

"2013년 첫 번째 SF액션 블록버스터"라는 전단지 홍보 문구는 그만두자. 톰 크루즈(잭 하퍼 역)가 출연한 것만으로도 '오블리비언'의 그런 대접은 이례적인 일이다. 1월 17일 '잭 리처' 개봉에 맞춰 내한했을 때와 비교되는 너무 다른 태도이기도 하다.

그 점은 맥 못추는 할리우드 영화와 관련이 있어 보인다. 그만큼 할리우드 블록버스터든 아니든 어려움에 빠진 영화시장인 셈이다. 마침 여름 대목 영화시장이 열리는 4월이다. 한 발 먼저 관객과 만난 '지 아이 조2'를 선두로 '오블리비언'·'아이언맨3'·'위대한 개츠비'·'맨 오브 스틸' 등이 반격을 노리지만, 그들의 뜻대로 될지 지켜볼 일이다.

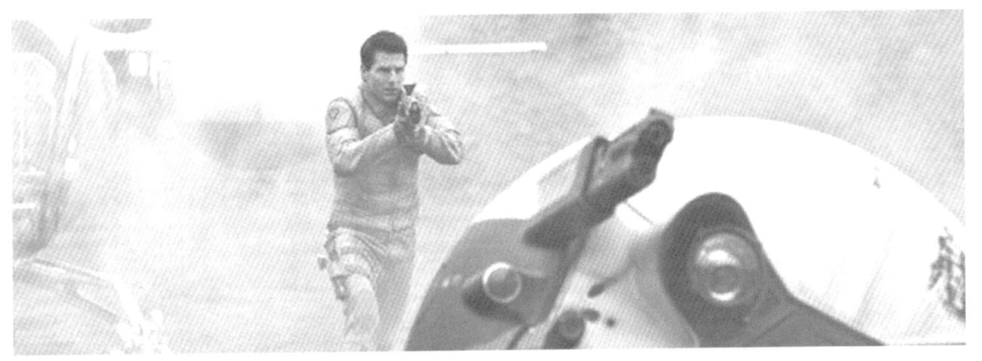

그런데 초반부터 잔뜩 실망감부터 안겨준다. 망각이란 뜻의 '오블리비언'은 2077년의 지구가 배경이다. 그냥 지구가 아니다. '약탈자' 공격으로 폐허가 된 지구다. 살아남은 사람들은 토성의 위성 '타이탄'에 있다. 지구에 남은 잭 하퍼는 '드론'(공 모양의 정찰 및 공격용 로봇) 기술자다. 비카(앤드리아 라이즈버러)는 잭 하퍼의 파트너다.

일단 SF액션 블록버스터답지 않게 지하동굴 진입 과정 등 제법 긴장감은 갖게 한다. 협곡을 오가는 드론과 잭이 타고 다니는 비행선 버블십 등이 펼치는 액션도 SF영화답다. 지표에서 900m 높이 위에 지어진 스카이 타워(잭과 비카의 근무장소) 역시 마찬가지다.

할리우드 블록버스터치곤 조금 싱겁고, 도대체 뭔 얘기인지 산만하거나 난해해 보이지만, 결국 '인간 자성론'이 주제로 와닿는다. '영혼이 없고 인간성도 말살된 기억 지워진 인간'을 통해 '우린 누구였나?'를 묻고 있기 때문이다. 그 점에서 지구멸망때 살아남은 말콤(모건 프리먼)의 존재감은 너무 미미하다.

여느 할리우드 블록버스터처럼 까부수기에 방점을 찍은 영화도 아니면서 너무 허술한 점은 아쉬운 대목이다. 가령 드론이 총 한방에 너무 쉽게 파괴된다. 또 조종석에서 발사해 드론을 격추시키는 따위가 그렇다. 우주 공간에서 조종사나 동승자가 헬맷도 쓰지 않고 비행이 가능한지도 의문이다.

잭을 둘러싼 비카와 줄리아(올가 쿠릴렌코)의 3각 멜로라인도 적절치 않아 보인다. 비카의 전라차림 수영장면이라든가 잭과의 키스신 등도 사족으로 보인다. 최후의 결전을 앞둔 후반부 잭과 줄리아의 키스신만 그럴 듯하게 다가온다. 15세 관람가인 점을 떠올릴 때 더욱 그런 느낌이다.

편집상 오류인지 헷갈리는 대목도 아쉽다. 가령 비카는 본부에서 보낸 드론의 공격으로 죽었다. 동료로서, 또는 애인으로서 본부에 항의하는 잭의 모습이 생생한데, 그후 아무 설명없이 홀연히 나타난다. 줄리아가 총상을 당한 것도 언제인지 화면에선 볼 수 없다. "이전 때 꺼(것) 같군", "우리 꺼(거)라구" 따위 자막 오류는 오히려 애교로 봐줘야 할 정도다.

스타트렉 다크니스

한국영화를 휴지기에 들어가게 한 '이이언맨3' 이후 여름 대목에 뛰어든 할리우드 블록버스터는 '분노의 질주: 더 맥시멈'·'맨 오브 스틸'·'월드 워Z'(이상 6월 개봉) 등이다. 이외 7월에도 '퍼시픽 림'·'더 울버린' 등의 개봉이 예고되어 있다.

결론부터 말한다면 할리우드 블록버스터라 해서 모두 '아이언맨3'같지 않다는 사실이다. '애프터 어스'·'백악관 최후의 날' 등 이미 개봉한 영화들의 관객동원 추이를 살펴보니 그렇다. 확실히 예전만 못한 할리우드 블록버스터 위력인 셈이다.

어쩌면 지난 해와 비슷한 양상이 재연될 조짐인지 모른다. 지난 해 4월 26일 개봉했던 '어벤져스'가 707만 4867명을 동원했을 뿐 400만 명 이상 본 할리우드 블록버스터는 '다크나이트 라이즈'(639만 6557명)와 '어메이징 스파이더맨'(485만 3123명) 단 두 편이었다.

반면 한국영화는 천만 클럽 영화가 두 편이나 되는 등 그야말로 전성기였다. 올해 역시 '아이언맨3'에 눌려 휴지기라는 표현까지 써야 했지

만, 잠시로 끝날 수도 있다. 단 36시간 만에 100만 관객을 넘어선 '은밀
하게 위대하게'가 청신호를 보낸 것.

어쨌든 5월 30일 개봉한 '스타트렉 다크니스'(감독 J J 에이브럼스)는
1주일 동안 100만 명도 넘기지 못하는 등 화려한 명성과 따로 놀고 있는
모습이다. 단적인 예로 2009년 전편인 '스타트렉: 더 비기닝'은 전세계에
서 3억 568만 달러(약 4092억 원)를 벌어들인 흥행대박 블록버스터였다.

하긴 '스타트렉 다크니스'도 한겨레(2013. 5. 24)에 따르면 "북미지역
7000만 달러를 포함해 지난 주말에만 1억 6400달러(1526억 원)의 수익을
올리며 흥행몰이를 하고 있는 것으로 알려졌다. 그리고보면 유독 이 땅에서
만 푸대접을 받는 '스타트렉 다크니스'인 셈이다. 전편 역시 역대 박스오피스
200위('악마를 보았다', 181만 7069명, 2013. 6. 7 기준) 안에 이름이 없다.

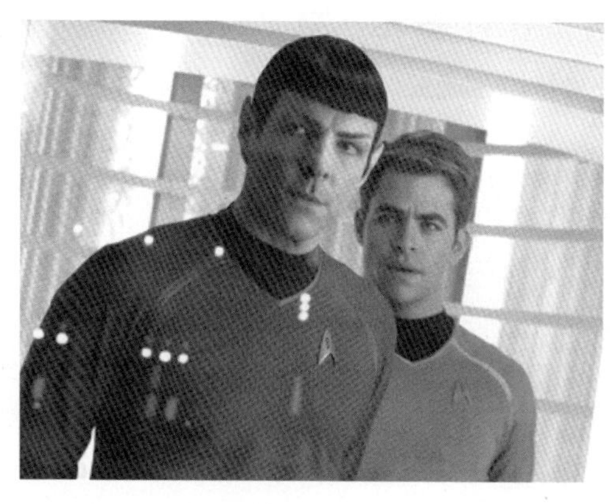

'스타트렉'은 1966년 TV시리
즈로 첫 선을 보였다. 극장에서
상영된 건 1979년 '스타트렉: 더
모션 픽쳐'였다. 그리고 40여 간
11편의 영화로 만들어져 상영되
었다. '스타트렉 다크니스'는 12
번째로 제작된 영화이다. 그만
큼 인기를 누렸던 시리즈물이었
던 셈이다. 영화기술의 발달과 함께 응당 업그레이드되기도 했다.

'스타트렉 다크니스'에서 봐줄만한 것은 바로 영상이다. 제목 자막이
뜨기 전 '니비루' 행성을 묘사한 붉은 색 나무의 숲이라든가 활화산 폭
발과정, 우주 공간에서 벌어지는 함선간 교전, 그것들을 박진감 넘치게
하는 스피디한 전개, 아연 느껴지는 긴박감 등은 본전 생각을 잠깐이나

마 잊어버리게 한다.

"먼지나게 맞았어", "귀 안가지럽냐?", "달리는 차에서 소주잔으로 뛰어드는 격이야" 등 유머 감각이라든가 비유의 참신성도 SF영화치곤 꽤 인상적이다. 함장 커크(크리스 파인)의 대원들을 살리기 위한 희생적 리더십이라든가 커크와 항해사 스팍(재커리 퀸토)의 우정도 제법 진하게 묻어난다.

그런데 그것이 족쇄로 작용하기도 한다. 러닝타임 132분을 견디고 보니 2259년 먼 미래에 펼쳐지는 것이 고작 내부간 전쟁이다. 행성연방 '스타플릿'의 최정예 요원이었던 존 해리슨(베네빅트 컴버배치)이 런던 기록보관소를 파괴하며 전쟁이 시작되는 것.

'스타트렉 다크니스'는, 이를테면 광활한 우주공간과 외계 행성의 종족 등은 그냥 소품정도로 그치고만 치명적 배신감을 관객에게 안기고 있는 엉뚱한 영화인 셈이다. 참, 오지랖도 넓지. 고작 내부의 지구인끼리 하는 싸움의 무대를 '니비루'며 '크로노스' 행성 등 우주공간으로 넓혀 놓았으니 말이다.

자연 영화의 주제의식이 무엇인지 애매하다. 화려한 볼거리 역시 그리 많은 분량이 아니다. SF영화인데 약간 지루한 느낌이 드는 건 그래서다. 신문의 리뷰 역시 다소 과장된 면이 있어 보인다. '스타트렉 다크니스'가 개봉 1주일이 넘도록 100만 명도 불러 모으지 못한 건 필유곡절인 셈이다.

공간이동(워프 드라이브)하는 사람은 신기해 보이지만, 헐거운 장면도 있다. 가령 엔터프라이즈호가 추락하며 여기저기 많이 파괴되는데도 정상 작동되면서 내부는 말짱하다. 또 마커스 제독 함선에 잠입한 스코티(사이몬 페그)는 격납고에 들어가기까지 어떤 제지도 받지 않는다.

백악관 최후의 날

사실은 여러 차례 망설였다. 제목을 봐선 구미가 당겼지만, 박스오피스는 아니었다. 그 흔한 100만 관객은커녕 개봉 2주일이 되도록 20만 명도 못된 기록이니. 그렇다고 대형 블록버스터도 아니다. 볼까, 말까를 고민하던 끝에 결국 '월드 워Z' 개봉에 쫓겨 마지막 날(물론 일부 극장에선 상영중이다.) '백악관 최후의 날'(감독 안톤 후쿠아)을 봤다.

'나 홀로 관객 아냐'라는 때아닌 걱정이 스쳤지만, 막상 극장에 가보니 그건 아니었다. 20여 명과 함께 볼 수 있었기 때문이다. 멀티플렉스 덕분이겠지만, 대박영화도 사람들로 북적거리며 보는 일은 거의 없는 게 요즘 극장가 풍경이다. 참으로 격세지감이다.

다른 영화들과 달리 6월 5일 개봉한 '백악관 최후의 날'에 대한 고민은 북한을 주적으로 내세운 데서 비롯된다. 이명박정부에 이어 한 치 앞도 나가지 못하는 대립적 관계가 국제적으로 핫뉴스가 되고 있는 형국이다. 그런 외중에 미국이 북한을 주적으로 내세운 영화를 만들어 개봉했으니 관심거리일 수밖에.

국내 반응은 흥행실패라 할 만큼 참담한 수준이다. 그에 비해 먼저 개봉한 미국에선 제작비의 두 배에 달하는 돈(1억 3000만 달러)을 벌어들였단다. 참 신기한 일이라 아니 할 수 없다. 하긴 북한에 대한 무슨 뉴스가 TV 전파를 타도 국민들은 평소처럼 일상을 보낸다. 일종의 면역이 생긴 것이라고나 할까.

'백악관 최후의 날'이 흥미로운 건 사실이다. 북한 출신 테러리스트 강연삭(릭윤)을 주적으로 내세워서가 아니다. 오히려 그들에게 백악관이 공격에 이어, 점거까지 당하는 시나리오라 흥미로운 것이다. 못할 짓 없는 할리우드가 백악관 공격과 애셔 대통령(아론 에크하트) 인질이라는 또 하나 일을 낸 셈이다.

그러고 보면 '백악관 최후의 날'은 제목부터 섬뜩하다. 미국 대통령이 사는 백악관이 최후의 날을 맞다니. '청와대 최후의 날' 같은 영화를 엄두조차 낼 수 없는 한국상황과 비교하면 분명 미국은 민주주의가 너무 잘된 나라라고 할 수밖에 없다.

돈 버는 일에 대통령도 한몫한 셈이 되는 '백악관 최후의 날'은, 그러나 끝까지 지켜보면 백악관 경호실 전직 요원의 무용담이라 할 수 있다. 마이크 배닝(제라드 버틀러)이 바로 그다. 영부인을 사고로 죽게 한 죄로 재무부서에 근무하는 마이크가 혈혈단신 활약하여 '최악질' 테러리스트 강연삭을 처치하고, 대통령을 구출해내고 있어서다.

여느 할리우드 블록버스터에서 흔하게 보는 가족애 코드, 그 절박한 상황에서도 변함없는 농담하기 등도 새로울 게 없다. 또 전직 대통령 경호원이 미국을 구하고, 혈맹국인 한국의 안보까지 챙긴다는 '우리가 아니면 안돼'식 잘난 체도 여전해 보인다.

오히려 본격적인 대통령의 사생활 묘사가 제법 신선하게 와닿는다.

권투하는 대통령이라든가 "대통령 부부의 키스는 일급비밀" 등이 그렇다. 그리고 인질로 잡힌 대통령이 뺨을 맞는 따위 핍박은 좀 묘한 기분을 자아낸다. '아이언맨3' 등 납치된 대통령이 처음은 아니지만, 왜인지 '백악관 최후의 날'은 그런 기분을 갖게 한다.

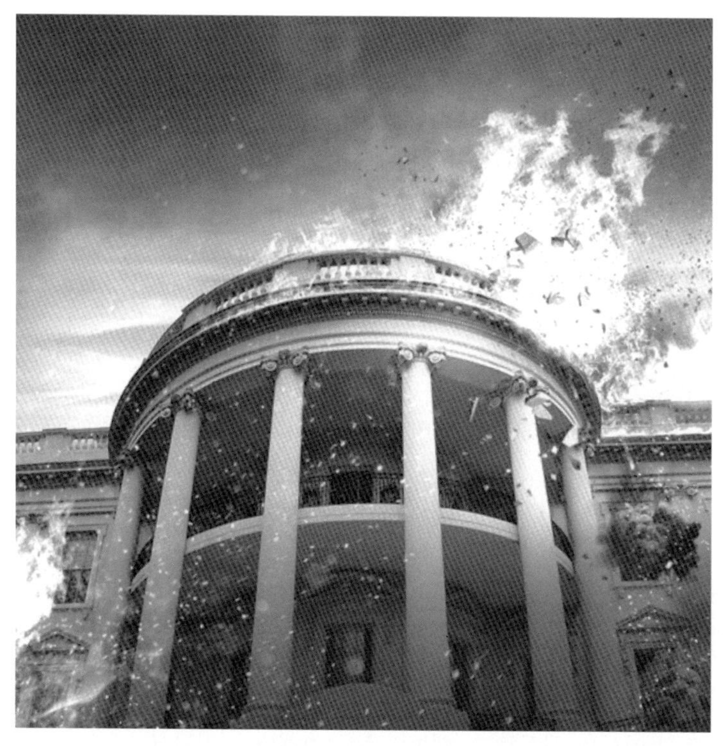

　북한과 함께 덩달아 한국이 사건전개의 한 축인 점 역시 반갑기보다 씁쓸한 기분이다. 한국 국무총리로 나온 배우의 외모부터가 그렇다. 한국 국무총리의 미국방문단에 테러리스트 강연삭이 위장한 채 백악관으로 들어가 불과 13분 만에 점령까지 하는 것도, 아무리 영화라지만 솔직히 불편하다.

마이크의 동료였던 포브스가 왜 조국을 배신하고 강연삭과 손잡았는지, 대통령 구출후 7함대, 미국철수 명령에 대한 취소 내지 원위치 사수같은 후속조치 없이 곧바로 기자회견으로 이어진 것 등 긴장감을 헐겁게 하는 전개도 지적받아야 마땅하다. 도입부 영부인을 죽게한 사고 역시 먹구름 없이도 소나기 퍼붓는 식이라 아쉽거나 불만스럽다.

그런 점을 떠올려보면 "놈을 처지(치)했습니다.", "해킹하면 되(돼)요." 따위 오류는 애교라 할만하다. 그럼에도 동양 배우들의 더빙에 따른 부정확한 발음 문제보다 더 심각한, 영화의 질을 급전직하로 추락시키는 오류라 할 수 있다. 아, 그리고 이 영화가 왜, 청소년관람불가인지도 의문이다.

맨 오브 스틸

아직까지(6월 30일 현재) '아인언맨3'를 제외하면 2등은 되는 것 같다. '월드 워Z'에 밀리긴 했지만 개봉 14일 만에 2백만 명을 넘어선 여름 대작 '맨 오브 스틸' 이야기다. 초등학교 5학년 (혹은 4학년)부터 관람 가능한 12세 관람가여서 그런지도 모를 일이다.

왜 '맨 오브 스틸'이 12세 관람가 영화인지 의문이다. 부모와 함께 입장한 초등학생(입장불가인 저학년으로 보이는)들이 관람도중 소피를 보러가는 따위 시야를 방해해서가 아니다. 그저 옛날부터 파란 망토에 빨간 팬티 차림으로 하늘을 나는 초인적 힘의 슈퍼맨이 나오는 영화가 아니어서다.

그렇다. '맨 오브 스틸'은 '슈퍼맨'의 리부트 영화다. 잠깐 한겨레 (2013. 6. 12)에 기대 그 족보부터 정리해보자. 슈퍼맨이 대중들 앞에 첫선을 보인 것은 1938년 4월 18일 DC코믹스의 만화를 통해서였다. 1940년 라디오 드라마로 제작되었다. 1941년엔 애니메이션 시리즈로 만들어졌다.

1948년 슈퍼맨은 연작영화로 만들어졌다. 1966년엔 뮤지컬로도 제작되었다. 대형극장용 장편영화가 만들어진 것은 1978년이다. 크리스토퍼 리브(2004년 작고)가 주연을 맡아 전세계적으로 흥행성공했다. 그러나 1987년 '슈퍼맨4'는 흥행에 실패했다. 2006년 20여 년 만에 돌아온 '슈퍼맨 리턴즈'(감독 브라이언 싱어) 역시 대박 영화는 아니었다.

그리고 2013년 6월 13일 '슈퍼맨'은 '맨 오브 스틸'로 돌아왔다. '배트맨6: 다크나이트'와 '다크나이트 라이즈'의 크리스토퍼 놀란 감독 제작(스토리 포함), '300'의 잭 스나이더 감독 연출만으로도 화제를 몰고 왔던 '맨 오브 스틸'은, 이미 짐작했듯 '전작의 연속성을 거부하고 이야기를 새롭게 만드는' 리부트 슈퍼맨이다.

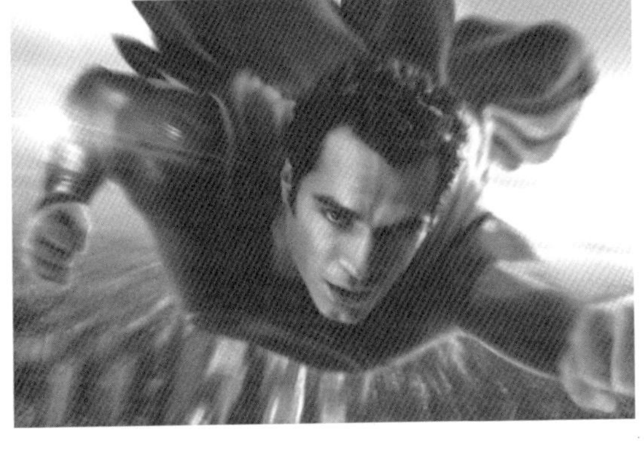

우선 배트맨처럼 고뇌하는 슈퍼맨(헨리 카빌)이다. 슈퍼맨은 크립톤 행성의 칼엘로 태어나지만 지구의 클락 켄트로 살아간다. 이를테면 이중국적자로서의 고뇌인 셈이다. 결국 슈퍼맨은 반란을 일으킨 조드 장군(마이클 섀넌)에 맞서 흔적도 없이 사라질 뻔한 지구를 구한다.

슈퍼맨이 왜 낳아준 조국보다 키워준 지구를 선택했는지는 분명치 않다. 관객이 알 수 있는 건 크립톤 행성을 재건하기에는 이미 늦었다는 슈퍼맨의 대사 정도이다. 하긴 키워준 정은 강하고 질긴 모습으로 나타난다. 양부(케빈 코스트너) 말도 잘 듣고, "감히 우리 엄마를 위협해!" 분개하며 미친 듯이 조드장군을 공격해대고 있으니 말이다.

고뇌하는 슈퍼맨이라 그런가. 영화 시작 1시간쯤 되어 나타난 슈퍼맨은 천하무적 슈퍼 히어로는 아니다. 상대방에게 원없이 맞으며 당한다. 초인적 힘 때문인지 그렇게 가격당해도 얼굴은 그 흔적 하나 없다. 열나게 싸운 후에도 항상 매끄러운 얼굴이다. 심지어 신부를 찾아가 상담까지 하는 슈퍼맨을 보니 그만 실소가 터져 나올 지경이다.

'맨 오브 스틸'은 마구 때리고 부수는 개념없는 할리우드 블록버스터는 아니다. 그래서 143분이라는 러닝타임은 일견 지루하게 느껴진다. 고뇌하는 슈퍼맨이란 컨셉은 골치 아프고 진지한 것 따위에 돈을 쓰지 않으려는 한국 관객의 할리우드 블록버스터 취향과 엇나가는 것일 수도 있다.

미덕은 역시 화려한 볼거리다. '쥐라기 공원'을 연상케 하는 흐라카(시조새) 유영같이 크립톤 행성에서 벌어지는 여러 장면과 지구(미국)로 옮겨와 벌이는 슈퍼맨과 조드 일행의 전투신(고층빌딩 붕괴와 전투기 추락, 시추선 파괴 등), 그리고 토네이도 재현 등이 그것이다.

하늘을 날고 바다도 가르는 슈퍼맨의 추락하는 비행체 속 레인 구해내기 역시 장관이다. 의외로 콧등 시큰하게 만드는 장면도 있다. 예컨대 "고마워요"하는 슈퍼맨에게 "뭐가요?"라 되묻는 레인(에이미 애덤스) 기자와의 잠깐 헤어지는 장면이 그렇다.

그럴망정 '맨 오브 스틸'도 할리우드 블록버스터가 범해온 오류로부터 자유롭진 않다. 거대한 우주선이 도심 주유소 앞에 가뿐히 착륙하는가 하면 조드가 눈에서 불을 뿜어 건물을 파괴시키려 할 때 도망가지 않는 시민들 모습이 그런 경우다. 크립톤 행성으로 잡혀갈 때 조드의 명령이라 하나 선뜻 응한 레인을 슈퍼맨이 일단 말렸어야 하는 것 아닌가? 뜬금없는 둘의 키스신도 사족으로 보인다.

월드 워Z

'맨 오브 스틸'보다 1주 늦은 6월 20일 개봉한 '월드 워Z'가 '여름대전'에서 웃을 것으로 보인다. '아이언맨3'은 제쳐두고 5월 개봉한 '스타트렉 다크니스'와 '분노의 질주: 더 맥시멈' 등과의 대결에서도 마찬가지다. 물론 더 두고 지켜봐야 할 일이지만, 초반 4일 만에 154만 6710명의 관객동원 성적이나 예매율 등이 그런 평가를 갖게 한다.

특히 '맨 오브 스틸'이나 '스타트렉 다크니스'를 제치고 '월드 워Z'가 흥행에 성공한다면 순전 브래드 피트의 공으로 돌려야 할 것 같다. 2011년 '머니볼' 홍보차 처음 내한한 브래드 피트가 6월 11일 다시 한국을 찾아 서울 청계광장에서 열린 레드카펫 행사에 참여했기 때문이다.

연합뉴스(전북매일신문, 2013. 6. 13)에 따르면 브래드 피트는 영화 홍보를 위해 아시아 지역에서는 유일하게 한국을 방문했다. 무대에 오른 브래드 피트는 "지난 번(2011년)보다 더 환영해주는 것 같다"면서 "여러분을 위해 훌륭한 작품을 준비했으니 많이 사랑해달라"고 말했다.

영화 홍보를 위한 상업적 나들이인데 웬 호들갑이냐고? 영화를 보고

안보고는 대중의 자유지만, 그만큼 한국이 할리우드에서 존재감을 가진 나라로 각인되었다는 반증이 되어서다. 더구나 고작 3시간 공식 일정을 위해 호주에서 감독(마크 포스터)과 함께 이 땅을 밟았으니 특기할만하지 않은가?

'월드 워Z'는 맥스 브룩스의 밀리언셀러 동명소설을 원작으로 한 재난 블록버스터다. 유명배우에서 제작자로 변신한 브래드 피트가 리어나도 디캐프리오와 판권 경쟁을 벌여 더 유명해진 작품이기도 하다. 브래드 피트는 제작자뿐 아니라 이 영화에서 주연(제리 역)을 맡아 열연했다.

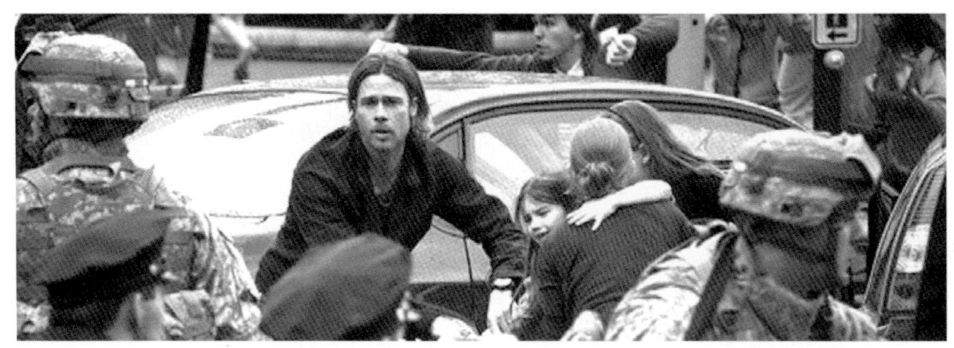

확실히 '월드 워Z'는 B급 좀비(살아있는 시체)영화는 아니다. 원작에 힘입은 바 크겠지만, B급 좀비영화의 고품격화라고나 할까. 어쨌든 제법 볼만한 재난형 블록버스터라 해도 크게 시비하는 사람은 없을 것이다. UN 조사원이었던 제리는 원인을 알 수 없는 괴질로 도시, 나아가 지구가 혼란에 빠지자 복귀한다.

일단 블록버스터다운 볼거리가 그럴 듯하다. 특히 하늘을 나는 비행기가 좀비 격퇴차 두 동강나는 액션신이 압권으로 보인다. 초반 자동차 추돌 등 혼란은 지난 해 여름 대박을 터뜨렸던 '연가시'를 생각나게 하는데, 한국영화가 해내기 힘든 스펙터클한 장면으로 보인다.

초반 시작된 긴장감도 영화 보는 내내 이어진다. 그냥 시간죽이기용 오락대작에 머무는 '같잖은' 영화가 아닌 것이다. 그렇듯 볼만하긴 한데, 뭔가 소문난 잔칫집 먹잘 것 없다는 속언을 떠올리는 것까지 막진 못한다. 이런저런 재난형 블록버스터를 그 동안 많이 봐온 때문인지도 모른다.

필자로선 미국적 우월주의 대신 전면에 내세운 가족애 코드가 영 거역스럽다. 세상에, 제리는 가족과 떨어지지 않으려고 조사원 복귀를 거부하고 있다. 가족의 안전 보장을 약속받은 후에야 미확인 바이러스 원인 규명을 위해 처음 발생지역인 한국의 주한미군 평택기지로 떠나고 있다.

그렇게 떠나는 것으로 끝나는 게 아니다. 제리는 아내에게 매일 전화할 것을 약속한다. 지금 어디 놀러 가는 것인가. 그런 노골적인 가족애 코드는 절체절명에 빠진 지구의 위기감을 희석시킬 뿐이다. '무소식이 희소식'이란 속담을 꼭 들려주고 싶은 심정이다.

가족이 소중한 건 사실이다. 따지고 보면 가족을 먹여 살리는 일이 내가 사는 이유이기도 할 것이다. 그렇더라도 '월드 워Z'는 정도껏 해야지 않나 하는 생각을 떠나지 않게 하는 영화이다. 가족사랑의 절박한 마음은 제리가 스스로 주사할 때 정도면 충분하다.

"대자연은 연쇄살인범과 같다"는 짤막한 대사는 건질 게 있는 반면 좀 아니지 싶은 대목도 있다. 가령 비행기 추락으로 부상당한 제리가 3일 만에 깨어났는데, 작동되는 휴대폰이 그것이다. 또 헬기구조 과정에서 잠깐 신세진 토미 아버지 등이 사살되는데, 그에 대한 제리 등 가족의 반응이 전혀 그려지지 않은 점이 그렇다.

그 외 15세 관람가 영화인데도 웬 초등학생들 관객이 그리 많은지, 그렇게 관람해도 되는지 묻고 싶다.

화이트 하우스 다운

필자가 '백악관 최후의 날'을 굳이 본 것은 영화에 북한 테러리스트가 '주적'으로 나와서가 아니다. 북한의 핵무기를 둘러싸고 이 땅에서도 개성공단 철수 등 적지 않은 파문이 일었지만, 필자가 '백악관 최후의 날'을 굳이 본 것은 백악관 파괴 때문이었다.

두 번이나 '굳이'라는 단어를 쓴 것은, 물론 그만한 까닭이 있어서다. 미국에서 3월 22일 '올림퍼스 함락되다'로 개봉, 3일 만에 3050만 달러를 벌어들이는 등 대박영화였을망정 국내 반응은 시큰둥해서다. 그보단 좀 낫지만, 역시 관객 반응이 별로였던 '화이트 하우스 다운'을 챙겨 본 것도 백악관이 공격당하는 내용 때문이다.

6월 27일 개봉한 '화이트 하우스 다운'은 롤랜드 에머리히 감독의 최신작이다. 에머리히가 누구인가? '인디펜던스 데이'·'투모로우'·'2012' 등 재난블록버스터의 달인이라 할 감독이다. 독일 출신의 에머리히 감독이 할리우드 블록버스터로 벌어들인 수익은 30억 달러(약 3조 3000억 원)가 넘는다는 기사(동아일보, 2013. 5. 3)도 있었다.

에머리히 감독이 한국을 찾은 것은 5월 2일이다. '화이트 하우스 다운' 홍보를 위해서다. 영화 개봉일에 비해 너무 일찍 한국을 방문해서 그런가. '화이트 하우스 다운'은 그의 '투모로우'나 '2012' 등 전작에 비하면 씨늘할 정도의 대접을 받았다.

참고로 2009년작 '2012'는 539만 6890명, 2004년작 '투모로우' 183만 767명, 통합전산망 집계 훨씬 전인 1996년작 '인디펜더스 데이'도 서울 기준 98만 5000명으로 그 해 흥행순위 1위(일간스포츠, 1996. 12. 15)였다. '화이트 하우스 다운'은 개봉 2주일이 되도록 56만 2826명을 동원하고 있을 뿐이다.

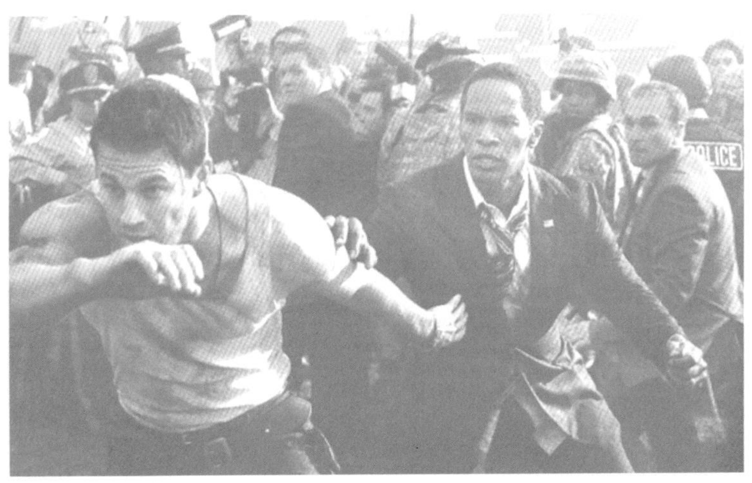

'화이트 하우스 다운'은 매년 1백 5십만 명이 관광객으로 다녀간다는 백악관 경호요원 시험에 떨어진 존 케일(채닝 테이텀)이 소이어 대통령(제이미 폭스)을 테러로부터 구해내는 내용의 영화이다. 아무리 못할 짓이 없는 할리우드라 하더라도 백악관 공격 영화가 아무렇지 않게 또 만들어진 것이다.

먼저 미국의 그 '민주주의'가 놀랍고 부럽다. 최근 박근혜 대통령 관련 부정적 기사로 구속까지 된 기자가 있었던 사실을 떠올려 보는 기분이 그렇다. 하물며 청와대가 '백악관 최후의 날'처럼 북한이나 '화이트 하우스 다운'에서 보는 대통령 정책 반대파에 의한 테러로 공격당하는 영화야 말 그대로 언감생심 아니겠는가?

물론 결과는 해피엔딩이다. 존 케일의 도움으로 구출된 미국 대통령은 한 술 더 뜨는 활약상까지 보여준다. 총질은 기본이고 로켓포 발사에 수류탄 투척까지, 아무리 생각해도 미국은 참 좋은 나라이다. 백악관 테러라는 발생 자체가 기분 나쁠 수 있는 영화 설정인데, '한액션' 하는 대통령 캐릭터로 그것이 상쇄된 셈인가.

에머리히 감독의 전작 재난형 블록버스터들에 비하면 스케일은 애들 장난 수준이다. 단적인 예로 중앙홀에서 폭탄이 터지는데, 의사당 건물 전체가 폭발하는 식이다. 이 땅에서도 박정희 대통령이 심복 총에 맞아 운명을 달리 했지만, 최측근 경호실장이 방위산업체 이익을 대변하는 배신자로 설정된 것은 설득력이 떨어진다.

할리우드 블록버스터의 단골 기법도 여전하다. 11살 딸의 백악관 역사, 대통령을 향한 박학다식('아이언맨3'에서 그렇게 현학적인 꼬마가 나온다.)이라든가 '좋은 아빠 되기', 생사가 갈리는 그 와중에도 농담 따먹기 하는 대사의 여유로움 등이 그것이다.

그나마 건질 것은 "백악관 들어가면 재선만 신경쓰게 되지" 같은 비판적 메시지다. 방위산업체, 그러니까 일개 기업체들이 세계를 주름 잡는 미국 대통령의 집무실을 무장 공격한다는 가공스런 영화 현실도 그냥 무덤덤하게 받아들여지지 않게 하는 섬뜩함이 있다.

퍼시픽 림

유난히 뜨거운 여름같다. 할리우드 블록버스터 이야기다. 그도 그럴 것이 지난 해 4~5편이었던데 반해 올 여름 할리우드 블록버스터는 10여 편이나 된다. 그중 대박영화는 900만 명의 '아이언맨3'과 500만 명을 넘긴 채 상영중인 '월드 워Z'정도이다. 이미 앞에서 말했듯 예전만 못한 할리우드 블록버스터의 위력인 셈이다.

물론 그것은 섣부른 판단일 수도 있다. 아직 '더 울버린'이 관객과 만나지 않은데다가 7월 11일 개봉한 '퍼시픽 림'이나 7월 18일 세상에 공개된 '레드: 더 레전드'가 관객몰이에 나서고 있어서다. '퍼시픽 림'은 7월 23일 기준 227만 3893명을 동원했다.

그러나 개봉 13일 만의 그런 성적이 흥행성공으로 보이지는 않는다. 영화사로선 본격적으로 시작되는 방학 특수에 기대를 걸 법한데, 필자의 생각은 좀 다르다. 12세 관람가 영화이긴 해도 '퍼시픽 림'은 초등학생들이 보기엔 너무 어렵고 어두운 작품이기 때문이다. 로봇 어쩌고 하는 소문에 제 부모를 조르는 초등학생들이 얼마나 있을지….

로봇이 나와 '트랜스 포머' 시리즈를 떠올리기 십상이지만, '퍼시픽 림'이 '괴수영화'라는 견해도 있다. 특히 한겨레(2013. 7. 11)신문이 "괴수영화의 진수를 보여준다"고 강조한다. "'괴수영화의 원조'로 불리는 레이 해리하우전 감독의 <심해에서 온 괴물>(1953)과 혼다 이시로 감독의 <고질라>(1954)에 등장하는 괴수영화의 전통을 고스란히 이어받았다"는 것이다.

여기서 잠깐 필자가 2011년 5월 펴낸 '흥행영화 째려보기'에 기대 괴수영화의 역사를 살펴보자. 세계영화사에서 최초의 괴수영화는 1912년 프랑스의 '극지정복'(감독 조르주 메리에스)으로 알려졌다. 그럴망정 괴수영화의 종주국은 미국(킹콩)과 일본(고지라)이라 할 수 있다.

1933년 메리 쿠퍼가 감독한 '킹콩'은 괴수영화의 고전이다. 일본에서는 1954년 혼다 이시로 감독이 연출한 '고지라'가 첫선을 보였다. 고지라는 2004년 '고지라: 파이널워즈'까지 모두 28편의 시리즈가 제작되었다. 롤랜드 에머리히 감독이 연출한 '고질라'(1998)는 일본의 고지라를 수입해 만든 할리우드 블록버스터다.

'킹콩'은 여러 차례 리메이크되었다. 가장 최근 영화는 2005년 12월에 개봉한 피터 잭슨 감독의 '킹콩'이다. '반지의 제왕' 3부작으로 전 세계적 흥행감독이 된 피터 잭슨의 '킹콩'은 2700억 원 투자, 러닝타임 3시간짜리 할리우드 블록버스터로 거듭난 괴수영화이다.

한국의 괴수영화도 만만치 않다. 1962년 '불가사리'(감독 김명제)가 가장 오래된 작품이다. 1967년 '대괴수 용가리'(감독 김기덕)는 본격적으로 특수효과를 쓴 한국 괴수영화의 고전이다. 같은 해 '우주괴인 왕마귀'(감독 권혁진)도 있다. 1999년 '용가리'는 '대괴수 용가리'를 심형래식으로 만든 것이다. 심형래 감독은 그 전에도 '영구와 공룡 쭈

쭈'(1993), '티라노의 발톱'(1994)을 만든 바 있다.

어쨌든 '퍼시픽 림'은 심해 괴수 카이주(일본말로 괴수란 뜻)의 지구 곳곳 공격에 대항하는 이야기다. 대항마는 거대 로봇 '예거'('사냥꾼'이 란 뜻의 독일어)다. 5년 전 카이주와의 전투에서 형을 잃었던 예거 조종 사 롤리(찰리 헌냄)가 마코(기쿠치 린코)와 한 팀이 된다. 물론 카이주 섬멸은 성공한다.

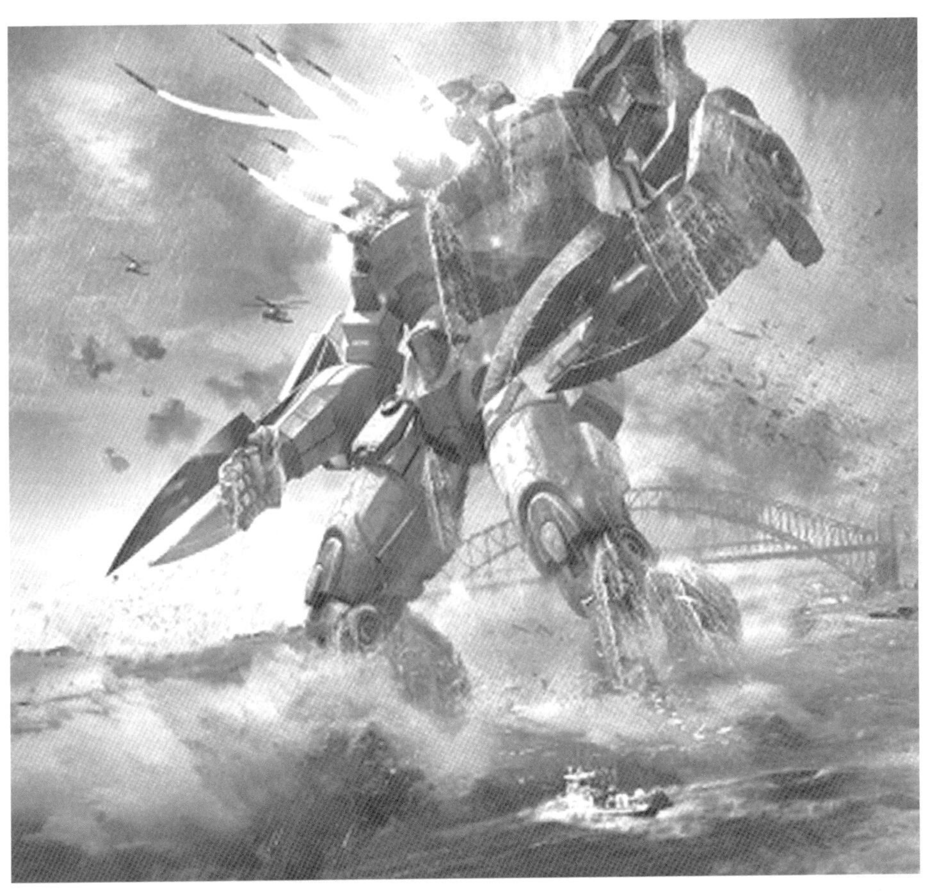

우선 영화의 볼거리는 크기다. '큰 놈이 세다'는 확신을 가진 듯 카이

주나 예거들은 정해진 비율의 스크린 위로 튕겨져 나갈 정도다. 액션신은 바다에서 많이 펼쳐진다. 80m쯤 키라 해저 바닥에 발을 딛고 그렇듯 상체 이상은 바다 위로 나와 자유롭게 대결을 펼치는 것인지 신기할 정도다.

대결중 카이주가 새로 변신, 예거를 독수리 발톱처럼 나꿔채 비상하는 것도 장관이다. 당연히 아무 생각없이 그냥 더운 여름날 팝콘무비 보는 걸 전제로 해서다. 식상되긴 하지만, 결말부분 마코의 "죽으면 안 돼!" 흐느낌에 롤리가 "너무 꽉 잡았잖아!" 따위 유머로 보낸 살아있음의 신호도 뵈줄만하다.

그러나 '퍼시픽 림'은 팝콘무비인데도 허리가 아플 만큼 지루하다. 최근 할리우드 블록버스터에 철학적 사유나 인간적 고민들이 하나의 흐름으로 자리 잡은 것과 무관치 않아 보인다. 오히려 '큰 놈'들이 마구 때리고 부수고 하며 팝콘무비로서 소임을 다하는 게 좋을 뻔했다.

특히 마코의 카이주 습격으로 인한 트라우마가 강조되어 볼거리 걸림돌로 작용한다. 마코의 비중과 함께 후보자 통과 테스트의 검술 및 홍콩의 카이주 암시장 따위 노골적으로 일본과 중국시장을 겨냥한 듯 보이는 '친동양권' 묘사도 한국 관객으로선 다소 떨떠름했을 법하다.

레드: 더 레전드

할리우드 블록버스터 위력이 예전만 못한 이 땅의 현실에 대해 여러 차례 지적한 바 있다. 그만큼 한국영화 전성시대이다. 전체 관객이 줄어들어서 그런 것이 아니다. 한국영화 관객 수가 엄청 늘어나서다. 단순한 통계만으로도 그 점이 확인된다.

2013 여름 대목에 선보인 할리우드 블록버스터(4~7월 개봉)들은 줄잡아 12편이다. 물론 "그 말에 책임질 거냐?" 다그치면 좀 쩔리는 할리우드 블록버스터도 있다. 수천 억 원을 쏟아부어 돈 들인 표를 심하게 내는 경우와 1천억 원대의 물량 공세는 차원이 다르기 때문이다.

여름 대목에서 외국영화 흥행순위 1, 2위가 된 '아이언맨3'과 '월드워Z'가 앞의 영화라면 3위에 오른 '레드: 더 레전드'는 후자에 속하는 할리우드 블록버스터다. 7월 18일 개봉한 '레드: 더 레전드'(감독 딘 패리소트)는 8월 9일 현재 287만 9530명을 극장으로 불러 모았다.

'레드: 더 레전드'보다 1주일 먼저 개봉한 '퍼시픽 림'의 253만 7454명보다 많은 관객 동원이다. 일단 거기서 의아스러운 것은 '퍼시픽 림'

에 비해 전무하다시피한 리뷰 등 신문의 태도이다. 필자가 접한 건 일부 신문의 이병헌 인터뷰 기사뿐이다. 아, 그리고 철지난 지방지(전북매일신문, 2013. 8. 9)의 영화 리뷰를 보기도 했다.

그러고 보면 신문의 리뷰가 대중에 미치는 영향력은 미미한 것인가? 하긴 이병헌(한조배 역) 효과가 의외로 큰 것일지도 모르겠다. '레드: 더 레전드'는 이병헌의 세 번째 할리우드 진출작이다. 지난 해 '광해, 왕이 된 남자' 개봉이 앞당겨져 구설에 올랐는데, 이병헌의 '레드: 더 레전드' 촬영 스케줄이 주요 이유였다.

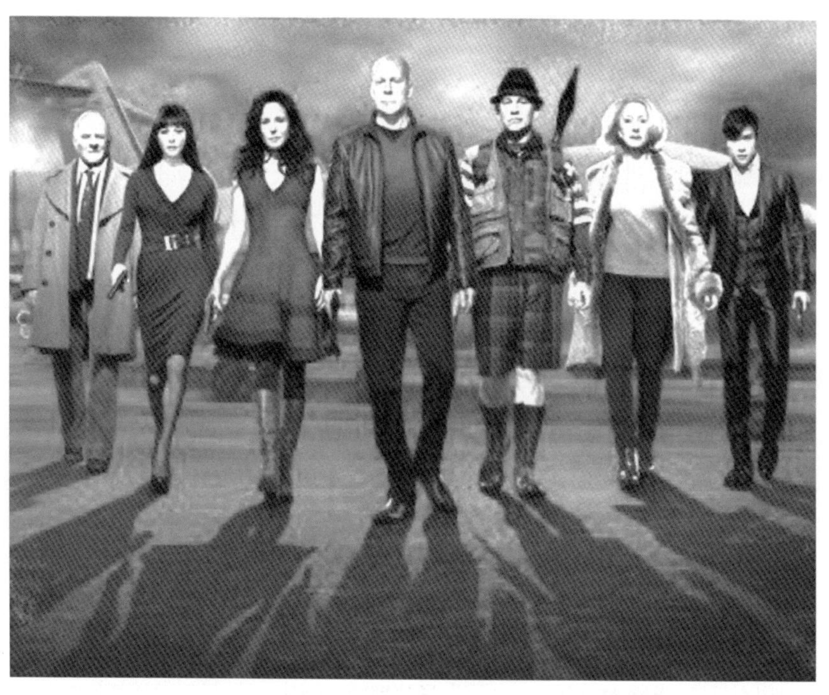

어쨌든 '레드: 더 레전드'는 이병헌이 출연한 '지 아이 조' 1~2에 비해 비중이 높아진 영화임을 알 수 있다. '좋은 놈, 나쁜 놈, 이상한

놈'(2008)을 본 감독이 캐스팅했다는데, 이병헌은 "아마도 제가 저렴해서 쓰신 것 같아요"라며 너스레를 떨었다.

이병헌 얘길 잠시 접어둔다면 이 영화의 흥행 역시 썩 이해되지 않는다. '다이하드: 굿데이 투 다이'라든가 '익스펜더블2'같이 '역전의 용사'들을 주인공으로 내세운 영화들이 팍팍 나가떨어졌음을 이미 목격했기 때문이다. '레드: 더 레전드' 역시 올드보이 귀환 영화이다.

다른 점은 노소(老少)의 안배다. 주요 인물 8명중 브루스 윌리스·존 말코비치·헬렌 미렌·안소니 홉킨스 등 4명은 노장, 나머지 4명은 젊은 세대이다. 은퇴한지 10년된 프랭크(브루스 윌리스)가 사라(메리 루이스 파커)와 사랑하며 작전에 투입되는 설정도 좀 특이하긴 하다.

내용은 단순하다. 전직 CIA 요원들이 다시 모여 대량 살상무기 '밤 그림자' 재가동을 막아내는 것. 오토바이와 자동차 추격신, 콘테이너차량 밑으로 들어가는 자가용 액션, 이병헌의 수갑 액션 등이 볼만하다. 유머도 제법 대사에 녹아 있어 튀지 않는다. 팝콘무비로선 제격이다.

그래서일까. 간판 내리기 전, 외화흥행 3위작을 빼면 서운할 것 같아 400쪽 초과라는 부담감을 무릅쓴 관람이었는데 도중 외출하는 관객이 5명이나 되었다. 낮술이라도 먹고 영화를 보러 온 것인가, 시도때도 없이 스크린을 가려대는 젊은 여성 관객들을 어떻게 생각해야할지 참으로 난감하다.

잠시 팝콘무비를 잊어버리면 아쉬운 점도 있다. 상황은 있는데, 동기가 없어서다. 전직 CIA 요원들은 왜 그렇듯 목숨까지 걸고 '밤 그림자' 재가동을 막아야 했는지, 영화가 끝난 후에 아무리 생각해보아도 아리송하다. 전단지엔 '의욕충만 열혈신참'으로 써놨는데 프랭크 애인에 불과한 사라의 요원으로서의 활약상도 황당하기 이를 데 없다.

더 울버린

엑스맨이 돌아왔다. 2011년 6월 '엑스맨: 퍼스트 클래스' 이후 2년 만이다. 2000년 시작한 '엑스맨' 시리즈의 6번째 작품이다. 그런데 이상하다. 영화 제목엔 '엑스맨'이 없다. 그냥 '더 울버린'(감독 제임스 맨골드)이다. 2009년 '엑스맨 탄생: 울버린'이 외전이듯 '더 울버린' 역시 그렇게 규정해도 될 것 같다.

먼저 살펴볼 것은 울버린 역의 휴 잭맨이다. 휴 잭맨은 6편의 엑스맨에 모두 출연했다. 동아일보(2013. 7. 16)에 따르면 "역대 히어로 영화중 최장 기간(13년), 최다 편수(6편)에 동일 캐릭터로 출연한 기록"을 갖고 있다. 그가 7월 15일 4번째로 한국에 왔다. 물론 영화 홍보를 위해서다.

여러 할리우드 블록버스터들이 그렇듯 한국 방문 기자회견은 세계 홍보 행사를 처음 시작하는 자리였다. 아시아에서 유일하게 한국만 방문해 일본·중국·싱가포르·말레이시아 등 아시아 국가에서 온 50여 명 기자들이 취재 경쟁을 벌였다나 어쨌다나 하는 소식도 들려온다.

2009년 서울시 홍보대사로 위촉된 잭맨이 기자회견에서 말한 한국인들의 '엑스맨' 시리즈 사랑은, 그러나 그냥 인사치레에 불과하다. 앞의 '엑스맨: 퍼스트 클래스'에서 이미 말한 바 있듯 '엑스맨' 시리즈의 국내 성적이 별로이기 때문이다. 통상 할리우드 블록버스터의 경우 300만 명을 흥행성공 기준으로 본다면 해당작 없음인 것이다.

7월 25일 개봉일 2회차 '더 울버린'을 본 소감도 전작들과 크게 다르지 않다. 물론 너무 섣부른 판단일 수도 있지만, 뭔가 좀 이상한 영화 같아서다. 그도 그럴 것이 2시간 넘게 영화를 보는 내내 '이거, 할리우드 블록버스터 맞아?' 하는 의문에 시달려야 했다.

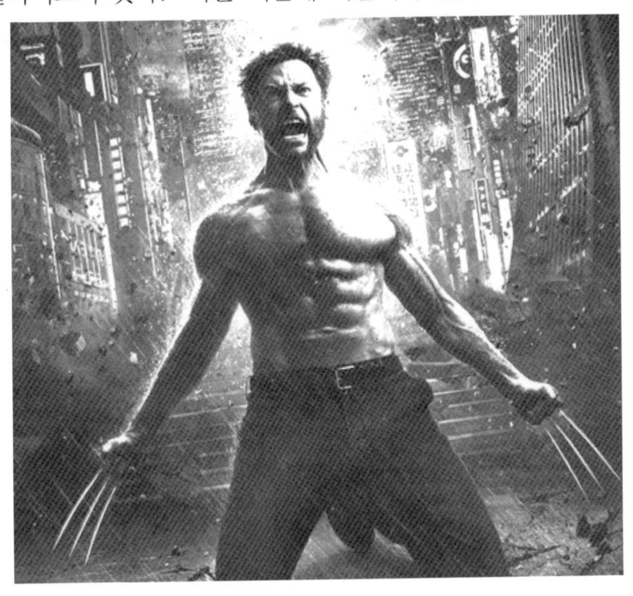

울버린이 유전자 변형으로 인한 돌연변이인 것은 맞다. 하지만 울버린은 최근 할리우드 블록버스터의 한 흐름인 트라우마를 안고 사는 엑스맨이다. 자기 손으로 애인을 죽였던 죄책감에서 벗어나지 못한 것. 게다가 울버린말고 유일한 돌연변이 악당 바이퍼(스베트라나 코드첸코바)로부터 힘을 거세까지 당한 상태다.

어렵사리 저절로 상처가 치유되는 '자가치료능력'을 스스로 되찾지만, 클로(울버린의 양손에서 튀어나오는 무기)마저 야시다(야마노우치 할)에게 탈취당할 뻔하는 등 할리우드 블록버스터로서의 기대감을 가진 관객이라면 실망할 게 뻔하다. 하긴 '아이언맨'·'배트맨'·'슈퍼맨' 들이 사정없이 악당들에게 당하는데, '엑스맨'이라 해서 다를 게 없지 싶다.

영화의 극히 일부 장면인 액션도 새로울 게 없다. 달리는 고속철(신칸센) 지붕 위에서의 야쿠자와의 사투는 이미 007 시리즈 등에서 봐온 것이다. 야시다가 조종하는 사무라이 로봇의 무기가 칼이라는 점은 실소마저 터져나오게 한다. 더욱 큰 실소는 마리코(오카모토 타오)와의 러브라인에서 터져나온다.

1832년에 태어나 불로·불사·불멸의 괴물인 울버린의 이력은 그만두자. 사랑에 빠진 마리코는 손녀뻘이다. 러브라인으로 기울다보니 그냥 평범한 영화라는 한계를 그대로 드러낸 셈이다. 그나마 하라다(윌 윤 리)가 이끄는 자객부대의 화살 꽂기 공격이 장관을 이룬다. 유키오(후쿠시마 리라)의 돌려차기 등 액션도 실감난다.

일본영화에 잭맨이 출연한 것 같은 인상을 풍기는 것도 여름 대목을 겨냥한 팝콘무비로는 걸림돌이다. 배경의 거의 대부분에다가 일본 배우들이 더 많고, 일본어 대사까지 가끔 섞여 나오니 도대체 무슨 의도인지 제작사(20세기 폭스사)의 속내를 모르겠다.

그러고 보니 20세기 폭스사가 자본을 댄 한국영화 '런닝맨'이 떠오른다. 그만큼 할리우드 블록버스터가 예전만 못하다는 반증이다. 그런 점에서 아시아에서 한국만 홍보차 다녀간 휴 잭맨의 행보 역시 미스터리다. 이 책 제4부의 처음과 끝의 영화가 '엑스맨' 시리즈가 된 것은 순전 우연일 뿐이다. 오해가 없기 바란다.

5. 부록 혹은 또 다른 영상

'스파이 명월'의 시청자 모욕죄

우여곡절 끝에 KBS 월화 드라마 '스파이 명월'이 종영되었다. '우여곡절 끝에'라고 말한 것은 이미 널리 알려진 대로 주연배우 한예슬(한명월 역)의 촬영거부로 인한, 거의 사상 초유의 결방(8월 15일 11회분) 사태까지 빚은 바 있기 때문이다.

한예슬의 돌발행동이 많은 파장을 일으켰음은 말할 나위 없다. "오죽 열악했으면 그랬겠냐"는 동정론과 "그래도 그것은 공인의 자세가 아니다"는 질타까지 설왕설래했다. 저조한 시청률의 '스파이 명월'이 결방이라는 악재로 갑자기 '뜨게' 된 것은 아이러니칼하다.

저조한 시청률에다가 주연배우의 촬영거부로 인한 결방 등 우여곡절을 겪고도 '스파이 명월'이 끝까지 간 것은 어쨌든 장한 일이다. 만약 조기종영했더라면 '개인' 한예슬보다 거대 방송 KBS가 더 큰 책임을 져야 했을 테니까.

속내는 어떨망정 KBS가 '대의'를 위해 한예슬을 너그럽게 포용했다 하더라도 일반 시청자들까지 그런 것은 아니다. 한국 드라마의 열악한 촬영현실은 세계적 수준이지만, 그렇더라도 한예슬로 인한 결방이 '시청자 모욕죄'에서 자유로울 수는 없다.

이상한 것은 그런 언론의 스포트라이트에도 불구하고 결방 이후 드라마가 뜨지 않은 점이다. 지난 6일 2회 연속 방송, 18회로 막을 내린 '스파이 명월'의 시청률은 17회 6. 4%, 18회 5. 2%(AGB닐슨 미디어리서치)였다. 7월 11일 시작이래 한자릿수 시청률에서 한 치도 전진하지 못한 셈이다.

사실 '스파이 명월'은 야구, 한류, 오디션, 해외촬영 등 대중문화의 아이콘 내지 드라마가 뜰만한 요소를 죄 동원하여 관심을 모았다. 거기에 남파간첩의 한류스타 포섭→결혼→월북이라는 다소 파격적이면서도 엉뚱한 소재가 흥미를 더했다.

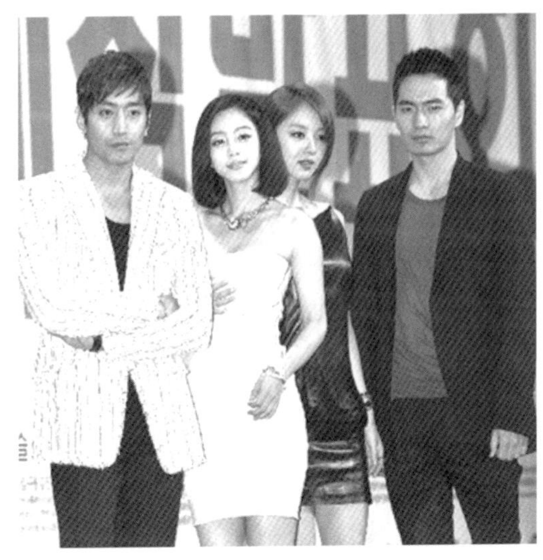

그런데 그것이 그만 주 시청층을 놓친 셈이 되었다. 코미디라는 전반적 흐름에 동조하는건 10대 및 20대 초반층이다. 그들에게 간첩 이야기는 까마득히 먼 전설 같은 소재일 수밖에 없다. 그러니까 충성도 높은 시청자들에게 어필할 동력을 상실한, 다소 어정쩡한 드라마가 되고만 것이다.

동력 상실에는 여러 이유가 있다. 가장 대표적인 것이 '무개념스런' 연출이다. 기본적으로 코믹 모드라는 점을 인정한다해도 그렇다. 가령 북한 군사교본을 침대 옆 서랍에서 꺼내고 있다. 또 와인바와 호텔 앞 등 많은 사람들이 다니는 장소에서도 '소좌 동지', '한명월 동무'라 서로 부르길 예사로 한다.

아무런 개념없이 본다면 모를까 조금이라도 생각있는 시청자라면 그냥 넘어갈 대목이 아니다. 아무리 드라마일망정 너무 황당하다. 극중 리얼리티나 박진감에 대한 고민없이 대박을 기대하는 건 어리석은 일이다. 과거 북한을 소재로 한 드라마나 영화가 성공한 키워드 중 하나인 남북관계의 진지함을 놓친 것도 그렇다.

그렇더라도 한예슬의 촬영거부 이후까지를 포함한 코믹 연기 등 실연(實演)은 높이 살만하다. 한명월이 교통사고로 죽었나 싶었는데 1년 만에 다시 나타나 강우(에릭)와 결혼하는 해피엔딩도 볼만하다. 막가파 식으로 잔뜩 벌여놓고 끝에 주인공을 '죽이는' 상투적 결말보다는 오히려 나아 보여서다. 말 안 되는 전개이긴 하지만, 남·북화합 차원에서라도 그럴 듯하지 않은가?

그 연장선에서 최류(이진욱)를 비롯한 간첩들에 대한 인간적 모습 묘사는 당연하다. 자수하여 대한민국 품에 안긴 옥순(유지인)·희복(조형기) 부부라든가 최류를 어느새 사랑하게된 인아(장희진) 등 지금부터라도 그렇게 가야지 싶다. 말할 나위 없이 꽉 막힌 이명박 정부의 남·북한 관계를 떠올리며 해보는 생각이다.

〈전북매일신문, 2011. 9. 16〉

팩션의 힘, '공주의 남자'

다시 TV에 사극 열풍이 불고 있다. '다시'라고 말한 것은 2009년 '선덕여왕'(MBC)·'천추태후'(KBS)·'자명고'(SBS) 등이 '범람'했지만, MBC '동이'를 끝으로 지난 해 하반기엔 '근초고왕'(KBS)만이 새롭게 선보였기 때문이다.

그랬던 것이 올해 하반기 들어선 '무사 백동수'·'공주의 남자'·'계백'·'광개토태왕'·'뿌리깊은 나무' 등이 방송되었거나 되고 있는 중이다. 금요일만 빼곤 일주일 내내 사극과 만날 수 있게된 것이다.

시청자들로선 골라 보는 재미가 쏠쏠할 수 있지만, 방송사 간 사극의 시청률 경쟁은 결코 바람직해 보이지 않는다. 결국 10% 전후의 그만그만한 시청률에서 보듯 '제 살 뜯어먹기'가 될 수밖에 없어서다. 특히 정통 대하사극보다 소위 퓨전 등 야사극 따위가 재미를 무기로 자주 등장하는 것은 문제다. 물론 드라마를 통해 역사 공부를 하려는 것은 아니다.

그렇더라도 청소년들에게까지 노출된다는 점을 유념할 필요가 있다. 작가의 '역사적 상상력'은 존중되어야 하지만, 지나친 사실(史實) 왜곡으로 인한 혼란이 유해한 것임을 인식해야 한다.

　6일 종영된 KBS '공주의 남자' 24부작도 그런 사극 중 하나이다. 일단 '공주의 남자'는 역사적 사실과 허구를 배합한, 이른바 팩션의 힘을 보여준 드라마라 할만하다. 마지막회 24. 9%(AGB닐슨 미디어리서치) 등 수목극 시청률 1위의 드라마로 '군림'했기 때문이다.

　7월 20일 방송을 시작하며 '공주의 남자'가 표방한 주제는 '조선판 로미오와 줄리엣'이었다. 불멸의 사랑이라는 점에서 정통 대하사극은 아닌 셈이다. 거의 대박 수준의 인기를 끈 것은 그 때문이지 싶다. 그것도 불구대천의 원수임이 확실한 역사 속 수양대군(김영철)과 김종서(이순재)의 딸 세령(문채원)과 아들 승유(박시후)의 사랑이니 말이다.

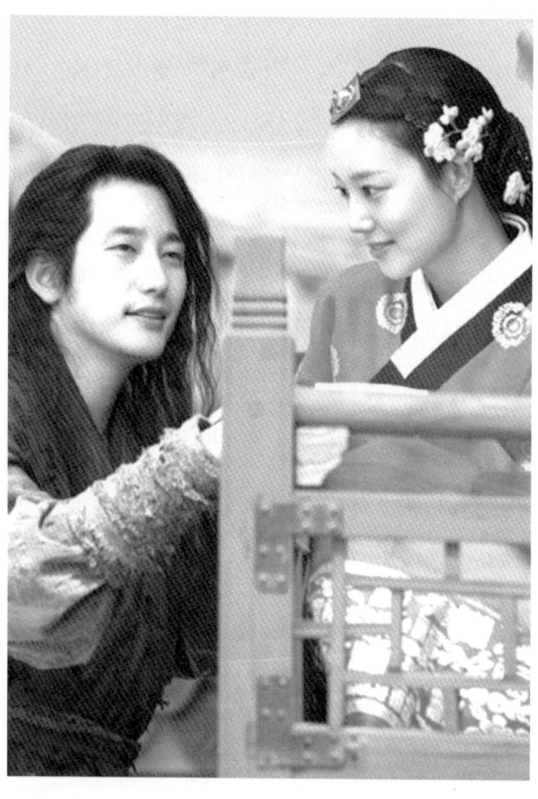

　위기 속 사랑을 안해본 사람은 모른다. 그 짜릿함, 그 애절함 등을. 안해본 것이기에 시청자들로선 궁금해 한다. 안타까워하고, 슬퍼하고, 동정하고, 마침내 그들의 '천륜을 어긴'

막돼먹은 사랑에 찬사를 보내게 된다.

　무엇보다도 그 과정을 밀도있게 잘 그려낸 점을 높이 사고 싶다. “정이란 아무 망설임도 없이 서로의 삶과 죽음을 허락하는 것”이라는 대사의 마지막 장면도 그렇다.

　주인공을 죽이지 않고 살려 ‘완성된 사랑’이 되게 한 것도 진일보한 연출로 보인다. 사랑을 위한 사랑이 아니라 계유정난이라는 역사적 비극 속에서 참으로 어렵게 이뤄내는 사랑을 고스란히 보여주었다.

　세령 역 문채원의 실연(實演)도 기억해 둘만하다. 사랑을 하면 예뻐진다고 문채원이 그랬다. 세령은 아버지와 연인 사이에서, 결국 연인을 택하는 ‘특수한’ 캐릭터다. 여인의 내면심리와 행동 외양을 표현해내기가 만만치 않은 캐릭터인데, 그걸 소화해냈다. 문채원은 방송 내내 너무 예쁜 모습이었다.

　아쉬운 점도 있다. 나라를 뒤엎는 큰일을 아내와 상의하는 수양이라든가 김종서를 죽이러 간 시간이 자시(밤 11~1시)인데 너무 환한 길거리, 언젠가부터 사극에 양념처럼 등장한 ‘아랫것들’의 상전 꾸지람, 천신만고 끝에 살아 돌아온 승유의 대낮 활보, 멀쩡히 살아있는 아버지에 대한 ‘아버님’ 호칭 등이다. 말할 나위 없이 그것들까지 작가의 ‘역사적 상상력’에 속하는 것은 아니다.

〈전북매일신문, 2011. 10. 13〉

너무 수고했다, '계백'

이 땅의 5000년 역사에서 백제의 의미는 무엇인가? 11월 22일 '근초고왕'에 이어 두 번째로 백제를 다룬 MBC 대하드라마 '계백'이 대단원의 막을 내리면서 갖게 한 의문이다.

우선 '계백'은 당초 30부작을 6회 늘려 방송했다. 대박을 터뜨리면 연장되는 여느 드라마들과 달리 시청률 저조 등 조기 종영감이었는데도 후속작인 MBC창사 특집극 준비 관계로 그랬단다. '스파이 명월'에서의 '한예슬 파동'에 비하면 연기자들의 인내심이 무던했다는 칭찬도 나올 법하다.

사실 '계백'은 백제를 역사에서 사라지게 한 마지막 임금 의자왕(조재현)과 구국의 영웅 계백(이서진) 장군 이야기라 방송 전부터 관심을 모았다. 7월 25일 첫 회 방송은 전국 시청률 10. 6%(AGB닐슨 미디어 리서치 기준)로 비교적 순조로운 출발이었다.

그러나 그뿐이었다. 토요일에서 목요일까지 '광개토태왕', '무사 백동수', '공주의 남자'에 치여 MBC로선 '사극의 명가'라는 자존심을 구기

게 되었다. 8월 22일 9회 방송에서 최고 시청률(14. 3%)을 기록했지만, 마지막 회는 13%였다. 방송 내내 너무 수고한 '계백'인 셈이다.

'계백'에게 너무 수고했다고 말한 것은 백제를 다룬 대하드라마여서다. 승자에 의해 기록되는 것이 역사라지만, 백제가 어떤 모습으로 되살아날지 계백이나 의자왕 캐릭터는 또 얼마나 흥미를 줄지 기대감이 컸던 때문이다.

결론은 '망해도 싼 나라꼴'의 재확인이다. 50대 중반인 필자가 초등학교 때부터 배운 삼천궁녀의 의자왕, 황산벌 전투의 용장 계백 등 오래 각인된 기본 이미지에서 크게 벗어나지 못함으로써 시청자 관심을 견인하지 못했다. 사료 부족 등 고증이 쉽지 않기에 오히려 파격적으로 역사적 상상력이 필요했던 게 아닐까?

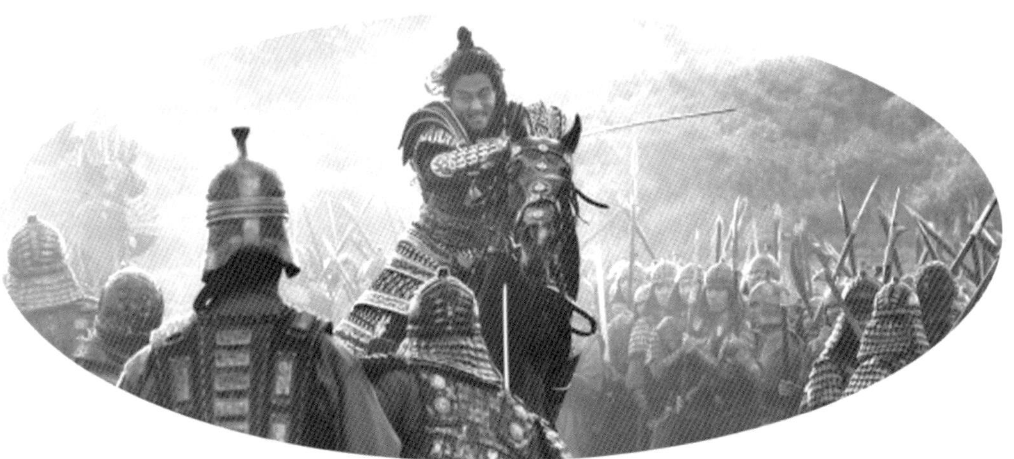

다시 생각해본다. 의자왕은 그렇듯 나라를 말아 먹으려고 사택비(오연수)의 수많은 위협으로부터 살아남은 것인지…. 계백·성충(전노민)·흥수(김유석) 등을 거느리고서도 의자왕은 은고(송지효) 때문에 나

라를 망하게 한 비운의 주인공이다. 훌륭한 인재를 거느렸으면서도 왕재(王材)는 아니었던 셈이다.

특히 23회 이후 은고를 둘러싼 치정극으로 갑자기 변질되어 대하드라마다운 '위용'을 스스로 포기해버렸다. 그들 아버지 세대 무왕(최종환)과 무진(차인표), 사택비 간의 멜로 라인을 반복한 것이어서 더 그런 생각이 드는지도 모를 일이다.

명심할 일은 대하 사극의 대박에 멜로라인은 별 도움이 되지 않는다는 사실이다. '주몽'·'이산'·'선덕여왕'·'대조영'·'동이' 등 어느 대하사극을 떠올려 보아도 그렇다. 100억 대작의 '계백' 실패가 백제를 TV에서 영 사라지게 하지나 않을까, 그것이 걱정이다.

그나마 다행은 아주 잠깐이지만, 신라의 반쪽통일이 김유신(박성웅)의 고뇌를 통해 어느 정도 희석되고 있는 점이다. 최초로 외세를 끌어들인 신라의 소위 삼국통일은 역사 왜곡 논란으로부터 자유롭지 못한 사극 풍토일망정 오늘날 시각에서 재조명되어야 할 숙제이다.

〈전북매일신문, 2011. 12. 1〉

어쨌든 장하다, '광개토태왕'

지난 해 6월 4일 전파를 타기 시작한 KBS 대하드라마 '광개토태왕'이 4월 29일 종영되었다. 당초 100부작을 92회로 줄여 끝냈다. 이를테면 조기 종영인 셈이다. 후속 드라마가 바로 이어 방송되는 것도 아니고, 어떤 예고마저 볼 수 없어 조기 종영에 대한 궁금증이 일고 있다.

그럴망정 '광개토태왕'은 한 마디로 '장하다'는 평가를 해도 될 드라마이다. '공주의 남자'나 '해를 품은 달'처럼 시청률 대박을 담보한, 이른바 팩션의 유혹을 뿌리치고 꿋꿋한 정통 대하드라마로 약 11개월이나 방송했기 때문이다.

그것은 공영방송 KBS만이 해낼 수 있는 '위업'이기도 하다. 특히 사극의 경우 시청률이라는 함정에 빠져드는 순간 팩션이니 퓨전이니 하여 역사를 비틀어대기 일쑤인 현실을 떠올려보면 그 점은 명백해진다. 요컨대 시청률에 크게 구애받지 않는 정통 대하드라마였기에 장한 것이다.

시청률 면에서도 크게 뒤진 것은 아니다. 방송 초반 13. 6%(전국 시청률 기준), 12회 만에 17. 4%를 기록한데 이어 지난 해 11월엔 20. 3%로 오르기도 했다. 최종회까지 17. 0%를 기록하는 등 대박까지는 아니더라도 정통 대하드라마로선 괜찮은 시청률이다.

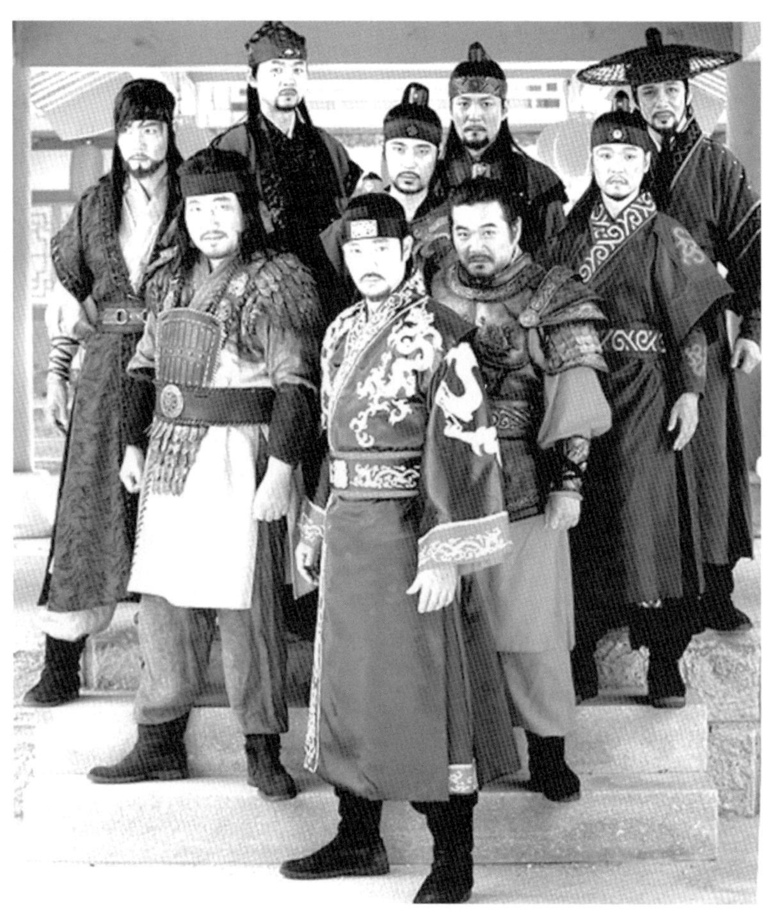

　'광개토태왕'을 정통 대하드라마라고 하는 것은 김종선 PD가 말한 "논란의 여지가 없도록 고증에 충실한 스토리" 때문이다. 물론 역사연구가 황원갑의 "왕자시절 후연과의 전쟁때 요동성에서 맹활약했다거나

말갈족과 목숨 걸고 싸웠다는 이야기는 지나친 상상력이 빚어낸 날조”(조선일보, 2011. 8. 9)라는 지적이 있긴 하지만 말이다.

그런 논란의 근저엔 ‘강한 군주 그려내기 압박감’이 자리하고 있는 듯 보인다. 드라마는 크게 왕자 담덕과 군주시절로 나뉘어 전개되었다. 그런데 최고의 영토를 확장한 정복 군주 광개토태왕이 되기도 전인 왕자 내지 태자시절부터 그 점이 부각되었다. 가령 담망 태자의 죽음에 아버지 고국양왕이 행차했는데도 담덕이 칼을 든 채 포효하며 설쳐대는 행동(8월 20일 방송)을 예로 들 수 있다.

사실(史實)엔 담망 같은 형이 없다. 드라마처럼 있다해도 그 죽음에 가장 슬픈 사람은 아버지라야 상식적 아닌가? 그런 아버지, 더구나 현재 임금인 아버지를 제치고 그려낸 왕자 담덕의 우애 극대화 따위 광개토태왕의 위대성 부각은 좀 그렇다. 오히려 고구려는 그렇듯 ‘싸가지 없는’ 나라였는지 의구심마저 들게 한다.

그 위대성 부각인지 몰라도 거의 매회 지속된 광개토태왕의 포효나 책상 내려치기 역시 그런 식은 곤란해 보인다. 살아있는 자신의 아버지에 대한 ‘아버님’ 호칭도 여전해 이맛살을 찌뿌리게 했다. ‘소장’을 ‘소인’으로 지칭하는 등 오류도 마찬가지다.

또 하나 애써 지적해둘 것이 있다. 지난 연말연시 특집프로에 밀려 무려 4회(12. 24~25, 12. 31~1. 1 방송분)나 결방된 점이 그것이다. ‘광개토태왕’의 4회 연속 결방은 1983년 방송평론가로 데뷔하여 활동한 이래 처음 보는, 어느 지상파 방송에서도 볼 수 없던 전무후무한 ‘편성오류’라 할만하다.

〈전북매일신문, 2012. 5. 9〉

강렬한 캐릭터 부족한 비장미, '빛과 그림자'

지난 해 11월 28일부터 방송한 MBC창사50주년특별기획 '빛과 그림자'가 7월 3일 대단원의 막을 내렸다. 장장 7개월, 64부작의 대장정을 처음부터 끝까지 지켜 본 소회는 남다를 수밖에 없다. 당초 50부작 방송이었으나 노조 파업으로 후속작 촬영에 차질이 생기면서 64부작이 되었으니 웃어야 할지 울어야 할지 난감하긴 하다.

사실 1월 30일부터 사장 물러나라며 시작된 노조 파업은 5개월이 지난 지금까지도 계속되고 있다. 방송사상 최장기 파업이다. 8월 초 새로 구성하는 방송문화진흥회(MBC 대주주)에 기대를 거는 보도가 있긴 하지만, 타결 기미조차 보이지 않는 가운데 노사 모두 시청자는 안중에 없는 진흙탕 싸움 양상이다. 주요 프로그램의 시청률 반토막 등 시청자들은 이미 MBC '응징'에 들어간 형국이다.

그런 와중이라 '빛과 그림자'의 대장정은 일단 그 의미가 커 보인다. 방송 시작 즈음부터 종영에 이르기까지 언론으로부터 이렇다 할 주목을 받지 못한 '빛과 그림자'여서 더욱 그렇다. 또한 한때 20%대까지 시

청률이 오른 적도 있지만, 역시 파업에 대한 시청자들의 응징을 피해갈
수 없어 그런 것인지 모를 일이다.

'빛과 그림자'는 시골 부잣집 아들로 개념 없이 살던 강기태(안재욱)
의 사랑과 우정, 복수와 야망을 그린 시대극이다. 2008년 방송되었던
'에덴의 동쪽'과 비슷한 구도로 전작 '계백'의 실패를 만회하려한 듯하
나 그렇게 성공한 것처럼 보이진 않는다.

1970년대를 거쳐 1980년대 초까지 관통하는 시대배경은 흥미를 끌
만하다. 단순한 양념 정도가 아니라 현대사의 물줄기를 바꿔놓은 여러
역사적 사건들 속에 주인공이 직접 엮이어 온갖 질곡을 온몸으로 감당
해나가고 있기 때문이다. 일례로 '궁정동 안가', '삼청교육대' 등이 그것
이다.

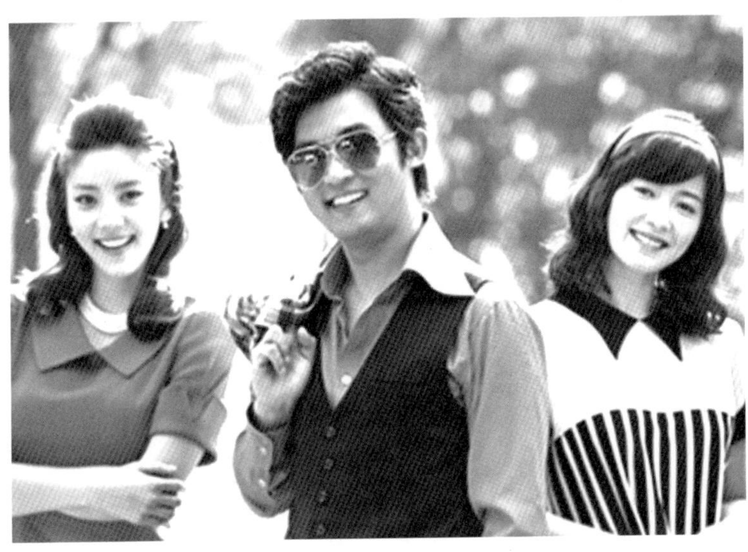

그것과 함께 돋보인 것은 강렬한 캐릭터다. 주인공이라 할 강기태·
차수혁(이필모)·장철환(전광렬) 들이 그렇다. 연예산업 이면의 비리

와 음모를 드러내면서도 올곧게 사업하는 기태, 게다가 오로지 이정혜(남상미)라는 한 여인에 대한 순애보까지 볼수록 매력적일 수밖에 없는 캐릭터다.

차수혁은 또 어떤가. 권력의 화신이면서 정혜를 향한 일편단심으로 친구까지 죽이려 한다. 반동인물 장철환은 그들을 새 발의 피로 만들게 할 만큼 너무 강렬한 캐릭터다. 장철환은 무식함과 충성심, 권력 또는 살아남기 위해서 무슨 짓이든 할 수 있는 '입체적 인물'이다. 현실에 얼마든지 존재하는 인물형이라는 점에서 그저 드라마려니 하는 안이한 생각을 질타하는 힘이 있다.

문제는 부족한 비장미다. '지랄 같은' 시대의 소용돌이에 찢기고 할퀴고 망가지고 했어야 하는데, 결과적으로 기태는 거뜬히 성공을 일궈내고 있다. 일단 연예계에 나름 경종을 울리는 효과가 있어 보이긴 하지만 그것이 전부는 아니다.

대리만족이나 카타르시스를 얻을 수 있을지 몰라도 권력 또는 지배계층에 당함으로써 슬픈, 거기에 응당 수반되는 분노, 저주 같은 공분(公憤)을 통한 비장미가 덜해 아쉬운 것이다. 마지막회 수혁이 철환을 권총으로 쏴 죽이고 자신도 자살하는, 나쁜짓 하면 벌받는 식의 결말은 싱겁기까지 하다.

장철환 죽음 이후 청와대를 비롯한 정치권 반응 생략이라든가 여우주연상(이정혜), 작품상(강기태) 수상 등 막 좋은 일만 생겨나는 등 억지 결말도 아쉽다. 고작 9회에서 이전 내용을 회상한 것이라든가 64부작으로 늘어난 후 지지부진한 전개 따위도 아쉽긴 마찬가지다.

아무리 드라마이고, 제대로 된 시절이 아니었더라도 탈옥에 밀항까지 하고도 승승장구하는 기태의 모습은 좀 심하지 않았나 생각된다. 3

월 6일 30회에서 보여준 '가벼운' 감방 신고식도 그 당시와 거리가 있는 모습이다. 당시는 강기태 같은 장발머리도 용납 안된 시절이었음을 상기시키고 싶다.

기태 어머니(박원숙)의 김풍길(백일섭)과의 재혼도 좀 그렇다. 억울하게 죽은 아버지에 대한 그리움과 복수 의지로 전개된 내용을 무색하게 만들어서다. 기태의 선친에 대한 어떤 회상– 예컨대 '아바지, 어머니 행복 빌어주시라요' 같은 묘사가 있어야 했다.

용어에서도 시대극을 대하는 진정성이 결여되어 불만스럽다. 가령 59회(6월 18일 방송) 등에서 대사중 간호사, 모텔이 나오는데, 필자 기억으론 그것들이 1980년대 초반에 사용된 용어는 아니지 싶다. 61회에서 "유난히 까칠하네" 같은 대사도 마찬가지다. 왕조시대를 다룬 사극의 경우 그 시대의 언어를 재현할 수 없다는 기본적 면죄부가 있지만, 시대극이라면 피해갈 수 없는 문제임을 명심했으면 한다.

〈전북매일신문, 2012. 7. 10〉

민망스런 250억 사극 대작, '무신'

'공주의 남자'(KBS)·'뿌리 깊은 나무'(SBS)·'해를 품은 달'(MBC)·'최종병기 활'·'조선 명탐정: 각시투구꽃의 비밀'. 이미 짐작한 독자도 있겠지만, 지난 해부터 올 초까지 대중의 사랑을 받았던 사극들이다. TV드라마나 영화를 가리지 않고 사극이 주요 트렌드로 자리 잡았음을 알 수 있다.

그러나 사극이라 해서 다 같은 것은 아니다. '공주의 남자'나 '해를 품은 달'이 인기를 끌었지만, 지난 해부터 최근까지 방송된 '근초고왕'·'광개토태왕'(KBS), '계백'·'무신'(MBC)은 그러지 못했다. 이른바 팩션이나 퓨전사극의 인기와 달리 정통 사극을 표방한 대하드라마는 일반 대중의 큰 관심 밖에 있는 셈이다.

사극 열풍을 타고 2월 11일 첫 방송된 '대장경천년특별기획‒무신'이 9월 15일 56회로 대단원의 막을 내렸다. '무신'은 2009년(1월 3일 첫 방송) KBS TV '천추태후' 이후 거의 없었던 고려시대 배경 대하드라마여서 나름 관심과 기대를 모았다. 250억 원을 투입한 대작이란 점도 눈길을 끌었다.

하지만 '무신'은 방송 내내 인기와는 거리가 먼 대하사극이었다. 250억 원짜리 대하드라마라는 수식이 무색하리만큼 첫 방송 전국 시청률은 7. 1%에 그쳤다. 어쩌다 두 자릿수 시청률을 기록하기도 했지만, 방송 내내 그랬다. 그런데도 조기 종영은커녕 원래 50부작에서 56부작으로 연장 방송되기까지 했으니 웃어야 할지 울어야 할지 난감하다.

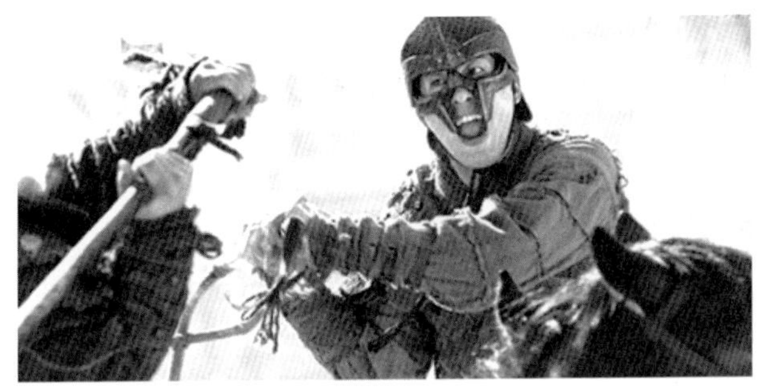

고려시대를 배경으로 한 대하드라마가 그렇듯 인기를 끌지 못한 건 '무신'이 처음이다. KBS TV의 '태조 왕건'(2000년), '무인시대'(2004년), '천추태후'(2009년) 등이 얼른 생각나는 고려시대 배경 드라마들이다. 그 중 '태조 왕건'은 무려 60%를 웃도는 놀라운 시청률을 기록했다.

도대체 무슨 문제가 있는 것일까? '무신'은 고려 무인정권 시절 노비에서 최고 권력자 '합하'가 된 실존인물 김준의 일대기를 그린 드라마다. 과거 '무신시대'가 방송되긴 했지만, 8년 만에 고려의 암흑기라 할 무신정권을 재조명한 점은 일단 높이 평가할만하다.

또 격구 재현이라든가 숯불을 이용한 고문 등도 기존 대하드라마에서 볼 수 없던 새로운 볼거리였다. 토·일 밤 8시 40분이라는 편성 시간도 사극 방송사상 최초여서 신선하게 느껴졌다.

무엇보다도 호국 불교의 상징인 팔만대장경 조판의 역사적 의미를 더한 점은 '대장경천년특별기획'이란 타이틀 값을 덜한 아쉬움이 있긴 하지만, 고려시대에 대한 또 다른 인식을 갖게 했다.

250억 대작 '무신'의 의미는 거기까지다. 격구 장면의 잔혹함 따위는 그만두더라도 노비 김준(김주혁)을 둘러싼 송이(김규리)와 월아(홍아름, 나중엔 안심으로 등장하여 김준 부인이 됨)의 멜로라인에 치중한 점이 오히려 자충수였다. 대하드라마로서의 본령과 거리가 먼 전개가 되고 말았기 때문이다.

미화는 어차피 부정적 역사인물이 주인공이니 감수해야 할 부분이긴 하지만, 최우(정보석)의 경우는 치명적 오도가 아닐까 싶다. 최우·김준의 몽고와 맞서기 위한 강화도 천도와 개경으로 나갈 것을 주장한 임금 및 문신 중 누가 옳았던 것일까? 이런 질문을 시종일관 던졌더라면 좋을 뻔했다.

아무리 역사와 드라마가 별개라하더라도 마지막 회의 김준 미화는 보기에 민망하다. 김준은 칼을 들이댄 양자 임연(안재모)더러 "너에게 목숨을 맡겨 홀가분하다"고 말한다. 권력 암투라는 역사와 너무 거리가 먼 모습이다. 고려 망국 원인의 하나인 무신정권에 대한 호도여서 더 그렇다.

'무신'은 방송사 스스로 홀대를 가한 드라마이기도 했다. 1월 30일 김재철사장의 퇴진을 요구하며 시작된 노조 파업 여파로 2회, 런던올림픽 중계방송으로 5회 등 무려 7회나 결방되어서다. 7회 결방은 TV드라마 방송사상 최초의 '참사'로 남을 것 같다.

그 외 여전히 살아있는 자신의 아버지에 대한 '아버님' 호칭이라든가 '깨끗이'의 '깨끄치', '끝이'의 '끄시' 따위 발음상 오류를 드러내 이맛살을 찌푸리게 했다. 적국인 몽고 장수들을 통한 대몽항쟁의 대단함 강조 역시 너무 낯간지러운 민족적 자부심 갖게 하기였다.

〈전북매일신문, 2012. 9. 18〉

황당 모드 정도껏 해야지, '해운대 연인들'

그 수를 정확히 셈해보진 않았지만, TV드라마 홍수시대라해도 크게 틀린 말은 아닐 성싶다. 그 많은 드라마들을 다 보는 것이 불가능한 일임도 말할 나위 없다. 방송평론가도 예외가 아니다. 사정이 그쯤되고 보면 응당 문제는 '어떤 드라마를 골라 보느냐'이다.

필자에겐 TV드라마 보기 원칙이 있다. 그중 하나가 대하드라마는 꼭 챙겨본다는 것이다. 지난 번 이 지면에서 만나본 '무신', '광개토대왕' 등이 그런 원칙으로 제1회부터 종영까지 한 회도 거르지 않고 시청한 대하드라마다. '해운대 연인들'(KBS 2TV)은, 이를테면 외도의 드라마 보기였던 셈이다.

물론 그렇다고 현대물을 전혀 안보는 것은 아니다. 역시 이 지면을 통해 살펴본 '빛과 그림자'라든가 막장 드라마이면서 시청률 40%를 오르내리는 대박 작품이었던 '아내의 유혹', 그리고 '아이리스', '아테나' 같은 대작드라마들은 일부러 챙겨보기도 했다.

그래도 '해운대 연인들'은 볼 '깜'이 아니었다. 지난 25일 16회로 종영한 '해운대 연인들'은 굳이 말하면 런던 올림픽 특수 덕을 누린 드라마라 할 수 있다. 기존 드라마도 결방되는 그런 분위기 속에서 첫 방송(8월 6일)을 시작했기 때문이다.

출연진도 꽤 화려하다. 영화 '후궁: 제왕의 첩'으로 인기 고공행진의 조여정(고소라)과 칸국제영화제 경쟁부문 진출작 '돈의 맛'에 출연한 김강우(이태성 또는 남해)가 그렇다. 그 외에도 티아라 소연, 초신성 건일, 다비치 강민경 등 아이돌 멤버들까지 아주 작심하고 높은 시청률을 넘본 캐스팅임을 알 수 있다.

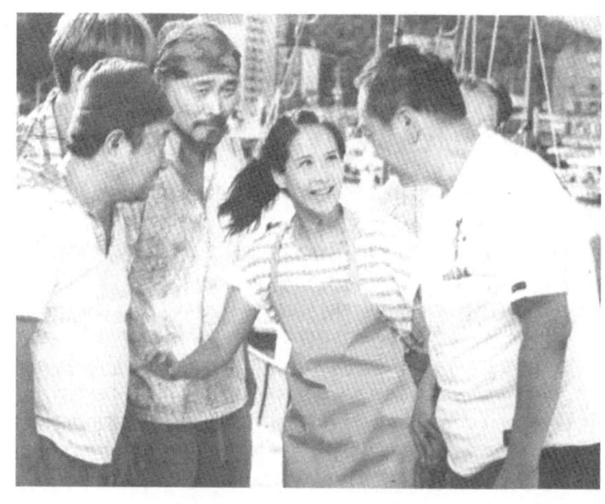

그러나 그것은 희망사항으로 끝나고 말았다. 타방송사 경쟁작 월화드라마들이 15%대를 유지하며 비교적 인기드라마가 된 데 비해 '해운대 연인들'은 한 자릿수를 넘어서지 못해서다. 하긴 "방송사, '아이돌'로 시청률 덕 보려다 망신만 당했다"(조선일보, 2012. 9. 11)는 보도가 있을 정도이니 더 말해 무엇하랴.

'해운대 연인들'은 한 마디로 황당한 드라마다. '황당 모드도 정도껏 해야지' 하는 탄식에 '빛나는' 드라마이다. 드라마일 뿐이니 그냥 봐넘기려해도 보기 불편함이 수준급이다. 우선 출생의 비밀, 기억상실증, 조폭과 검사, 장난 같은 사랑 등 어디서 많이 본 듯한 낯익음이 그렇다.

그 중 가장 엽기적인 건 주된 극중 흐름의 코미디다. 거의 전 인물이 희화된 캐릭터인데, 웃음이 헤프면 하나도 웃기지 않는 법이다. 프로포즈 기념으로 드라이브나 하자는 태성에게 소라가 "배달 가야 돼요"라 말하는 등 진짜 유머러스한 대목도 있지만, 전반적으론 역겨움을 더 많이 안겨주고 있다.

그외 배가 조금 흔들렸을 뿐인데도 바다로 추락한다든가 서울로 복귀한 태성이 부산지검으로 내려와 고소라 재판의 검사가 된다든가 따위 도무지 극전개상 박진감이라곤 전혀 느껴지지 않는 개념없는 드라마가 '해운대 연인들'이다.

글쎄, 10대를 겨냥했는지 시청률을 좌지우지한다는 30, 40대 여성 시청자들을 염두에 두었는지 모를 일이다. 시청률이 좋은 드라마의 바로미터나 전부는 아니지만, 황당 모드가 지나쳐 엽기적으로까지 느껴지게 한다면 가히 본전 생각이 날만하지 않은가?

그런 와중에도 대사는 태성이 화가 나 토라지다의 뜻인 '삐친 거야'를 '삐진 거야'로 말하는 오류말고 제법 건질 게 있다. "남북통일, 기아 문제, 세계평화는 시간이 좀 걸려요", "꿈은 꾸라고, 이루라고 있는 것", "내 머리에서 사이렌 소리 울려대는데" 등이 그것이다.

그런데 또 주주총회장에 내걸린 플래카드에는 일시와 장소도 표기되어 있지 않다. 축구중계 방송으로 1회 결방하고, 14~15회를 24일 밤 몰아서 해버렸다. 야구경기에다 해운대 풍경 따위 속보이는 화면까지, 도대체 어떻게 받아들여야 할지 참 난처하다. '해운대 연인들'은 그런 드라마다.

〈전북매일신문, 2012. 10. 9〉

어쩐지 떨떠름한 대하사극 '대풍수'

지난 해 10월 10일 전파를 타기 시작한 SBS 대하사극 '대풍수'가 2월 7일 종영을 앞두고 있다. 첫 회 6. 5%(AGB닐슨 전국가구 기준) 시청률로 시작한 '대풍수'는 3회 10. 6% 등 두 자릿수에 오른 적도 있지만, 실패한 대하사극이라 해도 할 말이 없게 되었다.

200억 원을 쏟아부은 36부작(대선 개표방송으로 1회 결방) '대풍수'에 대한 자사 홍보는 유별났다. 첫 방송을 앞두고 '대풍수 스페셜- 내일을 보는 사람들'을 내보낸 것. 일반적으로 본 방송 결방이나 대박 드라마로 종영된 후 내보내는 것이 스페셜 방송인 점을 감안하면 이례적인 일이다.

물론 배우와 스태프 인터뷰, 대규모 세트장 소개 등 스페셜 방송이 '대풍수'만의 이야기는 아니다. MBC '마의' 역시 10월 1일 첫 방송 직전에 촬영장 뒷이야기, 배우들 인터뷰 등을 내용으로 한 '마의 100배 즐기기'를 내보냈다. 또 다른 대하사극 KBS '대왕의 꿈'도 마찬가지다. 본 방송 전 스페셜 방송이 하나의 트렌드로 떠오르고 있다는 분석이 그럴 듯해진 셈이다.

'대풍수'는 지난 연말 대선을 앞둔 시점에 방송해 미묘한 파장을 일으키기도 했다. 지상파 3사의 대하사극이 대선 전 앞서거니 뒤서거니 방송을 시작했지만, 특히 '대풍수'가 눈총을 받았다. 조선건국의 주역 이성계 이야기여서 박정희의 5·16 군사쿠데타를 정당화하려 했다는 것이다.

드라마 덕분인지 확인할 길은 없지만, 대선은 박근혜 후보의 당선으로 끝났다. 분명한 사실은 '대풍수'라는 제목과 핀트가 맞지 않는, 어쩐지 떨떠름한 대하사극이란 인상을 끝내 떨쳐내지 못했다는 점이다. 아마 실패의 원인도 거기에 있지 않을까 싶다.

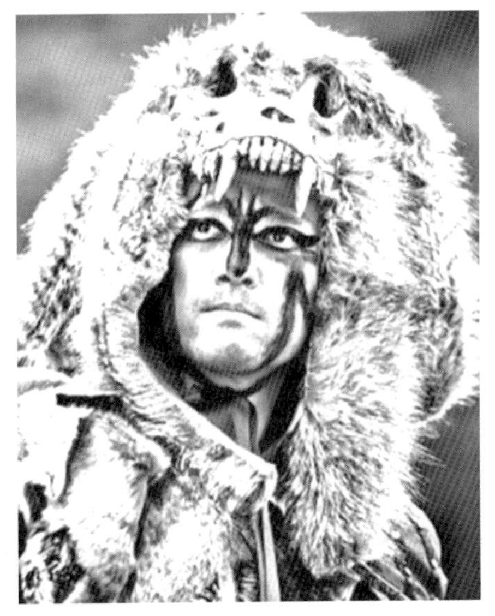

그리고 보면 초반부에서 상의를 벗은 정사신, 입까지 벌리는 키스신 따위 선정성 논란은 사소한 문제일지도 모른다. 어쩐지 떨떠름한 느낌은 결코 민중혁명이라 할 수 없는 군사 쿠데타를 정당화시키거나 미화한 데서 오는 것이기 때문이다.

그 점은 드라마 중·후반기로 접어들면서 노골화되었다. 일개 풍수인 목지상(지성)이 이성계(지진희)의 책사(이를테면 개국공신)로 둔갑하는 것부터 그렇다. '자미원국'(임금 자리의 상징)이란 풍수설이 결국은 계획되고 만들어진, 그리하여 인위적 프로젝트에 불과했다는 역설이 아니고 무엇인가!

　더욱 의아스러운 것은 이성계라는 캐릭터의 이중성이다. 왕이 되려는 야심을 가진 게 분명한데, 피는 더 보려하지 않는 이성계의 행동거지 등이 그렇다. 이성계는 그럴 맘이 없는데 목지상이나 정도전에 의해 거의 반강제적으로 고려를 뒤엎는다는 식의 전개 역시 어쩐지 떨떠름한 기분을 안겨준다.

　강씨부인(윤주희)의 유언비어 살포나 이방원(최태준) 살해 시도 등 이성계가 임금도 되기 전 각 세력간 모략과 암투 전개는 조선왕조 초기 역사적 사실과 맞물려 그럴 듯해 보인다. 지상과 해인(김소연)의 로맨스 부각 역시 극적 긴장감 완화와 함께 김빼기라는 동전의 양면 같은 전개로 보인다.

　그나마 건질 것이 있다면, 팩션인 점을 감안해야 하겠지만, 고려 말의 '막장역사'이다. 임금의 생모 반야(이윤지)를 일개 신하 정근(송창의)이 취(娶)한다. 신하가 우왕(이민호) 임금을 넘어뜨리고 막말로 대한다. 임금이 신하에게 살려 달라 간절히 애원한다. 그렇듯 제대로 된 나라가 아니었기에 고려는 이씨에게 왕조를 넘겨준 것인가?

　설사 역사적 사실이 그랬을망정 풍수지리설에 의해 뭔가 이전과 다른 이야기가 전개될 걸로 기대를 모았던 '대풍수'는 어쩐지 떨떠름한 대하사극 그 이상도, 이하도 아닌 실패한 드라마로 남게 되었다. 탤런트 지성은 '김수로'(2010)에 이어 두 번째 실패한 대하사극의 주인공이 되고 말았다.

〈전북매일신문, 2013. 2. 6〉

알아서 기는 방송사 윗선

지난 달 25일 제18대 대통령 취임식이 있었다. 박근혜 정부가 새롭게 출범한 것이다. 이명박 전 대통령의 사면 문제로 신구 권력간 대립이 불거졌으나 정권교체가 아닌 이양이라 그런지 비교적 잠잠한 모양새였다.

오히려 시끄러운 잡음은 방송쪽에서 불거지고 있어 씁쓰름한 기분을 갖게 한다. 몇 가지 사례를 짚어보자. 가령 대선에서 문재인 민주당 후보 찬조 연설을 했던 배우 김여진의 경우이다.

소셜테이너(사회적 발언을 하는 연예인)로 유명한 김여진은 문재인 후보와 연관됐다는 이유만으로 어느 방송사로부터 출연 취소를 당했다. 한겨레(2013. 1. 7)에 따르면 "작가와 피디의 방송 섭외를 받아 출연하기로 했는데 다시 연락이 와 '윗선에서 안된다'고 한다. 미안하다고 했다"는 것이다.

KBS 2TV의 '개그콘서트'는 또 다른 경우다. 방송통신심의위원회(위원장 박만)가 박근혜 대통령 당선인에게 훈계조로 발언했다는 이유를 들어 '개그콘서트'에 행정지도 조치를 내린 것. 역시 한겨레(2013.

1. 31)에 따르면 "아직 국정을 시작하지도 않은 '대통령 당선인'을 대상으로 훈계조로 발언한 것을 두고 바람직한 '정치풍자'라 보기는 어렵다"고 방통심의위가 말했다는 것.

그뿐이 아니다. 가수 겸 배우 김현중이 주연을 맡은 드라마 '도시정벌'이 KBS로부터 편성 취소되었다는 주장이 제기되었다. 경향신문(2013. 2. 1)에 따르면 드라마 제작사 미디어백 측이 "KBS 고위 관계자가 폭력적 묘사가 많아 새 정부 출범 초기에 적절하지 않다"고 했다는 것이다.

이에 대해 KBS는 "미디어백 측의 사실과 다른 주장에 엄중 대응할 것"이라고 밝힌 바 있다. 진위 여부를 예단키 어려운 국면이 된 셈이지만, 위의 3가지 사례에선 어렵지 않게 하나의 공통점을 발견할 수 있다. '알아서 기는 방송사 윗선'의 민주주의에 반하는 행태가 그것이다.

만약 알아서 기는 방송사 윗선의 행태가 아니라면 그 과실은 박근혜 대통령에게로 넘어갈 수밖에 없다. 당선인 시절 새 정부 출범에 찬물을 끼얹거나 부정적 영향을 미칠 수 있는 방송금지 같은 보도지침 따위 외압을 행사했냐는 의혹으로부터 자유로울 수 없어서다.

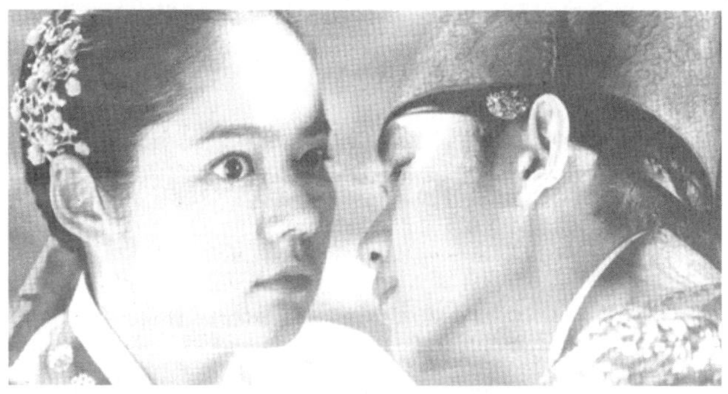

▲MBC 김재철 사장 퇴진을 요구하는 노조 파업으로 종영을 앞두고 결방된 대박 드라마 '해를 품은 달'의 한 장면

'알아서 기는 방송사 윗선'의 원조는 말할 나위 없이 '모든 분야 역주행'이란 평가를 받아온 이명박 정부다. 과거 언론 통폐합 등 언론을 장악한 제5공화국으로의 회귀적 행태를 집권 내내 보여왔기 때문이다.

그래봐야 이제 '사라진 해' 신세가 되었지만, 문제는 지금부터다. 이명박정권은 역사의 뒤안길로 사라져도 역주행 그것이 남긴 음울한 그림자가 곳곳에 드리워져 있어서다. 잊을만하면 논란과 함께 잡음이 끊이지 않아서다.

MBC 사장이 감사원으로부터 고발된 현실인데, 출범을 앞둔 박근혜정부 역시 묵묵부답의 자세를 보인 바 있다. 아직 대통령 취임 초이긴 하지만, 이를테면 '알아서 기는 방송사 윗선'이 양산될 수밖에 없는 사회 분위기인 셈이다.

그럴망정 언론의 사명에 충실한 참 언론인이라면 권력 아닌 국민 또는 민주주의 편에 서야 맞지만 그게 아니어서 문제인 것이다. 지금은 그런 시대이다. 똘방진 고등학생만 되어도 다 아는 사실을 방송사 윗선들만 모른대서야 말이 되겠는가?

무릇 새 정부 출범을 앞둔 정치권의 '허니문'이 상징하듯 소정의 '용비어천가'는 있을 수 있다. 문제는 그 농도이다. 예컨대 대통령 취임축하 쇼프로를 긴급 편성, 방송한다 해서 그걸 '알아서 기는' 것이라 하지는 않는다.

아직 "지구를 떠나라"는 말이 나오기 전이다. 방송사 윗선들은 모든 것이 시시콜콜 보도되어 국민이 알게 되는 '열리고 깨어있는' 그런 사회요 시대임을 명심, 이제부터라도 그에 맞는 언론인이 되었으면 한다.

〈한교닷컴, 2013. 3. 7〉

MBC 체면 살려준 창사특집극 '마의'

지난 해 10월 1일 전파를 타기 시작한 MBC창사51주년특별기획 '마의'가 50회를 마지막으로 3월 25일 종영되었다. 화요일이 아닌 월요일에 끝난 것은 지난 연말 '가요대제전'(12월 31일 방송)으로 1회 결방되었기 때문이다.

대체적으로 MBC창사특집드라마는 시청률이 높았다. 비근한 예로 창사50주년특별기획 '빛과 그림자'를 들 수 있다. 지난 해 방송사상 초유의 장기간 노조 파업 와중에도 '빛과 그림자'는 64부작, 장장 7개월에 걸쳐 팬들의 사랑을 받았다. 많은 사람들이 MBC 채널을 다른 데로 돌릴 때였음에도 20%대까지 오르는 등 선전한 것.

그때에 비하면 '마의'의 방송환경이 나아진 편이긴 하지만, '드라마 왕국'으로서의 MBC는 옛말이 되었다. MBC 뉴스데스크 같은 보도프로가 반토막났고, 시청률 저조한 프로그램은 아예 조기종영하거나 폐지하는 등 전반적으론 몸살을 앓고 있는 MBC라 해도 과언이 아니다.

왜 그런지가 이 글의 목적이 아니기에 이쯤해두지만, 분명한 사실이 있다. MBC가 예전같지 않다는 점이다. 그 지점에서 '마의'는 일단 빛을 발한다. 초반 KBS에 밀렸던 '마의'가 시청률 20%대(수도권 기준)를 돌파한 것은 15회부터다. 이후 종영까지 전국 시청률 20% 안팎을 유지, 월화극 1위 자리를 지켰다.

이전의 MBC 사극의 시청률에 비하면 약한 편이지만, 체면은 살려준 인기 드라마인 셈이다. 일차적으론 '허준'(2000)·'대장금'(2004)·'이산'(2008)·'동이'(2010) 등 대박 사극을 연출해온 이병훈 PD의 공이 아닌가 생각된다. 이른바 '이병훈표'가 MBC에 등 돌린 시청자들을 다시 불러 모은 셈이라고나 할까.

'마의'는 실존 인물 백광현(조승우)이 천한 마의에서 어의가 되는 일생을 그린 드라마다. 정통사극에 50부작의 대하드라마를 표방하고 있지만, 팩션에 가깝다. 단 몇 줄 정사(正史)에 기록된 실존인물 행적이 작가의 상상력에 의해 복원되고 있다는 느낌을 지울 수 없어서다.

50부작이라는 길이로 보면 대하사극이 맞지만, 이것 역시 분량만 그럴 뿐이다. 물론 백광현이란 개인이 시대의 격랑에 휩쓸려 철저히 부서지고 운명이 뒤바뀌는 등 대하소설적 요소가 아주 없는 것은 아니다. 그럴망정 무릇 대하소설에서 보는 것과 달리 '신분탈출기' 내지 '출세 스토리'의 귀결은 그냥 평범하지 않은 개인사라는 한계를 보여준다.

그것이야 어쨌든 '마의'가 인기를 끈 것은 역시 연출력 때문이다. 가령 시술과정이 그렇다. 백광현은 말에서부터 청나라 후비, 조선의 공주, 대비, 임금에 이르기까지 많은 환자들을 시술하여 살려낸다. 그러나 일사천리로 이루어지는 치료가 아니다. 거의 매회 일종의 위기감을 고조시킨다. 바로 시청자 시선을 붙드는 힘이다.

거기엔 생명존중의 백광현 철학이 있다. 그런 생명에 대한 경외감이야말로 언제나 누구든 생길 수 있는, 질병으로부터 자유로울 수 없는 무릇 시청자에게 카타르시스를 안겨주었을 법하다. 장인주(양선)를 통한 "힘을 가진 자들과 다른 길을 갔기에, 그들과 다른 꿈을 꾸기에"(3월 18일 방송) 같은 메시지도 감동을 더한다.

그렇다고 아쉬움이 전혀 없냐면 그렇지 않다. 먼저 안이함 또는 허술함이다. 가령 46회(3월 11일) 방송을 보자. 대비 수술시 봉합하려고 하는데 맥이 없어진다. 응급조치를 취해, 대비는 소생하지만 열었던 신체 부위의 봉합장면이 없는 채다. 45회에선 추국청이 열린다 해놓고 그 대상인 좌상(김창완)과 수의(손창민)는 자유롭게 일상생활을 하고 있다.

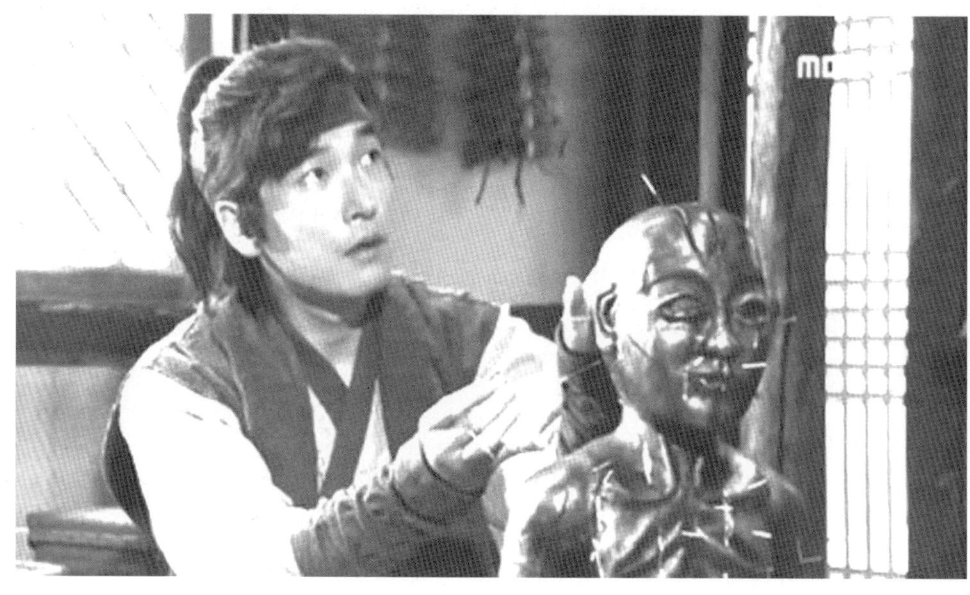

다음 40회(2월 18일) 방송을 보자. 숙휘공주(김소은)의 혼절을 본 백광현은 의사로서 적절한 응급조치부터 해야 할 것 같은데, 연신 정신차리라고만 한다. 조선왕조 현종 재위시는 영의정 없이, 좌상 체제였는지

도 궁금하다. 계속 좌상이 조정의 영수로 등장하고 있어서 하는 말이다.

49회 방송에서 임금이 죽지도 않았는데 궁녀들이 일제히 우는 것도 낯선 장면이다. 지녕(이요원), 숙휘공주, 성하(이상우) 등 로맨스가 겹으로 엮인 것도 그렇지만, 50회에서 결혼날 오전까지 진료에 임하는 백광현이나 지녕 모습은 좀 억지스러운 미화로 보인다.

조연들의 여러 쌍 짝짓기 결말은 사족이다. 전회 마지막 부분을 다음 회 첫머리에 '재탕'한 것이나 노비의 '신원' 같은 문자 구사 및 '삐친 거야'를 '삐진 거야'로 표현한 오류는 애교로 봐줘야 할지, 난감하다. 그랬을망정 '마의'가 6개월간 많은 사람들을 드라마 보는 즐거움에 빠져들게한 건 분명하다.

〈전북매일신문, 2013. 4. 1〉

시즌 11의 기념비적 드라마 '막돼먹은 영애씨'

필자는 "리얼한, 너무 리얼한 '막돼먹은 영애씨'"(전북매일신문, 2011. 3. 16)란 글을 통해 케이블 방송인 tvN의 '막돼먹은 영애씨'에 대해 이미 얘기한 바 있다. 벌써 2년이 되었으니 3월 28일 끝난 '막돼먹은 영애씨'를 다시 만나봐도 될 것 같다. 시즌 11인 '막돼먹은 영애씨'다.

우선 '막돼먹은 영애씨'는 한국 TV드라마 역사를 새로 쓴 기념비적 작품이다. 2007년 4월 20일 첫 방송한 '막돼먹은 영애씨'가 시즌 11까지 6년에 걸쳐 방송된 드라마이기 때문이다. 단막극이라든가 비드라마 프로가 6년 넘게 전파를 탄 적은 있어도 시즌 11까지 방송된 드라마는 '막돼먹은 영애씨'가 처음이다.

그런 장수 방송의 근저에는 평균 1%대만 되어도 대박인 시청률이 있다. 당연한 말이지만 시청자들로부터 외면받는 드라마가 6년에 걸쳐 시즌 11까지 방송될리 없다. 일간신문을 통한 드라마 리뷰나 배우 인터뷰 등이 예전만 못하지만, '막돼먹은 영애씨'가 인기드라마인 건 분명해 보인다.

2년 전 '막돼먹은 영애씨'를 만나볼 때는 시즌 8이었다. 2011년 9월 9일 시즌 9, 2012년 4월 13일 시즌 10이 방송되기 시작했다. 2011년 11월엔 뮤지컬로 공연, 그 위용을 과시하기도 했다. 또 시즌 10 방송에선 모회사인 CJ E&M의 계열사 CJ오쇼핑을 노골적으로 홍보해 '막돼먹은 자사홍보'(한겨레, 2012. 5. 1)라는 비판을 받은 바 있다.

사실 '막돼먹은 영애씨' 등 케이블 방송의 시도때도 없는 무개념 광고는 짜증이 날 정도다. 지상파 방송 광고에 익숙하거나 길들여진 탓도 있으리라 생각되지만, 주객이 전도된 인상을 주고 있어서다. 특히 드라마가 끝나기 직전, 2~3분 남겨놓은 시점에 느닷없이 광고 모드로 바뀌는 건 좀 심한 상업성이지 싶다.

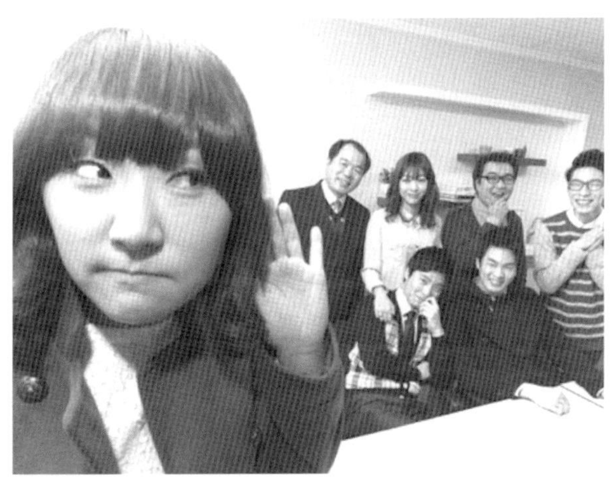

그래도 '막돼먹은 영애씨'에 무한 애정을 보내온 건 그 리얼함 때문이다. 시즌마다 16~20회를 전작제로 제작, 방송하는 '막돼먹은 영애씨'는 이른바 다큐드라마다. 글자 그대로 우리가 아귀다툼하며 살고 있는 일상생활 속 모든 캐릭터들과 그들의 이야기가 펼쳐진다.

'막돼먹은 영애씨'가 리얼하게 확 와닿는 것은 그래서다. 예컨대 외모

지상주의, 취업난 속의 비정규직, 학벌중심, 백수, 사기, 재수, 손자 키우기, 불륜, 섹스 등 치열한 사회현실이 그것이다. 물론 서른 여섯 살 노처녀 이영애(김현숙)의 사랑과 상처를 중심으로 펼쳐지는 이야기들이다.

시즌 8에서 본격화된 이영애의 결혼 이야기는 11에 이르러 훈남 김산호로 그 대상이 바뀌어 있다. 2009년 6월 시즌 6부터 등장했으니 산호와 상사 또는 동료, 그리고 친구로 지내온지 벌써 4년이다. 우정이 애정된다고, 그들은 결혼을 전제로 사귀고 있다. 금방 결혼할 것 같았지만, 시즌 11에서도 변죽만 잔뜩 올린 채 상견례하려는 데서 끝났다.

노처녀의 결혼 분투기를 너무 우려먹는 게 아닌가 하는 의구심이 생긴다. 의구심을 털어내도 문제는 남는다. '더러운' 성격의 이영애가 결코 리얼한 모습이 아니라는 점에서다. 36세 노처녀, 그것도 '덩어리'인 노처녀로서 주제 파악을 못하고 있는 것이다. 산호의 부킹현장에 가서 다짜고짜 주먹질을 하는 장면(3월 14일 방송)이 단적인 예다.

15세 시청 드라마라는 점을 상기해보면 또 다른 문제가 있다. '남녀 사이의 섹스 필수론'이 그것이다. 가령 14회(2월 28일 방송)에 보험설계사로 등장한 '도라이'(변지원)는 유부녀인 자신의 성생활과 비교, 처녀인 영애의 그것을 당연시한다. 처녀인 강예빈도 동조하는데, 그건 아니지 싶다.

그러고 보면 '깨끗이'를 '깨끄치'로 발음하고, '삐친'을 '삐진'으로 하는 오류 따위는 이야기거리도 아니다. 회를 막론하고 영애는 물론 그녀의 부모 등 전방위적 오류인 걸로 보아 극본의 문제로 보인다. 이래저래 시도때도 없는 무개념 광고가 짜증나는 이유이다. 시즌 12가 기다려지는 이유이기도 하다.

〈한교닷컴, 2013. 4. 10〉

전편만 못한 첩보대작 '아이리스2'

2009년 12월 17일 KBS 2TV의 첩보대작 '아이리스'가 막을 내렸다. 얼마나 인기를 끌었는지 드라마가 종영되기도 전 '아이리스2' 촬영 소식이 전해졌을 정도다. 그리고 2013년 2월 13일. 마침내 '아이리스2'가 전파를 타기 시작했다. 전편과 마찬가지로 20부작에 200억 원대의 제작비를 쏟아부은 대작 드라마로서다.

그만큼 '아이리스2'는 많은 시청자들을 설레임과 기대감으로 빠져들게 했다. 방송사 입장도 비장했다. 한겨레(2013. 1. 1)에 따르면 "한국형 블록버스터인 이 작품에 한국 방송은 올해 초 드라마 전쟁의 명운을 걸었다"는 것이다. 고영탁 KBS드라마 국장은 "1편보다 못한 2편이 되지 않도록 하는게 가장 중요하다"는 의지를 드러내기도 했다.

그러나 '아이리스2'의 시청률은, 전북매일신문(2013. 2. 15)에 따르면 1회때 14. 4%(닐슨 코리아, 전국 기준)에 이어 17%(TNmS, 전국 기준)가 최고 수치이다. 18회(4월 11일 방송)에선 8. 2%까지 떨어지기도 했다. 20부작 전체 평균 시청률은 전국 기준 10. 3%에 머물렀다. 1편이

40% 안팎의 시청률로 인기를 끌었던 것에 비하면, 그리고 200억 원이나 쏟아부은 대작임을 상기한다면 완전 참패라 할 수 있다.

전편에서 김현준(이병헌)이 죽고 3년쯤 지난 후 '아이리스2'는 시작한다. 정유건(장혁)과 지수연(이다해), 유중원(이범수)과 김연화(임수향), 그리고 최민(오연수) 등 주요 인물은 대부분 바뀌었다. 전편에서 이어지는 인물은 백산(김영철)정도이다. 그 외 북한 고위급 요원 역 김승우와 김소연이 잠깐 등장한다.

내용 역시 전편에서처럼 핵무기 이야기가 핵심이다. 국가안전국 NSS와 북한, 그리고 아이리스간 격돌이 펼쳐진다. 첩보대작답게 헝가리·캄보디아·일본·오스트리아 등지 해외촬영으로 자동차 추격전, 원없이 쏴대는 총질 등 영화 같은 액션신이 보는 즐거움을 더했다. 특히 절권도를 10년 이상 배웠다는 장혁의 상대방 제압하기 액션은 압권이다. 이다해 역시 발차기 등 그런 대로 봐줄만한 액션을 선보였다.

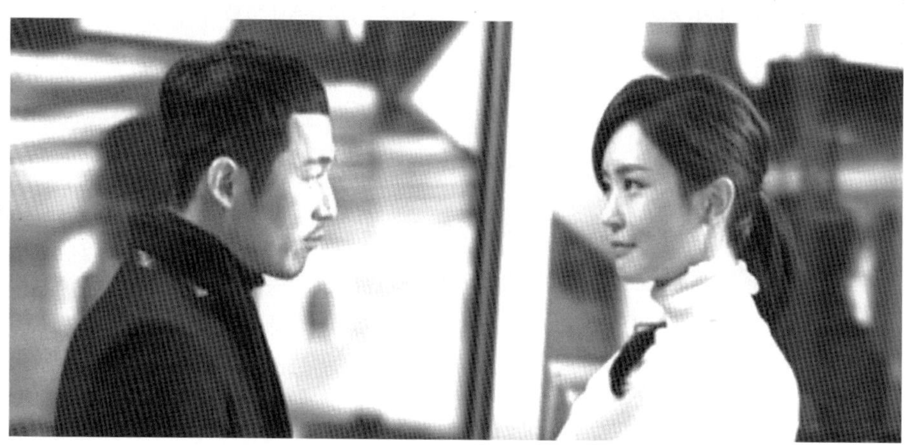

내용 또한 북한의 도발적 선전전이 계속되고 있는 현실과 맞물려 관심을 끌만했다. 대한민국의 핵무장 대 비핵화 주장이 팽팽해 주목을 받

을 법했다. '아이리스2'는, 이를테면 퓨전사극이나 치정 멜로 따위 그렇고 그런 TV드라마가 판치는 흐름에 단연 차별화가 돋보이는 '첩보액션 드라마'인 셈이다.

그런데도 '아이리스2'는 참패했다. 도대체 왜 그런 것일까? 우선 북한의 전쟁 운운하는 심리전에도 평온한 일상을 사는 시민들 모습이 그 이유의 하나이지 싶다. '아이리스'가 방송되었던 2009년 말 당시라든가 500만 권 넘게 팔린 소설 '무궁화꽃이 피었습니다'가 출간되었던 1993년 상황과 달라진 사회 분위기라는 것이다. 이제 핵 이야기도 진부한 소재가 된 셈이라고나 할까.

이미 필자는 '아이리스' 리뷰에서 속편 제작에 충고를 아끼지 않았다. 지나친 멜로 부각은 첩보액션 대작 드라마에 해가 된다고. '아이리스2' 역시 첩보영화인지 멜로영화인지 의구심이 생길 정도로 멜로에 큰 방점을 뒀다. 유건과 수연으로도 모자랐는지 수연을 좋아하는 서현우(윤두준)에 이어 백산과 유건 어머니(이보희) 멜로까지, 몇 번이나 채널을 돌리고 싶었던 게 비단 필자만은 아닐 것이다.

가족주의의 지나친 부각도 거슬린 대목이다. 무슨 첩보드라마에 그렇듯 주검 앞의 통곡과 장례식장 장면이 잦게 나오는지 쉽게 이해하기 어려웠다. 핵무기가 무고한 인명을 해친다는 메시지나 가족애가 요즘 대세라 그랬는지 모를 일이지만, 그런 전개는 '잡탕' 같은 인상을 풍겼을 뿐이다.

무엇보다도 결정적 패착은 정공법에서 벗어난 캐릭터 변화에 있지 싶다. NSS 팀장 유건이 총상을 당한 건 5화(2월 27일 방송)에서다. 그 후 유건은 아이리스 요원으로 '반역자'가 되고, 심지어 수연에게까지 총을 쏜다. 그러다보니 쓸데 없는 내용으로 전개될 수밖에 없는 한계를 노출했다. NSS 요원들의 활약상을 통해 시청자들이 느낄 대리만족이나 카타르시스를 차단시켜버린 셈이다.

또 하나 아쉬운 점이 있다. 종반으로 갈수록 국제 범죄조직 아이리스는 사라지고 남북한 대결로만 치달은 점이다. 유중원의 핵무기 탈취 후 전쟁을 일으킨다는 전개 역시 고개를 갸웃거리게 한다. 그들의 핵무기 보유 사실이 국제적 이슈가 되어 있는 현실과 동떨어진 '낡은' 전개이기 때문이다.

'베끼기'도 불만스럽다. 유건이 핵 실은 비행기와 함께 바다로 추락하는 결말장면은 할리우드 블록버스터 '어벤져스'에서 아이언맨이 한 짓을 연상시킨다. 정유건과 유중원의 물건 받침대 사이로 쏴대는 총질도 느와르 영화에서 본 낯익은 장면이다. 좋은 말로 하면 오마주이지만, 창의성과는 거리가 먼 그런 베끼기에 박수를 보낼 시청자들은 많지 않다.

〈한교닷컴, 2013. 4. 24〉

국어교육 절실한 쇼프로 사회자들

새삼스런 말이지만, TV는 막강한 영향력을 갖고 있는 전파 매체이다. 사람이 그 선호도에 따라 다양한 형태의 채널을 선택하게 되지만, 그러나 극장에 가서 영화를 보는 경우와는 다르다. 요컨대 원하지 않아도 보기를 강요당하는 특성과 한계로부터 썩 자유로울 수 없는 것이 TV라 할 수 있다. 공중파 방송의 경우 사회의 공기(公器)라는 책무도 지니고 있다.

하지만 방송 3사의 쇼프로그램들을 보면 그런 TV의 모습과는 거리가 먼 행태를 만나게 된다. 안타깝고 불쾌하기까지 하다. 싸이킥한 조명과 반라 차림 무용수들의 선정적인 율동 따위를 말하는 것이 아니다. 시청자 안중에 없는 사회자 말을 지적하고자 함이다.

이는 학교에서 애써 가르치는 올바른 국어 사용을 무위(無爲)로 만들어버리는, 아주 심각한 문제이다. 말할 나위 없이 TV의 막강한 전파력에다가 그들 쇼프로그램들이 10대 청소년을 대상으로 하기 때문이다. 각각 매주 금·토·일요일에 방송되는 '뮤직뱅크'(KBS), '쇼! 음악

중심'(MBC), 'SBS인기가요'(SBS)가 그것이다.

당연히 그 프로들의 사회자도 아이돌 가수 등 거기에 맞춰져 있다. 그들 사회자들은 한껏 시청자 안중에 없는 멘트로 프로를 진행하고 있다. 정규 사회자나 스페셜 MC를 가리지 않고 마치 서로 약속이나 한 듯 높임법 상의 오류를 범하고 있는 것.

가령 "케이윌씨 나와 계시네요"라든가, 사회자가 시크릿에게 말한 "포인트 안무 잠깐 보여주실 수 있을까요" 따위를 예로 들 수 있다. 심지어 스페셜이든 아니든 MC 자기네끼리 서로 극존칭으로 대화하는 모습까지 수시로 볼 수 있다.

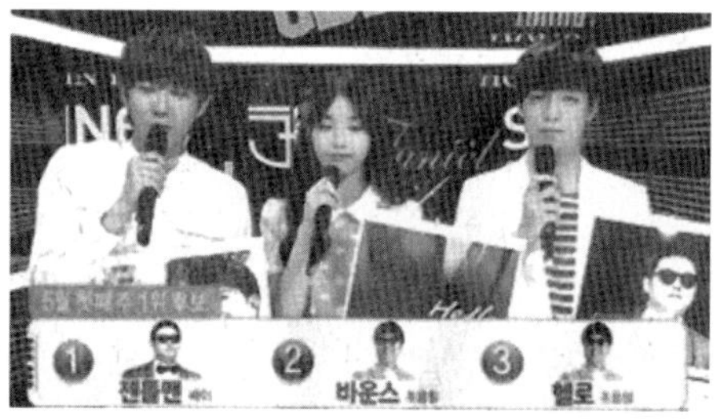

▲SBS '인기가요'

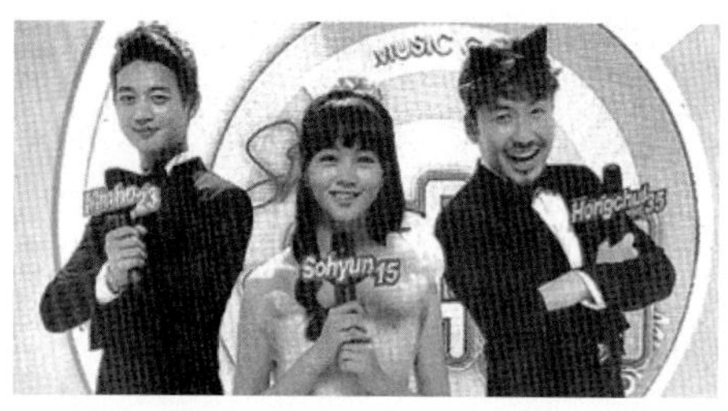

▲MBC '쇼! 음악중심'

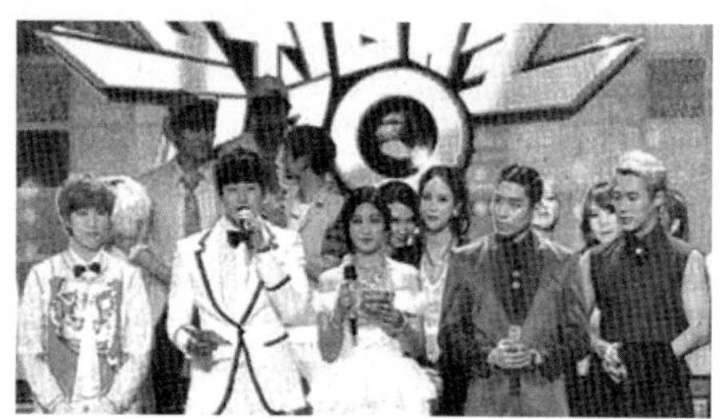

▲KBS '뮤직뱅크'

말할 나위 없이 가수들을 극존칭으로 존대해 수많은 방청객 또는 시청자들에게 소개하는 것은 명백한 잘못이다. 이는 손자가 할아버지에게 "아버지께서 안 계십니다"라고 말하는 망발과 마찬가지의 잘못된 표현이다.

특히 주격조사 '가'와 '이'의 높임말 '께서'는 특별한 예의를 갖추려고 할 때만 쓰는 말이다. 그렇듯 날마다 하는 말에는 쓰지 않아야 맞다. 가령 "세종대왕께서 한글을 창제하셨다"라고 했을 때는 맞는 표현인데, 일개 가수를, 그것도 불특정 다수의 대중에게 소개하는 말에서 그렇게 높이면 안된다.

하긴 그뿐이 아니다. 일요일 낮에 전파를 타는 '전국노래자랑'(KBS) 사회자조차 심사위원을 소개할 때 "○○○님이 나오셨습니다"라고 말한다. 같은 시간대 중년층을 대상으로 한 'MBC가요베스트'(MBC)도 예외가 아니다. 오랜 세월 그렇듯 틀리게 진행하다 보니 시청자들은 오히려 그것이 맞는 표현이라고 생각할 정도이다.

극존칭어간을 쓰거나 '님'자를 붙인다고 해서 무조건 높임이 되는 건 아니다. 우리 국어의 높임법은 듣는 사람이 누구냐에 따라 정해진다. 앵커들이 뉴스를 진행하며 '대통령님'이라 하지 않는 걸 보면 얼른 알 수 있는 일이다. 남녀노소 불문한 사회자들이 무조건 높여 부르는 걸 잘하는 것으로 알고 있는 듯하여 한심할 지경이다.

말할 나위 없이 그런 잘못을 저지르는 이가 막강한 영향력을 지닌 TV프로의 사회자라는 데 문제의 심각성이 있다. 평생을 우리말 살리기 및 글쓰기 교육운동을 해온 고 이오덕은 "방송말이 온 국민의 말을 이끌어간다. 에누리없이 방송인들은 우리 겨레말을 가르치는 스승이 되어있다."고까지 말했다.

언제까지 사회자들의 시청자 안중에 없는 말들을 들으며 불쾌한 기분으로 TV를 봐야 하는가? 이와 별도로 프롬프터에 의존해 멘트 읽는 게 표가 날 정도인 일부 사회자도 있어 볼썽사납다.

방송사는 인기에 영합하는 사회자 선정을 자제하기 바란다. 멘트할 내용을 써주는 구성작가는 물론이고 사회자 기용시 소정의 국어교육을 충분히 시켜 제대로 된 쇼프로 진행이 되게 하기 바란다.

〈전북연합신문, 2013. 5. 28〉

이제 삼국시대는 묻어두자, '대왕의 꿈'

6월 9일 탈도 많고 말도 많았던 KBS 대하사극 '대왕의 꿈'이 대단원의 막을 내렸다. '탈도 많고 말도 많았던'이라 말한 것은 그만한 까닭이 있어서다. 먼저 탈도 많은 것은 박주미(선덕여왕)의 교통사고, 최수종(김춘추, 태종 무열왕)의 잇따른 낙마사고 등으로 3주간이라는 초유의 결방사태와 출연진 교체 등이 이루어져서다.

말도 많은 것은 최수종 캐스팅 때문이다. '대왕의 꿈'은 KBS가 야심차게 준비한 '삼국시대 3부작'중 세 번째 대하드라마다. 백제 '근초고왕' 감우성, 고구려 '광개토태왕' 이태곤에 이어 신라 '대왕의 꿈'이 최수종을 타이틀 롤로 내세운 것이다.

최수종은 사극 전문배우로서 존재감을 유감없이 과시한 바 있다. 그가 주연인 '태조 왕건'(2000~2002), '해신'(2004~2005), '대조영'(2006~2007)이 각각 60. 7%, 33. 5%, 37. 4%의 높은 시청률로 인기를 끌었던 것. '대왕의 꿈' 최수종 캐스팅은, 이를테면 시청률을 담보하려 한 안일한 캐스팅이란 혐의로부터 자유롭지 못한 일인 셈이다.

그러나 그것은 그냥 희망사항으로 그치고 말았다. '대왕의 꿈'이 최수종 주연의 대하사극들에 훨씬 못미치는 한 자릿수 시청률(9. 3%) 드라마로 종영되어서다. 2012년 9월 8일 당초 80부작으로 첫 방송을 시작한 드라마가 70회로 종영된 것도 그와 무관치 않아 보인다. 그뿐이 아니다. '대왕의 꿈'은 13. 2%(AGB 수도권 최고 시청률)의 '근초고왕'과 21. 5%의 '광개토태왕'에 비해서도 외면을 받았다.

이제 삼국시대는 묻어둬야 할 것 같다는 생각이 든다. 삼국을 통일한 신라지만, 시청자들로부터 시큰둥한 대접을 받았다면 무슨 문제가 있는 게 아닌가? 가장 거슬리는 게 지나친 영웅화이다. 김춘추나 김유신(김유석)이 시대의 영웅인 건 맞지만, 어쩐지 닭살이 돋는, '역사는 승자의 기록'식 전개여서 70회까지 보는 내내 편한 마음은 아니었다.

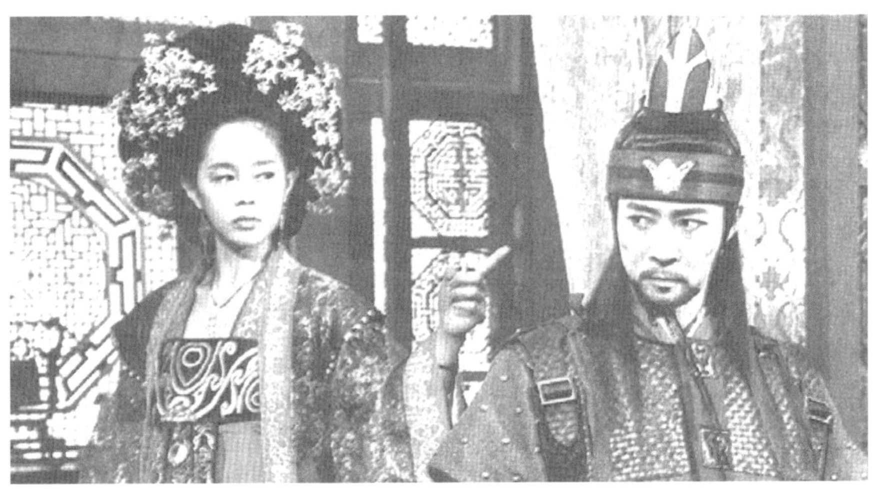

물론 반당론자인 김유신과 태종 무열왕의 갈등 및 대척을 통해 나름 균제미를 살리려 한 의도를 간과할 수는 없다. 결국 평양 이남까지로 영토가 줄어드는 반쪽짜리 '삼한일통'에 대한 찬반이 여전히 논란거리

로 남아 있음에 대한 환기도 그 지점에서 빛을 발한다.

역사에 가정이 있을 수 없지만, 하필 신라가 삼국을 통일해 오늘 대한민국은 이렇듯 분단시대에 살고 있는 건 아닌가 하는 의구심도 어쩔 수 없다. 물론 이후 고려가 북한까지 아우르는 통일국가로 등장하지만, 동쪽에 가장 후미진 신라가 중국의 잦은 침략전쟁을 곧잘 물리쳤던 고구려 대신 삼한일통을 달성한 건 필자로선 아쉬운 역사적 사실이다.

특히 "백성 20만 명을 살릴 수 있어 당군 20만 명을 삼한일통 전쟁에 빌려 쓴다"는 태종 무열왕의 견강부회는 좀 그렇다. 김춘추의 외세를 끌어들인 통일전쟁에 그나마 역사적 당위성이 부여되는 건 고구려 멸망(668년)때다. 신라가 있어 당의 식민지를 면케 되었으니 말이다. 하긴 나당 연합군이 아니었으면 고구려가 그렇듯 속절없이 망하지 않았을지도 모를 일이다.

아쉬운 점은 극 전개에서도 느낄 수 있다. 대하드라마라 해서 남녀간 사랑이 아예 없는 것은 아니다. 그럴망정 초반부 천관녀(이세영)의 김유신 사랑은 부적절해 보인다. 천관녀는 그렇듯 개인적 사랑을 자유롭게 대놓고 할 수 있는 자리가 아니다. 오히려 15회부터 나오기 시작한 김유신 첫째 누이동생 보희(민지아)의 비형(장동직), 법민(이종수)의 연화(홍수아) 사랑이 팩션을 전제로 할 때 봐줄만하다.

비단 '대왕의 꿈'만의 경우는 아니지만, 거슬리는 언어사용도 여전하다. 살아있는 자신의 아버지를 예사로 '아버님'으로 부르는가 하면 어찌된 일인지 10회에서 아직 왕족일 뿐인 김춘추는 자신의 아내를 '내 부인'이라 스스로 높여 불러 시청자들을 의아하게 만들고 있다.

명색이 대하드라마인데도 비담(최철호)의 반란 과정 묘사는 무슨 '애들 놀이' 같은 인상을 풍긴다. 반란중 선덕여왕(홍은희)이 소집한 어전

회의에 비담이 참여하는가 하면 군주와 신하가 입씨름 시합마저 벌이고 있으니, 글쎄 삼국을 반쪽 통일한 신라시대엔 그리 했는지 역사적 사실이 무척 궁금해진다.

그렇더라도 정통 대하사극 하나쯤은 방송되어야 한다는 게 필자의 생각이다. KBS가 당분간 대하사극을 쉬기로 해 대왕의 꿈' 종영 이후 그 시간대에 다큐멘터리가 방송되고 있어서다. 한국을 대표하는 공영방송 KBS라면 제작비나 시청률에 구애받지 않는 정통 대하드라마를 방송하는 것이 맞다. 단, 삼국시대는 묻어둔 채로다.

〈한교닷컴, 2013. 6. 18〉

새로운 시도의 함정, '장옥정, 사랑에 살다'

유독 SBS는 사극에서 맥을 못추고 있다. 그도 그럴 것이 필자가 작심하고 시청한 SBS 사극 중 매스컴이 호들갑을 떨 정도로 크게 히트한 작품은 없었다. 비근한 예로 대하사극을 표방한 36부작 '대풍수'(2013. 2. 7 종영)는 잠깐 두 자릿수 시청률에 오른 적도 있지만, 실패한 드라마였다.

한 자릿수 시청률은 2009년 '자명고'나 2010년 '제중원' 같은 대하사극도 마찬가지였다. 지난 달 25일 종영된 24부작 '장옥정, 사랑에 살다'(이하 '장옥정')도 예외가 아니다. 악녀 장희빈에 대한 새로운 시도로 관심을 끌었지만, 사실 필자는 시청할지 말지 고민에 빠져들었다. 퓨전 사극이었기 때문이다.

당연히 '장옥정'은 리메이크작이다. 연구사 측면에서 잠깐 그것들을 정리해두는 것도 유익할 듯하다. 동아일보(2013. 4. 2)에 따르면 장희빈(박종화 역사소설 제목)은 2편의 영화와 일곱 번 드라마로 제작되었다. 2010년 MBC '동이'를 제외하곤 장희빈이 타이틀 롤이었다. 영화는

1961년, 드라마는 1971년 각각 처음 만들어졌다.

장희빈이 된 배우들은 김지미·남정임(작고)·윤여정·이미숙·전인화·정선경·김혜수·이소연·김태희 등이다. 그 중 가장 '장희빈답게' 열연한 배우는 1981년 드라마 '여인열전 장희빈'의 이미숙이다. 물론 팬들에 따라 보는 눈이 다를 수 있겠지만, 30년도 더 지난 지금까지 사약을 내동댕이치던 이미숙 연기가 떠오른다.

앞의 동아일보는 이미숙과 1988년 드라마 '조선왕조 500년'의 전인화가 연기한 장희빈을 "권위주의 시대의 이분법에 따른 치명적 섹시 악녀"로 특징하고 있다. "사극 인물은 대중의 욕망을 반영하기 때문에 장희빈의 캐릭터도 시대에 따라 계속 변할 것"이라는 문화평론가 김헌식의 주장도 싣고 있다.

SBS의 '장옥정'은 1995년 정선경이 타이틀 롤이었던 '장희빈'에 이어 제작한 두 번째 드라마다. 조선시대 패셔니스타로서 장희빈의 인간미와 진정성에 방점을 뒀다. 이를테면 희대의 악녀 장희빈에 대한 새로운 시도인 셈이다. 결과는?

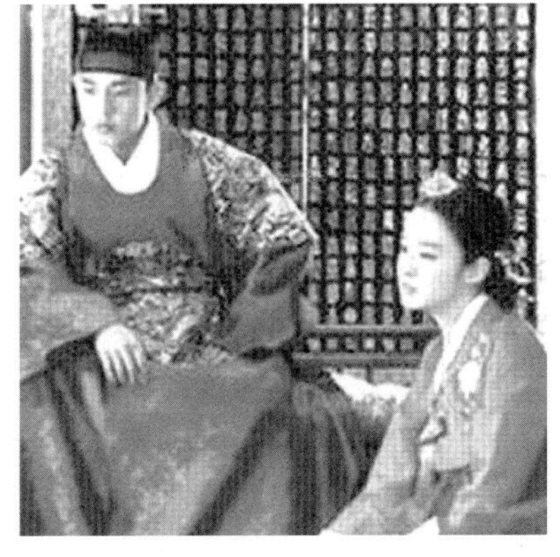

낮은 시청률에서 보듯 실패이다. 그 함정을 피해가지 못해서다.

일단 숙종(유아인)과 만남의 과정은 긴박감 있게 제법 잘 구성되어 있다. 옥정(김태희)이 입궁하기 전 초반부에 비중있게 그려낸 화려한 의상과 장신구의 패션쇼, 세자시절 숙종의 옷 치수 재기 등 패셔니스타로서의 장옥정도 새로워 보인다. 퓨전사극을 표방했으니 작가나 연출자의 지나친 상상력도 모른 체 할 수 있다.

또 민유중(이효정)의 "반상의 구별이 있고, 그 다음에 사람이 있는 거야!" 같은 대사에서 보듯 당대 치열한 계급사회 묘사도 그럴 듯하다. 서인과 남인 세력간 권력투쟁의 희생양으로서의 장희빈이란 평가도 엄존하니 말이다. 중인계급인 장옥정이 당한 차별과 수모가 왕후되기의 자양분이었던 셈이다.

그러나 왕비가 된 옥정은 자신의 신분을 망각해버린다. 오로지 숙종을 사랑하는 지순지고한 여인이거나 착하디 착한 여자의 이미지로 다가오기 때문이다. 가령 "중전에 오르면 전하를 맘껏 연모할 줄 알았다"고 말하는데, 지금까지 우리가 알고 있는 장희빈은 그런 여자가 아니다.

희빈으로의 강등을 요청하거나 자청해서 자진케 해달라는 장희빈 역시 마찬가지다. 아무리 퓨전사극이라지만, 선뜻 용납되지 않는 '반역사적' 묘사이다. 그렇다면 숙종의 뒤를 이어 경종이 된 장희빈 아들은 왜 후사를 볼 수 없었는가에 대해 설명이 되지 않는다. 캐릭터 창출에 대한 실패요, 시청자 외면을 불러온 주요 원인이 아닐까?

그 점에 비하면 장희빈 사사 장면을 지켜보는 대신 김만기(이동신)라든가 최숙원(한승연)의 중전(옥정)에 대한 꼬박꼬박 말대꾸 등 오류는 오히려 애교에 가깝다. 동평군(이상엽)이나 현치수(재희)의 장옥정에 대한 집요한 연모 따위도 사족으로 보인다.

퓨전사극 표방이나 '사랑에 살다'라는 부제 하나로 그것들이 면죄되지는 않는다. 데뷔 13년 만에 첫 사극 출연이라는 관심과 짐을 동시에 짊어진 채 연기를 선보인 김태희 역시 현대극보다 버거워하는 모습이었다.

〈한교닷컴, 2013. 7. 2〉